城堡

Das Schloss

[奥地利] 弗朗茨·卡夫卡 —— 著
韩耀成 —— 译

译林出版社

图书在版编目（CIP）数据

城堡 /（奥）弗朗茨·卡夫卡著 ； 韩耀成译.
南京 ： 译林出版社， 2025. 5. --（变形的人 ： 卡夫卡精选集）. -- ISBN 978-7-5753-0571-6

Ⅰ. I521.45

中国国家版本馆CIP数据核字第2025QF1709号

城堡 ［奥地利］弗朗茨·卡夫卡 / 著 韩耀成 / 译

责任编辑 韩继坤
装帧设计 胡 苨
校 对 梅 娟
责任印制 颜 亮

出版发行 译林出版社
地 址 南京市湖南路 1 号 A 楼
邮 箱 yilin@yilin.com
网 址 www.yilin.com
市场热线 025-86633278
排 版 南京展望文化发展有限公司
印 刷 南京新世纪联盟印务有限公司
开 本 787 毫米 ×1092 毫米 1/32
印 张 11.875
插 页 2
版 次 2025 年 5 月第 1 版
印 次 2025 年 5 月第 1 次印刷
书 号 ISBN 978-7-5753-0571-6
定 价 42.00 元

译者序

说不尽的《城堡》

一

19世纪和20世纪之交，是一个风云变幻的时期。随着德国和奥地利（奥匈帝国）社会政治的深刻变化，思想文化也异常活跃；作为社会现实和各种思潮的反映，除了“世纪末”情绪的弥漫，各种文学流派也纷至沓来，令人目不暇接，涌现出托马斯·曼、亨利希·曼、尼采、霍夫曼斯塔尔、施尼茨勒、格奥尔格等一批具有世界声誉的作家。这一时期，在奥匈帝国治下的波希米亚首府布拉格，也是德语文学的一个重要中心，也闪烁着一批耀眼的星星：赖纳·马利亚·里尔克、弗朗茨·卡夫卡、马克斯·布罗德、弗朗茨·韦尔弗、恩斯特·魏斯……这批蜚声文坛的作家，他们都生活或曾经生活在布拉格，他们说德语、用德语写作，他们都是犹太人，共同的社会境遇使他们成为朋友。尽管他们的生活经历和艺术倾向各不相同，但孤独和压抑是他们作品的共同基调。卡夫卡和里尔克就是布拉格德语作家的杰出代表。

卡夫卡，这位以其独特的思想和艺术闻名于世的作家，擅长变形、扭曲、荒诞、寓言、梦幻、隐喻、象征等艺术手法，他的作品情节离奇怪诞，环境陌生可怖，人物的精神状态孤独绝望。他批判现实，但现实又是一种神秘莫测的力量，人只能听任它的摆布。这种神秘悲观主义是20世纪以来西方世界相当普遍的社会思潮。在他的作品中，现实和梦幻、理性和荒诞交织在一起，营造出一种扑朔迷离、云山雾罩的甚至阴森可怖的氛围。他的艺术手法与西方现代主义文学有着千丝万缕的联系，他与法国的普鲁斯特和爱尔兰的乔伊斯一起被称为西方现代主义文学的奠基人。美国当代女作家乔伊斯·卡罗尔·欧茨把卡夫卡誉为“本世纪最优秀的作家之一”[1]。奥地利诗人里尔克赞赏道：“我所读到的这位作家的作品中每一行都是以最独特的方式吸引着我，或使我惊讶不已。”[2]英国诗人奥登认为，就作家与其所处时代的关系而言，卡夫卡完全可与“但丁、莎士比亚、歌德”相提并论。[3]德国作家黑塞认为，“卡夫卡也将永远属于那些把自己对伟大变革的预感创造性地，尽管是满怀痛苦地表达出来的人物之列”[4]。

卡夫卡，这位英年早逝的作家，他的文学活动时期正值德国和奥地利表现主义运动由兴而衰之时。虽然卡夫卡从未参加过任何表现主义团体，但产生表现主义的社会思潮和环

1 欧茨：《卡夫卡的天堂》，参见《论卡夫卡》，中国社会科学出版社，1988年，第678页，引文略有改动。

2 转引自瓦根巴赫：《卡夫卡图文传》，罗沃尔特袖珍本出版社，1980年，第144页。

3 参见《卡夫卡问题》，《世界文学》1979年第1期；另可参见《论卡夫卡》，中国社会科学出版社，1988年，第678页。

4 同注2。

境，以及这场轰轰烈烈的表现主义文艺和政治运动，不可能不在这位年轻而敏感的作家的思想和创作上留下鲜明的痕迹；另外，与他交往的一些表现主义作家，或者具有表现主义倾向的作家对他也有一定的影响。但是卡夫卡的作品是独特的，又有别于表现主义，例如：父子冲突、反权威和专制斗争这个母题在通常的表现主义作家那里，包括反抗父辈在内的各种反抗权威的斗争，一般都是年轻一代“新人”取得胜利。而在卡夫卡笔下，倒霉的基本上都是儿子或是权威的反抗者，而且卡夫卡作品的冷峻风格，也同表现主义的呐喊与宣泄相矛盾。卡夫卡作品中没有塑造“新人”，也没有对革命的热情憧憬。

卡夫卡在短暂的一生中创作了许多中短篇小说，《美国》（1912—1914）、《审判》（又译《诉讼》，1914—1918）和《城堡》（1921—1922）三部未完成的长篇小说，以及大量书信、日记、格言、随笔等。但是作家生前发表的只有《一次战斗的描写》中的两篇、《观察》、《司炉》（《美国》的第一章）、《判决》、《在流放地》、《乡村医生》、《饥饿艺术家》等篇章，还不及他短篇叙事作品的一半，三部未完成的长篇小说均未出版。卡夫卡去世前留下遗嘱，要求挚友马克斯·布罗德销毁他所有未发表或出版的手稿，已经发表的作品也禁止再版。但布罗德违背他的嘱托，在作家身后整理出版了亡友的所有著作，为保存和传播卡夫卡的文学遗产做出了巨大贡献。可以毫不夸张地说，如果布罗德执行了朋友的遗嘱，也就不会有文学巨匠卡夫卡。

今天，卡夫卡是20世纪的伟大作家之一。但是作家生前并未享有这样的荣誉，这不仅因为当时他的不少主要作品并未发表或出版，而且还因为人们对他创作的独特表现手法与深邃的思想内涵的认识和接受也需要有一个过程。虽然卡夫卡生前也曾引起马克斯·布罗德、卡尔·施特恩海姆和弗朗茨·韦尔弗、罗伯特·穆齐尔等表现主义圈内人士的注意，1915年施特恩海姆还把本来授予他的冯塔纳文学奖的奖金转授给《司炉》的年轻作者卡夫卡，托马斯·曼、黑塞和德布林也都很推崇他，但是，他那时的影响极其有限。纳粹时期，他的作品被焚烧，并被禁止出版。

第二次世界大战以后，卡夫卡首先在西方被重新发现。这一方面是因为经过战争的浩劫，人们对他的作品容易理解了，从他作品所表现的孤独、恐惧、失落和绝望中看到了自己生存状态的尴尬和荒诞；另一方面，也因为布罗德编辑出版的六卷本《卡夫卡文集》（1935—1937）和20世纪50年代出版的九卷本《卡夫卡全集》为研究者提供了作家创作和思想的全貌。卡夫卡对世界现当代文学影响巨大，20世纪的许多流派，如表现主义、超现实主义、存在主义、荒诞派、黑色幽默、新小说派等都从卡夫卡那里发现或者发掘了适合自己需要的东西，都视卡夫卡为圭臬，奉他为先驱。

20世纪50年代以后，西方悄然掀起一股“卡夫卡热”。然而，那时的社会主义国家还依然把卡夫卡看作“颓废派”。情况的变化发生在1963年。这一年，在卡夫卡的故乡布拉格举办的卡夫卡国际学术研讨会上，东西方文艺批评家就卡夫卡研究中的一些热点和重要问题进行激烈的论争，并取得共识：卡夫卡是一位伟大的作家。这次会议推动了世界性“卡夫卡热”的形成。但是人们对卡夫卡的看法仍存在很大分歧，争论仍在继续，这对“卡夫卡热”在全世界的蔓延反而起到了推波助澜的作用。这股热浪也缓缓推向中国。“文革”以后，卡夫卡成了我国文艺界和外国文学研究界最热门的对象之一，这就大大促进和推动了我国的卡夫卡研究。

二

卡夫卡出生于奥匈帝国统治下布拉格的一个犹太商人家庭，1901 年入布拉格大学攻读日耳曼语言文学，后从父命改学法律。1906 年获法学博士学位，1908 年起在一家保险公司供职。卡夫卡一向体弱多病，1917 年就确诊患了喉结核。他常常因病不能坚持正常工作，遂于 1922 年退职，1924 年在维也纳近郊克洛斯特诺伊堡的基林疗养院去世。

卡夫卡一生曾三次订婚，三次解除婚约。前两次同“柏林姑娘”菲丽丝·鲍尔，第三次同尤丽叶·沃里泽克。卡夫卡在婚姻问题上矛盾重重，他渴望婚姻又害怕结婚；他害怕孤独又怕结婚会打破孤独，会影响他的文学创作。他曾说，“为了写作我需要孤独，不是‘像个隐居者’，仅仅这样是不够的，而是要像个死人。在这个意义上，写作是一种异乎寻常的酣畅的睡眠，亦即死亡，正如人们不会也不能把死人从坟墓中拉出来一样，也不可能在夜里把我从写字台边拉开”，即使是“最亲近的人走进我的房间，也会使我产生恐惧”。[1]这就不难理解，每当面临实际婚姻时，他就敲起了退堂鼓。这些恋爱经历也在《城堡》中留下了痕迹。1923 年，他结识的波兰犹太姑娘多拉·迪亚曼特给他最后的阴霾日子里投进了几抹绚丽而温暖的阳光，她一直陪伴在卡夫卡身边，直到他走完生命的最后旅程。

卡夫卡自幼喜爱文学，阅读范围非常广泛。他读歌德、克莱斯特、黑贝尔、冯塔纳、尼采、托马斯·曼，喜爱福楼拜、陀思妥耶夫斯基、易卜生、斯特林堡、斯宾诺莎、克尔恺郭尔等作家、哲学家的著作，还十分喜爱中国文化，读过李白、杜甫、苏轼、杨万里、袁枚等的诗歌，以及孔子、老子、庄子的著作。1902 年，他结识犹太作家马克斯·布罗德，两人终生保持着真挚的友谊。

卡夫卡性格孤僻、忧郁、内向，爱思索，这样，写作就成了他生命的一部分。早在大学时代，他就参加了布拉格文学界的一些活动，并开始写作，1908 年就在杂志上发表散文作品。在保险公司供职的业余时间里，以及在病休期间，他悉心创作，把自己的生活感受和体验，对人生和世界的思索，把他的愤懑、迷惘、绝望统统诉诸笔端。

卡夫卡的父亲赫尔曼精明能干，从波希米亚农村来到布拉格，经营一爿生意兴隆的商店。商业上的成功使赫尔曼形成了刚愎自用、无限自信、专横暴躁的个性。他要求儿子对他绝对

1 卡夫卡:《致菲丽丝·鲍尔的信》, 1913 年 6 月 26 日。

恭敬和服从，把他的意志当作必须遵循的戒律，而这正是卡夫卡感到深恶痛绝的。父亲使他感到畏惧，见了父亲他就躲进自己的房间，“与癫狂的朋友交往，沉溺在偏激的思想中”。卡夫卡在《致父亲的信》中详细描述了这种紧张而对立的父子关系，称他父亲是“坐在靠背椅上主宰世界”的“暴君”。卡夫卡的母亲忧郁而好冥想。在这样的家庭氛围中，卡夫卡得不到温暖和爱，自幼便养成了既自卑又自尊、既懦弱又反叛的抑郁的内向型性格。父亲的专横使卡夫卡精神上受到极大压抑，心灵上承受着极大的痛苦，他甚至有过自杀的念头。我们在卡夫卡的《判决》《变形记》《美国》《审判》《城堡》等主要作品中不难见到暴君式的父亲形象和父亲作为绝对权威的象征。

卡夫卡的犹太血统给他的一生带来了极大痛苦。犹太民族在欧洲有着漫长的苦难历史。犹太民族是一个没有祖国的民族，被称为“永世流浪的犹太人”。自 11 世纪中叶以后，东欧的犹太人就不得不多次逃避大屠杀。到了 19 世纪上半叶，在波希米亚的犹太人绝大多数仍被排除在社会生活之外，法律对他们可以从事的职业和拥有的财产，甚至对他们的婚嫁和居住地也都有严格的规定。1848 年革命以后，虽然犹太人获得了正式公民权，犹太居民区被取消了，但社会对犹太人的排斥和歧视并未随之结束，犹太人仍被基督徒视为另一个种族，天生就是下贱的，反犹骚乱各地时有发生。[1]犹太民族没有自己的“家园”，在卡夫卡幼小的心灵里就已经投下了

1 参见罗纳德·海曼：《卡夫卡传》，作家出版社，1988 年，第 15—28 页。

这种民族失落感的阴影。

在奥匈帝国时期，许多优秀的奥地利文学家、艺术家都曾因为自己的犹太血统而深受无家可归的失落感之折磨。奥地利作曲家古斯塔夫·马勒因犹太血统而受尽维也纳上层社会的诽谤和攻击。他曾说，他终生感到三重无家可归的失落："在奥地利我是波希米亚人，在德国我是奥地利人，而在世界上我是犹太人。"[1]而较之于马勒，卡夫卡的这种痛苦感受更是有过之而无不及。德国文艺批评家君特·安德施曾说："作为犹太人，他在基督徒当中不是自己人。作为不结帮的犹太人……他在犹太人当中也不是自己人。作为说德语的人，他在捷克人当中不是自己人。作为说德语的犹太人，他在德国人当中也不是自己人。作为波希米亚人，他不完全是奥地利人。"[2]这样，卡夫卡在基督徒中、在犹太人中、在捷克人中、在德国人中、在奥地利人中全都不是自己人，都没有归属感。这种刻骨铭心的孤独感和失落感压得他喘不过气来。作为一个没有祖国的民族的一员，卡夫卡终生都被"无家可归"的痛苦折磨着。犹太人艰难而痛苦的生存状态在作家的深层意识中影响着他的创作，不时以象征或寓言的方式表达出来，在有的作品中外化为"陌生人"或"外来人"的形象。《城堡》中桥头客店的老板娘就对K说："您不是城堡里的人，您不是村里

---

1 参阅迈克尔·肯尼迪：《马勒》，纽约舍默出版社，1991年，第2页。

2 君特·安德施：《弗朗茨·卡夫卡——赞成与反对》，慕尼黑，1951年，第118页。转引自德·弗·扎东斯基：《卡夫卡真貌》(1964)，见《论卡夫卡》，中国社会科学出版社，1988年，第471页。

人，您什么也不是，可是您确实又是个什么，是个外乡人，是个多余的、到处碍手碍脚的人，一个不断给别人制造麻烦的人……”K力图融入城堡下村民的生活，与他们打成一片，但是无论他怎么努力，他仍旧是“外乡人”、陌生人……

卡夫卡生活的时代，是一个翻天覆地的时代，是帝国主义战争和无产阶级革命的时代。这个由哈布斯堡王朝统治的奥匈帝国对外实行扩张掠夺政策，对内依靠森严的等级制度和一套官僚机构实行家长统治。早在1848年，恩格斯就指出：“在家长的大棒保护下的封建主义、宗法制度和奴颜婢膝的庸俗气味在任何国家里都不像在奥地利那样完整无损。”[1]这个国家“始终是德意志的一个最反动、最厌恶现代潮流的邦”[2]。卡夫卡对专制制度强烈不满,他的许多作品中都描写了专制集权的国家机器、官僚制度和小人物的悲惨境遇。卡夫卡在《城堡》第一章中描写的城堡显出一副衰败的景象，令K“大失所望”，它显然是没落的奥匈帝国这个“邦”的象征：

> 原来它只是一个相当寒碜的小镇，聚集着一片农舍，其特色是，也许所有的房舍都是用石头建造的，但是墙上涂的石灰早已剥落，石头好像也要塌下来的样子。……这里山上唯一可见的塔楼，现在看出是一所住宅的，也许是城堡主建筑物的塔楼，……窗户很小，在阳光下闪闪发光——像是有点神经错乱。塔顶有点像阳

1《马克思恩格斯全集》，人民出版社，第4卷，第516页。

2 同上，第21卷，第448页。

台，雉堞很不坚固，毫无规则，破败不堪，像是由哆哆嗦嗦或漫不经心的小孩堆起来的，呈锯齿形耸立在蓝天下。这仿佛是一个患了忧郁症的人，本来理应关在这屋子的最僻静的房间里的，但他居然捅破屋顶，蹿了出来，向众人昭示。

这个奥匈帝国，外表上是个威严的庞然大物，它那一套封建官僚机构还整天在运转，实际上这个帝国已经老朽，已是千疮百孔，日薄西山，在风雪中摇摇欲坠。腐朽的帝国正在走向它的覆灭。卡夫卡在他的童年和青年时代，作为这个古老帝国的臣民，经历过它落日的辉煌。随着第一次世界大战的结束，哈布斯堡王朝于 1918 年崩溃，作家自己也成了新独立的捷克斯洛伐克共和国的公民。因此，《城堡》的含义包含着卡夫卡对时代和社会这个巨变的内心体验，这是理所当然的。

卡夫卡的犹太血统、生活境遇、家庭及他所处的时代和社会，对作家的性格和文学创作产生了决定性的影响。了解这些，有助于我们较为正确地把握作家的思想，理解他的作品。《判决》中，父亲判处儿子格奥尔格·本德曼投河自尽；《变形记》中，格里高尔·萨姆沙早晨醒来突然变成了一只甲虫，备受父亲的厌恶和鄙视，父亲扔去一只苹果，正巧击中甲虫的背部，导致格里高尔的死亡；《美国》中的卡尔·罗斯曼被父亲逐出家门，只身流浪到美国；《审判》中，约瑟夫·K 突然无辜被捕，审判他的是设在阁楼上的特别法庭，最后他被两个黑衣人刺死在采石场上；《城堡》中，K 始终在寻找进入城堡之路，但城堡可望而不可即，它以绝对的权威控制着K的言行……这些作品有的直接描写了既可怕又可敬的父亲形象，有的则把父亲形象外化为某种绝对权威的象征（如法庭、城堡）。卡夫卡在《致父亲的信》中曾写道："我写的书都与您有关，我在书里无非是倾诉了我当着您的面无法倾诉的话。"我们也可以认为，这些作品还隐喻了犹太人受歧视、被排斥、遭屠杀的命运，以及寻找家园的努力（K想方设法要进入城堡和在村里落户）。与此同时，这些作品或是揭露资本主义社会中的灾难和现实的残酷（《判决》《变形记》），或是描写资本主义世界的贫富悬殊、劳资对立（《美国》），或者抨击奥匈帝国司法制度的黑暗和帝国腐朽衰败的本质（《审判》），或者揭露威胁人的生存的官僚专制制度和统治阶级同劳动人民的对立（《城堡》）。这些作品的一个共同特点，就是以象征、隐喻、梦幻的手法和荒诞的形式揭示西方社会中人际关系的冷酷以及个人在这个异化社会中孤独、恐惧、彷徨和绝望的存在状态。

三

《城堡》是卡夫卡三部未竟长篇小说中篇幅最大的一部，也是他作品中最具代表性的一部。小说写于1921—1922年，但它的构思几年前就已经开始了。1911年1月底，卡夫卡因公出差到波希米亚的弗里德兰和赖兴贝格。弗里德兰是一座历史名城。三十年战争时期，神圣罗马帝国皇帝斐迪南二世的军队统帅华伦斯坦于1624年被封为弗里德兰公爵。这里有许多关于华伦斯坦的名胜古迹，其中雄伟壮观的弗里德兰城堡就是标志性的古迹之一。这座城堡给卡夫卡留下了很深的印象，他在1911年1—2月的《旅行日记》里写道：

> 城堡修建得层层叠叠，令人惊异。如果进入院子，很久都有点糊涂，因为深绿的常青藤、灰色的围墙、皑皑的白雪、覆盖在山坡上的蓝灰色的冰，这一切使得城堡越发显得多姿多彩。城堡并非建造在宽阔的山巅之上，而是将尖尖的山巅围了起来。

小说一开始所描写的那座云山雾罩的城堡似乎与弗里德兰城堡有些相似：

> K抵达的时候，夜色已深。村子被大雪覆盖着。城堡屹立在山冈上，在浓雾和黑暗的笼罩下，什么也看不见，连一丝灯光——这座巨大的城堡所在之处的标志——也没有。

另外，1917年秋至1918年春，卡夫卡在他妹妹奥特拉位于波希米亚西北部的乡村曲劳的庄园休养。冬天，村里积着厚厚的雪，一片白茫茫的世界。在这里，卡夫卡接触了乡村生活，对农业和农民有所了解。这里的环境和这段生活体验也融入了小说《城堡》之中；1920年，他与已婚的米莱娜的恋情又赋予了作家创作这部小说的灵感（在《城堡》中化成了K与弗丽达的关系）。这样，小说的环境和某些人物有了原型，内心又有写作灵感的冲动，再加上作家多年来对生活和社会的体悟，创作《城堡》的条件皆已具备。

《城堡》最具卡夫卡的特色，是一部“令人晕头转向的小说”。这里指的不是作品的语言朦胧晦涩，相反，《城堡》的语言是平易而简明的，并不晦涩，得到许多批评家的一致好评。德国作家图霍尔斯基称卡夫卡是“克莱斯特的伟大儿子——却是独特的。他创作了当代德语文学中最清晰、最优美的小说”[1]。这部小说读起来之所以令人晕头转向，如坠五里雾中，是因为作品离奇荒诞的情节和城堡的多重意象。

主人公是远道而来的土地测量员K，应城堡之聘雪夜来到城堡下面的村子。在以后的日子里，他像进了迷宫一般，任凭他怎么努力，始终找不到进入这座神秘莫测的城堡的途径。这里的一切都显得滑稽而荒诞。城堡主人拥有一套庞大的官僚机构，就连小小的村长的办公室里，各种文件档案竟也堆积如山；城堡的办事人员都是些影影绰绰的幽灵似的人物，他们整天来回奔跑，忙得不可开交，可是效率极差；所有部门各自为政，互不通气……韦斯特韦斯特伯爵是城堡的主宰，具有至高无上的权威，可是从未在小说中露面，谁也没有见过他，是个神一样的存在。对于这位“人-神”的话题，人们噤若寒蝉。城堡高官、办公厅主任克拉姆也是一个

1 转引自瓦根巴赫：《卡夫卡图文传》，罗沃尔特袖珍本出版社，1980年，第144页。

神秘莫测、虚无缥缈的人物。此人行踪诡秘，神龙见首不见尾，像影子一样，但他却无处不在，无所不知。他依靠众多线人组成的情报网络，对村民生活和思想控制之严，简直匪夷所思。毫不奇怪，土地测量员K的一举一动，时刻都在他的掌控之中。K直至去世也没能踏进城堡一步。

K自称是城堡请来的土地测量员，但又拿不出任何证明，也没有进入城堡所必需的许可证；他的两个“助手”都是中等身材，瘦长个子，穿着紧身衣，“就连他们的脸彼此也很相像”，K与城堡间的联系人、信使巴纳巴斯也与他们十分相似；城堡办公厅主任克拉姆居然给了K两封信，确证K已被聘为土地测量员，而且肯定了他的土地测量工作，可实际上村里根本用不着，也没有聘请过土地测量员，他也没有开始做这项工作，其中一封还被村长鉴定为克拉姆的私人信件，并非公函——后来得知，这些都是过时的信件，是从案卷堆里抽出来的；克拉姆常到贵宾饭店来，可是K想尽一切办法，包括染指了他的情妇，并要同她结婚等，但依然无法接近这位老爷；村里人都说见过克拉姆，但是他们描述的克拉姆又各不相同，许多时候人们认定的克拉姆实际上是他的随从，到底谁是真正的克拉姆则无人知晓；一个小小的村子，村长的文件柜里却塞满了案卷，文件拿出来铺满了半间屋子，而这还只是很小一部分，大部分都保存在仓库里；处长索迪尼办公室里的文件更是堆积如山，一捆捆公文摞得老高，把四面墙壁都遮住了；巴纳巴斯是克拉姆的信使，却从来没有见过克拉姆，他所传递的信件不知是哪位文书一时心血来潮，偶然随便抽出来交给他的；小小的村子，每天有数不清的官员从城堡里下来办事，他们乘坐的马车风驰电掣般奔驰在村道上，路上的马车多得简直像一条长龙；想到城堡去工作的人参加考试以后，还要经过一系列没完没了的录用程序，只有到他一命呜呼之后才算完结……这一切是多么荒诞无稽！

小说中加进了一段关于巴纳巴斯一家的遭遇的长篇插曲：城堡里的一位高官看上了他妹妹阿玛丽娅，给她写了一封非常粗俗、猥亵的信。阿玛丽娅一怒之下，把信撕得粉碎，巴纳巴斯一家的厄运也就此开始。虽然他们一家并未受到城堡当局的处罚，可是他们终日惶恐不安，受到全村人的歧视和唾弃，全家陷入绝望的境地。这一插曲是城堡统治下小人物处境的真实写照。

《城堡》没有写完，只写到第二十章，没有结尾。据马克斯·布罗德说，卡夫卡计划的结局是：K躺在病床上，正值生命弥留之际，终于接到城堡的通知——可以住在村里，但不许进入城堡。不过，即使卡夫卡有这样的构思，他在写作过程中也有改变原来构思的可能，因为毕竟没有付诸文字。

总的来说，同卡夫卡的其他重要作品一样，《城堡》也是一座迷宫，呈现出开放性、模糊性和多义性，给阐释者留下了艰难的课题。毫无疑问，卡夫卡作品中隐喻的指向是多方面的，而且作家有意识地让自己要表达的思想保持在悬而未决的矛盾冲突之中，引得各个流派纷纷对《城堡》进行解读。《城堡》到底要说明什么？像《审判》一样，众说纷纭：

宗教学派对《城堡》的阐释出现较早，他们把城堡视为上帝的处所，城堡是神和神的恩典的象征，K不屈不挠地寻求进入城堡之路，是为了求得灵魂的拯救。但是他的努力是徒劳的，因为上帝的仁慈是无法由人随心所欲地达到和强行取得的，最后K离开人世时才得到补偿。因此批评家认为《城堡》是一则宗教寓言，是现代的《天路历程》。

社会学派批评家则指出，城堡是绝对权力的象征，是奥匈帝国官僚专制制度的缩影。K想尽一切办法，始终无法进入这座近在咫尺的城堡，这隐喻着统治阶级和被压迫人民之间的对立。小说描写了处在风雨飘摇中的哈布斯堡王朝和人们对世界末日幻觉的恐惧，对奥匈帝国的官僚专制集权统治进行了讽刺和批判。

从民族心理学角度来说，《城堡》展示的是一幅犹太民族悲剧性的图景，城堡是以基督教为中心的欧洲社会的缩影。在卡夫卡生活的时代，欧洲排犹主义盛行，作家就常常感觉自己是个漂泊者、外乡人。作品中“外乡人”是个贬义词，几乎等同于犹太人，处处受人嘲笑、蔑视和排斥，无法为当时的社会所容纳。K这位外乡人的悲剧性境况正是犹太民族生存状态的体现，因而这一派认为小说是犹太民族寻求家园的隐喻。

精神分析学派根据弗洛伊德的“俄狄浦斯情结”论来看待卡夫卡同他父亲之间的紧张关系，认为城堡的绝对权威，犹如《审判》中的法庭，都是父亲形象的象征。K想进入城堡，而城堡始终将其拒于门外，这反映了父子间不可调和的对立关系。

存在主义批评家认为，《城堡》描绘的是现代人的生存状态和迷惘的命运，城堡是荒诞世界的一种形式，作品揭示了现代人的危机。

实证主义批评家从卡夫卡的作品具有很强的自传色彩这一点出发，详细考察了作者生平，认为城堡就是卡夫卡父亲的出生地斯特拉科尼茨的沃塞克（Wossek bei Strakonitz），卡夫卡想通过《城堡》来缓和同父亲的紧张关系，在一定程度上，《城堡》是卡夫卡的自传。

新批评评论家立足文本，通过“细读”，对《城堡》进行全面、细致的语义分析。

魔幻现实主义认为，卡夫卡把幻想和现实糅合在一起，把荒诞置于日常生活的中心。

西方马克思主义批评家着重从社会和阶级斗争、从异化的角度对《城堡》进行阐释，指出作品中所表现的种种荒诞现象只不过是作品的外壳，它揭示了人与物化了的外在世界的矛盾。人们通过荒诞的表象看到的是社会的实质——资本主义社会中人的异化。

还有从形而上学的观点来阐释《城堡》的，认为K的奋斗、抗争是为了寻求终极真理，城堡就是终极真理的象征，它可望而不可即。K始终进不了城堡，隐喻着人类永远无法达到终极真理。

此外，像荒诞派、表现主义、黑色幽默、超现实主义、现象学、符号学、神话原型批评等各色流派也都对《城堡》做出了各自的阐释，林林总总，众说纷纭，莫衷一是。

上述种种见解，对《城堡》做了很有启发性的开掘，深化了对卡夫卡和《城堡》的研究，对我们颇有启发性。但从整体来看，每种观点又不能涵盖小说的全部。这些观点各自强调《城堡》寓言或迷宫的某一方面，有的甚至还加以绝对化，这就难免陷入片面性和简单化，缩小了作品的审美价值和社会意义，给读者以误导，有的甚至陷入了唯心主义的泥潭。这不免让我们想起了“盲人摸象”的故事。这部复杂的《城堡》就像一头大象，盲人伸手去摸，摸到象鼻子的说像根管子，摸到耳朵的说像把扇子，摸到象牙的说像根大萝卜，摸到象身的则说像一堵墙，摸到象腿的说像根柱子，摸到象尾巴的说像一条绳子。他们各自说的都有道理，但都不全面，每人只说出了大象的局部，而不是全貌。

纵观卡夫卡的一生，他所处时代、社会的各种矛盾冲突，他那没有温暖和爱的家庭，他所属的犹太民族遭受的歧视和苦难，他长期病弱的身体和孤独、忧郁、内向的性格，以及当时的各种社会思潮，尤其是存在主义、弗洛伊德和尼采的思想——这一切无不给作家的思想和创作打上了深深的烙印。像卡夫卡这样内心极为丰富复杂的作家，他创作一部长篇作品的动因不可能是单一的，作品一旦产生，也往往是多义的。法国作家加缪说：“卡夫卡的全部艺术在于使读者不得不一读再读。它的结局，甚至没有结局，都容许有种种解释……如果想把卡夫卡的作品解说得详详细细，一丝不差，那就错了。”[1] 不同阶层的读者，不同的心态，不同的角度（伦理的、道德

1 阿尔贝·加缪：《弗兰茨·卡夫卡作品中的希望和荒诞》，见《论卡夫卡》，中国社会科学出版社，1988年，第103页。

的、宗教的、社会学的、美学的），不同的时代和不同的时间、场合，都会成为解读卡夫卡作品的一个重要因素。同样，我们也不要想一下子就读懂他的作品，但是，在阅读中，在掩卷之后，定会产生某种情绪，或者惊愕（如读《变形记》），或者恐怖（如读《在流放地》），或者压抑（如读《城堡》），或者痛苦（如读《审判》），总之，读过之后必受触动，必有一得。随后，不妨再理性地去对它们进行自己的阐释，绘出自己的卡夫卡图像来。

从历史唯物主义和辩证唯物主义的观点来说，《城堡》的外在形式无论多么荒诞，思想内涵无论多么复杂，表现手法无论多么隐晦、曲折，它同其他客观事物一样，也是可以认识的。马克思主义批评指出，必须全面地、历史地、具体地研究卡夫卡作品的社会基础和民族基础，牢牢把握卡夫卡是在帝国主义矛盾尖锐化的时代、是在奥匈帝国的特殊氛围中生活和创作的这一历史大局。事实上，许多马克思主义批评家对卡夫卡和《城堡》做了颇有见地的新的阐释，为我们开辟了通往《城堡》的正确道路。

为了完整地理解卡夫卡，完整地理解他的作品，我们不必拘泥于某一种批评方法和某一种片面的解释，需要采用多种方法论，或许能较为客观、全面地阐释卡夫卡的作品。《城堡》确是极其滑稽和荒诞的，但是荒诞只是作品的外壳，作家是要通过荒诞的表象来揭示问题的实质：西方社会中人的异化。卡夫卡在《城堡》里所描述的生活图景和种种光怪陆离的荒诞现象，正是资本主义世界人的异化的生动反映。资本主义社会的各种客观矛盾导致人与人之间关系的非人化、冷漠化和孤立化，这是异化现象的本质。卡夫卡本人虽然没有使用“异化”的概念，但他对资本主义社会的这一固有现象是意识到了。他曾说过：“不断运动的生活纽带把我们拖向某个地方，至于拖向哪里，我们自己是不得而知的。我们就像物品、物件，而不像活人。”[1]作家用自己的笔描绘了现存社会关系的野蛮和不人道，虽然他并不了解产生异化这个弊病的原因，更找不到消除它的途径，正如K找不到进入城堡之路一样，然而作家用荒诞创造的梦魇世界却给我们带来了审美的愉悦。对卡夫卡作品的不同解释，乃是作品本身的多义性所致。

城堡是一座没有出口的迷宫，K在里面忙碌、奔跑、不懈地寻找，试图找到出口，而他在追求不可能实现的目标的过程中所表现出的那种坚韧不拔的毅力，由于其终极价值的丧失而显得十分荒诞可笑。这正是西方社会中人的生存状态的真实写照：没有出路，没有希望。

《城堡》这部现代派文学扛鼎之作，这座神秘莫测的迷宫似的城堡真是难以说尽，而且是常说常新，正所谓“一千个人心里有一千个哈姆雷特”，一千个人心里有一千座城堡。

2020年7月18日，北京

1 古·雅诺赫：《卡夫卡谈话录》，第68页。转引自扎东斯基：《卡夫卡真貌》，见《论卡夫卡》，第465页。

目录

第一章

K 抵达的时候，夜色已深。村子被大雪覆盖着。城堡屹立在山冈上，在浓雾和黑暗的笼罩下，什么也看不见，连一丝灯光——这座巨大的城堡所在之处的标志——也没有。从大路到村里去要经过一座木桥，K 在桥上站了很久，仰视着空空洞洞的天宇。

随后，他就去找住处。客店里的人还没有睡，店里虽然没有空房了，而且老板对这位这么晚才来的客人也颇感意外和迷惑，不过他还是想让 K 在店堂里的草包上睡一夜。K 表示同意。几个农民还在喝啤酒，但是 K 不想同别人交谈，自己到阁楼上去拿了个草包来，挨着炉子铺好，就躺下了。这里很暖和，农民都静了下来，不吭声了，K 用疲惫的眼光把他们打量了一会儿之后就睡着了。

但是，没过多久，他便被人叫醒了。店里来了一个年轻人，城里人的穿着，长着一张演员似的脸，窄眼睛，浓眉毛，正同老板一起站在 K 的身边。农民还在那里，有几个还转过椅子来，以便看得清楚、仔细一些。年轻人因叫醒了K而谦恭地向他表示歉意，并做了自我介绍，说自己是城堡守卫的儿子，又接着说："这村子隶属城堡，在这里居住或过夜的人就等于居住在城堡里或在城堡里过夜。未得到伯爵允许，谁也不得在此居住或过夜。可是，您并未获得伯爵的许可，至少是您并未出示这种许可。"

K直起半个身子，用手理理头发，仰头望着他说："我是迷了路闯进哪个村子了？难道这里是城堡？"

"那当然，"年轻人慢条斯理地说，这时店里的人都在摇头，"这儿是韦斯特韦斯特伯爵大人的城堡。"

"住宿一定要有许可证？"K问道，仿佛想证实刚才得到的通知也许是在做梦。

"一定要有许可证。"年轻人回答，并伸出胳膊指着店老板和顾客问道，"难道可以不要许可证吗？"话里显出对K的极大嘲笑。

"那么，我得取张许可证啰。"K打着哈欠边说边推开毯子，像是要站起来似的。

"是啊，那您向谁去取呢？"年轻人问道。

"只好到伯爵大人那儿去取啦，"K说，"没有别的办法。"

"半夜三更的，去向伯爵大人讨许可证？"年轻人嚷着，往后退了一步。

"不行吗？"K平静地问道，"要不您干吗把我叫醒？"

年轻人一听，立即火冒三丈。"乡下佬不懂规矩，跑这儿来撒野！"他嚷道，"您得对伯爵的主管部门放尊重点！我叫醒您，是要通知您必须立即离开伯爵的领地。”

“别开玩笑了。”K说，声音轻得出奇，随即又躺下，盖上毯子，“您的玩笑开得过分了，年轻人，明天我还要理论理论您的态度呢。如果要我提出证人的话，那么店老板和那儿的诸位先生全都是见证人。另外，可以告诉您，我就是土地测量员[1]，是伯爵让我来的。我的几位助手将于明天带着仪器坐马车来。我因为不愿错过在雪地里步行的机会，不过我有几次走岔了路，所以很晚才到。现在到城堡里去报到，确实太晚了，这一点在您教训之前，我自己就已经明白了，因此才勉强在这张铺上暂住一夜。说得温和点，您刚才很没有礼貌。我要说的就是这些。晚安，先生们！”说完，K就向着火炉转过身去。

“土地测量员？”他听到背后的人犹豫地问，接着便是一片沉默。但是年轻人马上就恢复了镇定，对店老板说起话来，嗓门压得相当低，以示不打扰K睡觉，但为了让他听见，声音还是够高的：“我去打个电话问问。”怎么，这个乡村客店也有电话？设施不错呀。就这事来说，K倒吃了一惊，但总的来说，这当然是在他预料之中的。原来，电话机几乎就在他的头上方，只不过他睡意正浓，没有发现。倘若年轻人真的要打电话，那么，即使他心眼再好，总还免不了要打扰K的睡眠的，现在的问题是K让不让他打。K决定让他去打。这样，假装睡着就毫无意义了，所以他便翻过身来仰躺着。他看见那几个农民怯生生地凑在一起，交

1 据伊芙琳·托顿·贝克（Evelyn Torton Beck），“土地测量员”在希伯来语中是 mashoah，与 mashiah（弥赛亚）极为相近。（《卡夫卡与意第绪语戏剧》，1971）

头接耳地说，来了个土地测量员，那可不是件小事。厨房门打开了，大块头老板娘往那儿一站，把门都挡了。老板踮着脚向她走去，把发生的情况告诉她。现在开始打电话了。城堡守卫已睡，但弗里茨先生还在，他是副守卫之一。年轻人说，他叫施华茨，他报告说，他发现了K，是个三十多岁的男人，衣衫褴褛，安静地睡在草包上，头枕一个小背包，旁边放了根有节的手杖，伸手可及。他说，他自然很怀疑此人，因为店老板显然失职，所以他，施华茨，就有责任把这件事查个水落石出。他说，他已把此人叫醒，盘问了他，根据规定要他离开伯爵的领地。可是K的反应却是很不耐烦，就他后来所表现的态度来看，也许他有些道理，因为他一口咬定自己是伯爵大人雇来的土地测量员。当然，对这种说法加以核实，至少是施华茨例行的职责，因此他请求弗里茨先生问问中央办公厅，是否真有这么一位土地测量员要来，并将查询结果马上电话告知。

接着就静了下来，弗里茨在那边查询，这边在等着答复。K还是那么躺着，连身都没有翻，眼望屋顶，好像满不在乎的样子。施华茨恶意和审慎兼有的报告使K得到这么一个印象，觉得城堡里的人有点外交素养，就连施华茨这样的小人物也深谙此道。另外他觉得，城堡里的人都恪尽职守。中央办公厅还值夜班，因为弗里茨的电话已经来了。看来对方的回答非常简短，因为施华茨立即生气地挂上了听筒。“我不是已经说过了吗！”他嚷道，“一点土地测量员的迹象都没有，是个卑鄙的、招摇撞骗的流浪汉，也许比这更糟。”刹那间K想到，这儿所有的人，施华茨、农民、老板和老板娘，兴许会一起向他扑来。为了不吃眼前亏，至少要躲开第一次袭击，他便连头钻进了毯子底下。这时电话铃又响了，K 觉得铃声似乎特别响。他慢慢伸出头来。虽然这个电话并不见得又跟 K 有关，但大家还是一动不动地站着，施华茨再次去接电话。他听那边做了一个很长的说明后，便低声说："这么说是搞错了？我觉得很难堪。主任亲自打了电话？奇怪，奇怪。叫我怎么向土地测量员先生解释呢？"

K 仔细地听着。这么说，城堡已经任命他为土地测量员了。这一方面对他并不利，因为这表明，城堡里的人对他的情况已经了如指掌，并且权衡了力量对比，欣然接受了这场较量；但另一方面对他又是有利的，因为他认为，事实证明，他们低估了他，他可能会得到比预先所希望的更多的自由。如果他们以为，通过居高临下地承认他的土地测量员的身份，就可以吓得他永远提心吊胆地受他们控制，那他们就打错了算盘，他只感到稍稍有点发颤，仅此而已。

施华茨怯生生地向他走来，K 挥挥手让他走开。大家催促 K 搬到老板房间里去，但他拒绝了，他只从老板手里接过一杯安眠酒，从老板娘手里接过一个脸盆、一块肥皂和一条毛巾，还没等他开口，店堂里已经空了，因为大家都已转过脸，争先恐后地出去了，生怕明天被他认出来。灯熄了，终于安静了下来。他睡得很香，一觉睡到第二天早晨，夜里一两次有老鼠从他身边窜过，都没把他惊醒。

据老板说，他的全部食宿费都将由城堡支付。吃过早餐，他就想马上进村。K 想起店老板昨天夜里的态度，所以一直不怎么搭理他，可是老板带着默默的恳求神色老是围着 K 打转，K 对他倒有点怜悯了，便让他在自己身边坐一会儿。

“伯爵我还不认识，”K 说，“听说，活干得好他付的钱就多，是吗？像我这样把老婆孩子留在家里从老远的地方跑到这儿来的人，都是想挣点钱带回家的。”

“这方面先生你倒不用担心，从未听到有抱怨工钱少的。”

“那好，”K 说，“我可不是胆小怕事的人，当着伯爵的面我也会把自己的意见讲出来，不过能心平气和地同这些大人打交道，当然就更好了。”

店老板坐在 K 对面临窗长凳的边上，不敢舒舒服服地坐着，他那褐色大眼睛一直怯生生地盯着 K。起初他还挪得离 K 近了点，现在又仿佛巴不得溜之大吉的样子。他是怕 K 向他打听伯爵的情况？他把 K 当成了“大人”，是怕这位“大人”不可靠？K 不得不转移老板的注意力。他看看表说：“我的助手快要到了，你能安排他们在这儿住下吗？”

“当然，先生，”他说，“可是他们不跟你一起住在城堡里吗？”

难道店老板如此轻易地乐意丢掉这些客人，特别是 K，无条件地把他让给城堡吗？

“这还说不准，”K 说，“我先得弄清楚，他们要我干的是什么工作。比方说，要是让我在这儿山下工作，那么住在这儿就更方便些。再说，我怕山上城堡里的生活我过不惯。我是喜欢自由自在的。”

“你不了解城堡。”店老板低声说。

“那当然，”K说，“不应该过早地做出判断。眼下我只知道那儿的人很善于挑选合格的土地测量员，除此之外我对城堡就一无所知了。也许那儿还有其他优点。”说着他就站了起来，想摆脱这位心神不定地咬着嘴唇的老板。想要赢得此人的信任是不容易的。

K正要走的时候发现墙上的黑镜框里镶着一幅黑色的肖像。他在铺位上时就已经发现，但是因为距离远看不清楚镜框里的东西，还以为框里的像已经拿掉了，看到的只是一块黑色框底呢。可是现在看到的，的确是一幅画像，是一个五十来岁的男子的半身像。他的头低垂及胸，几乎连眼睛都看不见，看来那高而沉的额头和结实的鹰钩鼻似乎是使他耷拉着脑袋的主要原因。由于头部的这种姿势，他的大胡子被下巴颏儿压住了，从两旁铺开又往下垂着。他的左手五指分开插在浓密的头发里，但也无法把脑袋撑起来。“这是谁？”K问，“是伯爵？”K站在画像前，并没有转过来看着店老板。“不是，”店老板说，“是守卫。”“城堡里的一位漂亮的守卫，这是真的，”K说，“可惜，他生了一个如此没有教养的儿子。”“不是，”店老板说，同时把K往回拉一点，凑近他的耳朵低声说道，“施华茨昨天是吹牛，他父亲只是个副守卫，而且在副守卫中位置也是排在最后的一个。”在这瞬间，K觉得店老板像个孩子似的。“无赖！”K笑着说。但店老板没有跟着笑，而是说：“他父亲权势也大着哩！”“去你的吧！”K说，“你认为每个人都有权势。认为我也有吧？”“你，”老板胆怯地，但一本正经地说，“我不认为你有权势。”“你确实很善于观察，”K说，“说实话，权势我真的没有。因此我对有权势的人的尊敬一点也不比你差，只是我不像你那么老实，我总不愿意承认这一点。”K在店老板的脸颊上轻轻敲了一下，以安慰他并表示出友好的姿态。他倒的确微微一笑。他确实是个大小子，脸蛋挺嫩，几乎还没长胡子。他怎么会娶这么个身宽体胖、年纪又比他大的老婆呢？此时K从旁边的小窗户里看到她正在厨房里甩开膀子忙活呢。现在K不想继续追问他了，免得把好不容易才逗得他露出的一点笑容驱跑。K只是向他打了个手势，让他把门打开，便出了客店，置身于晴朗的冬天的早晨中。

现在，在清新的空气中他清楚地看到了山上城堡的轮廓，到处覆盖着一层薄薄的白雪，衬托出千姿百态，使城堡的轮廓格外分明。山上的雪似乎比这村里少得多，K在村里走起来一点不比昨天在大路上走省劲。这里的雪很厚，一直堆到茅舍的窗户上，再往上一点，低矮的屋顶上又积满了雪，但是，山上并没有这么多的雪，一切都自由自在地、轻松地显露着，至少从这里看是这样。

总的来说，从远处来看，这座城堡和K的预想是一致的。它既不是一座古老的骑士堡，也不是新的豪华建筑，而是一个巨大的建筑群，有几幢两层楼房和许多紧紧挨在一起的低矮小房子。要不是知道这是一座城堡，真会以为它是一座小城呢。K只看见一座塔楼，至于它是住房建筑上的还是教堂上的塔楼，还看不清楚。成群的乌鸦在尖塔周围盘旋。

K盯着城堡，继续往前走去，别的什么也不想。可是走近一看，这座城堡使他大失所望，原来它只是一个相当寒碜的小镇，聚集着一片农舍，其特色是，也许所有的房舍都是用石头建造的，但是墙上涂的石灰早已剥落，石头好像也要塌下来的样子。霎时间，K想到自己故乡的小镇，它绝不比这个所谓的城堡差。倘若K只是为参观而来，那么跑这么远的路就太不值得了，他要是聪明一点，还不如回到故乡去看看，他已经很久没有回去了。他在脑子里把家乡教堂上的尖塔同山上城堡里的那座塔楼做了一番比较。家乡教堂的那座尖塔线条分明，巍然屹立，越往上越尖，宽阔的塔顶砌着红色的砖瓦，是一件人间杰作——谁还能造出更好的来？而且它比那些低矮的住房有着更高的目的，比暗淡忙碌的日常生活有着更为明朗的蕴意。这里山上唯一可见的塔楼，现在看出是一所住宅的，也许是城堡主建筑物的塔楼，它是一座单调的圆形建筑，有些地方被大发慈悲的常春藤覆盖着，窗户很小，在阳光下闪闪发光——像是有点精神错乱。塔顶有点像阳台，雉堞很不坚固，毫无规则，破败不堪，像是由哆哆嗦嗦或漫不经心的小孩堆起来的，呈锯齿形耸立在蓝天下。这仿佛是一个患了忧郁症的人，本来理应关在这屋子的最僻静的房间里的，但他居然捅破屋顶，蹿了出来，向众人昭示。

K又停了下来，仿佛站着他会增添更多判断力似的。可是他受到了干扰。他站立的地方是村里的教堂——它本来只是一间祷告室，为了能够容纳教区的教徒，才扩建成一座仓库似的教堂。教堂后面是一所学校。一幢又矮又长的房子兼有临时性和古老的特点，坐落在围着栅栏的园子后面，园子现在则变成了一片雪地。这时候学生正跟着老师走出来，他们在老师周围密密匝匝地围了一圈，个个都望着他，七嘴八舌讲个不停，说得很快，K一点也听不懂。老师是个小个儿青年，肩膀狭窄，身子挺直，但并不显得可笑，他从老远就已经注视着K了，因为除了他那些学生外，周围就只有K一人。K是外地人，便首先向这个司令官似的小个子打招呼。“您早，先生。”他说。孩子们一下子都不吭声了，也许这位老师喜欢有一刻突然的静默，好有个斟词酌句的准备。“您在看城堡？”他问，语气比K预期的温和得多，但他那种语调表明，仿佛他不赞成K的行为。“是的，”K说，“我对这儿不熟，昨天晚上才到。”“您不喜欢这城堡？”老师很快就问道。“怎么？”K反问道，稍稍有点诧异，接着以缓和的口气又问了一次，“问我喜不喜欢城堡？您怎么会以为我不喜欢城堡？”“没有一个外来人喜欢城堡。”老师说。为了避免在这里说出一些不得体的话来，K便改变了话题，问道：“我想，您不认识伯爵吧？”“不认识。”老师说着，想转身走了。但是K并不死心，又一次问：“怎么？您不认识伯爵？”“我怎么会认识伯爵？”老师低声说，接着用法语高声加了一句，“请您留意，这里有天真无邪的孩子在呢。”K从这句话里抓住了继续提问的理由：“老师，我改日来拜访您行吗？我要在这里住很长时间，可我现在就已经感到有点寂寞了。我不是农民，大概也不算是城堡里的一员。”“农民和城堡之间并没有什么大的区别。”老师说。“也许是吧，”K说，“这都改变不了我的处境。我可以去拜访您吗？”“我住在天鹅胡同肉铺老板家。”虽然这只是给了个地址，并不是邀请，可是K却说：“好，我一定来。”老师点点头，领着学生走了，孩子们马上就又叽叽喳喳说开了。不一会儿他们就消失在一条陡峭往下的小胡同里。

可是K怎么也不能把思想集中起来，他为这次谈话感到恼火。来这里以后他第一次感到疲倦了。本来他长途跋涉到这里一点也不觉得累，这些天里，他是心情平静地一步步走来的！但是一路上过度辛苦，现在显出劳累了，而且这劳累出现得不是时候。他想结识一些新朋友，这种强烈的愿望吸引着他，使他无法抗拒，但是每结识一个新朋友，又增加了他的疲倦。但即使在今天的情况下，至少散步到城堡入口处，他的力气还是绰绰有余的。

于是他继续往前走去，可是路很长。这条路，这条村里的大路不是通到城堡所在的山上去的，它只通到靠近山的地方，然后好像是有意的，拐到旁边去了，虽然离城堡不远，但也没有挨近城堡。K一直期待着，心想这条路终归会拐往城堡去的，正因为他怀有这个期待，所以还是继续往前走。由于疲惫不堪，他犹豫了一下，想离开大路，村子之长也使他感到惊异，它没有尽头，总是那些小房子和结了冰的玻璃窗，到处是积雪，连个人影也没有——最后他还是离开了这条没有尽头的大路，走进一条狭窄的小胡同。这儿的雪更深，把陷在雪里的脚拔出来得费很大的劲儿，他浑身大汗，突然停了下来，再也走不动了。

不过，他并不是处在荒无人烟的地方，左右两边都是农舍。

他捏了个雪球，朝一扇窗户扔去。门立即打开了——他在村里走了那么久，这是第一扇打开的门。门口出现一位穿着短皮袄的老农，歪着脑袋，一副和善、虚弱的样子。“可以到您家歇会儿吗？”K说，“我累极了。”老农说的话他根本没有听见，只见老农向他推来一块木板，他心里十分感激。这块木板马上把他从雪地里救了出来，他走了几步就到了老农屋里。

这间屋子很大，但光线昏暗。从外面进来，开始什么也看不见。K摇摇晃晃撞在一个洗衣盆上，一只女人的手把他扶住了。一个角落里孩子在哭叫，另一个角落里蒸汽腾腾，使得半明半暗的屋子变得更加昏暗。K像是站在云雾里一样。“他准是喝醉了。”有人说。“您是谁？”一个粗暴的声音嚷道，接着，显然在问老人，“你干吗让他进来？在街上游荡的人都可以让他们进屋里来？”“我是伯爵的土地测量员。”K说，想对那些他还一直没有看见的人为自己做一番辩解。“哦，他是那位土地测量员。”一个女人的声音说，接着便是一阵沉默。“你们认识我？”K问。“当然。”还是同一个声音简短地说。他们认识K，但并不等于对他有什么好印象。

后来，水蒸气稍稍散了一些，K也能够慢慢适应了。看来这是一个大家搞卫生的日子。靠近门口，有人在洗衣服。但是水蒸气来自另一个角落，那里有一个大木盆，大约有两张床那么大。这么大的木盆，K还从来没有见过。两个男人正在冒着热气的水里洗澡。更让他惊奇的是那个右边的角落，虽然他也不明白，令他惊奇的究竟是什么。屋子的后墙上有一个大洞，这是墙上仅有的一个洞，从那里透进一道淡淡的雪光，显然是从院子里射来的。在角落的深处，一个女人正疲倦地几乎躺在一张高靠背椅上，洞里透进来的雪光，映得她的衣服像绸缎一样。她正抱着婴儿在喂奶，几个农家孩子都围在她身边玩耍。这女人看起来别具风韵，好像不是这一家的人。当然，疾病和疲倦也会使农民显得很秀雅的。

两个男人中的一个是络腮胡，此外还长着大髭须，他老是张着嘴在呼哧呼哧喘气。“坐吧！”他从澡盆边伸出一只手指着一个衣箱说，样子显得很可笑，溅了K一脸热水。那个让K进屋来的老人，已在箱子上坐下，在愣愣地出神。K终于可以坐下了，心里很是感激。现在谁也不去管他了。正在洗衣服的女人一头金发，显出青春的丰满，她一边洗衣，一边轻声歌唱；两个男人在澡盆里蹬着脚翻身，小孩们想挨近他们，但每次都被他们用水一阵乱泼，赶了回来，连K也被溅了一身水；躺在靠背椅上的女人像是没有生命一样，连怀里的孩子都不低头看一眼，只是恍恍惚惚地盯着屋顶。

K大概对着她、对着这幅丝毫未变的美丽而哀伤的图画，看了好一阵子，但随后他准是睡着了，因为他听到有人大声喊他而惊醒的时候，他的头正倚在旁边老人的肩上。两个男人已经洗完澡，现在孩子们正在澡盆里戏耍，金发女人在照看他们。两个男人已经穿好衣服，站在K面前。看来说起话来像叫嚷似的那个络腮胡子在两个人中地位较低。另一个的个子并不比络腮胡子高，胡子也少得多，他是个文静的人，喜欢慢慢动脑子，身材很宽，脸也很阔，老是耷拉着脑袋。“土地测量员先生，”他说，“您不能待在这儿。请原谅我的失礼。”“我也不想待在这儿，”K说，“只是想在这儿稍许休息一下。现在已经休息好了，这就走。”“对于我们不太好客的态度，您也许会感到奇怪，”那人说，“但是好客不是我们这儿的风俗，我们不需要客人。”K睡了一会儿，精神稍微好些了，听觉也比先前灵敏了，对于此人说话如此坦率反而感到很高兴。他不那么拘谨了，用手杖这儿撑撑，那儿支支，并走到坐在靠背椅里的女人那儿，还发现，在这屋子里他的个子最高。

“那是的，”K说，“你们要客人干吗？不过有时你们还得要一个的，比如土地测量员。”“这我不知道，”那人慢条斯理地说，“要是有人叫您来的，那也许需要您。这大概是个例外，但是我们……我们这些小人物要遵守规矩，您可不能因此责怪我们。”“不，不，”K说，“我对您，对您和这儿所有的人，只有感激的份儿。”出乎每个人的意料，K郑重其事地一下子转过身去，站到了女人面前。她睁着疲倦的蓝眼睛打量着K，一条透明的丝头巾直垂到额头中间，怀里的婴儿已经睡着了。“你是谁？”K问道。“从城堡里来的一位姑娘。”她轻蔑地说，至于这轻蔑是冲着K还是冲着她自己的回答，却弄不太清楚。

这一切只持续了一会儿，两个男人已经分别站在了K的左右，默默地，却使出了全身的劲把他拖到门口，仿佛没有其他沟通手段了。老人对这一行动感到很开心，便拍起手来。洗衣服的女子也笑了，这时孩子们也都突然像发了疯似的大声叫嚷起来。

K 不久就站在街上了，两个男人站在门槛上监视着他。现在又下雪了，不过天还是稍稍亮了一点。络腮胡子不耐烦地叫道："您要到哪儿去？这条路通往城堡，那条路是到村里去的。"K 没有回答他。另一个虽然自负，但还比较好说话，所以 K 便对他说："你们叫什么名字？刚才在你们这儿待了一会儿，我该感谢谁？""我是制革匠拉塞曼，"那人回答，"不过您谁也不用感谢。""好吧，"K 说，"也许我们还会再见面的。""我想不会的。"那人说。这中间络腮胡子举着手喊道："您好，阿图尔。您好，耶雷米阿斯！"K 转过身去，这说明这个村里的路上还是有人的！从城堡的方向来了两个青年，都是中等身材，瘦高个儿，穿着又紧又窄的衣服，就连他们的脸也很相像。他们的脸呈深褐色，但山羊胡子却特别黑，两相对照，格外醒目。在这样不好的路上他们还走得那么快，而且是合着拍子甩出他们的细腿的，这真令人吃惊。"你们有什么事？"络腮胡子喊道。他们走得很快，而且不停下来，所以同他们说话只好大声叫喊。"有公事！"他们笑着大声回答。"到哪儿？""客店里。""我也要去那儿！"K 突然喊道，声音比谁都大，他有种强烈的愿望，要跟这两个人一起走。他虽然不怎么想同他们结识，但是这两个人显然是令人愉快的好同伴。他们听见了 K 的话，可是只点了点头，就一溜烟似的走掉了。

K 还一直站在雪地里，他简直不太乐意从雪里抬起脚来，因为这只不过是走一小步再陷进去；制革匠和他的伙伴因为终于把 K 弄了出去而感到满意，便慢慢地从那扇只开了一条缝的门侧身进屋去了，还不时回过头来看着K。K现在独自一人站在外面，四周是茫茫白雪。“这倒是绝望的好机遇，”他闪过这个念头，“如果我只是碰巧，而不是有意站在这里的话。”

这时他左手边的茅屋打开一扇小窗户。也许是由于雪的反射，这窗户关着的时候看起来呈深蓝色。窗户非常之小，现在打开了，连里面正在往外瞧的那个人的脸也看不全，只能看到两只眼睛，两只棕色的老年人的眼睛。“他站在那儿呢。”K听见一个颤抖的女人的声音说。“他是土地测量员。”一个男人的声音说。随后，那男人走到窗口来问道：“您在等谁？”语调不算不友好，但听起来他关心的似乎只是让他家门口的街上保持井然有序，不出问题。“等着坐雪橇回去。”K说。“雪橇不到这儿来。”那男人说，“这儿没有来往车辆。”“这可是到城堡去的路呀。”K提出了异议。“那也没有，那也没有，”那人毫不留情地说，“这儿没有来往车辆。”接着两个人都默不作声。但是那人显然在考虑什么事，因为窗户还一直开着，屋里的水蒸气在往外冒。“这条路真不好走。”K说，还想求那人帮忙。但那人只是说：“是啊，那当然。”

过了一会儿，那人终于说：“您要是愿意，我就用自己的雪橇送您去。”“那就请您送我吧。”K兴奋地说，“送一趟要多少钱？”“不要钱。”那人说。K觉得很奇怪。“您是土地测量员，”那人解释道，“就是城堡的人。您要到哪儿去？”“到城堡去。”K很快说道。“那我不去。”那人立刻说。“我确实是城堡的人呀。”K重复了那人的话。“兴许是吧。”那人拒绝道。“那您就把我送到客店去吧。”K说。“好，”那人说，“那我马上就把雪橇拉来。”此人的整个言行给人一种并不特别友好的印象，出于一种自私、恐惧、几乎是小心谨慎得过分的心理，一心只想把K从他家门口这个地方弄走。

院子的大门开了，一匹瘦弱的小马拉着一辆轻便雪橇从院里出来。雪橇很平，没有座位，后面跟着一个偻背、虚弱、走起路来一瘸一拐的人，他的脸又红又瘦，还患着感冒，鼻子不通，头上紧紧裹着一条毛围巾，这使他的身体越发显得瘦小。这人显然正在生病，只是为了把K弄走才勉强出来的。K提起了一些事，但那人一挥手将话止住了。K只晓得，他是马车夫，名叫格斯泰克，之所以把这辆不舒服的雪橇拉来，是因为这辆雪橇正好放在顺手的地方，要是另外拉一辆出来，就得花费很多时间。“坐下吧。”说着，他用鞭子指指雪橇后面。“我要坐在您旁边。”K说。“我要在下面走。”格斯泰克说。“那为什么？”K问道。“我要在下面走。”格斯泰克重复道。这时他突然一阵咳嗽，咳得他身子直摇晃，因此不得不两只脚踩进雪里，双手抓住雪橇的边缘。K没有再说什么，就坐在雪橇后面。咳嗽慢慢过去了，他们便出发了。

那边山上的城堡已经奇怪地变暗了，K原想今天就到城堡去的，现在离得越来越远了。这时城堡里响起一阵轻松愉快的钟声，仿佛是给他的一个暂时告别的信号，但是这钟声又充满痛苦，至少在这一瞬间使他的心隐隐颤动，仿佛在威胁着他毫无把握地渴望实现的东西。不久，大钟的声音就消失了，代之以一阵微弱而单调的铃声，也许还是来自上面的城堡，也许是来自村里。这叮当之声配着缓慢的行驶，以及这位既可怜又无情的车夫，当然就更加相称了。

“喂！”K突然叫道。他们已经到了教堂附近，到客店的路不远了，K的胆子也大了一些。“我觉得奇怪，你竟敢独自承担驾雪橇送我的责任，难道准你这么做吗？”格斯泰克对他的话未加理会，仍是静静地挨着小马走他的路。“嘿！”K叫道，从雪橇上弄了点雪捏在手里，扔出去正好打在格斯泰克耳朵上。这下他停住了，转过身来，雪橇还往前滑了一点。K跟他挨得很近，看着他，看着这个偻背的、定是受过虐待的身躯，疲惫而狭窄的红脸，面颊的两边不太一样，一边平一边凹，张着嘴仔细倾听着，嘴里只有几颗稀疏的牙齿。当K看到格斯泰克这副样子时，就不得不把方才带着恶意的话，再用同情的口吻重复一次，问格斯泰克是否会因为他赶了雪橇而受到惩罚。“你要干什么？”格斯泰克不解地问，可是不等K做进一步的解释，便对小马吆喝一声，继续往前驶去。

第二章

到拐弯的地方，K就认出他们快到客店了，使他感到惊奇的是，天已经完全黑了。他出去那么长时间了吗？根据他的计算，也只不过一两个小时。他是早晨出去的，也没有想吃东西，直到不久前，到处还是白天大亮的，可现在天已黑下来了。“白天真短，白天真短！”他边自言自语边从雪橇上下来，朝客店走去。

店老板站在店前的小台阶上面，欢迎K的到来，手里举着一盏灯为他照明。K一下想起了车夫，便停住脚步，这时黑暗中传来一阵咳嗽声，是他。嗯，不久就会再见到他的。K走到台阶上店老板那里，老板谦恭地问候了他，这时他发现店门两边各站了一个人。他从店老板手中拿过灯来，朝这两个人一照，原来是他已经碰到过的那两位，名叫阿图尔和耶雷米阿斯。这两个人现在向他敬礼。他由此想起他服兵役的时候，想起那段快乐的日子就笑了。“你们是什么人？”K问，看看这个又看看那个。“是您的助手。”他们回答说。“是您的助手。”老板轻声证实。“什么？”K问，“你们是我的老助手，是我让你们赶来的，我正在等待的助手？”他们对他的问题做了肯定的回答。“这很好，”过了一会儿，K说，“你们来了，这很好。”“另外，”又过了一会儿，K说，“你们来得太晚了，你们太马虎了。”“路太远了。”其中一个说。“路太远了，”K重复道，“但你们从城堡里来的时候，我碰到过你们。”“是的。”他们说，并未做进一步说明。“你们的仪器在哪里？”K问。“我们没有仪器。”他们说。“就是那些我交托给你们的仪器。”K说。“我们没有仪器。”他们重复道。“啊，你们这些家伙！”K说，“你们懂得一点土地测量吗？”“不懂。”他们说。“假如你们是我的老助手，你们就应该懂得土地测量呀。”说着，K便把他们推进屋里。

随后，他们三个人在店堂里围坐在一张小桌旁喝啤酒，K坐在中间，助手分坐左右，大家都不怎么说话。另一张桌子由农民占着，同昨天晚上一样。“同你们共事真难啊。”K说，同时仍在比较他俩的脸，虽然他已将他们比较过多次了，“叫我怎么来区分你们呢？你们两个人就只有名字不同，其他一模一样，就像……”说到这里他停了一下，接着又不由自主地继续说，“其他你们一模一样，就像两条蛇。”他们两个人微微一笑，并为自己辩护说：“可别人一直把我们分得很清楚。”“这我相信，”K说，“这是我亲眼所见，但是我只是用我的眼睛看，我的眼睛可不能把你们区分开。因此，我将把你们当作一个人来对待，管你们两个人都叫阿图尔，你们中有一个是叫这个名字的。是你吧？”K问其中的一个。“不是，”那人说，“我叫耶雷米阿斯。”“没关系，”K说，“我管你们俩都叫阿图尔。要是我派阿图尔到什么地方去，你们两个人就都去；要是我让阿图尔做一件事情，你们两个人就一起去做。这样做，对我虽然有很大的不利，因为我不能利用你们分头去办事，但它的好处是，你们对我交代的一切工作，都要不分你我地共同负责。至于你们两个人彼此怎么分工，对我来说根本无所谓，只是不许互相推诿，对我来说你们是一个人。”他们考虑之后说：“我们觉得这样很不对劲儿。”“怎么会对劲儿呢？”K说，“你们当然会觉得很不对劲儿的，可是就这么定了。”K早已注意到一个农民绕着桌子蹑手蹑脚地走了一会儿，终于下了决心，朝一个助手走去，想跟他悄悄说些什么。“请原谅，”K一面说，一面用手敲敲桌子，并站了起来，“这两个人是我的助手，我们正在开会，谁也无权来打扰我们。”“哦，对不起，对不起。”这位农民不安地说着，就退回到他的同伴那儿去了。“这事你们尤其要注意，”K说，重新坐了下来，“未得到我的允许，你们不得同任何人说话。在这里我是外乡人，既然你们是我的老助手，那么你们也该是外乡人。所以我们三个外乡人必须团结一致，请把手伸出来向我做出保证。”两个助手非常乐意地向K伸出了手。“把手放下吧，”他说，“但是我的命令必须遵守。我现在要去睡觉了，建议你们也睡吧。今天我们耽误了一个工作日，明天一早就得开始工作。你们必须弄辆雪橇来，送我到城堡去。明天早晨六点钟在门口把雪橇准备好。”“好的。”一个助手说。另一个插进来说：“你说‘好的’，可你明明知道这是无法办到的。”“别吵，”K说，“你们开始互相闹矛盾了吧。”这时第一个助手也说：“他说得对，这是无法办到的，没有许可证，外乡人不许进入城堡。”“到哪儿去申请许可证呢？”“我不知道，也许是向守卫申请吧。”“那我们就打电话申请，马上给守卫打电话，你们两个快去！”于是两个人便朝电话机跑去，要总机给接通了电话——他俩干得多卖力！表面上他俩百依百顺，他们问，明天K可不可以带着他们到城堡里去。对方说：“不行！”这声回答很响，连坐在那边桌子旁的K都听见了。电话里的答复还更详细，说：“明天不行，任何时候都不行。”“我要亲自来打电话。”K说着站了起来。除了刚才发生的一个农民的事件外，直到现在K和他的助手都没有怎么引起别人的注意，但是他最后说的那句话却引起了大家的注意。大家跟着K一起站了起来，虽然店老板想把他们赶回去，但是他们还是在电话机旁围着K站成一个半圆形。他们多半认为，K根本得不到答复。K不得不请他们安静些，并说他不想听取他们的意见。

听筒里传来一阵嗡嗡的声音，K以前打电话的时候从来没有听见过。它好像是无数孩子的吵闹声——但它又不是这种吵闹声，而是从最最遥远的地方传来的歌声——这种嗡嗡声以不可思议的方式变成了一种又高又强的声音，振荡着你的耳膜，仿佛它要求的不仅是听听而已，而是要进入你的心里。K听着这种声音，没有说话，他把左臂撑在电话机台上，就这么静静听着。

他不知道听了多久，反正是一直听到店老板跑来扯他的上衣的时候。老板告诉他，来了个信使要见他。“滚开！”K毫无克制地嚷道，也许他是对着电话筒叫喊的，因为这时电话里有人答话了。于是进行了如下的对话：“我是奥斯华尔德，你是谁？”一个严厉而傲慢的声音在喊。K觉得他的话里有个小小的发音错误，打电话的人试图装腔作势地以严厉的口气来弥补这个错误。K迟疑了一下，未报自己的名字，面对电话机他毫无反抗能力，对方可以向他大发雷霆，把听筒挂掉，这样便等于K堵塞了一条也许是至关重要的渠道。K一迟疑，那人便不耐烦了。“你是谁？”他又问，还加了句，“要是下边不打那么多电话来，真是谢天谢地了，刚才还有人来过电话。”K没有理会这些话，突然决定回答对方的问话：“这里是土地测量员先生的助手。”“哪个助手？哪位先生？哪位土地测量员？”K想起了昨天晚上那个电话。“您去问弗里茨。”他简短地说。这句话起了作用，这连他自己都感到惊奇。比这句话所产生的效果更让他惊奇的事还有呢，那就是城堡里办事的统一性。那边的回答是：“我已经知道了。这个没完没了的土地测量员。是的，对。还有什么？是哪个助手？”“约瑟夫。”K说。他背后农民嘀嘀咕咕的声音有点打扰他。显然农民对他没有如实报告真名并不赞同。但是K没有时间去理会他们，因为他的注意力都集中在电话上。“约瑟夫？”对方反问道，“这两位助手的名字是……”说到这里停了一下，显然他在向某人要名字，“阿图尔和耶雷米阿斯。”“他们是新助手。”K说。“不对，这两个人是老助手。”“他们是新的，我才是老的，我是在土地测量员先生之后赶来的。”“不对。”电话里大声嚷道。“那么，我是谁？”K问他，语调仍然心平气和，像先前那样。停了一会儿以后，同一个人带着同样的发音错误又说话了，不过声音较低，而且多了几分尊重，像换了个人似的：“你是老助手。”

K 聚精会神地听着对方的声调，差点连“你要干什么”这句问话都没有听见。他真想放下听筒，他不指望从这个电话中得到别的结果了。既然对方在问他，他也不好不理，于是急忙问道：“我的主人什么时候可以到城堡来？”“什么时候都不行。”这就是回答。“好吧。”说着，K 就挂上了听筒。

他背后的农民已经挪到他跟前了。他的两名助手瞟了他几眼，现在他俩都在挡着农民，不让挨近他，但是看起来只不过是演的一场滑稽戏而已。农民也对这次电话的结果感到满意，所以就慢慢地让步了。这时有个人从后面把人群往两边分开，迈着急匆匆的步子走了过来，到 K 面前鞠了一躬，递给他一封信。K 手里拿着信，定睛打量着这个人，他觉得在这一刻此人比信更重要。此人跟他的两名助手非常相似，也是瘦高个儿，穿的衣服也是又紧又窄，也同他们一样灵活、敏捷，但跟他们又不大一样。K 倒宁愿要他来当助手！这个人使他有点儿想起在制革匠家里见到的那个怀抱婴儿的女人。他的衣服几乎全是白色，虽然不是绸的，同别人穿的一样，是件冬装，却具有绸的柔软和庄重。他的脸明亮而坦率，眼睛特大。他笑起来显得特别快活，他用手抹抹脸，仿佛想把笑容驱走似的，但没有做到。“你是谁？”K 问道。“我叫巴纳巴斯[1]，”他说，“我是信使。”他说话的时候嘴唇一启一闭，既很有男子气，又很温柔。“你喜欢这儿吗？”K 问，并指着

1《新约·使徒行传》4：36：“有一个利未人，生在塞浦路斯，名叫约瑟，使徒称他为巴拿巴（‘巴拿巴’翻出来就是‘劝慰子’）。”这里，“巴拿巴”是“巴纳巴斯”的另一种译法。

那些农民。K对农民的兴趣还一直没有消失，他们的脸上都印着饱经风霜的痕迹，他们的头颅看起来像是被打平的，面部表情是在挨打时的痛苦中刻下的，他们都鼓起厚厚的嘴唇，张着嘴在注视着他，可又不是在注视他，因为有时他们的目光又移往别处，盯着某件无关紧要的东西，过了一阵才转回来。接着，他又指着他的两名助手，这两个人正拥抱在一起，脸贴着脸在笑，不知他们的笑容是表示恭顺还是讥讽。K把这些人一一指给他看，仿佛在介绍一群由于特殊情况而强加给他的随从似的，并指望巴纳巴斯始终将他同这些人区分开来。对K来说，他这样做是一种亲密的表示。但是巴纳巴斯根本没有注意这个问题——看得出，这不是故意的，把它忽略过去了，就像一个训练有素的仆人忽略了表面看来主人只是对他说的一句话一样。巴纳巴斯只是根据K向他提出的问题，到处打量了一下，向农民中的熟人挥手致意，同两名助手交谈了几句。这一切都做得潇洒自如，不使自己跟那些人混同起来。虽然K的问题没有得到回答，但他也未失面子，于是就重新举起手里的那封信，打开来看。信里写道：

尊敬的先生！如您所知，您已受聘为伯爵大人效力。您的直接上司是本村村长，有关您的工作和工资待遇等一切具体事宜将由他通知您，您也应对他负责。不过本人亦将对您予以关注。此函递送人巴纳巴斯将不时来您处问询，以了解您的意愿并向本人转达。在力所能及的范围内，本人将竭力使您满意。本人所关心的，乃是工作人员能够满意。

信的签名看不清楚，但旁边盖了一个章：“X办公厅主任”。“等着吧！”K对正躬身侍候的巴纳巴斯说，接着便让客店老板带他到他的房间去，说他要单独待一会儿，对这封信再做一番研究。同时他又想到，虽然他觉得巴纳巴斯很讨人喜欢，但对方终究不过是个信使，于是就给他要了一杯啤酒，并注意他接啤酒时的态度。巴纳巴斯对此显然非常高兴，立即就喝了起来。随后K便跟老板走了。客店很小，能够提供给K的，就只有一间小阁楼，而就是腾出这间阁楼来也颇费了一些周折，因为阁楼里一直住着两位女仆，先得把她们安排到别处去住。实际上只是让女仆搬走，除此之外也没有干什么别的事。房间还是原来的样子，没有改变，床上没有床单，只有几个枕头和一条粗羊毛毯，都还是昨天晚上用过的，未曾收拾。墙上挂了几张圣像和士兵的照片。窗户都没有打开通通风，显然，店里希望这位新客人不要住得太久，所以也就没有做任何布置来留住他。不过K对这一切倒无异议，他把毯子往身上一裹，坐在桌子边，借着烛光开始重读这封信。

这封信的内容前后并不一致，有些地方同他说话的口气是把他作为自由人来对待的，他自己的意愿得到承认，比如信上的称呼，以及涉及他的要求的地方。信里又有些地方，明着或暗着是把他作为一个卑微的、几乎不被主任放在眼里的工人来对待的。主任要尽力对他“予以关注”，他的上司只是个村长，甚至还要对其负责，他唯一的同事也许就是那位村警了。这些无疑都很矛盾，而且矛盾是如此明显，说明他们一定是故意的。K根本不认为这些矛盾是由举棋不定造成的；面对这样一个主管部门，上述想法是很荒唐的。他倒是更倾向于把这些矛盾看作向他公开提供的选择，对信里的安排愿意做出什么结论由他自己来定：愿意做一名同城堡保持一种也算是显赫的但只是表面上的联系的乡村工人，还是表面上做一个乡村工人，实际上他的全部工作关系都是由巴纳巴斯的信息决定的。K 毫不犹豫地做了选择——即使没有他已经获得的那些经验，他也不会犹豫：只当一名乡村工人，尽可能离城堡里的老爷们远一些，就能够做出得到城堡里肯定的成绩来。村里人虽然现在对他还不信任，但是一旦他成了村民，即使还不是他们的朋友，他们也会开始同他说话的，而且一旦他变得同格斯泰克或拉塞曼没有什么区别了——他要尽快做到这一点，因为一切都取决于这一招——那么条条大路肯定就会一下子都向他敞开。如果他仅仅指望上面那些老爷以及他们的恩典的话，那么这些大路不仅永远是封锁的，而且连看也看不见。当然存在危险，这在信里已做了充分强调，是以一种欢乐的调子描述的，仿佛危险是不可避免的。这危险就是要甘愿当工人。效力、上司、工作、工资待遇、职责、工作人员，这些字眼信里比比皆是，信里即使有一些比较关切的话，也是从这一立场出发的。假如 K 想成为工人，他就能够成为工人，不过以后就得踏踏实实地卖力干活，再也没有希望到别处去了。K 知道，他们不会真的来强迫他，这他不怕，在这里他更不担心，但是他怕的是那种令人沮丧的周围环境的力量，那种令人心灰意懒的习惯势力，那种每时每刻潜移默化的力量，他必须同这种力量进行斗争。这封信也没有回避这种情况：万一发生争执，那准是K斗胆挑起来的。这一点信里说得很巧妙，只有心情不安的人——是心情不安的人，而不是坏人——才能觉察到，那就是录用他的信里用的“如您所知”四个字。K已经报到了，这以后信里才说，他被录用了。

K从墙上取下一幅画，把信挂在钉子上。他将住在这个房间里，那么这封信也应该挂在这里。

随后他下楼来到店堂里。巴纳巴斯正同两名助手坐在一张小桌旁。“哦，你在这里。”K说。他说这句话并没有什么特别的因由，只是因为见到巴纳巴斯心里高兴。巴纳巴斯立即站了起来。K刚进去，农民一下子都站起来，往他跟前走去。时刻围着他打转，这已经成了农民的习惯。“你们老跟着我干吗？”K嚷道。农民并没有生气，都转身慢慢回到自己的座位上。一个农民的脸上挂着一丝令人不解的笑容，其他几个也露出这种表情，他在回到座位上去的时候，不经意地说了一句：“我们总是会听到一些新鲜事的。”他边说边舔嘴唇，仿佛新鲜事就是一道佳肴似的。K没有说什么同他们搞好关系的话，心想，假如他们对他表示尊敬一点，那倒不错。他还没有挨着巴纳巴斯坐下，就感觉到一个农民在他脖子上呼气。农民说，他是来拿盐瓶的，可是K却气得直跺脚，那个农民没顾得上拿盐瓶，就跑开了。要对付K，那真是很容易的，比如说，只要煽动农民来反对他就行了。这种死缠硬磨来打听他的事的做法比别人的默不作声更使他恼火。板着脸的人好对付，因为只要他往他们桌旁一坐，那儿的人肯定就坐不住了。只是因为巴纳巴斯在场，他才没有大吵大嚷。不过他还是转过身去横眉怒目地望着他们，他们也都在望着他。他看见他们在各自的座位上坐着，相互之间并不交谈，也没有明显的默契，他们的一致只表现在大家一起都盯着他这一点上。他觉得，他们老缠着他不放，似乎并不是出于恶意，也许他们真想从他这里打听些什么，只是不好说出来。要不然也许只是一种幼稚行为，看来这里的人都是很幼稚的。比如说这位客店老板吧，他要给某位客人送杯啤酒，总是双手捧着，眼睛望着K，一声不吭地站在那里，连老板娘从厨房的小窗户里探出身来叫他都听不见，这难道不也很幼稚吗？

K怀着比较平静的心情转向巴纳巴斯，他有心想把两名助手支开，但又想不出借口，再说他们都默默地望着各自的啤酒呢。“这封信，”K开始说，“我已经看过了。你知道信的内容吗？”“不知道。”巴纳巴斯说，看起来他目光里流露出来的比说出来的更多。K以为巴纳巴斯是善意的，农民是恶意的，这种看法可能错了，不过有巴纳巴斯在场，他心里总感到很惬意。“信里也说到了你，那就是要你不时地在我和主任之间传递消息，因此我想，信的内容你是知道的。”“给我的任务只是送这封信，等你看了以后，如果认为有必要，就让我把你的口头或书面答复带回去。”“好吧，”K说，“不用写信了，请转告主任先生——他叫什么名字？我认不出他的签名。”“他叫克拉姆[1]。”巴纳巴斯说。“那就请向克拉姆先生转达我的谢意，感谢他的录用以及他的厚

1 原文为Klamm，与捷克语中的klam（幻象）相似。

爱，我在这里还没有证实自己的能力，我会珍视他的厚爱的。我将完全照他的意思去做。今天我没有什么特别的要求。”巴纳巴斯聚精会神地听K讲完以后，便恳求K允许他复述一遍向主任转达的事。K表示同意，于是巴纳巴斯便一字不差地把K说的重复了一遍，接着起身告辞。

K一直在打量着他的脸，最后又打量了一次。巴纳巴斯差不多和K一样高，可是他面对K的时候目光总是垂着的，几乎有点谦卑的样子。说这个人会耻笑别人，那是不可能的。当然，他只是个信使，对自己传递的那些信的内容并不了解，但是他的眼神、他的微笑、他的步态又似乎在传递一种信息，尽管他自己并不知晓。K同他握了手，显然这使他大为惊诧，因为他本想只鞠个躬就告退的。

他出门的时候还将肩膀靠在门上，目光往店堂里扫了扫，但并不是在看哪个具体的人。他一走，K立即就对两名助手说：“我到房间里把记事本拿来，然后我们来商量一下下一步的工作。”助手想跟着他去。“你们在这儿待着！”K说。他们还是想跟他一起去。K更严厉地重申了他的命令。巴纳巴斯已经不在过道里了，不过他刚刚才走呀。然而K在客店门前——又在下雪了——也没有看见他。他喊道：“巴纳巴斯！”没有回答。他会不会还在屋里？看来不会有别的可能。但是，K还是使出全身力气在喊他的名字。他的喊声在黑夜里震响。随后远处确有一个微弱的答应声传来：巴纳巴斯已经走远了。K喊他回来，同时朝他走过去。从他们碰面的地方已经望不到客店了。

“巴纳巴斯，”K说，抑制不住声音的颤抖，“我还有些话要对你说。如果我需要城堡里的什么东西，也只有干等你偶尔到这儿来才行，我觉得这样的安排很不好。要是我现在不是碰巧追上你的话——你跑得飞快，我以为你还在屋里呢——谁知道到你下次再来我得等多久。”“你可以请求主任让我在你指定的时间定期到你这儿来。”巴纳巴斯说。“即使这样也还不够，”K说，“也许我一年都没有话要你转达，但是你刚走一刻钟，也许我就有什么不能延误的事要找你。”“那么说，”巴纳巴斯说，“要我报告主任，在他与你之间不是通过我，而是应该建立另一种联系咯？”“不是，不是，”K说，“完全不是，这事我只是顺便提提而已，这次我幸好追上了你。”“我们要回客店去吗？”巴纳巴斯说，“在那里你可以把新的考虑告诉我。”说着，他已经朝客店的方向迈了一步。“巴纳巴斯，”K说，“不用了，我跟你一起走一段。”“你为什么不愿回客店去？”巴纳巴斯问道。“那儿的人老打扰我，”K说，“农民那种纠缠劲儿你是亲眼见过的。”“我们可以到你房间去。”巴纳巴斯说。“那是女仆的房间，”K说，“又脏又闷。为了不在那儿待着，我愿意陪你走走。”最终为了打消他的犹豫，K又加了一句：“只是，你得让我挽着你，因为你走得稳。”说着，K就挽住了他的手臂。这时天很黑，K根本看不见他的脸，只能模模糊糊地看到他的身躯，先摸索了一会儿，才摸到他的手臂。

巴纳巴斯让步了，他们往与客店相反的方向走去。当然，K觉得，他虽然使出了全身力气，仍然赶不上巴纳巴斯的步子，还弄得巴纳巴斯的身体不能随意活动；他又感到，要是在平常情况下，单是这点小事就会使他的一切都泡汤，更何况到了像今天上午那样的小胡同，陷在雪地里，只有让巴纳巴斯背着才能出来。但是他现在不去想这些担心的事，另外巴纳巴斯没有吭声，这也使他心里踏实了一些：既然他们默默地走着，那么对巴纳巴斯来说，继续往前走这件事本身也就成了他们在一起的目的。

他们走着，但K不知道是往哪儿去，他什么也辨认不出来，甚至连他们是否过了教堂，他也不知道。由于一个劲儿地走路使他十分费力，所以他就无法控制自己的思想了。他们不是朝着目的地去，而是在瞎走。他的脑海里不断浮现出故乡的情景，心里充满了对故乡的回忆。在故乡，大广场上也有一座教堂，教堂的周围有部分地方是一片砌着围墙的旧墓地。只有极少几个男孩爬上过围墙，K则还没有爬上去过。他们想爬围墙并非出于好奇，对他们来说墓地并不再是什么秘密了，他们常常从墓地的小栅栏门里进去；他们爬这道又高又滑的围墙只是为了征服它。一天上午，这个寂静空旷的广场上洒满了阳光，K几时见过这样的景色？这时他居然出奇地、轻而易举地爬上了围墙。他嘴里叼着一面小旗，在那个以前他曾常常滑下来的地方，一下子就爬了上去。脚下的碎石还在簌簌地往下滚，他就已经到了墙上。他把小旗插在墙上，小旗迎风招展，他往下看看，往四周看看，还转过头去看看那些埋在土里的十字架，此时此地没有人比他更伟大了。后来凑巧老师从这里经过，恼怒地盯了K一眼，把他赶了下来。K跳下来的时候磕伤了膝盖，费了很大劲才回到家里，不过他毕竟上了围墙。当时他觉得，这种胜利之情将是他漫长人生的支撑，这倒并不完全是犯傻，因为如今时隔多年，在雪夜里他挽着巴纳巴斯的胳膊的时候，这件往事帮了他大忙。

他把巴纳巴斯的胳膊挽得更紧了，巴纳巴斯几乎在拖着他走，沉默仍然没有被打破。对于他们走的这条路，K 根据路面状况来判断，他们还没有拐进小胡同。他暗暗发誓，决不因为路程的艰难或者为返程担忧而停滞不前。不管怎么说，让人拉着走，他的力气大概还是足够的。这条路会没有尽头？白天城堡在他面前像是一个很容易到达的目标，况且这位信使一定会抄近路的。

这时巴纳巴斯停了下来。他们到哪儿啦？不再往前走了？巴纳巴斯要向 K 告辞了？他的意图未能实现。K 紧紧抓住巴纳巴斯的胳膊，几乎把自己的手都抓痛了。要不就是出现了令人无法相信的事：他们已经进了城堡或者到了城堡门口。但是如 K 所知，他们并没有爬山。巴纳巴斯领他走的这条路会不会只有一点儿难以觉察的缓坡？“我们到哪儿啦？”K 低声问道，更像是在问自己。“到家了。”巴纳巴斯也是低声地说。“到家了？”“现在请留意，先生，别滑倒。这是条下坡路。”“下坡路？”“只有几步路了。”巴纳巴斯加上一句，这时他已经在敲门了。

一位姑娘来开了门，他们正站在一间大屋子的门槛边，屋里几乎是全黑的，因为只有在后面左边桌子上方吊了一盏小油灯。“谁跟你一起来了，巴纳巴斯？”姑娘问道。“土地测量员。”他说。“土地测量员。”姑娘朝桌子那边大声重复了一遍。那儿的老夫妻俩，还有一位姑娘随即站了起来。他们向 K 打了招呼。巴纳巴斯向K介绍了他的全家人：父母亲和姐姐奥尔珈、妹妹阿玛丽娅。K几乎看不见他们，有人帮他脱下湿透了的衣服，拿到炉子边去烤，K也没有客气。

这么说，不是他们到家了，只是巴纳巴斯到家了。但是为什么他们来这儿？K把巴纳巴斯拉到一边，问道："你干吗回家来？或是你们就住在城堡范围里？""在城堡范围里？"巴纳巴斯重复着，好像没有听懂似的。"巴纳巴斯，"K说，"你可是从客店出来要进城堡的呀。""不是，先生，"巴纳巴斯说，"我是要回家，我早上才进城堡，我从不在那儿过夜。""原来是这样，"K说，"你不是要去城堡，而只是来这儿。"他觉得巴纳巴斯的微笑不那么有神了，他这个人也不那么引人注目了。"你为什么不早告诉我呢？""你没有问我呀，先生，"巴纳巴斯说，"你只是要我办件事，但又不愿在店堂里或你的房间里说，那我想，你可以在我家里讲给我听，没有人会来打扰。你只要吩咐一声，他们就可以马上走开。要是你喜欢我们这儿，你也可以在此过夜。我做得不对吗？"对于这番话，K无言以对。那么，这是一个误会，一个卑鄙、低贱的误会，可是K却对它如此投入。原先，巴纳巴斯那件很窄的、发着丝绸光泽的外套曾使K着迷，现在他解开了外套的扣子，里面，这位长工宽阔有棱的胸脯上套着一件又脏又黑、打了许多补丁的粗布衬衫。周围的一切不仅与他的情况极其相称，而且进一步突出了这种境况：那位患关节炎的老父亲走起路来与其说是用两条僵硬的腿在慢慢移动，还不如说是用两只手在往前摸索；那位母亲则两手交叉着叠放在胸前，因为身体臃肿，走起路来也只能迈着极小的步子。自 K 进屋以后，这两位，父亲和母亲，便从角落里朝 K 迎了过来，但还没有走到 K 的跟前。他的两个金发姐妹彼此长得很像，也很像巴纳巴斯，不过面部表情比巴纳巴斯严肃。这两位个子高大、身体结实的姑娘站在刚走过来的两位老人身边，等着 K 来向她们打个招呼。可是 K 什么也说不出。他觉得，在这个村子里，每个人都对他抱有什么想法，事实上也确实是这样，唯独这儿的几个人对他一点也不关心。要是他能独自战胜路上的困难回到客店去的话，那他会立即就走的。他有可能明天一早跟巴纳巴斯一起进入城堡，但是这对他也没有一点吸引力。他原想在这个黑夜里由巴纳巴斯领着，神不知鬼不觉地闯入城堡，而且是由迄今为止他心目中的那个巴纳巴斯领进去。他感到那个巴纳巴斯比他在这里见到的所有人都亲近，同时他还以为那个巴纳巴斯同城堡关系密切，要远远超出他表面上的地位。可是他是这个家庭的儿子，一个完全属于这个家庭的儿子，此刻正同全家人坐在一张桌子旁，显然连在城堡里过一夜都不被允许，那么同这个巴纳巴斯在光天化日之下挽手进入城堡是根本不可能的。真要是这样去试试，那也很可笑，是毫无希望的。

K 在靠窗的一张凳子上坐下，决心就在那儿坐着过夜，不给这个家庭增添任何麻烦。他觉得那些要把他弄走或者怕他的村里人反倒没有什么危险，因为他们倒是提醒他要靠自己，还有助于他集中自己的全部力量。可是那些表面上要帮助他的人，玩的却是骗人的把戏，他们不是领他到城堡里去，而是带他到家里来，转移他的注意力。他们无论是有意还是无意的，都在摧毁他的精力。这家人喊他同他们一起用餐，他也全然未予理会，只是垂着脑袋仍旧坐在那张凳子上。

这时，奥尔珈，那个比较温柔的姐姐，站起身来，显出一丝少女的腼腆，走到K跟前，请他去进餐。她说，面包和腊肉已摆好了，她还要去买啤酒。“到哪儿去买？”K问。“到客店里去买。”她说。K觉得这倒很来劲。他请她不用去买啤酒，而陪他到客店去，说他在那里还有重要工作要做。但这时他明白了，她不愿走很远，到他住的客店去，而是想去一家离这儿很近的贵宾饭店。但是K还是请她允许自己陪她去，心想，也许在那里可以找个地方睡觉，无论如何，在那里过夜总比睡在这个家里最好的床上要好吧。奥尔珈没有马上回答，而是转过身朝那张桌子上望去。她弟弟在桌旁站了起来，点点头表示同意，并说：“要是这位先生想去，你就带他去好了。”他这一同意，差点儿使K收回自己的请求——既然巴纳巴斯都同意了，这事就毫无价值可言了。但是这时他们已在讨论人家会不会让K进饭店的问题了，对此大家都很怀疑；K反而极力坚持要和她一起去，也不去费劲找什么可以说明自己一定要去的理由了。对于像他这样的人，这家人大概是会顺着的，在他们面前他也没有什么不好意思的。只是阿玛丽娅那严肃、直率、凛然，也许还有点漠然的眼神倒有点使他乱了方寸。

去饭店的这段不远的路上，K挽着奥尔珈的胳膊，他没有别的法子，几乎是让她拉着走的，就像先前让她弟弟拉着一样。路上他了解到，这家饭店是专为城堡里来的先生们开设的，他们到村里来办事，就在那儿吃饭，有时甚至在那儿过夜。奥尔珈同K轻声谈着，像说知心话一样。K觉得同她一起走路很愉快，几乎就像同她弟弟一起走路一样。K想竭力抗拒这种舒适感，但是办不到。

从外表来看，这家饭店很像他住的那个客店。村里的房子外表上大概根本就没有什么大的区别，不过小的区别还是一眼就能看出来的：屋前的台阶上有一排栏杆，门上挂着一盏漂亮的灯。他们进门的时候，头上有块布在飘动，这是一面涂着伯爵家族颜色的旗帜。他们在过道上就碰见了饭店老板，显然他正在四处查看。擦身走过的时候，他用小眼睛看着K，既像在打量他，又像是睡意蒙眬的样子。他说："这位土地测量员先生只可以到酒吧间那儿。""那当然，"奥尔珈说，立即又替K说，"他只是陪我来的。"但是K并未感激她。他松开奥尔珈的胳膊，把老板拉到一边。这期间奥尔珈在过道的另一端耐心地等着。"我很想在这儿过夜。"K说。"抱歉，这不可能。"老板说，"看来您还不知道，这饭店是专为城堡里的老爷们准备的。""这大概是规定吧，"K说，"但让我随便睡在哪个角落里总可以吧。""我倒是非常愿意满足您的要求，"老板说，"但是且不说这规定有多严厉——您是外乡人我才跟您说——从另一方面来考虑您也不可能住在这儿，因为城堡里的老爷们是极其敏感的。我确信，他们看见外乡人是受不了的，至少是缺乏思想准备。我要是让您在这儿过夜，您偶然——而这种偶然的事发生与否总是取决于这些老爷——被发现的话，那不仅我完了，连您也完了。这听起来很可笑，却是事实。”这位个子高高、扣子扣得整整齐齐的先生一只手撑着墙，另一只手撑着腰，交叉着两条腿，稍稍向 K 弯了点身，很知心地对他说。看起来他好像不是这村里的人，虽然他那件深色衣服很整齐，似乎是农民的节日装束。“您说的我完全相信，”K 说，“虽然我笨嘴笨舌的，但我却丝毫没有小看这个规定的意思。只是我还要请您注意一件事：我在城堡里有重要的关系，而且将会有更重要的关系，这些关系可以保证您不会承担因我在这儿过夜而可能产生的风险，而且我向您保证，您给我的这点小小的方便，我定会一丝不差地回报的。”“这我知道，”老板说，接着又重复一遍，“这我知道。”K 本来可以强烈提出他的要求的，但老板的这个回答却使他左右为难，所以他只是问道：“今天有很多城堡里的老爷在此过夜吗？”“就这点来说，今天倒是很有利的，”老板的语气里带了几分引诱的意味，“在这儿住宿的只有一位老爷。”K 总觉得不能勉强人家，但又希望被留下来，因此他只是再问了一下那位老爷的名字。“克拉姆。”老板顺口说道，同时朝他妻子转过身去。这时老板娘正轻声走来，她的裙子虽然又破旧又过时，却镶着饰边，打着褶子，而且做工精致，是城里人穿的。她是来叫她丈夫的，说是主任大人要什么东西。但是老板在走开之前，还是转过身来看了看 K，仿佛 K 是否在这儿过夜的问题不是由他决定，而是由 K 自己来决定的。K 什么也说不出，特别是正巧他的上司在这儿，这一情况使他愣住了。他自己也说不清楚，为什么他在克拉姆面前不像在城堡里的其他人面前那么自在。要是在这里被他发现了，虽然 K 不会像老板那么害怕，但这毕竟是一件难堪的、不愉快的事，仿佛就是他轻率地伤害了一个他理应感激的人。他看到，他原来担心自己会落得个下属地位，落得个工人地位，但是这些可怕的后果现在显然已经展露出来了，而在这里，在明显出现了这些后果的地方，他却不能去战胜它们。想到这些，他心里感到十分沉重和压抑。他站在那里，咬着嘴唇，一言不发。老板在进门之前又回头朝 K 看了一眼。K 望着老板的背影，仍旧一动不动地站在那儿，直到奥尔珈过来把他拉走。“你向老板要求什么？”奥尔珈问道。“我想在这里过夜。”K 说。“你不是住我们那儿吗？”奥尔珈惊奇地问。“是的，当然。”K 说，把这句话的意思留给她去琢磨了。

第三章

酒吧是个大房间，中间空荡荡的，靠墙的啤酒桶边和桶上坐着几个农民，他们看起来跟K住的那家客店里的人不一样。他们的衣着都比较整洁，一律是灰黄色的粗布衣服，外套的腰身肥大，裤子紧紧贴在身上。他们的个子都不高，扁圆的脸，颧骨突出，第一眼看来，他们都一模一样。大家都静静地坐着，几乎动都不动一下，只用目光跟踪着两个正在进来的人，但也只是缓缓地、冷漠地盯着他们。但是因为他们人多，酒吧里又那么静，所以他们对K也产生了一定的影响。他又挽起奥尔珈的胳膊，借以向这些人宣布他在场。在一个角落里，有个男人——奥尔珈的一位熟人——站起身，想朝她走来，但是K挽着她的胳膊，把她转到另一个方向去了。除了她谁也没有注意到这个动作，奥尔珈就让他这么着，只是笑着瞟了他一眼。

一位名叫弗丽达的年轻姑娘给他们斟上了啤酒。她是个不显眼的小个子金发姑娘，有着忧伤的眸子和凹陷的双颊，但是她的目光，她那流露着特殊优越感的目光，却让人感到惊异。她的目光落在 K 身上的时候，他就觉得她已经办妥了涉及 K 的几件事，至于有没有这样的事，他本人还一点都不知道，但是这种目光又使他确信，这些事是确实存在的。K 继续从侧面观察弗丽达，即使在她同奥尔珈说话的时候，他也没有停止观察。看来奥尔珈和弗丽达并不是朋友，她们只说了几句冷冰冰的话。K 想加入她们的谈话，因此就突然提了个与她们的谈话内容毫不相干的问题："您认识克拉姆老爷吗？"奥尔珈纵声大笑。"你笑什么？"K 生气地问道。"我可没有笑。"她说，但是仍在不停地笑。"奥尔珈还是个很有点孩子气的姑娘。"K 说，同时把躬着的身子伸向柜台，想再次把弗丽达的目光紧紧地吸引到自己身上。可是她却目光低垂，轻声说道："您想见克拉姆老爷？"K 求她领他去见克拉姆老爷。她指了指左手边的一扇门："那儿有个小孔，你可以从小孔里去看。""这里的那些人呢？"K 问。她噘着下嘴唇，用一只极其柔软的手把 K 拉到那扇门前。这个小孔显然是为了观察房里情况才钻的，K 透过这个小孔把整个房间尽收眼底。

屋子中间有一张办公桌，克拉姆先生正坐在桌边一张舒适的圆靠背椅上，面前一盏吊得低低的电灯耀眼地照着他。克拉姆先生中等身材，体态已经发福，动作迟缓。他脸上还很光滑，但随着年岁的增长，两颊的肌肉有点松弛和下垂了，黑八字胡的两撇拉得很长，一副戴斜了的、反着光的夹鼻镜遮盖着他的眼睛。要是克拉姆先生端正地坐在办公桌前，那么 K 只能看到他的侧面轮廓，但是因为他朝 K 转过来很多，所以他的整张脸 K 都看得见。克拉姆的左胳膊肘放在桌上，夹着弗吉尼亚雪茄的右手放在膝盖上。桌上有一只啤酒杯，因为办公桌的边框很高，所以K看不清楚桌上有没有文件，但是他觉得桌上是空的。为了保险起见，他请弗丽达透过门上的小孔往里看一看，并把看到的情况告诉他。因为她方才还到那屋里去过，所以她能不假思索地向K证实桌上并没有文件。K问弗丽达，他是否该离开那个小孔了，可是她说，只要他有兴趣，他爱窥视多久就窥视多久。K现在单独跟弗丽达在一起，他刚才匆匆瞥了一眼，发现奥尔珈还是到熟人那儿去了，此时正高高地坐在一只啤酒桶上，两只脚晃来晃去。“弗丽达，”K在她耳旁悄悄地说，“您同克拉姆老爷很熟吧！”“是呀，”她说，“很熟。”她在K旁边靠着，这时K才发现，她正在拾掇她那件轻浮的、领口开得很低的奶油色衬衫，她瘦削的身子穿着这件衬衫，显得有点不伦不类。接着她又说：“您不记得奥尔珈刚才的笑了吗？”“记得，这淘气鬼。”K说。“嗯。”她以谅解的口吻说，“她的笑是有原因的。您问我是否认识克拉姆，我嘛，我是……”说到这里，她下意识地稍稍站直了一点，用得意扬扬的目光又扫了K一下，这目光同她刚才所说的话一点儿也沾不上边，“我是他的相好。”“克拉姆的相好？”K说。她点点头。“那么，对我来说，”K为了使他们之间的气氛不至于过分严肃，便笑着说，“您可是一位值得尊敬的人物啦。”“不仅仅是对您。”弗丽达愉快地说，但并没有去理会他的微笑。K有一招可以对付她的骄傲，便使了出来。他问：“您到城堡里去过吗？”可是这一招不灵，因为她回答道：“没去过，难道我在这儿的酒吧里还不够吗？”显然，她的虚荣心到了疯狂的程度，而且她正好想在K

面前好好满足一下这种虚荣心。“那是的，”K说，“在这酒吧间您等于是老板了。”“不错，”她说，“开始我在‘桥头’客店照料牲口。”“就凭这双嫩手？”K半问半说道，他自己也不知道，他不过是拍拍她的马屁呢，还是真的被她征服了。她的手倒是真的又小又嫩，可是也可以说是瘦弱的，并无什么迷人之处。“那时谁也没有想到，”她说，“就是现在也……”K望着她，等她再往下说。她摇摇头，不愿说下去了。“当然，您有您的秘密，”K说，“您是不会跟一个才认识半小时的人来谈自己的秘密的，何况他还没有机会向您介绍他自己的情况呢。”看来这话说得不大恰当，这等于是把弗丽达从这种对他有利的恍惚朦胧状态中唤醒了。她从挂在腰带上的皮包里拿出一个小木塞，堵住了小孔，接着，为了不让K觉察出她态度的变化，自我掩饰地对他说：“关于您的事，我都知道，您是土地测量员。”随后又加了一句：“现在我得去干活了。”说着，她便往吧台后面的座位走去，这时到处都有人起身，拿着自己的空酒杯去让她添酒。K还想不招眼地再同她谈谈，所以就从架上拿了只空杯子走到她跟前。“还有一件事，弗丽达小姐，”他说，“从照料牲口的做到酒吧招待，这真是了不起，非得有出类拔萃的精力才行，可是对于像您这样的人来说，做到酒吧招待就达到最终目标了吗？真是愚蠢的问题。请您不要笑我，弗丽达小姐，您的眼睛流露出您未来的奋斗目标要比以往的更加远大。但是世界上的反对力量是很大的，目标越是远大，遇到的反对力量也就越大，因此要是得到即使是一个渺小的、无足轻重的，但同样也在奋斗的人的帮助，这不是什么丢脸的事。也许我们可以找个时间好好谈一谈，而不是让那么多眼睛盯着。”“我不知道您想干什么。”她说，这次她的语调似乎违反了意愿，流露出来的不是对自己生活胜利的豪情，而是无限的失望。“也许您想把我从克拉姆身边拉走吧？哦，天哪！”她拍着手说。“您可把我看透了，”K说，似乎因为未被信任而显得精疲力竭，“这正是我的秘密意图。您应该离开克拉姆，做我的情人。现在我可以走了。奥尔珈！”K喊道，“我们回去吧。”奥尔珈顺从地从啤酒桶上滑下来，但并没有马上就离开围着她的那些朋友。这时弗丽达以威胁的眼光瞅着K，低声说：“我什么时候能跟您谈谈？”“我可以住在这儿吗？”K问。“可以。”弗丽达说。“我马上就可以留在这里？”“您先跟奥尔珈走，我好把这些人弄走。过一会儿您就可以来了。”“好。”K说，于是不耐烦地等着奥尔珈。但是农民不放她走，他们想出了一种舞蹈，奥尔珈是舞蹈的中心，大家围了个圆圈在跳，每次一声齐喊，便有一个人走到奥尔珈面前，一只手紧紧搂住她的腰，转上几圈，舞越跳越快，叫喊声像咽气似的，越来越显出渴求的意味，后来渐渐变成几乎像是一个人的声音了。起初，奥尔珈还笑着想从圈子里冲出来，现在只是披散着头发，如痴如醉地从一个人手里转到另一个人手里。“派到我这里来的就是这么些家伙。”弗丽达气得咬着薄薄的嘴唇说。“是些什么人？”K问。“克拉姆的跟班，”弗丽达说，“他老是带这些人来，一见他们我就冒火。我不知道今天跟您说了些什么，土地测量员先生，要是我说的话惹您生气，那要请您原谅，都是这帮家伙在这儿造成的。我认识的人里，这些家伙最让人瞧不起，最让人讨厌，可是我还得为他们斟啤酒。我常常求克拉姆把他们留在家里。虽说我不得不忍受别的老爷的跟班，但他总应该为我考虑考虑吧，但是我的请求毫无用处，每次他来之前一小时，这帮家伙就拥了进来，像是牲畜进圈一样。现在他们真该到他们的圈里去了。您要是没在这儿，我就要把这扇门打开，让克拉姆亲自来撵他们出去。”“他难道听不见吗？”K问道。“听不见，”弗丽达说，“他睡着了。”“怎么？”K喊了起来，“他睡着了？我刚才往房间里窥视的时候，他可还醒着，正坐在办公桌前。”“他还那么坐着呢，”弗丽达说，“就是在您看见他的时候，他就已经睡着了。要不我怎么会让您往里窥视？这是他睡觉的姿势。这些老爷都很能睡，这很难理解。不过，要是他不那么能睡，他怎么能受得了这些家伙的吵闹呢？现在我得自己来把他们赶走了。”她从角落里拿出一根鞭子，只高高一跳——像只小羊羔似的跳得不太稳——就到了跳舞的那帮人那里。起初大家都转过身来面对着她，仿佛新来了一位跳舞的姑娘，事实上有一会儿工夫看起来弗丽达真要放下鞭子似的，但她又立即举起了鞭子。“我以克拉姆的名义……”她喊道，“命令你们到圈里去！统统都给我到圈里去！”他们看到她认真起来了，便怀着一种对K来说无法理解的恐惧开始往后挤，前面几个人一撞，那扇门一下就开了，刮进一阵晚风，所有的人，连弗丽达都不见了，她显然把他们撵过院子，赶进圈里去了。

这时酒吧里突然一片寂静，但K却听到过道上传来了脚步声。为了保险起见，他跳到吧台后面，台底下是唯一可以藏身之所。虽然并没有禁止他待在酒吧间，但是因为他想在这里过夜，那就必须避免让人看见。因此，在酒吧的门真的打开的时候，他便钻到了吧台底下。要是在那儿被发现，当然也不是没有危险，不过他可以说是怕那些撒野的农民才躲起来的，这个借口多少也有几分可信。进来的是老板。“弗丽达！”他喊道，在屋里来回走了几次。

幸好弗丽达不久就来了，她没有提到K，只是一个劲地骂那些农民。她在设法找K，后来走到吧台后面。在那里，K可以碰到她的脚了，从此时起他感到安全了。虽然弗丽达没有提起K，但后来老板自己提出来了。“土地测量员在哪里？”他问。他这个人本来就比较客气，由于经常跟地位比他高得多的人比较自由地交往，因而更显得很有教养。他同弗丽达说话时语调显得特别尊敬，由于他说话时仍旧没有放下雇主在一个相当轻佻的雇员面前的身份，所以他那种语调就尤为明显。“我完全把土地测量员给忘了，”弗丽达一边说，一边把自己的小脚放在K的胸脯上，“他大概早就走了吧。”“但是我并没有看见他，”老板说，“他几乎一直是待在过道里的。”“他可不在这里。”弗丽达冷冷地说。“他也许躲起来了，”老板说，“根据我对他的印象，有些事他是做得出来的。”“这么大的胆量他大概还不至于有吧。”弗丽达说，并更使劲地把脚压在K身上。她有种快乐开朗、随心所欲的天性，K先前一点都没有发现。她还完全令人难以置信地来了个先发制人，突然笑着说：“也许他躲在这底下吧。”说着她朝K弯下腰，匆匆吻了他，接着又跳起来，扫兴地说：“没有，他不在这儿。”

老板也觉得很奇怪，他说：“不弄清楚他真的走了没有，我心里总觉得不是个味儿。这不仅关系到克拉姆老爷，也关系到规章制度问题。规章制度你我都得要遵守，弗丽达小姐。这酒吧间就由你负责，我再到别的屋里去查一查。晚安！祝你睡个好觉！”他还没有走出酒吧间，弗丽达就把电灯关了，钻到吧台下面，到K身边去了。“我亲爱的！我的心肝宝贝！”她悄悄地说，但并没有碰K，好像爱得晕倒了似的，伸开胳膊仰面躺着。面对幸福的爱情，时间像是无穷无尽的，她唱起一支小曲，但又更像是在叹息。因为K还在默默地沉思，她倒吓了一跳。接着她便像小孩似的硬拉着他：“来吧，这下面把人都憋死了！”他们互相拥抱在一起，她的娇体在K的手里灼燃，他们滚在一起，失去了理智。K不停地想要摆脱这种状态，但毫无办法。他们在地上滚了几下，砰的一声撞上了克拉姆的房门，随后他们躺在了一小摊啤酒和粘在地板上的脏东西上。在那里，共同呼吸、共同心跳的时间在流逝。在这段时间里，K不断感觉到，他迷了路，或者到了在他之前还没有人到过的遥远的异国，在那里连空气都不含故乡空气的成分，在那里人都会因那种奇异感窒息而死，而处在这种奇异感的强大诱惑下，你什么也干不了，只能继续往前走，继续迷路。因此，当克拉姆的房间里有个低沉的、命令式的冷漠的声音在喊弗丽达时，K没有感到吃惊，而是仿佛看到了一道令人慰藉的微光。“弗丽达。”K在她的耳边轻轻唤她，并说有人在喊她。出于机械的服从本性，弗丽达本想跳起来，但随即想起了自己是在什么地方，便舒展一下身子，暗笑着说：“我不会去的，我永远不会到他那儿去。”K想表示反对，想催她到克拉姆那里去，并开始帮她把散乱的衬衫整理好。但是他什么也说不出，双手把弗丽达拥在怀里，这对他来说太幸福了，幸福得让他提心吊胆。因为他觉得，要是失去弗丽达，也就失去了他所拥有的一切。他的首肯似乎使弗丽达变得坚强了，她攥紧拳头，用拳头去敲房门，并喊道：“我在土地测量员这儿！我在土地测量员这儿！”当然，克拉姆是没有声音了。但是K却起身跪在弗丽达身边，在黎明前昏暗的微曦中环顾四周。出了什么事？他的希望何在？现在一切都泄露了，他还能从弗丽达那里指望些什么？他没有根据敌人十分强大、自己的目标非常宏伟这一情况采取相应措施，小心谨慎地往前走，而是在啤酒中滚了一夜，那股味儿把人都熏晕了。“你干了什么？”他自言自语地说，“我们俩全完了。”“不是，”弗丽达说，“只是我完了，可是我却得到了你。放心好了。你看这两个人笑成这样。”“谁？”K问，并转过身去。他的两名助手正坐在吧台上，虽然熬了点夜，但很愉快。这是忠实地履行了职责而获得的愉快。“你们在这儿干什么？”K嚷道，仿佛这一切都是他们的过错。他到处找昨天晚上弗丽达用的那根鞭子。“我们不得不来找你，”两名助手说，“因为你没有回到下面的客店里去。后来我们到巴纳巴斯家里去找你，你不在，终于在这儿找着你了。我们在这里坐了一夜。这差事并不轻松。”“我白天才用得着你们，夜里不要，”K说，“给我滚。”“现在已经天亮了。”他们说，身子一动也不动。真的天亮了，院子的门已经打开，农民，还有被K忘在九霄云外的奥尔珈都拥了进来。奥尔珈虽然衣衫不整、头发散乱，但仍像昨晚一样活泼。一到门口，她就在找K了。“为什么你没跟我一起回家？”她说，眼泪都快流出来了。“就为了那么个婆娘！”她接着说，并把这句话重复了几次。弗丽达方才走开了一会儿，这时提着一摞要洗的脏衣服回来了。奥尔珈伤心地退到一边。“现在我们可以走了。”弗丽达说。不言而喻，她的意思是说，他们该到“桥头”客店去了。K和弗丽达走在前面，后面跟着两位助手，这支队伍就是这几个人。农民们对弗丽达表示了极大的轻蔑，这是理所当然的，因为迄今为止她一直非常严厉地管着他们。有个农民甚至拿了根棍子，似乎她不从棍子上跳过去就不放她走，但是她一瞪眼就把他赶跑了。到了外面的雪地里，K稍稍舒了口气。在外面K感到极其轻松愉快，因此路不好走这点困难这次就不在话下了。要是K一个人，可能会走得更好。到了客店，他马上进了自己的房间，往床上一躺。弗丽达在旁边地板上收拾出了一个床铺。两名助手也挤了进来，但被撵了出去，后来他们又从窗户爬了进来。K累极了，累得不愿再撵他们了。老板娘特地上阁楼来对弗丽达表示欢迎，弗丽达管她叫“好妈妈”。两个人见面后那股亲热劲儿真让人难以理解，又是接吻，又是长时间地拥抱。屋子里根本安静不了，穿着男靴的女仆也常常噔噔地进来送点什么，或拿走些什么。如果她们要从塞满各种东西的床上拿什么，就肆无忌惮地从K身子底下往外拉。她们向弗丽达问好，大家都是同样的身份。房间里虽然没有安静的时候，但K还是在床上睡了一天一夜。弗丽达没有为他帮上什么忙。K第二天起来的时候，精神得到恢复，这已是他到村里的第四天了。

第四章

他很想跟弗丽达说说知心话，苦于找不到机会，因为两名助手死皮赖脸地跟着，寸步不离，弗丽达也不时跟这两个人开开玩笑，开心地乐一乐。这两个人倒没有什么要求，他们在角落里往地板上铺上两条旧裙子就算是床铺了。他们跟弗丽达说，不打扰土地测量员先生，尽量少占地方，这是他们追求的荣誉。在这方面，他们做了种种试验，当然试验总是在低声细语、吃吃作笑声中进行的。比如说他们交叉着胳膊和腿，蜷缩在一起，在朦胧的光线下只看见那个角落里有一大团东西。可惜根据白天的经验得知，那是两个十分专心的观察者，他们始终盯着这边的 K，装作玩小孩儿的游戏，如用手当望远镜，搞些诸如此类的无聊的玩意儿，或者只是朝这边眨巴眨巴眼睛，而做出主要是在修整他们的胡子的样子——他们非常重视自己的胡子，总是没完没了地比较谁的胡子长、谁的胡子密，并让弗丽达来做出评判。

K 常常躺在床上漫不经心地望着这三个人玩的花样。

当他感到精力已经恢复，能够起床了，这三个人都急忙跑来侍候他。但是他的精力尚未恢复到不用他们侍候的程度，他发现，这样一来他便落到了在一定程度上要依赖他们的境地，而这种依赖又可能会造成极坏的后果。但是他又不得不这样做，坐在桌子旁喝着弗丽达端来的上等咖啡，在弗丽达烧的炉子旁边暖和暖和身子，支使两个助手匆匆忙忙、笨手笨脚地在楼梯上跑上跑下，为他打洗脸水，拿肥皂、梳子和镜子，最后又拿来一小杯朗姆酒。因为K曾轻声表示过这个意愿——这一切倒是很舒服的。

K就这么着发号施令。让人侍候，他心情一愉快，也就不怎么考虑希望获得成功了。他说："你们两个现在走开吧，我暂时不需要什么了，我要单独跟弗丽达小姐谈谈。"他从他们脸上没有发现直接反对的表情，便又加了一句，作为对他们的补偿："待会儿我们三人一起到村长家里去，你们在下面店堂里等我。"奇怪的是，两个人听从了K的吩咐，只是在走开之前还说了这样的话："我们也可以在这儿等呀！"K回答说："这我知道，可我不要你们在这儿等。"

两位助手一走，弗丽达就坐到K的怀里，说："亲爱的，你干吗要反对这两位助手？在他们面前我们不用保守秘密。他们很忠实。"听了这话K有点生气，但从某种意义上来说，这话又很中听。"嗯，忠实，"K说，"他们在不断窥视我，真是无聊，又让人讨厌。""我觉得，我理解你。"说着，她就搂住K的脖子，本来还要说什么的，但是说不下去了，因为椅子是放在床边的，他们一摇晃就翻过去倒在了床上。他们躺在床上，但不像前一个夜里那么沉溺、忘情。她在找什么，他也在找什么，动作非常猛烈，脸都扭出了怪相，把自己的头埋在对方的胸脯里，直往里钻。两个人都在寻找，紧紧地拥抱，上下颠动的身体没有使他们忘我，反而提醒他们要寻找。像狗拼命在地上扒一样，他们也在对方身上使劲地扒，但是这一切都无济于事，他们完全失望了，为了得到最后的极乐，有时便伸出舌头来舔对方的脸。直到玩得精疲力竭，他们才安静下来，互相感激不已。这时两位女仆上来了，其中一位说："瞧，他们就这副样子躺着。"出于同情，她往他们身上扔了一条被单。

后来K从被单下爬了出来，往四处望望，看到两个助手又猫在他们的角落里了——这并不让他感到奇怪，他们用手指指着K，彼此严肃地提醒对方，一起向K敬礼。此外，老板娘也紧挨床坐着在织袜子，这点小活同她几乎遮住了屋里光线的庞大身躯实在很不相称。"我等很久了。"说着她抬起了脸。她的脸上布满了许多老人纹，但是大部分地方还很光滑，这张脸也许曾经是漂亮的。她的话听起来像是责备，没有道理的责备，因为K并没有要她来。所以K只是点了点头，表示这句话他已听见了，接着他便坐正。弗丽达也起来了，但是离开了K，去靠着老板娘的椅子。"老板娘，"K心不在焉地说，"您要同我谈的事能不能推迟一点，等我从村长那儿回来再谈？我要去谈件重要的事。""我这事更重要，请您相信我，土地测量员先生，"老板娘说，"您到那儿去谈的大概只是工作问题，可是这里的事却关系到一个人，关系到弗丽达，我亲爱的侍女。""哦，是这事，"K说，"那当然，可是我不知道，这事干吗不让我们自己来解决？""那是因为爱、因为担心。”老板娘说，并把弗丽达的头拉来靠在自己身上，因为弗丽达站着才到坐着的老板娘的肩膀。“既然弗丽达那么信任您，”K 说，“那我对您也不会另一个样。弗丽达不久前还说过，我的助手很忠实，那么，我们大家就都是朋友啦。因此，我可以告诉您，老板娘，我认为最好是弗丽达同我结婚，而且是尽快就结婚。可惜，可惜结了婚我就无法弥补弗丽达为我而失去的东西：在贵宾饭店的职位和克拉姆的友谊。”弗丽达抬起脸，她眼里含着泪水，看不到一丝对胜利满怀信心的痕迹。“为什么是我？为什么正好挑中了我？”“怎么啦？”K 和老板娘同时问道。“她心里很乱，可怜的孩子，”老板娘说，“这么多好事、坏事碰在了一起，弄得她不知所措了。”好像是为了证实老板娘的话，弗丽达一下子扑到 K 的怀里，对他一阵狂吻，仿佛屋里除了他俩没有别人似的，随后便哭着跪在他面前，可是仍紧紧地抱着他。K 一面双手抚摩着弗丽达的秀发，一面问老板娘：“看来您是同意我的意见了？”“您是正人君子，”老板娘说，眼里也含着泪水，她显得有点憔悴，沉重地呼吸着，但是说话的力气还是有的，“现在要考虑的只是您必须给弗丽达某些保证。因为无论我怎么尊敬您，您毕竟是个外乡人，找不出任何一个证人来，您的家庭情况我们也不知道，因此就需要做出一些保证。这一点您一定明白，亲爱的土地测量员先生，您自己就特别提到，由于同您的结合，弗丽达将永远失去很多东西。”“说得对，要有保证，那是当然的。”K 说，“最好是在公证员面前做出保证，但是伯爵的其他主管部门或许也会过问的。此外，我在结婚之前还必须把有些事办完。我得跟克拉姆谈一谈。”“这不可能，”弗丽达说，把身子稍稍抬了抬，紧紧贴在K身上，“竟会有这么个想法！”“必须这么办，”K说，“要是我办不到，就得由你来办。”“我不行，K，我不行。”弗丽达说，“克拉姆绝不会跟你谈的。你怎么会以为克拉姆会跟你谈？”“他总会跟你谈的吧？”K问。“也不会，”弗丽达说，“不会跟你谈，也不会跟我谈，这压根儿就不可能。”她转身向老板娘伸开两只胳膊，“您看看，老板娘，他在异想天开呢。”“您这人真古怪，土地测量员先生。”老板娘说，这时她坐得挺直，两腿叉开，薄薄的裙子下粗壮的膝盖往前突出，她这副样子怪吓人的，“您要求的事是不可能办到的。”“为什么不可能？”K问。“让我来讲给您听，”老板娘说，这声调使人觉得这个解释似乎不是最后的友情帮助，而是她提出的第一个惩罚，“我是很乐意讲给您听的。我虽然不是城堡里的人，而只是一个女人，只是本地等级最低的——还不算最低的，但离最低也不远——旅店的老板娘，因此您可能对我的解释就会不太重视，可是我这一生见多识广，同许多人打过交道，独自挑起了经营客店的全副重担。我丈夫虽然是个好小伙，但不是当客店老板的料，他从不理解什么叫责任心。就说您吧，您得感谢他的疏忽大意——那天晚上我累得浑身骨头都要散架了，您才能待在村里，您才能在这里安安静静、舒舒服服地坐在床上。”“怎么？”K问，刚从心不在焉的状态中清醒过来，心情很激动，与其说是出于愤怒，还不如说是出于好奇。“这事您唯有感谢他的疏忽大意才是！”老板娘用食指指着K，又大声嚷了一次。弗丽达试图让她平静下来。“你要干吗？”老板娘说，整个身子迅速转了过来，“土地测量员先生在问我，我得回答他，要不他怎么会弄明白那对我们来说是理所当然的事呢：克拉姆先生绝对不会跟他谈话，我要说的是绝对不会跟他谈话。您听着，土地测量员先生！克拉姆先生是城堡里的一位老爷，这事本身就表明他的地位非常高，更何况克拉姆还担任着其他职务呢。可您是什么人，我们用得着在这儿一本正经地商量您的结婚许可问题吗？您不是城堡里的人，您不是村里人，您什么也不是。可是您确实又是个什么，是一个外乡人，一个多余的、到处碍手碍脚的人，一个不断给别人制造麻烦的人，一个我们不得不为他腾出侍女房间的人，一个整天在肚里打主意的人，一个诱奸了我们亲爱的小弗丽达的人，一个可惜我们不得不把弗丽达嫁给他的人。说到这一切，我基本上不是要去责备您。您就是您。我这一辈子见得多了，这一点事又算得了什么！可是您想一想，您要求的是什么。要让克拉姆这样的人跟您谈话！弗丽达居然让您从小孔里去偷看，我听了心里就难过，她让您这么干的时候，就已经被您勾引上啦。您倒是说说，您怎么会有胆量去偷看克拉姆？您不必回答，我知道，您当时看得很仔细。要真正看到克拉姆，您根本就没有这个能耐，这可不是我在夸大其词，因为我自己也不可能见到他。您要克拉姆同您谈话，可他是不跟村里人说话的，他还从来没有跟村里人说过话。弗丽达能得到克拉姆的青睐，这是对她的最大嘉奖，这到死都是我的骄傲。克拉姆至少常常唤弗丽达的名字。她可以随意同他说话，而且允许她在他房门上钻个窥视孔，可是他也从来没有跟她说过话。他有时喊弗丽达，这并不等于他喜欢同她说话，他只是唤着弗丽达这个名字——谁知道他有什么意图！弗丽达当然就急忙去了，这是她的事。她可以不受阻拦地到他那里去，那是克拉姆的恩典，至于说他是不是直接喊的她，这事谁也不能肯定。当然，现在这一切都永远过去了。也许克拉姆还会喊弗丽达这个名字，这是可能的，但是他肯定再也不会让她——一个同你勾搭在一起的姑娘——到他那儿去了。只有一件事，只有一件事我这可怜的脑袋弄不明白，一位人家说是克拉姆的情妇——顺便提一下，我认为这是一个言过其实的名称——的姑娘，居然会让您去染指。"

"当然，这有点奇怪，"K说，并把弗丽达拉到自己怀里，她虽然垂着脑袋，但还是马上就顺从了，"但是我认为，这也证明，不是所有的事情都像您想的那样。比如说，您说我在克拉姆面前是微不足道的，这您说得对。尽管我现在要求同克拉姆谈谈，您这一番解释也改变不了我的主意，但这并不是说，不隔着一扇门我就敢看克拉姆了，见到他的时候我就不会从屋子里跑出去了。但是这样的担心，这种有根据的担心对我来说还不是放弃这件事的理由。如果我在他面前成功地挺住了，那就根本不需要他来同我谈话了，只要看到我的话给他留下了印象，那就够了。如果我的话没有给他留下印象或者他根本就不听，那我还是合算的，因为我毫无拘束地对一位有权势的大人物谈了自己的意见。可是您，老板娘，凭您的丰富阅历和精通人情世故，还有弗丽达，她昨天还是克拉姆的情人——我认为没有理由躲开这个字眼，你们一定可以轻而易举地为我提供一个跟克拉姆谈话的机会。要是别的地方不行，那就在贵宾饭店好了，也许他今天还在那儿。”

“这是不可能的，”老板娘说，“依我看，您没有理解这件事情的能力。不过您说说，您想跟克拉姆谈些什么？”“当然是谈弗丽达的事喽。”K说。

“谈弗丽达的事？”老板娘不解地问，并朝弗丽达转过身去。“你听见了吗，弗丽达？他，他要跟克拉姆，跟克拉姆谈你的事呢。”

“嗯，”K说，“您是一位那么聪明、那么值得尊敬的夫人，怎么一点小事就把您吓着了呢。就是这么着，我要同他谈谈弗丽达的事，这是很自然的，何必那么大惊小怪。您要是以为，从我出现的那一刻起，对克拉姆来说弗丽达已经无足轻重了，那您就错了。您之所以会这样想，那是因为您低估了克拉姆。我深深感觉到，在这件事情上要来教训您，那是很狂妄的，但我又非这么做不可。克拉姆同弗丽达的关系不可能由于我而发生变化。他们之间要么没有什么实质性的关系——这是那些不承认弗丽达是那位贵人的情妇的人说的，那么今天仍然没有实质性的关系；要么存在实质性的关系，那么它怎么会由于我这个——您说得对——在克拉姆眼里一文不值的人而遭到破坏呢。对这种事，人们在惊骇的一刹那可能会这样去想，但是只要稍微考虑一下就一定会纠正这种看法的。让我们再来听听弗丽达自己对这个问题的看法吧。”

弗丽达的目光扫视着远处，脸颊偎依在K的胸上，说：“一定是像妈说的，克拉姆不会再过问我的事了。但亲爱的，这并不是因为你来了，这样的事是不会影响他的情绪的。可是我认为，我们在吧台下的相会大概是他的杰作，是他的精心安排。我们应该祝福，而不是诅咒那个时刻。”“如果是这样，”K慢慢地说，因为弗丽达的话很甜，所以他就闭了会儿眼睛，好让这种甜蜜的感觉浸透他的全身，“如果是这样，那就更没有理由怕跟克拉姆谈话了。”

“真的，”老板娘居高临下地望着K说，“您有时候让我想起我丈夫，他也同您一样这么固执，这么孩子气。您到这儿才几天，就以为什么事都比当地人了解得更清楚，比我这个老婆子，比在贵宾饭店见多识广的弗丽达了解得更清楚。我不否认，有时违反了规章制度，违反了历来的做法，也可能会办成什么事。这样的事我自己没有经历过，据说有这种例子，可能吧。但是一个劲儿地说‘不，不’，而且一味固执己见，听不进善意的忠告，像您这种做法，那样的事肯定不会出现。您以为我是为您担心吗？您一个人在这儿的时候，我管过您的事吗？真要管了倒好了，就可以省掉好些麻烦。关于您，那时我对我丈夫只说了一句话：‘离他远点。’要不是弗丽达现在和您的命运连在一起，那这句话今天对我也是适用的。至于我对您的关心，甚至对您的重视，您得感谢她——您乐意也罢，不乐意也罢。您不应该把我撇在一边，因为您对我这个唯一以母亲般的关怀照管着小弗丽达的人负有绝对的责任。很可能弗丽达是对的，所发生的一切都是克拉姆的意思，但是现在我对克拉姆一无所知，我也永远不会跟他说话，对我来说，他是高不可攀的。可是您却坐在这里，养着我的弗丽达，而您自己又是由我养着的——我干吗不说出来——是的，是由我养着的。不信您就试试，年轻人，要是我把您从屋里撵出去，您在村里能不能找到一个落脚的地方，即使是个狗窝也好。”

“谢谢，”K说，“这话很坦率，我完全相信。这么说，我的地位很不稳，连弗丽达的地位也不稳喽。”

“不对！”老板娘怒气冲冲地插进来嚷道，“在这方面，弗丽达的地位跟您毫不相干。弗丽达是我家的人，谁也无权说她在这里的地位不稳。”

“好吧，好吧，”K说，“这也算您说得对，特别是不知什么原因弗丽达好像很怕您，吓得连话都不敢说。那么现在暂时就只谈我吧。我的地位是非常不稳的，这您并不否认，而且还在想方设法证实这一点。就像您说的所有其他事情一样，您这番话绝大部分是对的，但不全对。比如说，我就可以举出一个能够给我提供相当不错的住宿条件的例子来。”

“在哪儿呢？在哪儿呢？”弗丽达和老板娘同时急切地喊道，仿佛她们提出这个问题的动机都是一样的。“在巴纳巴斯家。”K说。

“这帮无赖！”老板娘喊道，“这帮老奸巨猾的无赖！在巴纳巴斯家！你们听听——”她往屋角转过身去，可是这两位助手早就出来了，正手挽手地站在老板娘背后。现在老板娘像是需要支持似的，抓住一位助手的手，接着说：“你们听听，这位先生到哪儿鬼混去了？在巴纳巴斯家里！当然，他在那儿是有地方睡觉的。唉，那天晚上他要是不在贵宾饭店，而是在那儿该多好。可是那时你们在哪儿呢？”

“老板娘，”两位助手尚未回答，K 就说，“他们是我的助手。可是您对待他们的态度就好像他们是您的助手，是在看守我一样。在其他一切问题上，我至少准备客客气气地讨论您的意见，但是关于我两位助手的问题则没有商量的余地，因为这件事太明白啦。因此，我请您别跟我的助手说话，要是我的请求分量不够的话，那我就禁止我的助手回答您提的问题。”

“这么说，不允许我同你们说话啦。”老板娘说，他们三人都笑了，老板娘的笑有点嘲讽的味道，但比 K 预料的要温和，两位助手则笑得极为普通，是一种既可以说是意味深长的，也可以说是没有任何含义的笑，是拒绝承担任何责任的笑。

“不要生气，”弗丽达说，“你要正确理解我们激动的原因。现在我们两个人彼此属于对方了，要是愿意，这事我们得归功于巴纳巴斯。我在酒吧里第一次见到你的时候——你是挽着奥尔珈的胳膊进来的，我虽然已经知道了一些关于你的情况，但总的来说我对你漠不关心，不光如此，而且几乎对所有的事情都漠不关心。那时我对很多事情不满，有些事情使我很恼怒，但那是什么样的不满和恼怒啊！比如说，一位客人在酒吧里侮辱了我。你知道，这些客人老是跟在我后面——你在那里见过那帮小伙子，还有比他们更讨厌的呢，克拉姆的跟班还不算最讨厌的。有一个人侮辱了我，你知道我是怎么想的？我会觉得，这仿佛是多年以前发生的事，或者这事好像不是发生在我身上，或者好像我只是听别人说的，或者似乎是我自己已经忘记的事。但是我不能把它描述出来，再也想象不出来了，自从克拉姆把我抛弃以后，一切都变了。”

弗丽达不往下说了，伤心地垂着脑袋，两手交叉，抱在胸前。

“您看，”老板娘叫道，她做出一副好像不是她自己在说话，而只是把她的声音借给了弗丽达的样子，还挪近了一点，紧挨弗丽达坐着，“土地测量员先生，您看看这些行为的后果，您的两位助手——您不准我同他们说话——从一旁看看大概也会得到教益的吧！您把弗丽达从能得到的最幸福的状态中拽了出来。您之所以能够做到这一点，主要是因为弗丽达怀着天真的夸张的同情心，她不忍心看到您挽着奥尔珈的胳膊，任凭巴纳巴斯家去摆布。她救了您，但牺牲了自己。现在生米已经煮成熟饭，弗丽达把她所拥有的一切都拿来换取了坐在您膝头上的幸福，可您倒好，打出了您的大王牌，说什么您本来是可以在巴纳巴斯家过夜的。您这大概是想以此来证明，您并不用依靠我。如果您真的在巴纳巴斯家过了夜，那您立即就得离开这幢房子，您也就不用依靠我了。”

“我不知道巴纳巴斯家有什么罪过，”K 一面说，一面把好像毫无生气的弗丽达小心翼翼地抱起来，慢慢放在床上，自己则站了起来，“您也许说得对，但是我恳求您把我们的事，弗丽达的和我的事，留给我们自己来解决，我肯定也没有错呀。您刚才曾提到爱和担心，可是后来我再没有看到什么爱和担心的表示，看到的只是恨、嘲弄和逐客令。如果您是存心要让弗丽达离开我或是让我离开弗丽达，这一招确实很妙，但是我相信您是不会成功的，即使成功了，您也会非常后悔的——请允许我也来一次不那么光明正大的威胁。至于说您提供给我的住处——所谓的住处，您指的只是这个可憎的小洞，这恐怕完全不是出于您自己的意愿，看来是执行伯爵主管部门对此的一项指示吧。我将向城堡当局报告，我在这儿被撵出去了。要是给我安排了另一个住处，您大概要自由自在地深深吸一口气了，而我更要轻松愉快地大大吸一口气了。现在我要去找村长商量这件事和别的事，您至少要把弗丽达照看好，您这番所谓母亲般的高论已经把她折腾得够呛了。”

接着他朝两个助手转过身去。“走吧！”说着他从挂钩上取下克拉姆的信，要走了。老板娘默默地瞅着他，直等到他用手去拉门把手的时候才说：“土地测量员先生，在您上路时我还要给您几句忠告，因为无论您说了些什么，也无论您怎么侮辱我这个老婆子，您总是弗丽达未来的丈夫呀。正是由于这个原因，我才告诉您，您对本地情况这等无知，真让人吃惊，听了您的话，再把您说的和想的同实际情况仔细比较一番，真把人的脑袋都搞糊涂了。这种无知不是一下子就可以改善的。也许根本改善不了，但是只要您稍微相信我一点，并时刻正视自己的无知，那么很多事情还是可以办得好一些的。比如说，您立即就会对我比较公正一些，就会开始感觉到，在那一刻，在我知道我的小宝贝简直是放着天上的鹰不要，却对地上的四脚蛇以身相许的那一刻——实际情况还要糟得多，我这一吓真是非同小可，现在都还惊魂未定，我不得不时时设法忘掉它，要不我怎么能平心静气地同您说话。哦，您又生气了。不要去，您还是不要去，您还得听我这个恳求：您无论到哪儿，都要记住，在本地您是最无知的人，处处都要小心在意。在我们这里，因为弗丽达在保护您不受伤害，您可以把心里话全说出来，比如说，您打算同克拉姆说的话，可以在这里说给我们听听，但是请您不要当真，不要当真那么去做！”

她站了起来，激动得脚步有点踉跄地走到K的跟前，握着他的手，带着恳求的目光望着他。“老板娘，”K说，“我不懂，为什么您为这件事低三下四地向我恳求。假如真是如您所说，我根本不可能跟克拉姆谈话，那么求我也罢，不求也罢，我终归达不到目的。可是倘若这事确有可能，我为什么不该去做？这样一来您反对的主要理由就被推翻了，您其他那些顾虑也可以打消了。当然，我是无知，这个事实反正存在，对我来说这是很不幸的，但也有好处，那就是无知者胆更大。因此，只要精力允许，我还乐意继续无知一阵子，并且承担无知所引起的恶果。而这恶果基本上只关系到我一个人，所以我就更不懂，您为什么要向我恳求。弗丽达您总是会照顾好的，假如我完完全全从弗丽达面前消失了，在您看来这是一件大好事，您怕什么呢？您不会是怕这事吧：这无知的人好像什么事都办得到。”说到这里，K已经打开了门，“您不会是怕克拉姆吧？”说完他就奔下楼梯，两位助手跟随在他身后，老板娘默默地望着他离去的背影。

第五章

同村长的谈话没有遇到什么麻烦，对此K自己都觉得奇怪。通过这件事他心里想，根据他到目前为止的经验，同伯爵主管部门正式打交道对他来说都很简单。这一方面是因为在处理他的事情上显然给过一个长期适用的、表面上对他很有利的原则；另一方面是由于那种令人钦佩的办事的统一性，特别是在表面上不存在统一性的地方，你会感到它是非常完善的。有时候只要一想到这些事，K对自己的处境就感到满意，虽然每次在一阵高兴之后，他总是很快就对自己说，危险恰恰就在这里。

同主管当局的直接联系并不太难，因为这些主管当局无论组织得多么好，都始终只是在为那些遥远的、看不见的老爷维护遥远的、看不见的事情，而K则要为近在身边的事情奋斗，为他自己奋斗。此外，至少最初他是自己主动进行奋斗的，因为他是进攻者。他的奋斗不单单是为了自己，而且显然也是为了另一些人，这些人他虽然不知道是谁，但是根据主管当局的措施来看，他相信这些人是存在的。正是由于主管部门一开始就在一些无关紧要的事情上——到现在为止也没有超出这些鸡毛蒜皮的事——对K做了很大的让步，这样一来反而使他失去了轻而易举地取得小胜利的可能性，随之也就失去了胜利的满足感，以及由此产生的继续进行理由很充分的更大斗争的把握。相反，他们让K到处转来转去，爱上哪儿就上哪儿，当然仅仅限于村里，而且还宠着他，以此来消耗他的精力，排除在这里进行任何斗争的可能性，使他过着非官方的、说不清道不明的、异乡陌路的、忧郁的生活。这样，他要是稍不提防，就可能出现这种情况：尽管当局和蔼可亲，他也充分恪尽自己所有被说成是非常轻松的职责，但有朝一日，被受到的优待所迷惑而生活不检点，他就会在这里垮掉，当局——始终还是那么温和、友好——马上就会装出一副无可奈何的姿态，但是根据某项他并不知道的法规不得不把他清除。这里那种惯常的生活到底是什么样子？K从来没有见过什么地方像这儿这样，职务和生活纠缠得这么紧，有时好像职务和生活已经换了位置。比如说，到目前为止，克拉姆对K的工作只行使了形式上的权力，同克拉姆在K的卧室里所拥有的真正的权力相比，那种形式上的权力又算得了什么？于是便出现了这种情况：你直接跟当局打交道的时候，有点漫不经心、有点松弛也无所谓，而在其他场合却始终要小心谨慎，每走一步都要先环顾四周。

K在村长那里就证实了他对此地当局的看法。村长是个和气的、胖胖的、胡子刮得很干净的人，他病了，得了严重的关节炎，就在床上接待K。“这位就是我们的土地测量员先生吧。”说着，他想从床上起来欢迎K，但未能坐起来，便又倒下，把头枕在了枕头上，用手指指两条腿表示抱歉。房间的窗户很小，挂着窗帘就更显得暗了。一个不声不响的、在暗淡的光线里几乎像影子一般的女人给K推过来一张椅子，挨床放着。“请坐，土地测量员先生，请坐，”村长说，“请把您的要求告诉我吧。”K先把克拉姆的信念了一遍，接着又谈了几点意见。他再一次感觉到，同当局打交道是极其轻松的。他们简直把任何担子都挑着，你可以把什么东西都压在他们肩上，而你自己则是自由自在的，一点不用费心。看村长的样子，似乎他也感到了这一点。他在床上不舒服地转了一下身子，然后说：“土地测量员先生，正如您所说，这件事我全知道。我之所以还没有做出什么安排，其原因，一是我生病，二是您这么久都没有来，我以为您放弃这件事了呢。如今承您美意，亲自来看我，我当然就不得不把全部不愉快的实情相告。如您所说，您已受聘为土地测量员，但是很遗憾，我们并不需要土地测量员，这里根本没有土地测量员的工作。我们那些小农庄的界线都已标好，并已正式登记入册。更换产权的事几乎没有出现过，小的地界争端由我们自己来解决。那么，我们还要土地测量员干什么？”对于这件事，以前K当然未曾想过，但他现在心里确信会得到类似这样的通知。正因为这样，他才立即说：“这真让我大吃一惊，这样一来，我的全部打算就都泡汤了。我只希望这中间发生了误会。”“可惜没有误会，”村长说，“事情就如我说的那样。”“这怎么可能呢！”K嚷道，“我从老远老远的地方到这里，不是为了让人再把我打发回去的！”“这是另一个问题，”村长说，“这个问题我决定不了，但是那个误会是怎么产生的，这事我当然可以对您做个解释。像伯爵属下这么庞大的机关里，一个部门安排了这件事，另一个部门安排了那件事，彼此没有通气的情况偶尔也会出现。虽然上级监督机构掌握的情况是极其精确的，但是等它来处理的时候就晚了，这是由它的性质决定的，这样就会不时出现一些小的混乱。当然，只是在一些极其细小的事情上，比如说像您这种情况。在大事上我还从来没见过什么差错，不过这些小事往往也是让人够难堪的。关于您这件事，我愿意把事情经过坦率地讲给您听，绝不保留官方秘密。我的官还不大，也不会那么做——我是农民，永远都是农民。很久以前，那时我当村长才几个月，有天来了一道命令，我不记得是哪个部门下达的了。命令中以那里的老爷们特有的一种毫不含糊的方式通知说，要招聘一位土地测量员，并指示村公所为他的工作准备好一切必要的计划和图样。这道命令自然与您无关，因为那是多年以前的事了，要不是我现在生病，躺在床上有足够的时间来回想这些微不足道的事，我是不会记起来的。密芝，”他突然中断了和 K 的谈话，对一直在屋里莫名其妙地飘来闪去忙活着的他的夫人说，“请你在那只柜子里看看，也许会找到这道命令的。这道命令还是我当村长不久发下来的，”他向 K 解释说，“那时候我把什么都保存着。”夫人马上就打开柜子，K 和村长都注视着。柜子里塞满了文件，柜门一开，两大捆文件就滚了出来，这两捆文件就像捆柴火那样捆得圆圆的。夫人吓得往旁边一跳。“应该在下面，下面。”村长在床上指挥道。夫人听话地用两只胳膊抱着文件，扔在柜子外面，以便拿到最底下的文件。文件铺满了半间屋子。“确实做了很多工作，”村长点着头说，“这不过是一小部分，大部分我都存放在仓库里，当然有些文件已经失散了。谁能把所有文件都保存起来！就这样，仓库里还有好多呢。你能找到那道命令吗？”他又对他夫人说，“你得找那个卷宗，卷宗上‘土地测量员’这几个字下面画了蓝道。”“这里光线太暗，”他夫人说，“我去拿支蜡烛来。”她踩着文件走出了房间。“在繁重的公务工作中，”村长说，“我夫人是我的一大支柱，可是这些工作她只是附带做的。我还有一个助手，是位老师，帮我做些文字工作，尽管这样，还是对付不了那么多事，总是有许多没有办理的案卷搁着，都在那只柜子里。”他指着另一个柜子，“我现在有病，待处理的文件就大量增加了。”说着，他疲惫却又得意地往后一靠。村长夫人拿着蜡烛回来了，正跪在柜子前面找那道命令。K 说：“我可以帮您夫人找吗？”村长摇摇头，笑着说：“我已经说过，我不对您保守公务秘密，但让您自己到卷宗里去找可不行，我还不能走得那么远。”现在房间里静悄悄的，只听见翻文件的窸窣声，村长也许还小睡了一会儿。听到轻轻的敲门声，K 便转过身来。这自然是他的两位助手。幸亏他们受过点训练，没有马上冲进屋子，而是先从门缝里悄悄地说：“我们在外面冷得很。”“是谁？”村长惊醒了，问道。“是我的助手，”K 说，“我不知道该让他们在哪儿等我，外面太冷，在这儿又碍事。”“对我倒没有影响，”村长挺随和地说，“您让他们进来好了。再说，我也认识他们，是老熟人。”“可我觉得他们碍事。”K 坦率地说，他的目光从两位助手身上移到村长身上，随后又回到助手身上，发现这三个人脸上都挂着难以区分的微笑。“既然你们已经来了，”接着他便试探性地说，“那就待着吧，去帮那边的村长夫人找一份卷宗，卷宗上‘土地测量员’这几个字下面画了蓝道。”村长没有表示反对。不许K干的事，倒允许他的助手去做。两位助手立即扑到文件上，但他们只是在文件堆里乱翻，而不是在找。只要一个在读文件上某个字的字母，另一个总要从他手里把文件抢去。与此相反，村长夫人却跪在那只空柜前，她好像根本就不再找了，再说放蜡烛的地方离她很远。

“这么说，您觉得这两位助手很碍事啰，”村长带着得意的微笑说，仿佛这一切都是他的安排，但是这事根本没人能猜得到，“但他们是您自己的助手呀。”“不是，”K冷冷地说，“我在这儿，他们才跑到我这儿来的。”“怎么回事？是跑到您这儿来的？”村长说，“您大概是说，他们是指派来的吧。”“这下对了，是指派来的。”K说，“也可以说他们是从天上掉下来的，分配他们的时候没有做任何考虑。”“这里没有一件事是没经过考虑的。”村长说，甚至忘了脚痛，坐了起来。“没有一件事？”K说，“那雇我来这事又怎么说呢？”“聘您来这件事也是经过仔细斟酌的，”村长说，“只是这中间出现了一些不太重要的情况，才把这事给搞乱了，我将用文件来向您证明。”“文件是找不到了。”K说。“没有找到？”村长喊道，“密芝，请你稍微找快点！没有文件我也可以先把事情的来龙去脉告诉您。当时，对于我提到过的那道命令，我们表示感谢，答复说，我们不需要土地测量员。这个复文看来并没有送回下达命令的那个部门——我称它为‘A’，而是送错了，送到部门B去了。也就是说，部门A没有得到答复，但是可惜部门B也没有得到我们完整的复文。复文有可能落在我们这儿，也可能在路上丢失了。肯定没到部门B，这我可以担保。总之，送到部门B的只是一个卷宗封套，上面只是标明这份卷宗的内容：内装关于聘用一位土地测量员的案卷。实际上里面没有这份案卷。这期间，部门A一直在等我们的复文，虽然在备忘录里记载了这件事，但处长却以为，我们是会给予回复的，收到复文后要么就聘用一位土地测量员，要么根据需要通过书信同我们继续讨论这件事。因此，他没有去翻阅备忘录中的记载，就把这件事忘得一干二净了。这种情况是常常会发生的，完全可以理解，即使在办事最精细的地方，这样的事也在所难免。结果在部门B，这个卷宗封套被送到了一位以办事认真著称的处长手上，他名叫索迪尼，是意大利人。像他那样有才干的人怎么会被安排在一个较低的职位上，这一点连我这个圈内人也百思不解。索迪尼当然就把这份只有一个空封套的卷宗退了回来，要求我们把材料补齐。可是，从部门A第一次下达命令至今，如果说没有几年，那也已经好几个月过去了。这事不难理解，因为按一般规律，文件递送途径正确，最晚一天之内可以到达收件部门，并在当天就办理完毕。如果文件一旦送错了地方——我们的组织非常出色，按规定必须积极去查找，否则就找不到了，那么……那么当然要经过很长的时间。因此，我们收到索迪尼的来函时，只能模模糊糊地想起这件事来。那时只有密芝和我两个人在工作，那位老师还没有分配给我，因此只有最重要的事情我们才保存副本。总之，我们只能含含糊糊地回复说，对于招聘一事我们毫无所知，我们这里并不需要土地测量员。

“但是，”说到这里，村长停了一下，仿佛他讲得起劲，离题太远了，或者至少是可能扯得太远了，“这个故事让您感到厌烦了吧？”

“不，”K 说，“这故事真逗。”

村长紧接着说：“我讲它可不是为了逗您乐的。”

“这故事之所以使我乐，”K 说，“只是因为通过这个故事我看到了这种可笑的杂乱无章的状况，在某种情况下它会决定一个人的命运。”

“您还没有看到呢，”村长严肃地说，“我可以继续讲给您听。对于我们的答复，索迪尼自然不满意。我很佩服这个人，虽然他给我制造的麻烦不少。他这个人对谁都不相信，比如说，即使他认识某个人，在种种事情上都证明他是值得信赖的，下次他也不再信任他了，好像他根本就不认识他，或者确切地说，似乎他是认识他的，知道他是无赖。我认为这是对的，一个官员就要有这种态度；遗憾的是，我这人的天性就是不能遵守这个原则，您看，我把这一切都开诚布公地告诉了您这个外乡人，我可不会别的花招。相反，索迪尼看到我们的答复就不相信。为此我们通了大量的信。索迪尼问：‘不用招聘土地测量员的事，你怎么会突然想起来？’我根据密芝出色的记忆力回答说，最初的建议是根据上面的安排提出来的（这是另一部门提出来的，这事我们早就忘了）。索迪尼反问：‘为什么你现在才提起这件公函？’我回答：‘因为我现在才想起来。’索迪尼说：‘这就奇怪了。’我说：‘这件事拖得这么久了，所以一时记不起来并不奇怪。’索迪尼又说：‘当然奇怪了，因为你记起来的那件信函没有了。’我说：‘信函当然没有了，因为全部材料都丢了。’索迪尼说：‘关于第一封信函总有一份备忘录的吧，可是现在备忘录也没有了。’到这儿我就没再说话，因为索迪尼的部门居然会出现差错，这事我既不敢肯定，也不敢相信。土地测量员先生，也许您心里在责备索迪尼，听了我说的这些，他起码应该想到去向别的部门查问这件事。要是这么做，那恰恰就不对了，我不愿您在思想上对这个人留下不好的印象。当局的一条工作原则是：绝对没有出现差错的可能性。因为整个组织工作做得十分完美，所以这条原则是有根据的，而且办事要达到极快的速度，也必须有这条工作原则。索迪尼根本不能到别的部门去查询，即使去查了，那些部门也不会给他答复的，因为他们立即就会注意到，准是出了什么差错，所以才来查询呢。”

“村长先生，请允许我打断您的话，向您提个问题。”K说，“您先前不是提到过有个监督机构吗？根据您所讲的这些来看，管理混乱到了这种程度，一个人要是想到监督都不能起到作用，那他的情绪一定很差。”

“您非常严格，”村长说，“但是您的严格即使增加一千倍，同当局对自己的严格相比，还是连边都挨不上。只有一个十足的外乡人才会提出您那样的问题来。到底有没有监督机构？有的，监督机构是有的。当然，它们的任务并不是去查究字面上很难听的所谓差错，因为差错是不可能出现的，即使偶尔出现一次，就像您的情况，谁又能肯定地说，这是一个差错呢？”

“这倒真是新闻！”K 嚷道。

“对我来说，这是很旧的旧闻了。”村长说，“我跟您差不多，我自己也确信，是出现了差错。索迪尼对这件事非常失望，因此大病一场。我们很感谢初级监督机关，他们发现了这个差错的根源，并认为这件事确实出了差错。但是谁能肯定二级监督机关也会做出同样的判断呢？何况还有三级以及其他机关呢，它们是否都这样看？”

“兴许是吧，”K 说，“这种种推测我还是不介入为好。这些监督机关我也是第一次听说，对它们自然还不了解。我只是认为，这里必须区分两件事：一是机关内部发生的事，以及事后官方所做的这样或那样的解释；二是我的真实身份。我虽然处在这些机关之外，但由于这个错误，我的利益受到这些机关的损害，而这种损害又毫无意义，所以我一直还不相信其严重性。关于第一点，村长先生您刚才所讲的恐怕已经很清楚了，而且您对整个过程了解得那么详尽，真令人吃惊。现在我也想听您说说我的情况。”

“我也正要谈呢，”村长说，“可是要是我不先说几句，您是不可能理解的。我现在就已经提到了监督机关，这未免过早了。所以，我还是先回到我同索迪尼的争执上来。我刚才已经说过，我的辩护渐渐站不住脚了。索迪尼倘若比某人稍稍占了一点上风，那他就已经取得了胜利，因为这样他的注意力就提高了，精力增加了，也更加沉着冷静了。这时，在被攻击者看来，他是极其可怕的，而在被攻击者的敌人眼里，他是非常美好的。只因为我自己在别的事情上体会过后一种情况，所以我能像自己经历过的那样来谈他。此外，我还从来没有亲眼见过他，他不能下山来，他的工作太多了，分不开身。我听人说，他的屋里大捆大捆的公文摞得高高的，像一个个大柱子，把四面墙壁都遮住了，这些还只是索迪尼正在处理的公文。因为一捆捆公文被不断取走，又不断加进来，而这一切又紧张地进行着，所以这些公文柱子也不断地倒塌，这种持续不断的、一阵阵哗啦哗啦的倒塌声恰恰成了索迪尼办公室的特征。是的，索迪尼是个工作狂，无论事情大小，他都以同样谨慎的态度来加以处理。”

“村长先生，”K说，“您总说我这件事是一件最小的事，可是它却使很多官员大伤脑筋。尽管开始的时候是件小事，但是通过索迪尼先生那类官员的热心参与，它却成了一件大事。可惜，这是违背我的心愿的，因为我没有这种雄心壮志，要让涉及我的公文摞成一个个大柱子，再让它们哗啦哗啦倒下来。我只想当一名小小的土地测量员，坐在一张小绘图桌边安安静静地工作。”

“不对，”村长说，“这不是大事。这方面您没有理由抱怨，它是小事情中最小的一件。工作量并不决定事情重要的程度。要是您那样以为的话，那您就太不了解主管当局了。就算工作量与事情的大小有关，那您这件事也是工作量最小的一件。就是那些一般的事情，也就是那些没有所谓差错的事情，工作量也要大得多，当然也有更多有益的工作要做。再说，您现在对您的事所引起的工作到底有哪些还一无所知，我先把这个情况告诉您吧。起初索迪尼不让我插手，但是派了几个官员来，每天都找一些村里有声望的人在贵宾饭店举行正式查询会。大多数人都支持我，只有几个人感到迷惑不解。土地测量问题与农民的利益紧密相关，他们估计，这里面一定有什么私下交易，做了什么手脚。他们还推举了一个领头人。索迪尼根据农民所说的理由，也认为：假如我把这个问题放到村民委员会上去讨论的话，大家不会都反对招聘一位土地测量员的。这样，原来认为不需要土地测量员这件不言而喻的事，现在起码是要好好考虑一下了。在这件事上闹得最厉害的是个名叫布隆斯维克的人，您大概不认识他，他这人也许不坏，却傻里傻气的，异想天开。他是拉塞曼的女婿。”

“是制革匠拉塞曼的女婿？”K 问，并把他在拉塞曼家里见到的络腮胡子描述了一番。

“是的，就是他。”村长说。

“他老婆我也认识。”K 信口说道。

“那倒可能。”村长说了这句就不吭声了。

“她很漂亮，只是脸色很苍白，有点病态。她大概是城堡里来的吧？”这话有一半是询问语气。

村长看了看钟，把药水倒在匙里，匆匆喝了下去。

“您大概只知道城堡里的办公机构吧？”K 直率地问。

“是的，”村长说，脸上现出讥讽而又感激的微笑，“这些办公机构是最重要的。至于布隆斯维克嘛，假如我们能把他逐出村子去，那几乎人人都会感到高兴的，而最高兴的是拉塞曼。但那时布隆斯维克有点影响力，他虽然不是演说家，却会大喊大叫，对有些人来说，这就够了。这样就迫使我只得把这事提到村民委员会上去讨论。讨论结果，起先布隆斯维克胜利了，因为村民委员会的绝大多数委员不愿讨论土地测量员的事。这件事也已经过了好些年，但是这些年来这件事一直没有平息下来，一方面是由于索迪尼的认真劲儿，他想通过处心积虑的调查弄清多数人及少数人这两部分人的动机；另一方面是由于布隆斯维克的愚蠢和野心，他在主管部门中有一些私人关系，他那异想天开的脑子不断想出一些新奇招数来，让主管部门来过问此事。当然，索迪尼是不会上布隆斯维克的当的，布隆斯维克怎能欺骗得了索迪尼？但也正是为了不上当，才进行新的调查，新的调查还没结束，布隆斯维克却又想出别的花样来了，他的脑子很灵活，这也是他的愚蠢之处。现在我要谈谈我们管理机构的一个特殊性质了。与其精确性相适应，我们的管理机构也具有高度的灵敏性。某件事情如果长久悬而未决，虽然仍在继续讨论，但往往突然由一个事先未曾料想到的、事后再也找不到的部门迅速解决了，这样的解决虽说大多是正确的，但它的决定却是武断的。仿佛管理机构再也忍受不了同一件本身也许就是鸡毛蒜皮的小事带来的紧张和长年累月的纠缠，不用官员的协助，它自已就做出了决定。当然，这里并没有什么奇迹，准是某个官员提出了书面解决办法，或者做出了没有书面文字的决定。总之，谁也不知道，至少我们不知道，村里不知道，连部门都不知道这件事是哪位官员决定的，是出于什么原因决定的。监督部门要很久以后才知道此事，而我们永远不会知道，况且后来谁也不会再对此感兴趣了。我说过，这些决定大多是非常出色的，唯一让人恼火的——这也通常是由事情本身造成的——是大家对这些决定知道得太晚。所以，对于这些本已早就做了决定的事情，这期间大家还在没完没了地进行热烈的讨论。我不知道，在您这件事情上是否也有过类似的决定——有人说有，有人说没有。要是有这样的决定，那么聘用通知一定寄给您了，您也就千里迢迢来到这里，花了很多时间，而这期间索迪尼还一直抓住这事不放，弄得他精疲力竭，布隆斯维克也在不断耍阴谋，我呢，受到两方面的夹击，苦不堪言。我只是说有这种可能，以下的事实倒是确凿的：这期间有个监督部门发现，多年以前部门 A 曾就聘用一位土地测量员的事征询村里的意见，但至今没有得到答复。最近还来问过我，当然现在整个事情已经弄清楚了。我的答复是不需要土地测量员，部门 A 对此也表示满意，索迪尼不得不承认，这件事不该他主管，当然他也没有过错，只是白白干了许多伤神费脑的工作。要不是各方面又有新的工作压了上来，要不是您的事只是件很小的事——几乎可以说是小事中最小的事，我们大家都可以好好喘口气了。我以为，甚至索迪尼自己也可以舒坦一下了。只有布隆斯维克心里不高兴，不过只能让人感到可笑罢了。这件事情愉快地了结了，而且已经过去了很长时间——可您现在突然出现了，看来这件事好像又得从头开始。请您想一想，土地测量员先生，我是多么失望。我已经下了决心，就我来说，绝不让这事再闹腾一遍，这一点您大概是会理解的吧？”

“当然，”K说，“可是我更加清楚的是，现在这里有人正在我的事情上滥用职权，甚至是滥用法律。我将不遗余力地来维护自己。”

“您想怎么做呢？”村长问。

“这我还不能透露。”K说。

“我并不想硬逼您，”村长说，“我只是请您考虑，我是您的——我不愿说是朋友，因为我们完全不认识——在某种程度上是您的公务上的朋友。只不过录用您当土地测量员这件事，我是绝对不同意的；至于别的事情，您可以信赖我，随时找我帮忙，当然是在我不大的权力范围之内。”

“您老是在说该不该录用我当土地测量员的问题，”K说，“但是我确实已经被录用了呀。这是克拉姆的信。”

“克拉姆的信，”村长说，“有克拉姆签字的信，那是很珍贵的，值得尊敬的。这签名好像是真的。否则——我不敢单独对此发表意见。密芝！”他喊道，接着又说，“你在干什么呢？”

两位助手和密芝，我们已经很久没有注意他们了。他们没有找到要找的文件，因此就想把这些东西归放回柜子里去了，但由于文件太多太乱，所以还没有放进去。两位助手忽然灵机一动，想出一个办法，现在正在忙活。他们把柜子放倒在地，把所有公文统统塞了进去，随后便和密芝一起坐在柜门上，想这样把文件慢慢压进去。

“那么，这份文件没有找到，”村长说，“很遗憾，不过事情的来龙去脉您已经知道了，其实也用不着文件了，再说文件肯定还是会找到的，说不定是在老师那儿，他那里还有很多文件呢。密芝，把你的蜡烛拿过来，把这封信给我读一读。”

密芝走了过来，在床沿上坐下，倚在强壮的、精力旺盛的丈夫身上，她丈夫则把她搂着，她显得更加苍白、更加瘦小了。现在烛光只照着她的脸，脸上的线条清晰而严肃，只是由于年纪大脸上有些衰萎，因而线条变得柔和了。她把信才瞥了一眼，便将两只手合在了一起。“克拉姆写的。”她说。接着他们两个人便一起读信，又悄声交谈几句。这时，两名助手高喊了句“棒极了”，因为他们终于把柜子门给关上了，密芝以感激的目光默默地望着他们。最后村长说：“密芝完全同意我的意见，现在我敢把我的意见说出来了。这封信根本不是公函，只是一封私人信件。这从信上第一句称呼‘尊敬的先生’就可以清楚地看出来了。另外，信里没有一个字说您已经被录用为土地测量员了，谈的只是一般的差事，而且就连这一点信里说的也没有约束力。信里只是说‘如您所知’您受聘了，也就是说，要由您来负责证明您已受聘。最后，这封信又从官方的角度专门指定我这个村长作为您的直接上司，并让我把一切具体事宜告诉您，关于这一点，绝大部分刚才已同您说了。一个善于阅读公函的人，因此更懂得阅读非公函信件，对他来说，事情是最清楚不过的了。您是外乡人，不知道这些，对此我并不感到奇怪。总的来说，这封信只表明，克拉姆本人对录用您去伯爵府上当差这件事是表示关心的，也就仅此而已。”

“村长先生，”K说，“您对这封信的解释真是好极了。照您这么一说，这封信只是在一张白纸上签了个名而已，完全没有别的内容了。您注意到没有，您把克拉姆的名字，这个您表面上非常尊重的名字，贬低到了何种程度？”

“您误解了，”村长说，“我并没有曲解这封信的意思，我的解释并没有贬低这封信，而是恰恰相反。克拉姆的私人信件当然比公函重要得多，只不过您加给它的那种重要性，恰恰是这封信所没有的。”

“您认识施华茨吗？”K问。

“不认识。”村长说，“你或许认识吧，密芝？也不认识？不，我们不认识他。”

“这就怪了，”K说，“他是一位副守卫的儿子。”

“亲爱的土地测量员先生，”村长说，“我去认识所有副守卫的所有儿子干吗？”

“行，”K说，“那您得相信我的话，他是一位副守卫的儿子。我刚到的那一天就同这个施华茨发生了令人气恼的争吵。后来他就打电话到名叫弗里茨的副守卫那儿去询问，得到的答复是：我是聘来的土地测量员。这您又如何解释呢，村长先生？”

“很简单，”村长说，“您还没有同我们的主管部门接触过。您的那些接触全部都是虚假的。因为您对情况一无所知，所以就把那些接触当成真的了。关于电话嘛，您看，我同主管部门的联系够多了吧，我这里就没有电话，像旅店那类地方，电话可能很有用，就像音乐自动播放机差不多，更多的作用就没有了。您在这里打过电话吗？打过？那么，您也许就理解我的话了。在城堡里电话的作用发挥得非常出色。人家告诉我，那里一天到晚都在不断打电话，这当然大大提高了工作效率。那种连续不断的电话，在这里的电话机里听起来是一阵嗡嗡声和歌声，这些声音您肯定已经听到过了。但是，这种嗡嗡声和歌声才是这里的电话机传送给我们的唯一正确和可以相信的东西，别的都是骗人的。往城堡里打电话并没有专线，也没有可以把我们的电话接过去的总机。从这儿往城堡里打电话，那里所有基层部门的电话机全会响起来，或者说所有的电话机都会响起来。要是不响的话，我可以肯定，那是因为几乎所有的电话机的铃都被摘下来了。但有时也会有某位官员疲倦了，需要消遣一下，特别是在晚上或夜里，于是就把电话机上的铃装上，这样，我们就得到了回话，当然这回话不过是开个玩笑而已。这也是很可以理解的，深更半夜，谁敢为了自己私人的一点小小的犯愁的事而用电话铃声去打断他们一直在迅速进行的非常重要的工作？我不理解，比如说一个外乡人打电话给索迪尼，他怎么能相信接电话的真的就是索迪尼呢？很可能是另一部门的一位小文书呢。相反，要是有人给小文书打电话，接电话的却是索迪尼本人，当然这种情况是很难碰到的。不过，万一碰上这种情况，最好的办法是，没等对方说话就跑开。”

“这些情况我当然没有看到。”K说，“这些具体情况我并不知道，电话里讲的事我并不太相信。我总觉得，事情只有城堡里的人直接知道，或是直接报告给了城堡，那才具有真正重要的意义。”

“不对，”村长抓住了一个字眼不放，说，“电话里的回答也完全可以具有真正重要的意义。为什么不能有？城堡里的官员所做的答复怎么会毫无意义呢？这一点我在看克拉姆的信的时候就已经说过。信上的话一句也不具有官方的意义，您要是认为这些话具有官方意义，那就错了。相反，信上的话是友好的还是敌意的，其私人意义是很大的，往往比公函的意义要大得多。”

“好吧，”K 说，“假如果真如此，那么我在城堡里该有很多好朋友啰。仔细想来，多年以前，那时哪个部门忽然心血来潮，要聘用一位土地测量员。这样说来，这对我是个友好的行动，随后就是一步接一步地走下来，直到这个倒霉的结局，把我诱骗到这里，又以撵我走相威胁。”

“您的看法有一定道理，”村长说，“您认为对城堡里的说法不应从字面上去理解，这一点您是对的。到处都得小心，不仅仅是这里，碰到越是重要的意见，越是要小心。至于您说是被诱骗来的，对此我不理解。如果您仔细听我的解释，那您就一定会明白，关于把您找到这儿来的问题，不是我们在这里经过一次短短的谈话就可以回答的，这个问题非常复杂。”

“那么现在的结论是，”K 说，“一切都还不明确，也无法解决，包括把我撵走的问题在内。”

“谁敢把您撵走，土地测量员先生？”村长说，“正因为聘您来这儿的问题还不清楚，所以才会对您那么客气，只不过看来您确实太敏感了。这里是没有人挽留您，但这并不等于要撵走您呀。”

“噢，村长先生，”K说，“这会儿把有些事情看得那么一清二楚的又是您。我还要给您举出几条要留我在这里的理由：我做出了离乡背井的牺牲，艰苦的长途跋涉，我因受聘于这儿而怀着有充分根据的希望，目前我身无分文的窘迫，现在我已不可能重新在家乡找到相应工作的处境，还有最后一条，绝不是无关紧要的一条，那就是我的未婚妻是当地人。”

“噢，弗丽达，”村长毫不惊奇地说，“我知道，但是无论到哪儿，弗丽达都会跟您去的。至于其他几点嘛，这里当然要给予一定的考虑。我一定向城堡里报告。一旦有了决定，或者在做出决定之前还需要询问您的话，我会派人找您来的。您同意吗？”

“不同意，绝对不同意，”K说，“我不要城堡的恩赐，我只要求得到我的权利。”

“密芝，”村长对他的妻子说，她还一直坐在他身边紧紧倚着他，沉于梦幻似的手里摆弄着克拉姆的那封信，并把它折成了一只小船，这让K大吃一惊，一把从她手里将信夺了过来，“密芝，我的腿又开始痛了，我们得换绷带了。”

K站了起来。“现在我要告辞了。”他说。“好吧，”密芝说，她已经准备好一张膏药，“这儿过堂风也太大了。”K转过身去，他的两位助手还在极不合时宜地拼命为密芝效力，这时听到K的话，马上去把两扇门打开。为了不让强烈的冷空气吹进病人的房间，K只好匆匆向村长躬身告别。接着他便拉着两位助手走出屋子，并迅速把门关上。

第六章

老板正在客店门口等他。K 不问他，他是不敢开口说话的，因此 K 就问他有什么事。“你已经找到新住处了吗？”老板问道，站在那儿眼望地上。“是你老婆叫你问的吧，”K 说，“看来你很听她的话呀。”“不是，”老板说，“不是我老婆叫我问的。可是由于你，她非常不安，很不愉快，活儿也干不了，躺在床上不停地唉声叹气，满腹牢骚。”“要我上她那儿去吗？”K 问。“我正要请你去呢，”老板说，“我本想从村长家里把你叫来的，我还在村长家门口听了一会儿，可是你们正在谈话，我不想打搅你们，而且我也不放心我老婆，所以就跑回来了。可她却不让我到她跟前去，我没有别的办法，只好在这儿等你。”“那就快去吧，”K 说，“我马上就会让她平静的。”“要是能做到，那敢情好。”老板说。

他们走过明亮的厨房，厨房里有三四个女仆彼此离得远远的，顺手找了点活在干，一看见 K，她们全都泥塑木雕似的在那儿发愣。在厨房里就听到老板娘的叹息声了。她躺在一间没有窗户的小屋里。房间用薄木板同厨房隔开，屋里只能放下一张大双人床和一个柜子。这张床放的位置正好可以看到整个厨房，好监督厨房里的工作，而从厨房里却看不清屋里的东西。屋里光线很暗，只有红白色的被褥才显出些许微光。只有进了屋子，眼睛习惯以后，才能分辨出屋里的东西。

“您到底来了。”老板娘说，声音很微弱。她仰躺着，显然呼吸很困难，她掀掉了羽绒被。她躺在床上比穿了衣服的时候显得年轻多了，头上戴的那顶有精致花边的睡帽虽然太小，在头发上晃动着，却使她憔悴的面庞显得楚楚可怜。“怎么以为我该来呢？”K 温和地说，“您可没有叫我来呀。”“您不该让我等这么久。”老板娘以病人那种固执的口吻说道，“请坐，”她指了指床沿，“别人都走开！”因为这当中除了两位助手，女仆也都进屋里来了。“我也走了，珈黛娜。”老板说。K 第一次听到老板娘的名字。“那当然，”她慢慢地说道，好像在想别的事，又心不在焉地加了一句，“干吗唯独你要待在这儿？”所有的人都退回到厨房去了，这回两位助手也马上走了，当然是紧紧跟着一个女仆。这时珈黛娜却非常谨慎，她知道这里说的话厨房里都能听得见，因为那屋子没有门，于是她命令大家统统离开厨房。这一点他们立刻就做到了。

“土地测量员先生，”珈黛娜说，“柜子前面挂了条毯子，请您递给我，我要盖毯子，我受不了这床羽绒被，喘不过气来。”K 把毯子给了她，她说：“您看，这条毯子很漂亮，是吗？”K 觉得这是一条普通毛毯，只是出于礼貌，他才又摸了摸，但没有说什么。“是的，这条毯子很漂亮。”珈黛娜边说，边把毯子盖在身上。现在她安安静静地躺着，似乎所有的痛苦都消失了，甚至想到了自己的头发因为躺着而有点乱，于是一会儿又坐了起来，把睡帽四周的头发理了理。她的头发很浓密。

K 有点不耐烦了，便说："老板娘，您先前让人问我找到别的住处没有。""是我让别人问您的？"老板娘说，"没有，一定搞错了。""这是您丈夫刚才问我的。""这我相信，"老板娘说，"我同他的意见不一致。我不要您在这儿的时候，他把您留下了；现在您住在这儿我很高兴，他倒要撵您走了。他老是干这样的事。""这么说，"K 说，"您对我的意见完全改变了？在一两个小时里就改变了？""我的意见没有变，"老板娘说，声音又弱了一些，"把您的手伸给我。对，现在您答应我，要非常坦率，我对您也一样。""好，"K 说，"谁先开始说？""我。"老板娘说。她给人的印象，并不是先说就是对 K 让步，而是她急于先说。

她从枕头底下抽出一张照片，递给 K。"您看看这张照片。"她恳求地说。为了看得清楚些，K 一步跨进了厨房，可是即便在那里也看不出照片上是什么，因为时间太久，照片已经褪色，好多地方已经折裂了、压皱了、弄脏了。"这张照片已经不行了。"K 说。"可惜，可惜，"老板娘说，"因为这些年总是带在身边，所以成了这样。不过您仔细瞧，还是可以看出来的，绝对可以看出来。再说，我还可以帮您，把您所看到的告诉我，我很乐意听您谈谈这张照片。怎么样？""一个年轻人。"K 说。"对，"老板娘说，"他在干什么？""我觉得，他是躺在一块木板上，伸开四肢，在打哈欠。"老板娘笑了。"完全不对。"她说。"但这确实是块木板，他躺在这儿。”K坚持自己的看法。“您再仔细看看，”老板娘生气地说，“他真是躺着的吗？”“没有，”现在K说，“他不是躺着，是飘悬在空中，我看出来了，这不是木板，很可能是条绳子，这位年轻人在跳高呢。”“这就对了，”老板娘兴奋地说，“他在跳高，官方的信使都是这么练习的。我知道，您一定会看出来的。您也能看到他的脸吗？”“脸我只看到一点儿，”K说，“他显然很使劲，张着嘴，眯着眼，头发飘动着。”“说得很好，”老板娘赞赏地说，“不认识他的人就看不出更多的东西了。他可是个漂亮小伙子，我只匆匆见过他一面，就永远也忘不了他。”“他到底是谁？”K问。“他是克拉姆第一次派来叫我去他那儿的信使。”老板娘说。

K听不大清楚，玻璃上的响声分散了他的注意力。他马上就发现了干扰他的原因。两位助手正站在外面的院子里，两条腿在雪地里轮换着一跳一蹦，做出一副又见到了K感到非常高兴的样子。他们快活地把K指给对方看，同时还不停地用手指敲着厨房的窗户。K做了一个吓唬他们的动作，两个人就立刻跑开了，彼此都想把对方挤在后面，但一个马上就挣脱开了另一个。不一会儿，他们又回到了窗户跟前。K赶忙跑进屋里，在那儿，外面的助手看不到他，他大概也看不到他们。但是轻轻敲打窗户玻璃的恳求似的当当声响了很长时间。

“这回又是这两位助手。”他向老板娘表示歉意，并指着外面。但是她并没有注意他，又从他手上把照片拿了去，边看边把它弄平，重新塞在枕头底下。她的动作越来越慢，这并不是因为疲倦，而是往事的回忆压在她的心头。她本来要讲给K听的，但是因为沉湎于对往事的回忆中，倒把他给忘了。她玩着毯子的缨穗。过了一会儿她才抬起眼睛，用手擦了擦眼睛说："这条毯子也是克拉姆送的，还有这顶睡帽。这照片、毯子和睡帽，是他给我的三件纪念品。我没有弗丽达那么年轻，野心没有她大，也没有她那么会体谅人，她是很会体谅人的，总之，我很善于适应生活，但有一点我得承认，没有这三样东西，我是不会在这里支撑这么久的，很可能连一天都支撑不了。这三件纪念品，在您看来也许微不足道，但是您看，弗丽达同克拉姆来往那么长时间，可她却一件纪念品也没有，我曾经问过她，她太热情了，也太不知足。我正好同她相反，我只去过克拉姆那里三次——后来他就没有再叫我去，我也不知道是什么原因——正如我预先就感觉到的，我跟他在一起的时间很短，可是我却带回了三件纪念品。当然自己得多个心眼，克拉姆自己是不会送东西的，但要是看到那儿有什么合适的东西，就可以向他要。"

听了这些事，K感到很不舒服，尽管这些事同他的关系也不大。

"这事有多久了？"他叹了口气，问道。

"已经二十多年了，"老板娘说，"二十好几年了。"

"那么长时间了，还对克拉姆那么忠诚。"K说，"您知道吗，老板娘，当我想到将来的婚姻，您讲的这些会使我非常担忧的。"

老板娘觉得K把自己的事掺和到这里来是很不得体的，所以恼怒地对他侧目而视。

“别那么生气，老板娘，”K说，“我没有说一句反对克拉姆的话，但是这些事使我同克拉姆发生了某些联系，这个事实就连最崇拜克拉姆的人也是无法否认的。就是这么回事。因此，别人一提克拉姆，我总要不由自主地想到我自己，怎么也改不了。还有，老板娘，”说到这里，K握住了她犹犹豫豫的手，“请您想一想，上次我们谈得很不好，弄得不欢而散，这次分手的时候可要心平气和的。”

“您说得对，”老板娘说着，垂下了头，“您体谅我吧。我并不比别人敏感，相反，每个人都有他敏感的地方，我敏感的地方只有一处。”

“很遗憾，这也是我的敏感所在，”K说，“我一定会克制自己的。现在请您告诉我，夫人，假如弗丽达也像您一样对克拉姆难以忘怀，那么在婚姻生活中叫我如何忍受她对克拉姆的这种可怕的忠诚呢？”

“可怕的忠诚？”老板娘恼怒地重复着，“这是忠诚吗？我对我丈夫是忠诚的，但是对克拉姆……克拉姆曾一度把我认作他的情妇，有朝一日我能失去这个等级吗？在弗丽达身上您如何忍受这件事？啊，土地测量员先生，您是什么人，竟胆敢这样来问？”

“夫人。”K以警告的口吻说。

“我知道，”老板娘顺从地说，“可是我丈夫并没有提出那样的问题。我不知道，该说谁是不幸的，是当时的我还是现在的弗丽达？是勇敢地离开克拉姆的弗丽达，还是我——他没有再派人来叫我去过？也许弗丽达是不幸的，虽然她好像还不知道不幸的程度到底有多大。可是我想的完全是我当时的不幸，因为我不得不时常问自己，而且直到今天也没有停止这样问：为什么会发生这样的事？克拉姆叫你去了三次，第四次就没有再叫你，再也没有叫你去！当时我还想了些什么？除了这件事，我同那以后不久就和我结婚的丈夫还能谈些什么？白天我们没有时间，我们接手的这个客店当时的状况非常糟糕，得设法把它办得火起来。可是在夜里呢？多年来我们夜里所谈的话题只是围绕克拉姆以及他改变主意的原因。要是我丈夫谈谈就睡着了，我就把他叫醒，两个人继续谈。”

“假如您允许，”K说，“我要冒昧地提出一个问题。”

老板娘没有吭声。

“这么说，我是不该问啰，”K说，“这也使我满意了。”

“当然，”老板娘说，“这也使您满意了，特别是这件事。您把什么都加以曲解，甚至把不说话都加以曲解。您就不会是别的样。我允许您把问题提出来。”

“倘若我把什么都曲解了，”K说，“也许把我自己的问题也曲解了，也许这问题并不那么冒昧。我只是想知道，您是怎么认识您丈夫的，这家客店又是怎么到了你们名下的。”

老板娘皱着眉头，满不在乎地说：“这事非常简单。我父亲是铁匠，我现在的丈夫汉斯是一个大地主的马夫，常上我父亲那儿去。那时正是我同克拉姆最后一次聚首之后，我很痛苦。本来我是不该痛苦的，因为一切都顺理成章，不准我再上克拉姆那儿去。这正是克拉姆的决定，因而是正确的，只不过原因不清楚，我不应该去弄清楚这些原因，本来我也不应该痛苦。但我还是很伤心，没法干活，整天坐在屋前的花园里。汉斯在那儿见到了我，有时也坐在我身边，我并没有向他诉说自己的痛苦，但他知道这是怎么回事。他是个善良的小伙子，常常陪我一洒同情的眼泪。当时的客店老板的妻子已亡，老板自己也年岁已大，所以不得不放弃经营。有次他从我们花园边经过，看到我们坐在那里，便停了下来，毅然提出要把客店租给我们，他很信任我们，所以不要我们预付一分钱，而且把租金也定得很便宜。我不愿成为父亲的累赘，别的我全不在乎，所以我考虑了这家客店和这项也许会让我忘掉一些过去的新工作，便嫁给了汉斯。事情的始末就是如此。”

沉默了一会儿，K说：“原客店老板的行为很漂亮，但不谨慎，或许他对你们两个人的信任有其特殊原因？”

“他很了解汉斯，”老板娘说，“他是汉斯的叔叔。”

“那当然啦，”K说，“汉斯家里显然很看重同您的这门亲事吧？”

“也许是吧，”老板娘说，“这我不知道，这事我从来没有关心过。”

“事情大概是这样。”K说，“倘若汉斯家愿意做出那种牺牲，在没有保证的情况下，就轻易地把客店交到了你们手里，当然是有益于这门亲事的。”

“后来事实证明，这事并非不谨慎。”老板娘说，“我一心扑在工作上，我是铁匠的女儿，身强体壮，用不着女仆和长工，里里外外全是我单枪匹马地干：在店堂里，在厨房、畜圈和院子里。我很会烹饪，以至于还招徕了贵宾饭店的部分客人。您在中午时还没有去过店堂，所以不知道我们中午的顾客，那时来吃午餐的人还要多，后来好些人不上这儿来了。我们不仅悉数交付了租金，而且几年以后还把客店买了下来，今天我们几乎没有负债。之后的结果是我把自己给毁了：得了心脏病，成了老婆子。您也许以为，我比汉斯大得多，实际上他只比我小两三岁，但是他从不见老，因为他的工作就是抽袋烟，听顾客闲聊，再磕磕烟斗，有时拿拿啤酒。干这种活，人是不会老的。”

“您的成绩值得钦佩，”K说，“这方面是毫无疑问的，可是我们是谈您结婚以前，那时汉斯家豁出一大笔钱，或者至少得承担交出客店这个大风险来急着办这门婚事，而通过这门婚事汉斯家得到的只有您这个大家一点也不了解的劳动力和汉斯的劳动力——他没有多大办事能力，这一点他们该是早已知道的——除此之外，别无其他好处，所以这事确实有点奇怪了。”

“哦，得了，”老板娘疲倦地说，“我知道您话里的意思，可您完全想错了。这些事情同克拉姆没有一点关系。克拉姆干吗要为我操这份心？确切地说，他怎么会为我操这份心？他根本就不再知道我的情况。他不再叫我去了，这事本身就表明，他已经把我忘了。谁一旦不被他叫去，他就会把谁给忘了。我在弗丽达面前不愿谈这事。这不仅仅是忘了，而且比忘了还糟糕。我们要是忘了一个人，将来总会重新记起来的。对克拉姆来说，那是完全不可能的。他要是不再叫你去了，那他就把你彻底忘了，不仅忘掉了往事，而且将来也永远不会再想起来。要是我认真想一想，我是会理解您这些想法的，您的这些想法在你们外地也许是有道理的，但在这里却毫无意义。可能您会钻牛角尖，以为克拉姆把汉斯给我做丈夫，是为了他将来一旦要叫我去的时候，我不用费多大周折就可以到他那儿去。这种想法真是疯到顶了。要是克拉姆给了个信号让我去，谁能阻止我跑到他身边去？如果有这样的人，他又在哪儿？简直是胡言乱语，十足的胡言乱语。谁要是抱着这些胡言乱语不放，他自己也就成了昏头昏脑的糊涂蛋。”

“不，”K说，“我们倒不想成为糊涂蛋，我想的还远没有您推测的那么远，虽然说实话，我正在往那儿想。目前唯一让我感到奇怪的是，汉斯的亲属对这门亲事抱着很大的希望，这些希望也果真实现了，当然是以您的心脏和健康为代价而实现的。确实，我不得不这么想，认为这些事情同克拉姆有关，但是我的想法并不像或者还不像您所描述的那么粗鲁，您那样说只不过是为了好再把我呵斥一阵，因为那会使您感到开心。但愿您能够开心！不过我的想法却是：首先，促成这门亲事的显然是克拉姆。没有克拉姆，您就不会郁郁寡欢，就不会坐在花园里无所事事；没有克拉姆，汉斯就不会在花园里见到您，而要是您不痛苦悲伤，汉斯这么个害羞的人就绝不敢同您说话；没有克拉姆，您就绝不会同汉斯一起流眼泪；没有克拉姆，那位好心的老叔叔，原来的客店老板，也就不会看见汉斯和您一起安安静静地待在那儿；没有克拉姆，您对生活就不会抱着无所谓的态度，就不会嫁给汉斯。要我说，在所有这些事情上，克拉姆都在起作用。但是事情并没有到此为止。倘若您不是为了竭力忘记这件事，您就不会不要命地工作，就不会把客店办得这么兴旺。所以说，这里也有克拉姆的份儿。撇开这些不说，克拉姆也还是您生病的根由，因为结婚前您已经为这不幸的痴情耗尽了您的心血。现在剩下的问题只是，什么事使得汉斯的亲属对这门亲事那么热心。您自己曾提到，做了克拉姆的情妇就意味着地位的提高，而且永远不会失去，所以，这恐怕是吸引汉斯亲属的原因吧。此外，我认为他们还希望把您引到克拉姆身边去的那颗福星——如果那是一颗福星的话，不过您说是——是您的，所以必定会留在您身上，不会像克拉姆那样那么快、那么突然地离开您。”

“您这些想法当真吗？”老板娘问。

“我真是这么想的，”K很快就回答，“不过我认为，汉斯的亲属所抱的那些希望既不完全对，也不完全错，而且我觉得，我已经看出了他们所犯的错误。表面上看，事事都如愿以偿了，汉斯的收入颇丰，娶了个魁梧的老婆，受人尊敬，客店又偿清了债务，但实际上并不事事如愿。如果他是一位普通姑娘初恋的情人，同她结合了，那他一定会幸福得多。假如说他有时茫然若失地站在店堂里，就像您埋怨他的那样，这是因为他真的感到茫然若失——这倒并不是他觉得自己的婚姻不幸福，这是肯定的，这一点我了解他。但是如果这位漂亮而聪明的年轻人娶了另一位妻子，那他就会幸福得多。我的意思是说，他会更独立，更勤奋，更有男子气概，这一点同样也是肯定的。而您自己肯定并不幸福，并且如您所说，要是没有这三样纪念品，您都不想活下去了，而且您又得了心脏病。那么说，汉斯的亲属所抱的希望错了？我不这么看。福星就在您的头上，但是他们不知道把它摘下来。”

“那么他们错过了哪些事呢？”老板娘问。她仰面躺着，眼望屋顶。

“错过了去问克拉姆。”K 说。

“这样，我们又回到您的事情上来了。”老板娘说。

“或者说又回到您的事情上来了，”K 说，“我们的事情是紧紧相连的。”

“那么，您对克拉姆有些什么要求？”老板娘问。她坐了起来，把几个枕头抖松，堆在一起，好坐着靠在枕头上。这时她直视着 K 的眼睛。“我已经把我的事坦率地告诉了您，对我的经历您已经有了一些了解。您想问克拉姆什么事，请您也坦率地告诉我。我费了好大劲才说服弗丽达到楼上她的房间里去，我怕您当着她的面不会爽快地说出来。”

“我没有什么事要隐瞒，”K 说，“有几件事我想提请您注意。您说克拉姆很健忘，首先，我觉得这是不大可能的；其次，这事无法证明，显然只不过是传说而已，而且正是那些得宠于克拉姆的姑娘编造出来的。您居然会相信如此平庸的杜撰，真令我吃惊。”

“这不是传说，”老板娘说，“这是根据大家的经验得出来的结论。”

“这个结论也是可以用经验来反驳的，”K 说，“您的情况同弗丽达的情况还是有差别的。就弗丽达来说，根本就没有出现克拉姆不再喊她的事，相反，他喊了她，而她没有去，甚至可能他还一直在等她。”

老板娘没有吭声，只是上下打量着K。随后她说：“您要说的话我都愿意倾听。您不用照顾我，还是直截了当地说好。我只有一个恳求：请您不要用克拉姆的名字。您可以用‘他’或者别的什么来称呼他，但不要提他的名字。”

“好的，”K说，“但是我对克拉姆有什么要求，这很难说。首先，我想从近处看到他，再就是要听到他的声音，还想知道，他对我们结婚持什么态度。至于对他还有些别的什么请求，这要根据谈话进展的情况而定。有些问题可以加以讨论，但对我来说最重要的是与他见面。我还没有同真正的官员直接说过话。看来这件事比我所想的还难以办到。现在我有责任同他进行一次私人谈话，我觉得，这事办起来要容易得多。他作为官员，我只能在也许是无法到达的他在城堡的办公室里或者贵宾饭店里——这也成了问题——同他谈话。但是如果他以私人身份，我就到处都可以跟他谈话：在屋子里，在街上，在只要我能碰到他的任何地方。如果他随后顺便以官员身份同我说话，我也将乐意接受，但这并非我的首要目的。”

“好，”老板娘说，并且把脸埋在枕头里，仿佛她说的是难以启齿的丢脸的事似的，“假如我通过我的关系，把您希望同克拉姆谈话的请求转达给他，您能答应我，在答复下来之前不擅自采取什么行动吗？”

"这我不能答应，"K说，"虽然我很乐意满足您的要求。事情非常紧迫，特别是因为我同村长谈话的结果很不好。"

"这个借口站不住脚。"老板娘说，"村长是个无足轻重的人，您没有注意到？什么事都是他老婆办的，要是没有这个老婆，他这个村长一天都当不下去。"

"密芝？"K问道。

老板娘点点头。

"她当时也在场。"K说。

"她表示意见没有？"老板娘问。

"没有，"K说，"我也没有留下她能发表意见的印象。"

"现在倒好，"老板娘说，"您把这儿的事情全都看错了。总之，村长对您宣布的事情并没有什么意义，有机会我要同他老婆谈谈。要是我现在答应您，克拉姆的答复最迟一个星期内下来，这回您再没有理由不对我让步了吧。"

"这一切都不是决定性的，"K说，"我的决心很坚定。我要想尽一切办法使它实现，哪怕我得到的回答是拒绝我的要求。既然我一开始就有了这个打算，那么我就不能事先提出谈话的请求。假如不提出请求，这件事也许只是一个大胆的、相信可以实现的企图；假如提出的请求遭到拒绝，还硬要见他，那就是公然违法行为了。这当然要糟糕得多。"

"糟糕得多？"老板娘说，"无论如何，这事都是违法的。现在您就按您的意愿去行事好了。请您把裙子递给我。"

她当着K的面毫无顾忌地穿上裙子，急忙跑进厨房。已经有好一会儿，店堂里不断有嘈杂声传来。有人在敲那扇递食物的小窗户。两个助手一下子把门撞开，朝里面嚷嚷，说饿了。接着那儿又出现了几张脸，还听到好几个声音在低声唱歌。

当然，K 同老板娘的谈话大大耽误了做午饭的时间，现在饭还没有做好，但顾客都已聚集在店堂里了。但始终没有人敢违背老板娘的禁令擅自跨进厨房。这时，在小窗口前观察的人报告说老板娘来了，于是女仆们立刻纷纷跑进厨房。当 K 走进店堂的时候，一群聚集在小窗口前的人，数量相当可观，男男女女有二十多个，像乡下人，但又不是农民装束，他们一下子全都拥向餐桌，占好自己的座位。在角落里的一张小桌旁已经坐了一对带着几个孩子的夫妇，男的很和气，蓝眼睛，灰白的头发，胡子乱蓬蓬的，他站起来向孩子俯下身子，手里拿了把餐刀给孩子打拍子，指挥他们唱歌，而且一直竭力想把歌声压低一些。也许他想通过唱歌来使孩子们忘掉饥饿。老板娘向大家说了几句无关紧要的话表示抱歉，谁也没有责备她。她向四处望了望，想找老板，可是老板面对这种困难局面大概早就溜走了。随后她慢慢走进厨房，再也没有看 K 一眼。K 就急忙跑到他的房间里找弗丽达去了。

第七章

K在楼上碰见了教师。房间已经收拾得整整齐齐，几乎认不出来了，弗丽达真是勤快。房间里空气通畅，炉子烧得很旺，地板已经擦过，床上铺得整整齐齐，女仆们的那些令人生厌的脏东西连同她们的照片都不见了。那张桌子原先积了厚厚一层污垢，一看就让人恶心，不论向谁提都无济于事，现在铺上了绣花白桌布。现在可以在房间里接待客人了。显然弗丽达一清早就把K换下来的几件内衣洗好了，正挂在炉子边上晾干，只是这些内衣稍稍有点碍眼。教师和弗丽达都在桌旁坐着，K进屋的时候他们都站了起来。弗丽达给了K一个吻，以示欢迎，教师略微躬了躬身。K有点心不在焉，因为方才同老板娘的谈话使他的情绪有点激动。这时他开始向教师道歉，说至今还没有能够去拜访他。他以为教师是因为他一直没有去而不耐烦了，所以才自己来拜访他的。但是这位举止很有分寸的教师似乎现在才慢慢想起来，他和K之间曾经约好K要去拜访他的。于是他慢腾腾地说："土地测量员先生，您就是几天前在教堂广场上跟我说话的那个外乡人吧?”“正是。”K简短地说。教师这种居高临下的态度，当时正值他处在孤独中，所以忍受下来了，可是在这里，在他的房间里，他可不能容忍。他转身同弗丽达商量，说他得马上去进行一次重要的拜会，要尽可能穿得好一些。弗丽达没有多问，马上就把两个正在谈论新桌布的助手叫来，命令他们把K脱下来的西服和靴子拿到下面院子里去仔细洗刷干净。她自己从绳子上取下一件衬衫，跑到下面厨房里熨去了。

现在只剩下K和教师两个人了，教师又默默地坐在桌子边上。K让他又等了一会儿，他脱下衬衣，开始在洗涤盆里擦洗身子。这时K背对教师，才问他来这儿的原因。“我是受村长先生的委托而来的。”他说。K准备听听村长交给他的任务，但是因为K开着水龙头，流出来的水哗哗直响，所以教师听不清K说的话，这样他不得不走近一点，在K身旁倚墙而立。K向教师表示歉意，说他因为急着要去进行已经安排好了的拜会，所以不得不赶紧擦洗一下身子。对此教师未予理会，而是说:“本村村长是位阅历丰富、德高望重的老人，您对他很不礼貌。”“我可不知道我曾对他不礼貌，”K一面说，一面把身上擦干，“我当时想的可不是文雅的举止，而是别的事，这倒不错，因为这关系到我的生存问题，我的生存正在受到可耻的官方办事态度的威胁，具体情况我不必对您说，您自己就是在这个机构中工作的一员。村长抱怨我了吗?”“他要抱怨谁?”教师说，“即使有那么个人，村长会去抱怨他吗?我只不过是根据他的口授起草了一份你们这次会谈的纪要，对村长的善意和您回答问题的态度就了解得够清楚了。”

K 的梳子准是弗丽达收拾在什么地方了，他一边找，一边说："什么？一份纪要？在我不在场的情况下，由一个没有参加会谈的人事后补写了一份纪要？这倒不坏。干吗要写会谈纪要？难道那是正式会谈？""不是，"教师说，"是一次半官方的会谈，这份纪要也只是半官方的。我们这里所有事情都有严格制度，所以这次会谈也得有纪要。反正写了就在那儿搁着，它并不能为您增添任何光彩。"K 的梳子原来落在了床上，他终于找到了。这时他平静地说："就让它搁在那里吧。您是专门来告诉我这事的？""不是，"教师说，"我可不是机器人，我得把我的意见告诉您。这次派我来，再次证明了村长先生的善意。我要强调，对于这种善意我不能理解，我只是由于我的职务以及出于对村长先生的尊敬才执行这项任务的。"K 已经梳洗完毕，这时正坐在桌旁等着衬衫和西服，他对教师给他带来的消息兴趣并不大。另外，老板娘那种看不起村长的态度，使他也受到了影响。"现在大概已经过了中午吧？"他问道。因为他心里想着他将要走的路程，随即他又改口说，"您说，您要把村长的意见转告我。""是呀，"教师说着，耸了耸肩，仿佛要把他自己的责任统统都抖掉似的，"村长先生担心，要是关于您的事迟迟没有做出决定，您可能会自己干出一些欠考虑的事来。就我来说，我不明白，他为什么要担心这事。我的看法是，您想干什么，就干什么，随您的便。我们又不是您的保护天使，没有义务为您的所作所为去操心。好吧，村长先生的意见却不同。决定本身是伯爵府上主管当局的事，他当然不能去催促，但是他愿意在他的职权范围内做出一个临时的、真正慷慨的决定：他可以暂时安排您去当校役。现在就看您接受不接受这个决定了。”起先，K 对于为他所做的安排几乎未加注意，但是为他做出安排这一事实，他觉得似乎并非毫无意义。这事说明，在村长看来，他为了自己可能会干出一些事来，村委会单是为了说明要防止发生这些事的理由，就得花费很大精力。他们把这件事看得多么重要！教师已经在这儿等了一阵，来这儿以前还起草了会谈纪要，一定是被村长直接派来的。教师看到，他终于使 K 在进行思考了，便继续说道：“我提出了反对意见。我指出，到目前为止并不需要校役，教堂司事的妻子常来打扫，并由女教师吉莎小姐加以监督。对付这帮学生已经够辛苦的了，我不愿再弄个校役来烦我。村长先生不同意我的意见，说学校里太脏了。我实事求是地回答说，学校里不算太脏。我还说，要是我们把这人弄来当了校役，卫生情况真会得到改善吗？肯定不会。且不说他不懂这项工作，学校只有两间大教室，此外就没有别的房间了，校役和他妻子生活、睡觉，也许还要做饭，这就得占一间教室，这样一来卫生状况可能更糟。可是村长先生指出，这个职位可以救您于窘困之中，因此您将会竭尽全力把工作做好的。另外，村长先生还认为，安排了您，我们也就会得到您的夫人以及两位助手的帮助，这样不仅可以把学校，而且连花园都会打扫得干干净净，收拾得井井有条。这种种理由我轻而易举地就给予了反驳。最后村长先生再也提不出对您有利的说法来了，只好笑着说，您是土地测量员，一定会把校园里的菜畦整得笔直。得，对于开玩笑的话总不好去反对吧，这样我就带着这个任务到您这儿来了。”“您白操心了，老师，”K 说，“我并不想接受这个职位。”“妙极了，”教师说，“妙极了，您毫不犹豫地拒绝了。”说罢，他就拿起帽子，躬身告辞。

教师刚走不久，弗丽达便惊慌失措地上楼来了，手里拿的衬衫还没有熨，问她也不回答。为了缓和她的情绪，K 便把这位教师的谈话以及他带来的建议讲给她听。她几乎没有听，便把衬衫扔在床上，又跑开了。一会儿她又回来了，但是还带着教师。教师显得闷闷不乐的，进来连招呼都没有打。弗丽达请他稍微耐心一点——显然在来这儿的路上她已求了他几次——接着把 K 通过一扇他一点不知道的侧门拉到隔壁的阁楼上，激动得上气不接下气，最后还是把她所碰到的情况讲了出来。她说，老板娘对于她降贵纡尊、承认了同 K 的关系感到非常生气，更使老板娘恼火的是，在 K 要跟克拉姆谈话的问题上居然对他做了让步，她说，这样做到头来弗丽达除了遭到冷冰冰、不诚实的拒绝外，什么也得不到，所以她决定不再让 K 住在她的客店里了。要是他同城堡里的人有关系，随便他马上就去利用好了，因为今天，而且是现在，他必须离开这座房子，除非有当局的直接命令和强制安排，否则她是绝不会再接受他的，但是她希望不会出现这种情况，因为她在城堡里也有关系，她也会去动用这些关系的。老板娘还说，他是由于老板的疏忽才住在这儿的，再说他又不是无处可住，因为就在今天早晨他还扬言，有人愿意为他提供住处。她说，弗丽达当然要留下来；假如弗丽达要跟 K 一起走，那么，老板娘会十分伤心的。在楼下的厨房里，光是想起这事，她就哭着一屁股跌坐在炉灶边的地上了，这可怜的、有心脏病的女人！但是，现在事情至少在她的想象中直接关系到克拉姆的纪念品的荣誉问题了，她又怎能不这样做呢！也就是说，事情关系到老板娘了。弗丽达说，她当然会跟着K的，即使跟他到天涯海角，要走过冰天雪地，她都不会后悔。可无论如何，他们两个人的处境太糟糕了，因此她以极其欣喜的心情同意村长的建议；尽管这个位置对K来说是不合适的，但是人家特别强调，这只是暂时的安排，即使最后的决定对他不利，现在接受这个位置也可以争取到时间，就容易找到别的机会。“真到了山穷水尽的时候，”最后弗丽达抱住K的脖子喊道，“我们就离开，这儿有什么值得我们留恋的？但是我们只是暂时接受这个安排，不是吗，亲爱的？我已经把老师带回来了，你对他说声‘接受’就行了，不用说别的，我们就搬到学校里去。”

“这可坏了，”K说，但并不很认真，因为住处问题使他有点发愁，另外他只穿着内衣，这阁楼上两边既没有墙，也没有窗户，强烈的冷风一吹，冻得他直哆嗦，“现在你把房间收拾得那么漂亮，人家却要我们搬出去了！我真不愿意，我真不愿意接受这个位置。想到要在这位矮个教师面前低声下气，我就感到痛苦不堪，现在他甚至成了我的上司。假如我们能够再在这儿待上一会儿，我的处境也许今天下午就会改变的。如果至少你待在这儿，我们还可以等一等，看事情如何发展。教师嘛，先给他一个模棱两可的回答好了。至于我，总会找到过夜的地方的，万一到了那一步，真的就到酒吧间去……”弗丽达用手捂住他的嘴。

“这不行，”她怯生生地说，“请你别再这么说了。除此之外我什么都听你的。要是你愿意，我就一个人留在这里，虽然这会使我很难过的。要是你愿意，我们就拒绝这份工作，虽然照我看来这样做是错误的。因为，要是你找到了另一个机会，就算是今天下午吧，那么我们就立刻放弃在学校里的工作，这是不言而喻的，谁也不会来阻挡我们。至于在教师面前要低声下气的问题，这事让我来想办法，我绝不让这种情况发生，我要亲自同他谈一谈，你只消在旁边站着，不要吭声。以后也是这样，如果你不愿意，就永远不必亲自同他说话。实际上只是我一个人当他的下属，甚至我也不会当他的下属，因为我了解他的弱点。所以，要是我们应下这份工作，我们什么也不会失去，可要是拒绝了，那就会失去许多东西，尤其是，如果你不在今天就得到城堡的某些许诺，你在村里真的就找不到一个栖身之处，也就是说，不会找到一个使我这个你未来的妻子不感到害羞的栖身之处。要是你没有地方落脚，而我又知道寒冷的黑夜里你正在外面转悠，在这种情况下，难道你能指望我安心睡在这儿温暖的房间里吗？”在弗丽达说这番话的时候，K 的双臂一直交叉在胸前，不断用手拍着手背，好稍稍暖和一下。这时他便说：“这么说，除了接受这份差事，没有别的法儿了。来吧！”

一到房间里，他立即跑到火炉边，根本不去理会那位教师。教师正坐在桌子边，这时摸出怀表，说：“时间已经很晚了。”“但是对您的建议我们也取得了完全一致的意见，”弗丽达说，“我们接受这份工作。”“好，”教师说，“可是这个位置是提供给土地测量员先生的，他必须亲自表示意见。”弗丽达忙给K解围，说：“当然，他接受这个位置，不是吗，K？”这样，K把他的表态压缩到一个简单的“是”字就行了，就是这个“是”不是对教师，而是对弗丽达说的。“那么，”教师说，“现在只剩下一件事了，那就是我来向您交代您的工作任务，好让我们在这个问题上一次就把话说清楚，大家取得一致意见。土地测量员先生，您必须每天打扫两间教室，把炉子生上火，负责屋里的教具和体育器械的小修，清扫穿过花园的那条路上的积雪，为我和女教师送信，天气暖和的季节还得兼管照料花园的工作。为此您有权挑一间教室住，但这只有在两间教室没有同时上课的时候才行，如果恰好要在您住的那间教室上课，您当然就得搬到另一间教室里去。您在学校里做饭是不允许的，您和您的随从就在这家客店吃饭，由村里承担伙食费。您的行为必须符合学校的规定，特别是绝不允许孩子们，尤其是在上课的时候看到你们的房事生活的不雅观情景。这方面我只是顺便提一下，因为作为有教养的人，您当然知道。说到这个问题，我还要说，您必须尽快把您跟弗丽达小姐的关系合法化，这是我们所坚持的。我所说的这些以及其他细节都将写进劳务合同。您搬进学校以后，必须马上在合同上签字。”对于K来说，这一切好像都无关紧要，仿佛与他无关，或者说无论如何对他都没有约束力，只是教师那副盛气凌人的样子让他很生气，于是他漫不经心地说：“嗯，这都是些一般的义务。”为了缓和一下这句话可能引起的不愉快气氛，弗丽达便问起工资问题。“付不付工资的问题，”教师说，“要试用一个月以后才考虑。”“这样我们就太为难了，”弗丽达说，“我们结婚连一分钱都没有，家庭开销也没有钱。我们能不能写份申请，请村委会马上付给一些工资？您能帮忙说说吗？”“不行，”教师的话一直是对 K 说的，“只有经我的推荐，这样的申请才会得到批准，可我不会去推荐的。给您这个位置是对您的好意，一个人要是意识到自己对公众的责任，他就不该滥用这份好意。”这时 K 几乎违反了自己的意愿，终于忍不住要说话了。“至于说好意嘛，教师先生，”他说，“我认为您搞错了，这份好意也许先是出自我这方面。”“不对，”教师笑着说，他终究逼得 K 开口说话了，“对于这个问题，我是一清二楚的。我们迫切需要校役，这情形就同我们迫切需要土地测量员一样。校役也罢，土地测量员也好，都是我们肩上的负担。我还得绞尽脑汁向村里说明需要这两个职位的理由。最好的也是最符合实际的做法是把这个要求往桌上一扔，根本不去说明什么理由。”“对了，这正是我所想的，”K 说，“您是心里不愿意，但又不得不接受我。您虽然绞尽脑汁，却仍旧不得不接受我。假如一个人迫不得已非要接受另一个人，而另一个人又愿意被接受，那么，这位被接受的人就是出于好意。”“真是妙论，”教师说，“有谁强迫我们接受您？强迫我们的是村长先生的好心，是他的善良心肠。土地测量员先生，我看，您在成为一名称职的校役之前，非得丢掉您的这些荒诞不经的想法不可。您的这番话当然不会为批准您可能得到的工资争取到什么舆论。很遗憾，我还要指出，您的态度还将给我带来很大的麻烦。直到现在您一直穿着衬衫和内裤在同我打交道，我一直在注视着，几乎不能相信。”“是啊，”K笑着大声说道，并且拍着手，“这两个古怪的助手！他们在哪儿？”弗丽达赶忙跑到门口，教师注意到，K不想跟他再谈了，便问弗丽达，他们什么时候搬到学校去。“今天。”弗丽达说。“那我明天早晨来检查。”教师说，接着他挥挥手告辞，正要从弗丽达为她自己打开的门里出去，却同抱着东西进来重新收拾房间的两位女仆撞了个满怀。这两位女仆是从不给人让路的，所以教师不得不从她们中间溜出去，弗丽达也跟着他出了房间。“你们也太急了，”K说，这次对她们倒很满意，“我们还在这儿呢，你们就要住进来了？”她们没有答话，只是狼狈地转动着她们的包袱，包袱里露出一些肮脏的破布，这些玩意儿K在搬进来的那会儿已经见过了。“你们大概还没有把自己的东西洗过吧。”K说。他说这话并无恶意，倒是有几分友好的意思。她们也看出了这一点，都同时张开了硬邦邦的嘴，露出漂亮、结实、动物般的牙齿，无声地笑了。“那就来吧，”K说，“你们尽管收拾好了，反正这是你们的房间。”她们还一直犹豫不决，觉得她们的房间大变样了，这时K便拉着一位女仆的手臂，把她领到前面。但他马上就松开了手，因为他发现两位女仆都现出了惊异的眼神，她们彼此短短地交换了一下心照不宣的目光，就愣愣地盯着K。“现在你们总把我看够了吧。”K说，同时克制着心里产生的某种不自在的感觉。这时刚好弗丽达把西服和靴子拿来，两个助手也怯生生地跟她进了屋。K随即穿上了西服和靴子。弗丽达对这两个助手那么有耐心，这事他一直不理解，现在又有了这种感觉。她找了好一阵，才发现这两个助手在下面吃午饭，本来是叫他们到院子里去刷衣服的，结果并没有刷，她又把团在一起的衣服抱了上来，不得不自己来刷。她本来很善于调教小人物，但她并没有责骂他们，反而当着他们的面把这种严重的失职当作玩笑来说，甚至还像阿谀奉承似的拍拍其中一人的脸。K 本想就这件事提醒她一下，但现在该是离开的时候了。“助手留在这儿帮你搬家。”K 说。他们当然同意。他们吃得饱饱的，快快活活，很想稍微活动一下。然而他们还是等弗丽达说了“当然，你们留在这里”这句话以后，才服从的。“你知道我要去哪儿吗？”K 问道。“知道。”弗丽达说。“你不阻止我了吗？”K 问。“你会碰到许多障碍的，”她说，“我的话有什么用！”她和 K 吻别。因为 K 没有吃午饭，她就把从楼下为他拿来的一小包面包和香肠给了他，并提醒他待会儿不要再到这儿来，直接去学校好了。随后她便把手搭在他的肩上，陪他走出大门。

第八章

女仆和助手们都挤在那间温暖的房间里。现在K终于离开了那个拥挤的地方。一开始他感到高兴。外面稍稍结了点冰，雪硬实了一些，路好走些了。只不过天开始黑了，他加快了脚步。

城堡还像往常那样静静地屹立着，它的轮廓已经渐渐消失了。K还从未见到那儿有一丝生命的迹象，也许从那么远的地方根本就不可能看出什么东西来，可是眼睛总希望看到点什么，它受不了这种寂静。每当K凝视城堡的时候，总觉得仿佛在观察一个人，此人静静地坐着，眼睛愣愣地出神，但并不是因为陷入沉思而对一切不闻不问，而是自由自在、无忧无虑，仿佛他是独自一人，并没有人在观察他；可是他肯定知道，有人在观察他，但他依然安静如故，纹丝不动。果然，观察者的眼睛无法一直盯着他，随后就移开了，不知这是安静的原因还是安静的结果。今天，在刚刚降临的夜色中，他的这种印象更加强了，他看得越久，就越看不出来，周围的一切就更深地沉入暮色之中。

K来到尚未点灯的贵宾饭店，二楼上的一扇窗户正好开着，一位穿着皮外套、脸上刮得光光的、胖胖的年轻先生探出头来，朝下面张望。K 向他打招呼，他好像连头都没有点一下。K 在过道上和酒吧里都没有碰到人，变质的啤酒气味比上次还难闻，类似这样的事，桥头客店是不会出现的。K 立即朝上次观看克拉姆的那扇门走去，小心翼翼地拧门上的把手，但门是锁着的，接着他便摸索着寻找门上的那个窥视孔，可那个小孔被塞住了，而且塞子大小非常合适，他在黑暗中摸是摸不着的，因此他划着了一根火柴。这时，一声叫喊把他吓了一跳，在房门和餐具桌之间的角落里，在火炉边，一位年轻姑娘蜷缩着坐在那儿，在火柴光的映照下，疲惫地睁开睡意蒙眬的眼睛盯着他。显然，她是接替弗丽达的姑娘。一会儿她就镇定下来了，扭开电灯，脸上的表情依然很凶，这时她认出了 K。“噢，是土地测量员先生。”她笑着说，把手伸给他，并且做了自我介绍，“我叫佩琵。”她个子不高，红红的脸，很健康，金红色头发又浓又密，编了一条很粗的辫子，此外还有几根散发卷曲在脸庞周围。她穿着一件用发亮的灰色料子做的外衣，垂得很低，很不合身，下摆笨拙而土里土气地用一条绸带收在一起，打了个蝴蝶结，使她的行动颇为不便。她问起弗丽达的情况，问她是否很快就回来。这是一个近乎恶意的问题。接着她说：“我是弗丽达走后立刻被匆匆忙忙叫到这儿来的，因为这里没有得心应手的姑娘。过去我一直是打扫和整理房间的女仆，这回换的这个工作并不怎么样。在这个地方，晚上和夜里的事情很多，这是很累人的，我几乎挺不住，所以对于弗丽达放弃这份工作，我并不感到奇怪。”“弗丽达对这里很满意。”K这么说是为了让佩琵认识到她与弗丽达之间的区别，认识到她所忽略的这个区别。“您别信她，”佩琵说，“弗丽达会克制自己，这在别人是不容易做到的。她不愿承认的事，她就不承认，所以谁也没见她承认过什么事。我在这儿已经同她一起干了好几年，我们一直是睡在一张床上的，但我同她并不亲密，今天她肯定已经不再想我了。她唯一的朋友也许就是桥头客店的上了年纪的老板娘，这是很说明问题的。”“弗丽达是我的未婚妻。”K一面说，一面顺带找门上那个有小孔的地方。“我知道，”佩琵说，“所以我才说的。要不这事对您就毫无意义了。”“我理解，”K说，“您是说，我可以为赢得一位这么深沉的姑娘而感到骄傲。”“是的。”她说，并且满意地笑了，好像在弗丽达的问题上她同K达成了秘密协议似的。

但是，K心里想的并且稍稍转移了他寻找门上小孔的注意力的，其实并不是佩琵的话，而是她那副模样以及她为什么出现在这个地方。当然，她比弗丽达年轻得多，几乎还有点孩子气，她的衣服有点可笑，她准以为当了酒吧招待就了不起了，显然是出于这种夸张的想法才穿这件衣服的。再说，她有这种想法也是有道理的，因为这个职位对于她来说并不合适，她本不应该得到，一旦得到便喜出望外；这个职位只是暂时给她的，连弗丽达一直挂在腰带上的那只皮包也还没有交给她。她对这个职位所谓的不满意，只不过是故作姿态而已。尽管她幼稚无知，可是她也许同城堡有着联系。如果她没有撒谎，她曾经是客房女仆，她一直睡在这里，但并不明白自己所拥有的资本——即使把这胖胖的、背上圆鼓鼓的娇体搂在怀里，也不可能抢走她所拥有的资本，但可以触动他，可以激励他在这条艰难的道路上继续走下去。那么她的情况不是同弗丽达一样吗？不一样，她和弗丽达是不同的，只要想一想弗丽达的眼神就可以理解了。K恐怕永远不会去碰佩琵。可是他现在不得不闭一会儿眼睛，因为他盯着她的目光太贪婪了。

“这个时候是不允许开灯的。”佩琵说着就把灯关掉了，“您把我吓得够呛，我才开灯的。您在这儿想干什么？弗丽达落下什么东西了？”“是的，”K说，同时指着那扇门，“在旁边这个房间里落下了一块桌布，一块绣花白桌布。”“对，她有一块桌布，”佩琵说，“我记起来了，做工很讲究，做的时候我也曾帮过她，但是那个房间里大概没有。”“弗丽达认为是在那儿。这房间谁住？”K问道。“没人住，”佩琵说，“这是老爷们的房间，老爷们喝酒、吃饭的地方，也就是说，这是专用房间，但是老爷们多半都待在楼上他们自己的房间里。”“要是我知道，”K说，“旁边那个房间里现在没有人，我真想进去找找那块桌布。但是这事拿不准，比如克拉姆，他常常坐在那儿。”“克拉姆现在肯定不在那儿，”佩琵说，“他马上就要走了，雪橇已在院子里等着了。”

未做任何说明，K就立刻离开了酒吧间，到过道上后他没有朝门口走去，却往饭店里面去了，没走几步就到了院子里。这儿多静多美呀！院子是四方的，三面是房子，临街——是条小街，K还不认识——的一面是一道高高的白围墙，墙上开了一扇又大又沉的门，现在已打开了。这里，靠院子的这边，房子好像比前面的高，至少整个二层是扩大了，看起来很气派，四周有一道封闭的木回廊，只在齐眉高的地方留了一个小口子。K 的斜对面，在主楼下面连接对面厢房的角落里，有个通往屋里的入口，没有门。入口处前面停着一辆关着门的黑雪橇，雪橇上套着两匹马。除了马车夫，看不到别的人，就连这个马车夫，与其说是辨认出来的，还不如说是猜出来的，因为 K 站得比较远，这时天又黑。

K 两手插在口袋里，小心地四下张望，贴着墙，绕着院子的两侧，一直走到雪橇跟前。马车夫是上次在酒吧里喝酒的一位农民，穿着皮外套，漠不关心地望着他走来，就好像看着猫在走一样。K 走到他身边，向他打招呼，连两匹马也因为从黑暗中突然出现一个人而显得稍有不安，但马车夫却依然视若无睹，无动于衷。对此，K 倒正中下怀。他倚在墙上，打开带来的干粮包。弗丽达对他照顾得这么好，他想着她，心里充满感激之情，同时紧紧盯着屋里。一条破旧的直角楼梯从楼上通下来，底下同一条低低的、看起来好像很深的过道相接。一切都刷得干净、洁白，轮廓分明。

K 等的时间比他预想的要长。带来的东西他早就吃完了，身上感到很冷，朦胧的暮色已经完全变成了一片黑暗，而克拉姆还没有来。“恐怕还得很久呢。”在 K 的身边，突然有个粗声粗气的声音说，倒把 K 吓了一跳。说话的是马车夫，他好像刚睡醒似的，伸伸懒腰，大声打着哈欠。“还要等多久呢？”K 问道，他倒是有点儿感谢马车夫的打扰，因为这种持续不断的寂静和紧张已经压得他喘不过气来了。“在您走之前。”马车夫说。K 不懂他的意思，但没有继续问，他觉得这是让傲慢的马车夫说话的最好办法。在这里的黑夜中对他的话不予回答，这种做法几乎是挑衅性的。过了一会儿，马车夫果然问道："您要喝点白兰地吗？""好啊。"K不假思索地说，他被这个建议深深吸引了，因为他都快冻僵了。"那就请您把雪橇的门打开，"马车夫说，"在边上的口袋里有几瓶酒，您拿一瓶出来先喝了再递给我。我因为穿着皮衣服，下来挺费事的。"受他这么支使，K心里不大高兴，但是既然已经同他打了交道，也就听从了他的话，而且甘冒在雪橇旁突然被克拉姆发现的危险。他打开那扇宽宽的门，本可以立即从挂在门后的口袋里拿出一瓶酒来的，但是因为门开了，他突然产生了一种无法抗拒的冲动，想进去，在里面哪怕只是坐上一会儿也好。于是，他便溜了进去。雪橇里特别暖和，虽然雪橇的门K没敢关上，还敞开着，但里面依旧很暖和。他根本不知道是不是坐在一张凳子上，倒很像是躺在毯子、软垫和裘皮之中。他可以朝各个方向转动，可以伸胳膊伸腿，无论怎么动，始终处于柔软和温暖之中。K伸着胳膊，头靠在随处都准备着的枕头上，他自雪橇里凝视着黑黑的屋子里边。克拉姆下楼来为什么要那么长的时间？K在雪地里站了很久，现在这里暖和得快使他晕乎了，他希望克拉姆快些来到。他也想到，他现在的情景最好不要让克拉姆看见，但是这个想法是模模糊糊的，只是稍稍触动了他一下。马车夫当然知道K在雪橇里，并且让他在那儿待着，甚至没有向他要白兰地。马车夫的态度更使K泰然地处于忘我的境界。他对K是十分体谅的，K也想为他出点力。K没有改变位置，笨手笨脚地把手伸到边上的口袋里，但不是打开的那扇门背后的那只口袋，因为门离他太远，够不着，而是他身后关着的那扇门上的口袋，反正都一样，这只口袋里也装了几瓶酒。他取出一瓶，拧开塞子，用鼻子一闻，不禁暗自笑了。这酒味又香甜，又叫人心里舒服，就好像一个人听到他最喜欢的人在称赞他，对他说着甜言蜜语一样，而他并不清楚这些话是为什么说的，也不想去弄清楚，只是觉得心里快活，因为说这些话的是他最喜欢的人。“这是白兰地吗？”K 怀疑地问自己，并好奇地尝了一口。是，这是白兰地，奇怪，喝了以后热辣辣的，身上也暖和起来了。这本是一种甜香馥郁的酒，怎么马车夫也配喝！“这可能吗？”K 问自己，好像在责备自己，接着又喝了一口。

正当 K 大口痛饮的时候，四处一下都亮了，屋里的楼梯上、过道里、走廊上以及外面的大门上，所有的电灯都打开了。下楼梯的脚步声也听得见了，酒瓶从 K 的手里掉了下来，白兰地泼在了一张裘皮上，K 跳出雪橇，使劲把门关上（发出很大的一声响），紧接着一位老爷慢慢地从屋子里走出来。看来唯一使他可以宽慰的是，出来的老爷不是克拉姆。或者说，这恰恰是件憾事？这就是 K 先前看见的、站在二楼窗口的那位老爷。他是位年轻的先生，气色特别好，脸上白里透红，但神情很严肃。K 目光阴沉地望着他，但是他的这种目光是针对他自己的。他还真不如把他的两个助手派来好，像他所做出的这种举止，也是他们的拿手好戏。这位老爷面对着 K 还没有开口，仿佛他那特别宽阔的胸膛里气还不足，无法把他要说的话都说出来。“这真是非同小可。”他后来说，并把额头上的帽子往后推了推。怎么？这位老爷大概确实不知道K在雪橇里待过，而是发现了某件非同小可的事？是指K居然一直闯进院子里来了？“您是怎么到这儿来的？”这位老爷轻声地问道，呼吸也舒畅了，只好面对这个不可改变的事实。这是什么问题？叫人怎么回答！难道非得要K向这位老爷承认，他满怀希望所走过的路全都白费了？K没有回答，而是朝雪橇转过身去，打开雪橇的门，取出他落在里面的帽子。他发现，白兰地正一滴滴地滴在踏脚板上，感到有点难堪。

接着他又转过身去，面对那位老爷，意思是向他表示，他曾在雪橇里待过，现在他不再有什么顾虑了，而且这也不是最糟糕的事。要是问他，当然也只有问到他之后，他才会不再沉默，说出是马车夫要他去的，至少是让他去把雪橇的门打开的。但是真正糟糕的是，这位老爷的突然出现使他大吃一惊，他来不及躲起来，然后安安稳稳地等着克拉姆，或者说他不够沉着，没有待在雪橇里，把门关上，躺在裘皮上等克拉姆。或者说，只要这位老爷还在近旁没有走开，他至少可以一直在雪橇里待着。当然，刚才他不可能知道，来的那位会不会正是克拉姆本人，在这种情况下，在雪橇外面欢迎他，那当然比较好。的确，在这件事情的处理上确实有不少可以考虑的地方，但是现在根本用不着再去想了，因为事情已经结束了。

“请您跟我来。”老爷说，话倒不是命令式的，命令不在这句话里，而在伴随这句话所打的故意的、满不在乎的、简短的手势里。“我在这里等人呢。”K说，他已经不再抱有任何成功的希望了，只是说了原先的意图而已。“您来。”老爷又说了一遍，根本不理会K的解释，这似乎表示，他毫不怀疑K是在等人。“那我可就见不着我等的那个人了。”说着，K还耸了一下肩。尽管发生了种种事情，但是他觉得，到目前为止他所获得的是某种形式的财富。虽然他现在只是表面上掌握着这份财富，但也不能根据一个随意的命令就放弃。“不论您在这儿等还是跟我走，反正您是碰不到他了。”老爷说，话虽说得不留余地，不过明显看得出来，他是顺着K的思路说的。“那么我宁愿等，见不着也等。”K倔强地说，单凭这位年轻老爷的几句话，是肯定不会把他从这里赶走的。这位老爷随即把脸往后一仰，显出一副优越感的样子，闭了一会儿眼，仿佛要K从他那种不近情理的态度中重新恢复他的理智似的，又用舌尖将微微张开的嘴唇舔了一圈，然后对马车夫说：“把套好的马卸下来。”

马车夫听从了老爷的吩咐，但是恶狠狠地朝K瞟了一眼。虽然身上穿着皮衣，行动不太方便，但他也不得不从车座上下来，动作非常犹豫，似乎他倒并没指望老爷发出相反的命令，而是指望K会改变自己的想法。他把拉着雪橇的马赶回厢房里去，显然在厢房的大门后面有个马厩和车棚。只留下K一个人了。雪橇正被拉往一边，年轻的老爷正在K来的那条路上向另一边走去。马车夫和老爷离去的速度都很慢，仿佛他们在向K表示，这时他仍有权利把他们叫回来。

也许他有这个权利，但这对他并没有什么用处。把雪橇叫回来就等于把自己赶走。于是他静静地留在那儿，像在独自坚守阵地，但这是一个没有快乐的胜利。他望望正在离去的老爷，又望望马车夫。老爷已经到了K先前进院子来的那扇门，他又一次回过头来望了望，K看见他摇了摇头，对自己的固执表示出无可奈何的样子，随后便以一个果断而坚决的动作转过身去，走进过道，消失了。马车夫还在院子里待了很长时间，他赶着这辆雪橇还有好多事要做，他得打开马厩沉重的大门，把马倒回放雪橇的地方，卸下雪橇，将马牵到槽上去。这一切他都做得很认真，全神贯注，显然不抱马上再出车的希望了。他默默地干着这一切，连瞟都没有瞟K一眼，看来比起老爷的态度，这是对K更为严厉的谴责。干完马厩里的这些活，马车夫缓慢地、摇摇晃晃地迈着步子横穿过院子，关上大门，接着又走回来。他这一切举动都是慢腾腾的，似乎他只是在注视自己在雪地里留下的脚印。随后他进了马厩，关上了门，所有的电灯也都熄灭了——这时开着电灯照谁呢？只有楼上的木回廊的进出口还亮着灯，稍稍吸引着K游移不定的目光。这时K觉得，仿佛同他的一切联系都中断了，仿佛他比以往任何时候都自由，他可以在这个以往禁止他来的地方等着，爱等多久就等多久，仿佛他争取到了任何人都无法得到的自由，谁也不敢碰他一下或者撵走他，就连话都不敢同他说，但是他又同样强烈地确信，仿佛没有任何事情比这种自由、这种等待、这种不可侵犯的感觉更无聊、更失望了。

第九章

他勉强地离开院子，回到屋里，这回他没有挨着墙走，而是穿过院子中间的雪地。他在过道里碰见了旅店老板。老板默默地向他打了招呼，指了指酒吧的门。K 顺着老板指的方向走去，因为他正冻得直哆嗦，而且想见到人，但是一进酒吧间他就大失所望，因为往常大家都是坐在啤酒桶上的，现在他却看见那位年轻的老爷正坐在一张桌子旁——大概是专为他而设的，面前站着桥头客店的老板娘，看到这位老板娘他真感到扫兴。佩琵一副趾高气扬的样子，脑袋往后仰起，脸上挂着任何时候都是一样的微笑，觉着自己的尊严是无可争辩的，脑袋一动，辫子就随着来回摆动。她正匆忙地跑来跑去，先是端来啤酒，接着便送来钢笔和墨水。因为老爷面前摊开了文件，他把这份文件上的日期和在桌子另一端找到的另一份文件上的日期进行比较，正准备签字。老板娘微微噘着嘴，正默默地俯视着——因为她站得比较高——老爷和这些文件，仿佛她把要说的话都说了，而且老爷也充分采纳了她的意见。“这位土地测量员先生到底还是来了。”K 进去的时候，老爷抬起头来望了一下，说了这句话之后，又埋头在他的文件堆里。老板娘也只是以一种漠不关心的，甚至毫不惊讶的目光朝K扫了一眼。K走到吧台前，要了一杯白兰地，这时佩琵做出一副才看见K的样子。

K倚着吧台，一只手捂着眼睛，把一切都置于脑后。随后他呷了一口白兰地，就把杯子推了回去，说酒已经变味了。“老爷们都是喝的这种酒。”佩琵冷冷地说，倒掉杯里的剩酒，把杯子洗干净，放回餐具架上。“老爷们还有更好的酒。”K说。“可能吧，”佩琵说，“但是我没有。”这样，K的事她就算啦，重新过去侍候老爷。但是老爷此时不需要什么，于是她就在老爷身后踱来踱去，不断兜着圈子，心怀敬意，时不时想越过老爷的肩膀扫上一眼那些公文。但这只是毫无实质意义的好奇心和为了炫耀自己，所以连老板娘都皱起眉头，对此表示反感。

突然，老板娘竖起耳朵专心聆听，直愣愣地望着空中，完全沉溺于倾听。K转过身来，他完全没有听到什么特别的声音。其他的人好像也没有听见什么，但是老板娘却踮着脚，大步走向通往后院的大门，从钥匙孔里往外张望，接着睁大眼睛，满脸涨得通红，向大家转过身来，用手指示意让他们过来，于是大家轮着从钥匙孔里往外看，老板娘看的时间最长，佩琵也看了几次，只有老爷最不在乎。不一会儿，佩琵和老爷都把头转过来了，只有老板娘还在使劲地张望，弯着腰，就像跪在地上一样，几乎给人这么个印象：仿佛她现在只好祈求钥匙孔让她钻过去，因为院子里早就看不到什么了。后来她终于站了起来，用手摸了摸脸，深深地吸了口气，眼睛好像现在才不得不重新适应这屋子和这里的人，而且现出极不情愿的样子。这时 K 说：“克拉姆已经坐车走了吗？”他说这话并不是为了证实他知道的事，而是因为他现在首当其冲，最容易成为靶子，他怕别人向他进攻，所以才先发制人。老板娘从他身边走过，一声不吭，但老爷却从桌旁向他说：“是的，肯定走了。因为你放弃了在那儿站岗，所以克拉姆就走掉了。他的感觉多么灵敏，这真令人奇怪。老板娘，您注意到克拉姆多么忐忑不安地向四周张望了吗？”老板娘似乎并没有看到，但老爷接着又说：“幸好现在什么也看不见了，车夫连雪地上的脚印都扫掉了。”“老板娘并没有看见。”K 说。他说这话并不是出于某种希望，而是因为老爷的说法听起来是如此斩钉截铁、不留余地，K 对此感到恼怒，才用这句话来刺他一下的。“也许那时候我刚巧没有从钥匙孔里往外看，”老板娘说，先是为了维护老爷，接着她又想说明克拉姆这么做是对的，于是接着说下去，“不过，我并不认为克拉姆的感觉会那么灵敏。我们大家当然都关心他，都在设法保护他，所以便以为他的感觉特别灵敏。这当然是好的，而且克拉姆也一定希望这样。但是实际情况究竟如何，我们并不知道。的确，要是克拉姆不愿跟某人说话，那么这个人无论怎么煞费苦心、不知好歹地到处乱闯，克拉姆也不会跟他说话。单是克拉姆绝不跟他说话、绝不让他看到这个事实本身就足以说明，为什么他要真的看到这个人而使自己无法忍受呢？至于说他看到这个人是否忍受得了，这是无法证明的，因为从来没有试过。”老爷听了这番话连连点头。“这基本上也是我的看法，”他说，“只是我的表达稍有不同而已，为的是让土地测量员先生能听懂。但是克拉姆到了院子里，曾多次向四周张望，这也是事实。”“也许他是在找我。”K说。“可能是，”老爷说，“这一点我倒没有想到。”大家都哈哈大笑起来，尽管佩琵对于他们刚才这一番唇枪舌剑还没有弄懂，可是她却笑得最响。

“因为我们现在这么高兴地坐在一起，”老爷说，“所以我很想请您，土地测量员先生，再提供一些材料，以补充我的案卷。”“您那儿已经写了不少了。”K说，并从老远的地方朝那些公文瞥了一眼。“是啊，这是个坏习惯，”老爷说着，又大笑起来，“可是您也许还不知道我是谁吧。我叫莫摩斯[1]，是克拉姆的村秘书。”这句话一说，整个屋子里的气氛顿时严肃起来了。虽然老板娘和佩琵都认识这位老爷，但是她们听到他提到自己的名字和身份时也都大惊失色。甚至老爷自己也觉得，他似乎说多了，超出了大家的承受能力，仿佛他至少是想避开这句话本身所含的庄严意义似的，马上埋头于公文堆里，开始写了起来。屋里静得出奇，只听见钢笔写字的沙沙声。“村秘书究竟是干什么的？”过了一会儿，K问道。对莫摩斯来说，他在做了自我介绍以后，认为现在由他亲自来解释是不恰当的，于是老板娘便说：“莫摩斯先生同克拉姆的其他秘书一样，也是克拉姆的秘书，不过他的职务范围，要是我没有弄错的话，和他的职务活动……”莫摩斯停下写字，连连摇头，于是老板娘就加以更正：“噢，只是他的职

1 在希腊神话中，莫摩斯（Momus）是嘲讽之神。

务范围，不是他的职务活动，就限于这个村子。莫摩斯先生负责克拉姆在村里所必须处理的文书工作，村里提出的一切申请首先都要通过他，由他来受理。”K对这些事情仍然无动于衷，他还是茫然地望着老板娘，所以她有点不好意思地补充道：“是这样安排的：城堡里的所有老爷，他们都有自己的村秘书。”莫摩斯听得比K还专心，这时又对老板娘的话做了补充：“村秘书大多只为一位老爷工作，我却给克拉姆和瓦拉贝纳两位老爷办事。”“是的。”老板娘说，这时她自己也想起来了，便对K说，“莫摩斯先生给克拉姆和瓦拉贝纳两位老爷办事，所以是双料村秘书。”“确实是双料的。”K说。莫摩斯的身子现在几乎往前弯着，抬起头，聚精会神地打量着K。K朝他点点头，就像对一个刚刚听到别人夸奖的孩子那样点点头。如果说K的点头含有某种轻视成分的话，那么，这种轻视不是没有被发觉，就恰恰是对方所企求的。在他们眼里，K这个人连偶尔被克拉姆看见都不配，而他们却恰恰在他面前详详细细地大谈克拉姆身边一个人的功绩，其意图是毫不掩饰的，那就是要引出K对这个人的重视和赞赏。可是K却没有正确理解这层意思。他虽然想方设法要见克拉姆一面，但是对比如说可以在克拉姆眼皮底下生活的莫摩斯这样的人的地位评价并不高，更谈不上对这种人表现出钦佩和羡慕了。因为他觉得，值得他去争取的并不是见到克拉姆身边的人，而是见到克拉姆本人。只有他，K，而不是别人，应该带着他自己的，而不是别人的要求去找克拉姆，去找他并不是为了待在他身边，而是超过他，进入城堡。

他看了看表说："现在我得回家了。"这下形势立刻变得对莫摩斯有利了。"好的，当然可以，"莫摩斯说，"您该去完成学校里的工作。不过您还得在我这儿待一会儿，只要回答几个简短的问题。""我对此没有兴趣。"K说着便要向大门走去。莫摩斯把一份案卷往桌上一甩，站起来说："我以克拉姆的名义要求您回答我的问题。""以克拉姆的名义？"K重复了这句话，"那么说，我的事也使他操心？""对于这个问题我不做判断，"莫摩斯说，"您大概就更无法判断了，那么我们两个人就心安理得地把这个问题留给他吧。现在我以克拉姆赋予我的职位要求您留下来回答问题。""土地测量员先生，"这时老板娘插进来说，"我要提醒自己，不继续给您出主意了。迄今为止我给您的忠告是您能得到的最善意的忠告，可是都被您以闻所未闻的方式拒绝了。用不着隐瞒，我到这里来找秘书先生，只是为了把您的行为和意图恰如其分地告诉主管部门，永远不让您再住到我那儿去。我们彼此的关系就是这样，以后大概也不会有什么改变。因此，如果现在说出我的意见的话，我这么做并不是为了帮助您，而是为了使秘书先生同像您这么一个人打交道的繁重任务能够减轻一点。尽管这样，因为我说话开诚布公——我同您说话只会心直口快，我讨厌说话不坦率的人，只要您愿意，您还是可以从我的话里得到好处的。在目前的情况下我要提醒您注意，引您去见克拉姆的唯一途径，就是秘书先生这里的这份备忘录。但是我也不愿夸大，也许这条路通不到克拉姆那儿，也许在离他很远的地方这条路就断了，这就要根据秘书先生的意见来决定了。无论怎么说，这至少是引您往克拉姆那个方向去的唯一途径。您没有别的理由，仅仅是出于固执就要放弃这条唯一的路吗？”“哦，老板娘，”K说，“这既不是到克拉姆那儿去的唯一道路，也不见得比别的途径更好。秘书先生，我在这里所说的话该不该上达克拉姆，这个问题由您来决定好了。”“那当然，”莫摩斯说，骄矜地垂着眼睛左看右瞧，其实什么也看不着，“否则要我这个秘书干吗？”“您瞧，老板娘，”K说，“我不需要到克拉姆那儿去的路，只要先到秘书先生这儿就行了。”“我是想为您打通这条路的，”老板娘说，“今天上午我不是就向您提出，把您的请求转达给克拉姆吗？其实我的意思就是通过莫摩斯先生来办。但是您拒绝了，现在您可没有别的路可走，只有这条路了。不过您说了今天的这番话，试图采取突然拦截克拉姆的行动之后，成功的希望当然就更小了。可是这最后的、渺茫的、正在消失的，其实并不存在的希望却是您唯一的希望。”“老板娘，”K说，“起先您竭力阻拦我去见克拉姆，现在却把我的请求看得那么认真，看到我的计划受挫，就认为我在某种程度上已经失败了。这是怎么回事呢？假如一个人曾经确实是真心实意劝我压根儿不用去见克拉姆，又怎么会现在看起来同样真心实意地怂恿我沿着通往克拉姆的那条路一直往前走，尽管这个人也早已承认，这条路是到不了克拉姆那里的？”“难道是我怂恿您往前走的？”老板娘说，“我说，您的企图是毫无希望的，这就叫怂恿您往前走？如果您想以这种方式把责任推到我身上，那就真是胆大妄为到极点了。也许是秘书先生在场，您才那么说的吧？错了，土地测量员先生，我根本没有怂恿您。只有一点我是可以承认的，那就是我第一次见您时，对您的估计也许高了一点。您迅速征服了弗丽达，这使我大为吃惊，我不知道您还会干出什么事来，我要防止您出别的乱子。我觉得，要达到这个目的，我没有别的办法，只有用恳求和威胁来设法动摇您的信心。在这段时间里我学会了更加冷静地来思考整个事情。您可以我行我素。您的行为也许会在外面院子里的雪地上留下深深的脚印，别的就没有什么了。”“我觉得，其中矛盾的地方还没有完全解释清楚，”K说，“不过指出这些矛盾之处我也就满意了。秘书先生，老板娘认为，您写的有关我的这份备忘录可能会导致允许我见到克拉姆的结果，现在请您告诉我，她的意见对不对？如果真是这样，我立即回答所有的问题。在这方面，我什么事都愿意干。”“不，”莫摩斯说，“那样的联系是不存在的。这不过是把今天下午发生的事给克拉姆的村档案室写一份详细材料而已。材料已经写完了，只空了两三处地方，根据规定要由您来补上。除此之外，别的目的是不存在的，也不可能达到别的目的。”K默默地望着老板娘。“您干吗盯着我，我说了别的吗？”老板娘问道，“他总是这副样子，秘书先生，他总是这副样子。他先是把别人答复他的话加以歪曲，然后就一口咬定别人说得不对。我一直对他说，我向来是这么说的，今天也这么说，他被克拉姆接见的希望一丝也没有；既然没有希望，那么通过这份备忘录他也不会得到这种希望。这不是最清楚不过的事吗？我还说过，这份备忘录是他能同克拉姆建立联系的唯一真正的正式渠道，这一点也是十分清楚、毋庸置疑的。要是他不相信我——我不知道这是为什么，想干什么——老希望能够闯到克拉姆那儿去，如果他抱着这个想法不放，那么就只有这唯一真正的正式渠道，也就是这份备忘录才能帮助他同克拉姆建立联系。我说过的就是这些，谁硬要把这些话做别的解释，那就是恶毒地歪曲了我的话。”“如果是这样的话，老板娘，”K说，“那就请您原谅，那是我误解了您的意思。我原以为——现在已搞清楚，我弄错了——从您以前的话里可以听出，对我来说某种微小的希望还是存在的。”“当然，”老板娘说，“这的确是我的意见，您又歪曲了我的话，不过这次是走了另一个极端。照我看来，您的这种希望是存在的，当然它只是建立在这份备忘录的基础上。但是这并不等于您可以这么简单地问秘书先生：‘假如我回答了您的问题，能允许我去见克拉姆吗？’要是一个孩子这么问，别人就会哈哈大笑；要是一个成人这么问，那就是对公务机关的侮辱，只不过秘书先生以其巧妙的回答很大度地给掩饰了。但是我说的希望正在于通过这份备忘录您会有一种联系形式，也许是一种同克拉姆联系的形式。这种希望还不够吗？要是有人问您有什么功劳，配得到这份希望的馈赠时，您能举出一丁点功劳来吗？当然。关于这个希望的具体情况就不好说了，尤其是秘书先生由于其职务的性质，是绝不会给您一点儿暗示的。正如他所说，他的任务只是把今天下午的事记录下来，这是规章制度的要求。即使您现在马上联系我的话来问他，更多的情况他也无可奉告。”“那么，秘书先生，”K问道，“克拉姆会看这份备忘录吗？”“不会，”莫摩斯说，“为什么要看？克拉姆不可能每份备忘录都看，他甚至根本就不看。‘别拿你的备忘录来打扰我！’他常这么说。”“土地测量员先生，”老板娘不满地说，“您的这些问题把我累死了。难道有必要或者只是存有希望，让克拉姆看这份备忘录，一字一句地了解您生活中鸡毛蒜皮的事情吗？您还不如恭顺地请求把这份备忘录藏起来，别让克拉姆看见。不过这个请求同前一个请求一样，都是不明智的，谁能在克拉姆面前隐瞒什么事？但是这个请求至少可以显示出一个人通情达理、令人同情的性格。对于您称为‘希望’的事，难道有必要这样吗？您自己不是说过，您只要有机会在克拉姆面前说话，即使他不看您，也不听您的话，您就满意了。这一点通过这份备忘录至少可以达到，也许您得到的还会更多。”“用这种方式，”K 问，“得到的还会更多？”“只要您不要老是像孩子一样，要求人家拿给您的都是马上就可以吃的东西！”老板娘大声说道，“谁能回答这些问题？这份备忘录是要进入克拉姆的村档案室的，这您已经听到了，而关于这方面的更多情况，是肯定不会说的。但是您知道这份备忘录、秘书先生和村档案室的全部意义了吗？您可知道，假如秘书先生要审查您，这意味着什么呢？说不定他自己也不知道。他不慌不忙地在这儿坐着，如他所说，根据规章履行自己的职责。但是请您想一想，他是克拉姆任命的，他以克拉姆的名义在办事，他所做的事即使永远到不了克拉姆那里，也都是事先得到克拉姆的同意的。克拉姆所同意的事情，怎么可能不体现他的精神呢？我这样说，并不是想以这种笨拙的方式来拍秘书先生的马屁，他本人也不容许别人拍他马屁，但是我不是在说他的独立人格，而是说，像现在这样他得到克拉姆同意的时候，他起着多大的作用：这时候他就是受克拉姆操纵的工具，谁不服从他，就是自讨苦吃。”

对于老板娘的恐吓，K毫不惧怕，对于她企图以此来使他就范的希望，他感到厌倦了。克拉姆离他还远着呢。有一次老板娘曾把克拉姆比作一只鹰，当时K觉得这很可笑，可现在他不再那么想了。他想到克拉姆处在那么遥远的地方，想到克拉姆那无法闯进去的住所，想到他的沉默，也许只有那种K还从未听到过的叫喊才能打破的沉默，想到克拉姆居高临下、咄咄逼人的眼神，那永远无法证实，也无法否定的眼神，想到克拉姆的那些圈子，那些K在下面无法加以摧毁，而他在上面却根据不可理喻的法律牢牢攥在手里的圈子，只有瞬息之间才看得到：这一切都是克拉姆和鹰的共同之处。当然这一切同这份备忘录毫不相干。莫摩斯此时正在把放在备忘录上的一块椒盐面包卷掰碎，就着啤酒吃，弄得材料上撒满了胡椒和盐。

“晚安，”K说，“我对任何审查都很反感。”说着，他便朝大门走去。“他真的走了。”莫摩斯几乎有点怯生生地对老板娘说。“谅他不敢。”老板娘说，别的话K都没有听见，因为他已到了过道里。天气很冷，还刮着大风。这时店老板从对面的门里走来，他好像是在窥视孔后面监视过道里的动静的。即使在这儿风也很大，吹得店老板大衣的两摆直飘，所以他不得不把大衣紧紧地裹在身上。“您这就走啦，土地测量员先生？”他说。“您觉得奇怪吗？”K问道。“是的，”老板说，“您难道不要被审查了？”“不，”K说，“我不让别人审查我。”“为什么呢？”老板问。

“不知道，”K 说，“干吗我要受别人审查？当官的开个玩笑或者一时心血来潮，干吗我就要去顺从？或许某一天我自己也想开个玩笑或是心血来潮，愿意让人审查一下，可今天不行。”“嗯，那当然。”老板说，但这不过是句客套话，并不是真的赞同 K 的说法。“现在我得让当班的进酒吧间了，”他接着说，“他们早该去侍候了。我只是不想打扰审查，才没让他们进去。”“您认为这事那么重要吗？”K 问道。“那当然啰。”老板说。“这么说我真不该拒绝。”K 说。“是啊，”老板说，“您不该那么做的。”他见 K 没有说话，不知是为了安慰 K，还是想快些脱身，又加了一句：“行了，行了，反正天也不会因此就马上塌下来。”“是呀，”K 说，“看来天是塌不下来的。”两个人哈哈一笑，就分手了。

第十章

K 出了门，走到外面大风呼啸的台阶上，凝视着面前的沉沉黑暗。这天气真是坏透了，坏透了。不知怎的，他从天气想起了老板娘怎样想方设法要他屈从于这份备忘录，他又是如何顶住的。当然老板娘的意图不是公开的，她同时还在暗地里怂恿他不要接受这份备忘录呢。他到底是顶住了，还是屈服了，到头来连他自己也不知道。这是一个阴谋，从表面上看就像风一样，是无意识的，其实它是在按照远处的、让你永远无法看透的指示行事。

他刚在大街上走了几步，就看见远处有两个灯笼在晃动。见到这生命的标志，他心里十分欣喜，急忙朝灯光走去，而灯光也在迎他而来。当他认出那是他的两个助手时，他感到非常失望，也说不清是什么原因。他们迎着他走来，大概是弗丽达派来的吧。黑暗中狂风在他四周呼呼直吹，这两个灯笼把他从黑暗中解救出来了，灯笼也是他的，但他还是感到很失望，他期待的是陌生人，不是这两个成了他的负担的老熟人。但是来的不只是两个助手，在他们之间，从黑暗中还走出一个巴纳巴斯。“巴纳巴斯！”K喊道，并朝他伸出手去，“你是来找我的吗？”此刻，这突然相逢的惊喜使得K把巴纳巴斯曾给自己造成的一切不愉快都一股脑儿地抛到了九霄云外。“是来找你的，”巴纳巴斯说，他一点没有变，仍像以前一样友好，“带来一封克拉姆的信。”“一封克拉姆的信！”K说着，把头往后一仰，急忙拿过巴纳巴斯手里的信。“拿灯来！”他对两个助手说，于是这两位就一左一右地把他挤得紧紧的，手里举着灯笼。K得把大张信纸叠成小张来读，这样信就不会被风吹掉。接着他读道：“致桥头客店的土地测量员先生！对您迄今为止所进行的土地测量工作，我表示赞赏。助手们的工作也值得赞许，您颇善于敦促他们做好工作。您的工作积极性请勿松懈！望您继续努力，直至工作圆满结束。如工作中断，我将会不悦。其他方面则无须挂心，报酬问题不久将做出决定。我一直关注着您。”两个助手看信比他慢得多，当他们为了庆祝这个好消息而三次欢呼，并挥动灯笼的时候，K才从信上抬起头来。“安静，”他说，随即又对巴纳巴斯说，“这是误会。”巴纳巴斯没有懂他的意思。“这是误会。”他重复了一遍，这时下午的疲惫又向他袭来，他觉得到学校去的路还那么远，在巴纳巴斯后面他看到巴纳巴斯的全家人，两个助手还一个劲地把他挤得紧紧的，所以他不得不用胳膊肘把他们推开。他是命令助手留在弗丽达身边的，她怎么会派他们来接他呢？回家的路他自己也找得到，而且一个人走比夹在这两个人中间走更方便。再有，一个助手脖子上围了一条围巾，围巾的两端随风飘拂，有几次还吹打在 K 的脸上，这时另一个助手总是马上用一只又长又尖的手指玩儿似的从他脸上把围巾挑开，但是仍旧于事无补。看来这两位甚至觉得跑来跑去很开心，好像他们很喜欢大风和黑夜似的。“滚开！”K 大声喝道，“你们既然来接我，为什么不把我的手杖带来？没有手杖我拿什么赶你们回家？”他们缩在巴纳巴斯后面，见 K 发脾气虽然有点怕，但还是一左一右地把灯笼举到他的肩头，当然立即被 K 推开了。他感到心里很沉重，因为巴纳巴斯显然没有明白他的意思，而他也清楚，顺顺当当的时候，他的外套亮闪闪的很漂亮，可是情况一严重，就得不到他的帮助，得到的只会是默默的反对，面对这样的反对他根本就毫无办法，因为巴纳巴斯自己也毫无抵抗能力，只会微微一笑，这是无济于事的，就像天上的星星对于地上的风暴束手无策一样。“巴纳巴斯，你看，这位老爷给我写了些什么。”K 说，并把信拿到他面前，“他了解的情况是错误的，我并没有进行测量工作，至于这两个助手的作用，你是亲眼所见的。我没有干工作，当然也就不会中断工作，更不会引起老爷的不悦，我怎配得到他的嘉奖呢！事情弄到这一步，我怎么能不挂心？！”“我将转达这一情况。”巴纳巴斯说。这期间他一直没有看信，当然他也不可能看信，因为信和他的脸挨得太近。“哦，你答应把我的情况反映上去，”K 说，“但是我真的能相信你吗？我多么需要一个信得过的信使啊，现在比以往任何时候都需要！”K 因心里烦躁而咬着嘴唇。“先生，”巴纳巴斯微微偏着脖子说——K 几乎又被这个动作所迷惑，差点相信巴纳巴斯了，“我一定转达。你上次委托我的事，也一定转达到。”“怎么！”K叫了起来，“那件事你还没转达上去？第二天你没有到城堡去？”“没有，”巴纳巴斯说，“我慈祥的父亲年纪大了，你是见过的，当时正好有不少活，我得帮他干，不过我不久就要再去城堡一次。”“到底在干些什么？你这难以理解的家伙！”K大声说，并用手敲着自己的额头，“难道克拉姆的事没有其他的事重要？你担负着信使这样重要的职务，办事却如此不负责任？你父亲的事有什么要紧的？克拉姆在等着消息，你非但没有十万火急地送去，反而去清扫畜圈！”“我父亲是鞋匠，”巴纳巴斯断然地说，“他承接了布隆斯维克的一批活儿，我是父亲的助手。”“鞋匠—— 一批活儿——布隆斯维克，”K恨恨地嚷道，像是要把每一个字都永远勾销似的，“这里的这些路上永远是空荡荡的，谁还用得着穿靴子？再说做鞋子跟我有什么关系？我曾请你转达一个口信，不是让你一干鞋匠的活就把口信给忘了，也不是叫你稀里糊涂地只记个大概，而是要你把口信立即给老爷送去的。”说到这里，K忽然想起，这段时间里克拉姆也许不在城堡，而是一直待在贵宾饭店，所以就稍稍心平气和了一些。这时巴纳巴斯却又把他激怒了，因为他说，K要他转达的第一个口信他是记得的，为了证明他没有忘记，便开始背起口信的内容来了。“够了，我不想听。”K说。“请别生我的气，先生。”巴纳巴斯说，仿佛无意识地要整治K一下似的，他从K身上收回目光，眼望地上，但也许是因为K的大声嚷嚷而感到惊慌失措。“我并不是生你的气，”K说，他的烦躁转向了自己，“不是生你的气，但是这样重要的事情，我只有你这么个信使，这对我来说是非常糟糕的。”

“你看，”巴纳巴斯说，似乎是为了捍卫他信使的荣誉而说了前面那些不该说的话，“克拉姆并不想等这消息，我每次去他那儿，他甚至很生气。有次他说：‘又带来新消息啦。’每当他远远地看见我朝他走去，他就起身走进隔壁房间里去，不见我。他并没有规定要我一有消息就立刻上他那儿去，要是有此规定，我当然就会马上把消息送去的，但事实是这方面并没有什么规定，即使我从来不去，也不会因此而受到警告。倘若我送消息去，那也完全是出于我的自愿。”

“好吧。”K说，他注视着巴纳巴斯，故意不看两个助手。这两个人正轮流从巴纳巴斯肩膀后面慢慢伸出脑袋，像是从舞台上的活板门下升起来的，又仿佛怕被K发现似的，很快地轻轻打个模仿风声的口哨就又躲了起来。就这么着，他们玩了很长时间。“克拉姆那儿的情况我不知道，不过我很怀疑，对那儿的情况你是不是都能了解得一清二楚，即使你都能了解，我们也无法使事情有所好转。但是递个信息过去，你是办得到的。我要请你转达一个口信，一个很简短的口信。你能明天就立即替我转达，并且明天马上就把答复告诉我，或者至少把接见你的情况告诉我吗？你能办到吗？你愿意去办吗？这件事对我来说可是关系重大啊。也许我还有机会给你相应的报答，或者你现在有什么我可以让你满足的愿望吗？”“我一定完成这个任务。”巴纳巴斯说。“请你竭尽全力，尽可能出色地完成这个任务，向克拉姆本人转达我的口信，并得到克拉姆本人的答复。这一切明天上午就立即去办，你愿意吗？”

“我一定尽力去办，”巴纳巴斯说，“我办事一向都是全力以赴的。”“这个问题我们现在就不用再争论了，”K说，“我要请你转达的口信是：土地测量员K敬请主任大人肯允他亲自谒见大人，与俯允这次谒见有关的任何条件，他都预表接受。他之所以提出此请求，实乃出于无奈，因为迄今为止，所有联络人都形同虚设。为证明这一点，他愿提供以下实情：迄今为止，他根本未做任何测量工作，且据村长通知，这里也永远没有测量工作要做。因此，展读主任大人这次来函，他歉愧交集，唯有亲自谒见主任大人，问题方可获得解决。土地测量员深知，此乃非分之求，但他一定设法，尽量少打扰主任大人。任何时间限制他都乐意接受，谒见谈话他可以使用的字数也可由大人做出必要的规定，他认为，他只说十个字就可以了。他怀着深深的敬意和极其焦虑的心情专候大人的决定。”K像是忘记了自己似的说出了这番话，就好像他正站在克拉姆的门口同看门人说话。“这口信比我原来想的长多了，”K说，“但是你务必口头转达，我不愿写信，写了信又只会走上公文旅行之路。”这时K把纸放在一个助手的背上，让另一个助手举灯照着，要为巴纳巴斯草草记下口信的内容。但是巴纳巴斯已经全都记住了，并且不去理会两个助手不时胡乱插嘴，像学生背书一样，一字不落地把口信背了出来，K就是根据巴纳巴斯的复述记录的。“你的记忆力真棒，”K说，并把纸给了他，“希望你在其他方面也表现得这么出色。你有什么要求？没有？坦率地说，要是你有所要求的话，我对这个口信的命运不是可以稍稍放心一些了吗？”听了这话，巴纳巴斯起先没有吭声，随后便说：“我的姐姐和妹妹让我向你问好。”“你的姐姐和妹妹？”K说，“哦，是的，两位又高又壮的姑娘。”“她俩都让我向你问好，尤其是阿玛丽娅，”巴纳巴斯说，“你的这封信也是她今天从城堡里带给我的。”K对这个消息比什么都感兴趣，他问：“她不能也把我的口信带到城堡里去吗？要不你们两个人都去，各自去碰碰运气？”“阿玛丽娅不能进办事处，”巴纳巴斯说，“要不她一定乐意效劳。”“我也许明天到你们家去，”K说，“不过你要先给我回信。我在学校里等你。请代我向你的姐妹问好。”K答应明天到他们家去，看来使巴纳巴斯很高兴，告别时握过手之后，他还轻轻碰了碰K的肩膀。K当然觉得在肩膀上这么一摸很可笑，但他觉得这是一种嘉奖。现在一切似乎又同当时巴纳巴斯满面春风地踏进客店的店堂来到农民中间一样。K的心情轻松多了，在回家的路上随两个助手爱怎么玩就怎么玩。

第十一章

回到家里，K 全身都快冻僵了。这时到处漆黑一片，灯笼里的蜡烛业已点完。两个助手对这里已经很熟了，K 由他们领着，摸进一间教室。“这是你们第一次该受表扬的功劳。”K 说，心里还在想着克拉姆的信。弗丽达半睡半醒地从屋角喊道：“让 K 睡吧！别打搅他！”尽管她困极了，等不到 K 回来就先睡了，但她心里还在想着他。这时灯已点上，但因为灯里油不多了，所以无法把灯捻得很亮。这个新居还缺这少那的，炉子虽然生着火，但是这个做体操房用的大教室里——到处放着体操器械，天花板上也挂着——储存的木柴已经全烧完了。K 曾得到保证，说房间里是很暖和的，可是现在却很冷。棚屋里虽有一大堆木柴，可棚屋的门锁着，钥匙在教师那儿，只有上课的时候他才许别人去拿木柴生火取暖。要是有床，那么往被窝里一钻，也还顶得住，可是这里没有铺羽绒垫的床，只有一个大草包，上面铺了弗丽达的一条毛披肩和两条又粗又硬的毯子，根本无法御寒。就连这个寒酸的草包，两个助手也在贪婪地盯着，当然他们也未抱让他们睡在上面的希望。弗丽达怯生生地望着K。她会把一间屋子，即使是最简陋的屋子，也收拾得像个住房的样子，这点能耐她在桥头客店已经显示过，可是这里什么东西也没有，她当然也就无计可施了。“我们房间里的唯一装饰品就是这些体操器械了。”她含着眼泪强笑着说。这个房间什么都不齐备，没有卧具，没有烧柴，可看着这个房间，她蛮有把握地说，明天就想办法解决，并请K暂时先忍一忍。虽然K觉得先是把她从贵宾饭店，现在又把她从桥头客店拉了出来，亏待了她，心里过意不去，但她对K却没有丝毫埋怨情绪，没有流露出一句不满的话，没有一点不满的暗示和表情，因此K也就竭力做出这一切都可以凑合的样子。实际上他这样做也并不难，因为此刻他仍在想着巴纳巴斯，在逐字逐句重复他的口信，但并不是在把口信交代给巴纳巴斯，而是觉得在当面向克拉姆陈述。再说，弗丽达在酒精灯上为他煮了咖啡，他心里非常高兴。他靠在正在冷下来的炉子上，望着弗丽达，她正以利索而娴熟的动作把一块不可或缺的白桌布铺在讲课桌上，放上一只花咖啡杯，旁边摆好面包和熏肉，甚至还有一罐沙丁鱼，一切准备停当。弗丽达一直在等K，所以也还没有吃晚饭。只有两把椅子，K和弗丽达就在桌边坐下，两个助手就坐在他们脚下的讲台上，可是他们从来没有安静的时候，吃饭时也在瞎闹。虽然给他俩的东西是够他们吃的，还有很多没有吃完，但是他们却时不时地站起来，看看桌上的东西还多不多，能不能再给他们一点。K一直没去理会他们，等到弗丽达笑出声来，他才注意他们。他爱抚地用手把弗丽达的手按在桌子上，悄悄地问，为什么她那么纵容他们，甚至对他们的恶作剧也客气地听之任之。这样下去永远也别想把他们摆脱掉，只有对他们采取同他们的举止真正相应的比较严厉的态度，才能约束他们，或者使他们对自己的职位感到索然无味，最后溜之大吉，而第二种结果可能性更大，也更好。看来这学校并非赏心的居留之地，他也不会在这儿长住，但要是两个助手走了，在这安静的屋子里只有他们两个人，那么他们也就不会去注意缺这少那的了。难道她没有注意到，两个助手一天比一天更放肆了，仿佛有弗丽达在场他们就受到怂恿似的，而且希望K当着她的面对他们的态度不至于像在其他场合那样严厉吗？再说，也许有什么很简单的办法，不用大费周折就可以立即摆脱他们。弗丽达对当地的情况非常熟悉，也许她就知道摆脱他们的简单办法。要是想法子把这两个助手赶走，说不定还正中他们的下怀呢。在这里，这两个人的日子过得并不舒服，要是他们再在这里待下去，那么他们迄今为止所过的那种好吃懒做的生活就该结束了，至少有一部分也该结束了。因为弗丽达一连紧张了好几天，必须好好休息，而K自己也将为寻找摆脱目前困境的办法而奔波，所以助手也得干活了。助手一走，他就会感到如释重负，就可以在办其他事情之余，心情舒畅地去完成学校的劳务。

弗丽达一直聚精会神地听着，这时慢慢地抚摩着他的手臂说，她的意见也是这样，不过他也许把助手的恶作剧看得太严重了，他们都是毛头小伙子，爱逗乐，有点孩子气，刚从城堡的严格纪律中解脱出来，第一次为一个外乡人当差，所以心里老是有点兴奋和惊异。在这种情况下，他们有时就难免干出一些蠢事来，当然让人生气，但是理智一点的做法就是对此一笑了之，她自己就往往忍不住要笑出来。尽管如此，她还是完全同意 K 的意见，最好是把他们送走，就他们两个人在一起。她挪到 K 的跟前，把脸埋在他的肩头，说话的声音听不清楚，所以 K 只好低下头来细听。她说，她并没有对付两个助手的办法，她还担心，K 刚才所提的这些恐怕都办不到，因为据她所知，这两个助手是 K 自己要求的，现在他们既然来了，他也只好把他们留下。最好不要对他们太认真，可以拿他们来消遣消遣，其实他们就是这样的料，只有这样才能很好地同他们相处。

K 对她的回答很不满意，他半开玩笑半认真地说，她好像同他们结了帮，至少是对他们大有好感。这是两个很俊的小伙子，可是只要有决心，谁都可以摆脱掉。他将以两个助手为例，来向她证明这一点。

弗丽达说，他要是真能办到，她倒要好好谢谢他了。另外，从现在起她再也不和他们说笑了，也不跟他们说任何不必要的话，一天到晚被两个男人盯着也确实不是什么好受的事，她已经学会用 K 的眼光来看这两个人了。这时两个助手又站了起来，既想看看还剩下多少吃的，也是想弄明白这两个人叽叽咕咕好一阵子到底在说些什么。见了他们，弗丽达倒确实微微颤抖了一下。

K 利用这个机会，为了使两个助手对弗丽达产生不满，便故意把弗丽达拉到自己身边，两个人紧挨着吃完这顿晚饭。现在该睡觉了，大家都困极了，一个助手居然吃着东西就睡着了，这下另一个可乐了，他想让K和弗丽达去看看他同伴的那张傻乎乎的脸，但是他并没有达到目的，K和弗丽达坐在椅子上理都没理他。房间里越来越冷，冷得大家都犹犹豫豫地不想去睡，最后K宣布，屋里必须生火，否则就没法睡觉。于是他们就商量要找把斧头，两个助手知道斧头在哪儿，想去拿了来，于是他们便往木棚走去。他们一会儿就把木棚的那扇轻便的门砸开了。一进木棚，两个助手便乐不可支，仿佛他们从来没有见过那么多好东西似的，互相追着跳着，推推搡搡地开始往教室里搬木柴，一会儿就搬了一大堆。炉子里生上了火，大家围炉而睡。两个助手分到一条毯子，好裹裹身子。他们有一条毯子已经足够了，因为两个人已经商量好，总要有一个醒着，好往炉子里添木柴。不久，炉子周围热得就不用盖毯子了。熄了灯，K和弗丽达对这里的温暖和安静感到非常高兴，于是舒展身体，酣然入睡了。

夜里K被什么响声惊醒了，他带着蒙眬的睡意，第一个动作便是伸手去摸弗丽达。他发现，躺在他身边的不是弗丽达，而是一个助手。可能是突然被惊醒本来就很恼火，这一下更吓得他魂飞魄散，进村以来他还从未这么受过惊吓。他大叫一声，坐起身来，稀里糊涂地给了那个助手一拳，直打得他嗷嗷大哭。不一会儿，事情就搞清楚了。原来弗丽达被一只大动物——至少她觉得是这样——惊醒了，说可能是只猫，跳到她胸上，随即便跑掉了。她便爬了起来，点了支蜡烛，满屋子地找。一个助手就抓住这个机会，到草包上去享受一会儿，这个助手现在真是后悔莫及。弗丽达呢，她什么也没找到，也许那只是一种错觉吧。于是，她便回到K的身边，那助手蜷缩着身子还在啜泣，弗丽达从他身边走过时，伸手摸摸他的头发，以示安慰，似乎她已把晚上的谈话忘到九霄云外去了。对此K什么也没有说，只是命令助手不用再往炉子里加柴了，因为弄来的那一大堆木柴差不多快烧完了，屋里太热了。

第十二章

早晨，第一批学生已经到了，都好奇地围着他们睡觉的地方，这时他们才醒来。这场面很不雅观，因为夜里炉子烧得太热，所以大家身上脱得只剩了件衬衣，现在到了早晨，热气渐散，又感到凉飕飕的了。这时他们正开始穿衣服，女教师吉莎正巧出现在门口。吉莎是位金发姑娘，高个儿，长得很漂亮，只是态度有点生硬。显然她已经知道来了个新校役，而且还从男老师那儿得知他们必须遵守的行为守则，因此她刚到门口就发话了："这副样子我可受不了。真不成体统。只允许你们睡在教室里，可没有叫我到你们的卧室里来上课。校役一家子懒洋洋地睡到日上三竿还不起床！呸！" K想，有些事倒要说说清楚，尤其是有关这个家和床的问题。他一边想，一边同弗丽达一起——两个助手用不上，他们还躺在地板上睁着眼睛惊奇地望着女教师和学生——急忙把双杠和鞍马推过来，搭上一条毯子，这样便隔出了一小块地方，起码可以挡一挡学生的视线，躺在里面穿衣服。当然安静是一刻也没有的，女教师因为脸盆里没有干净水而在骂人。这时K本来正想把脸盆拿来给自己和弗丽达洗脸用，为了不过于激怒女教师，就放弃了去拿脸盆的打算。但是这也无济于事，因为紧接着就听到哗啦一声响，糟了，他们忘了把昨晚吃剩的东西从讲课桌上拿开，女教师用尺子一拨拉，桌上的东西全都摔在了地上。沙丁鱼罐里的油和喝剩的咖啡洒了一地，咖啡壶也摔得粉碎，对此她根本不予理会，反正校役马上就要收拾干净的。K和弗丽达还没有完全穿好衣服，就靠在双杠上眼睁睁地望着他们这几样东西全被毁掉了。两个助手显然还不想穿衣服，正躺在地板上朝双杠和鞍马上搭着的毯子间窥视，孩子们见此情景，大乐了一阵。最使弗丽达伤心的当然是咖啡壶碎了。K为了安慰她，答应马上就去见村长，要求赔偿，并将赔偿的咖啡壶拿来。她这才打起精神，只穿着衬衫和衬裙就从毯子围着的地方冲出来，至少得把桌布捡起来吧，免得它再沾上油渍。虽然女教师不停地用尺子猛敲桌子，敲得人心里发毛，她想用这种办法把弗丽达吓退，但弗丽达还是把桌布抢了过来。两个助手好像被刚才这些事吓傻了，所以K和弗丽达穿好衣服以后，边命令边推地逼着他们穿衣服，甚至亲自帮他们穿。一切准备停当，K就分配马上要干的工作：两个助手去取木柴和生炉子，但得先给另一间教室把炉子生好，因为那间教室里有更大的危险在威胁他们——那位男老师可能已经在那儿了。弗丽达擦地板，K负责打水和收拾教室，早饭问题暂时还不考虑。为了摸清女教师的情绪，K决定自己第一个出去，让其余的人听到他喊他们再出去。他之所以要做出这样的安排，一方面是因为他不愿由于两个助手干出蠢事而一开始就使情况恶化；另一方面他想尽量体贴弗丽达，因为她有虚荣心，他没有，她很敏感，他不在乎，她只考虑眼前这些小小的不顺心的事，但他考虑的是巴纳巴斯和前途。弗丽达认真执行他的一切安排，眼睛时时刻刻盯着他。他刚往前走，女教师就在孩子们的哄堂大笑中嚷道："喏，睡醒啦？"从这时起，孩子们的笑声就一直没有停止过。女教师的话本来就不是个问题，所以K也就未加注意，而去收拾盥洗台了。这时女教师又问："您到底是怎么弄我的猫咪的？"这时一只又大又肥的老猫懒洋洋地伸着四肢躺在桌上，女教师正在检查猫的前爪，那只爪子显然只是受了点轻伤。这么说，弗丽达的话没有错，这只猫虽然没有跳到她身上，因为它已经老得不能跳了，但从她身上爬了过去。这间教室夜里本来是空的，老猫一下子见里面有这么多人，便吓得连忙躲藏起来，它逃得异乎寻常地匆忙，碰伤了前爪。K竭力不急不躁地向女教师做解释，但她却死抓住猫爪受了伤这个结果不放，说："好啊，你们把猫弄伤了，你们一来就这么干！你来看！"她叫K到讲台上去，把猫的前爪指给他看，刹那间，她拿猫的爪子朝他手背上一抓。虽然猫的爪子已经钝了，但是女教师这次并不去顾及猫了，把猫爪使劲往下一按，所以K的手背还是被抓出了几道血印。"现在干你的活去吧。"她不耐烦地说，随即又去低头看猫。弗丽达和两个助手在双杠后面目睹了这一幕，看到K手上出血了，便惊叫起来。K强举着手对孩子们说："你们看，我手上是被那只凶恶、阴险的母猫抓的。"当然，他这话并不是说给孩子们听的，因为他们的大喊大叫已经是自然而然的了，已不再需要什么因由或刺激了，而且说什么话他们都听不见，也不能对他们的笑闹有任何影响。女教师也只是瞟了 K 一眼，作为对他刚才这句侮辱的话的回敬，随后又去逗她的猫了，起先的怒气似乎因为给了 K 以血的惩罚而消散了。既然这样，K 便喊弗丽达和两个助手一起开始干活。

K 用桶把脏水提了出去，又打来了干净的水，正要开始打扫教室的时候，一个大约十二岁的男孩子从座位上出来，摸了摸 K 的手，说了些什么，因为教室里太吵，根本听不清楚。这时嘈杂的声音突然停止了。K 转过身一看，整个早晨都在担心的事发生了。那位男教师正站在教室门口，这个小个子教师一手抓住一个助手的领子，他们大概是在取木柴时被他抓住的，因为他正在一字一顿地大声喝道："谁敢砸开木棚的门？这小子在哪儿？我要把他碾碎！"弗丽达正蹲在女教师脚边擦地板，这时就站了起来，望着 K，仿佛要从他那儿得到力量似的，她说话时眼神和姿态还带着往日的优越感："是我干的，教师先生。我想不出别的办法。要一早就把两个教室的炉子生上火，就得开棚屋的门，半夜三更我可不敢到您那儿去取钥匙，当时我的未婚夫又在贵宾饭店，他很可能要在那儿待一夜，所以我不得不自作主张。要是我做得不对，请原谅我没有经验；我的未婚夫得知这一情况后，已经狠狠地骂了我一通。他甚至不让我一早就生炉子，他认为，您既然把棚屋锁着，这就表示，您不要人家在您来到之前生炉子。他还说，没生炉子由他负责，而砸开木棚的门则是我的过错。""是谁把门弄开的？"教师问两个助手，他们还一直试图从被教师抓着的手里挣脱出来，但始终没有成功。“是这位先生。”两个助手说，同时用手指着 K，表示这是确凿无误的。弗丽达哈哈大笑，她的笑声似乎比她的话还有说服力，接着她便把擦地板用的抹布在桶里拧干，这样子似乎她这一番解释便把破门事件了结了，而两个助手的证词只不过是事后开的一个玩笑而已。等到重新跪下去准备干活时，她才又说：“我们的助手是两个孩子，尽管他们年纪不小，其实只配坐在这里的板凳上读小学。昨天傍晚我是一个人用斧子把门弄开的，这很简单，用不着助手帮忙，他们只会给我添麻烦。后来，夜里我的未婚夫回来了，出去看了看棚屋的门损坏的情况，可能的话想把门修好。两个助手也许是因为不敢单独留在这里，所以就跟他一起去了，并看着我的未婚夫修理那扇破门，所以他们现在说……行了，他们还是孩子……”

弗丽达解释的时候，两个助手不停地摇着脑袋，并继续用手指着 K，还竭力挤眉弄眼地做出各种表情，想让弗丽达改变自己的意见。他们未能如愿，最后只好屈服，并把弗丽达的话当作命令，所以教师再问，他们就不回答了。“这么说，”教师说，“你们是在撒谎？至少是随便冤枉校役吧？”他们还是没有吭声，但是他们哆哆嗦嗦的样子和怯生生的眼神似乎表示出他们知道自己有罪。“那么我马上就好好地揍你们一顿。”教师说，并叫一个孩子到另一间教室去拿他的藤条鞭。当他举起藤条鞭的时候，弗丽达叫道：“两个助手说的是实话！”说着，她绝望地把抹布扔进桶里，啪的一下溅起一片水花。她跑到双杠后面去躲了起来。“这婆娘满嘴谎言。”女教师说。这时她已包好猫的前爪，把它满满当当地抱在怀里，猫大得很，怀里差点儿抱不下。

“那么，原来是校役先生干的啦。”教师一边说，一边把两个助手推开，并朝K转过身去。这期间K一直用手支着扫把柄听着。教师接着说：“这位校役先生胆小如鼠，自己干了卑鄙勾当，居然心安理得地让人弄虚作假，诬陷别人。”这时K大概已经注意到，刚才弗丽达那么一通折腾，已经使教师最初那股不可遏制的怒气有了缓和，于是说：“嗯，要是两个助手挨点儿打，我倒不会感到遗憾；假如他们理应受到十次惩罚，都免掉了，那么挨一次不该挨的打来偿还一下也不为过。另外，如果他们挨顿打可以避免我和您之间发生直接冲突的话，我倒是极其欢迎的，也许您也乐意吧。但是弗丽达现在为了两个助手把我抛了出来……”说到这里他停了一下，这时鸦雀无声，听得见弗丽达在毯子后面哭泣，“这件事当然必须加以澄清。”“简直是无稽之谈。”女教师说。“我完全同意您的意见，吉莎小姐。”男教师说，“至于您，校役，因为犯了这个丢脸的过失，当然被革职了。我保留对您进一步处分的权利，现在拿上您的东西立即滚出屋去。这对我们来说真是松了一口气，现在，终于可以开始上课了。给我快滚！”“我决不离开这里，”K说，“您是我的上司，但我这个职位并不是您给我的，而是村长指派给我的，只有他做出解除我的职务的决定，我才接受。他给我这个职位大概不是让我和我的随从来这儿挨冻的吧，您自己说过，他给我安排这个工作是为了防止我采取轻率的不计后果的行动。因此，现在突然将我革职是完全违背他的意图的，除非我听到他亲口说出有悖于他的初衷的话，我才会相信。再说，我不服从您轻率地解除我职务的决定，可能对您也有极大的好处。”“这么说，您不服从？”教师问。K 摇摇头。“您再好好考虑考虑吧！”教师说，“您的决定并非总是万无一失的，比如说，您想一想昨天下午您拒绝接受审查的事。”“您为什么现在提起这件事？”K 问。“我乐意，”教师说，“现在我最后重复一次：出去！”但是这道命令也毫无作用，教师就到讲台上去同女教师悄悄商量了一阵。她主张去叫警察，但男教师没有同意，最后两个人取得一致意见，男教师让学生们搬到他的班上去，同那个班的孩子一起上课。这个变动使大家皆大欢喜，在一片嬉笑和叫喊声中，这个教室立刻就空了，男教师和女教师是最后出去的。女教师怀里抱了本点名册，点名册上还有那只大肥猫，它对这一切表现得漠不关心。男教师本想让她把猫留下，但女教师指出，K 很残忍，所以坚决不肯把猫留下。男教师本来就对 K 十分恼火，现在 K 又给他加了一只猫的负担，因此更是火上浇油。他到了门口还对 K 说了最后几句话，这几句话大概是由猫引起的：“吉莎小姐是迫不得已才带着学生离开这间教室的，因为您顽固地不服从我对您的解职，因此谁也不能要求她，一位年轻姑娘，在您肮脏的家里上课。您就自己待在这儿吧，这教室您想占多大地方就占好了，正经人见了您就讨厌，所以不会来打搅您，但我肯定，这情况是不会长久的！”说完，他砰的一声关上了门。

第十三章

这些人刚走，K 就对两个助手说："出去！"这两个助手冷不丁听到这道命令，吓得六神无主，就乖乖地服从了。但是 K 跟在他们后面，两个人一出去，他就锁上了门。两个助手看到门在里面锁上了，就在外面又哭闹又敲门，想重新进屋来。"你们两个被解雇了！"K 叫道，"我永远不会再雇你们干活了。"听了这话他们当然不高兴，便对着门一阵拳打脚踢。"让我们回来吧，先生！"他们喊道，仿佛他们正要被洪水吞没，而 K 就是块陆地似的。但 K 并不怜悯他们，他不耐烦地等着，等这闹翻天的声音使教师受不了，逼他出来进行干涉。过了一会儿，教师果然出来说话了。"让您这两个该死的助手进去！"他喊道。"我已经把他们解雇了！"K 喊着回答。这句话产生了意想不到的作用，它向教师表明，K 确实很厉害，不仅有解雇权，而且有执行权。于是，教师只好设法对两个助手好言相劝，说只要他们安安静静地在这儿等着，K 终归会再让他们进去的。说完他就走了。如果 K 这时不再向他们大声叫喊，说他们彻底被解雇了，没有一丝复职的希望了，那么风波也就平息了。现在两个助手一听这话，又开始像先前那样大吵大嚷起来。教师又来了，但这次没跟他们多说，而是干脆把他们赶出学校，显然使用了那根令人生畏的藤条鞭。

不久他们又出现在体操室的窗口，又是敲玻璃又是叫嚷，但是他们的话已经听不清了。不过他们也没有在那里待多久，在很深的雪地里他们要瞎闹也无法乱蹦乱跳，因此他们急忙跑到校园的栏杆边，跳上围栏的石座，虽然离房间很远，但房间里的情况倒是看得比较清楚。他们手扶栏杆，在基座上跑来跑去，后来又停了下来，伸出双手，向 K 合十哀求。就这样，他们在那里求了好一阵，根本不去想他们这种做法是徒劳的。他们像着了魔似的，甚至在 K 把窗帘放下来不让他们往室内张望时，他们还在不停地哀求。

屋子里现在很暗，K 走到双杠那儿去找弗丽达。她与他的目光相遇，便站起身来，理了理头发，擦干脸上的泪水，默默地去煮咖啡。虽然她一切都知道了，但 K 还是正式告诉她，他已经把两个助手解雇了，她只是点了点头。K 在凳子上坐下，看着她那有气无力的动作。她以前总有一股朝气和毅力，使她娇小的身体显得妩媚动人，现在这种美丽消失了。同 K 一起生活没几天就使她变成这副样子。以前她在酒吧的工作并不轻松，但是那种工作对她可能是适合的。她形容憔悴的真正原因也许是离开了克拉姆？在克拉姆身边使她具有迷人的诱惑力，正因为这种诱惑力，K 才把她拉到自己身边，现在她却在他的怀抱里枯萎了。

“弗丽达。”K 说。她立刻放下磨咖啡的器具，来到 K 的凳子边。“你生我的气吗？”她问。“不，”K 说，“我想，你也没有别的办法。你在贵宾饭店生活得挺惬意，我真该让你待在那儿的。”“是啊，”弗丽达说着，两眼怔怔地望着前面，哀伤地出神，“你真该让我待在那儿的。我不配跟你一起生活。你把我摆脱掉，也许就能实现你的一切愿望了。你因为考虑到我，才屈从于专横的教师，接受这个卑微的职位，费尽心血设法同克拉姆谈话。这一切都是为了我，而我却无以回报。”“不，”K 搂着她的腰，安慰地说，“这些全都是微不足道的事，对我毫无伤害，我要见克拉姆也不只是因为你。想想你为我所做的一切！我在认识你以前，在这里真是走投无路。没有人收留我，我去求助于谁，谁就赶忙把我打发走。要是我在别人家里找到了落脚的地方，那些人恰恰又是我见了之后唯恐逃之不及的。比如巴纳巴斯家的人。”“你见了他们要逃？真的吗？亲爱的！”这期间弗丽达精神十足地喊道，等 K 犹犹豫豫地说了声“是”以后，她又陷入先前的疲惫状态。可是对于这一点现在 K 也没有把握解释了：到底在哪些事情上是由于同弗丽达在一起而变得对他有利的？他把搂着她腰的手臂慢慢松开，默默地坐了一会儿。K 的手臂似乎给了弗丽达以温暖，现在她再也不能缺少它了。这时她说：“这里的种种生活我受不了。如果你要我守着你，我们就必须到国外去，到哪儿都可以，到法国南方，到西班牙。”“我不能到国外去，”K 说，“我来这儿是想在这儿待下去的。我要待在这儿。”接着他又自言自语似的加了一句：“这荒凉之地能有什么东西吸引我吗，难道只是为了在这儿待下去？”这句话是矛盾的，他费多大劲也解释不清。他又说：“可是你也愿意待在这儿的呀，这是你的故乡，只不过你现在失去了克拉姆，这事使你产生了心灰意懒的想法。”“我该失去克拉姆吗？”弗丽达说，“克拉姆嘛，这儿多得是，克拉姆太多了。为了躲开克拉姆，我才想走。我失掉的不是克拉姆，而是你，为了你，我才想走，因为我不能整个得到你，在这里大家都在争夺我。只要能够平静地生活在你身边，就算失去我的美貌，即使体弱多病，我也在所不惜。”从弗丽达的这番话里，K只听了一件事。“克拉姆还一直同你有联系吗？”他立刻问，“他还叫你去吗？”“关于克拉姆，我一无所知，”弗丽达说，“我现在说的是别人，比如说那两个助手。”“噢，两个助手！”K惊异地说，“他们在跟踪你？”“难道你没有注意到？”弗丽达问道。“没有，”K说，同时想竭力回想起一些具体细节，但什么也记不得了，“这两个小子大概是色胆包天的淫棍，可我并没有发现他们胆敢对你有所染指。”“没有发现？”弗丽达说，“你没有发现，在桥头客店他们不肯离开我们的房间，他们妒忌地监视着我们的关系，其中一个昨晚还躺到草包上我睡的地方。他们刚才还告发你，想撵走你，毁掉你，好跟我在一起。这些你都没有发现？”K凝视着弗丽达，未做回答。她对两个助手的指控也许是对的，但是这些指控更可以做这样的解释：这两个人是无辜的，这一切都是出于他们幼稚可笑、愣头愣脑、直露不藏的天性。而且K到哪里，他们总是想方设法跟着，并不留在弗丽达那儿，这不也可以消除加在他们头上的罪名吗？K略微提了提这些看法。

“这是伪装，”弗丽达说，“你没有看出来吗？对了，如果不是因为我说的这些，你干吗要撵走他们？”她走到窗前，把窗帘稍稍拉开一点，望着外面，随后就叫K过去。两个助手还一直在外面的栏杆边，显然是累极了，但还是使出全部力气，不时地伸出双臂在对着学校哀求。为了不用一直攀着栏杆，其中一个还用外衣的后摆钩住栏杆。

“真可怜！真可怜！”弗丽达说。

“我为什么要把他们撵走？”K叫道，“直接原因就是你。”“我？”弗丽达问，并没有把视线从窗外移开。“因为你对助手客气得有点过分，”K说，“你原谅他们的放肆，朝他们笑，摸他们的头发，没完没了地对他们表示同情，刚才又说‘真可怜！真可怜！’；末了是刚才发生的这件事，你竟毫不犹豫地拿我做代价，去解救两个助手，使他们不致挨打。”“事情确实是这样，”弗丽达说，“我说的就是这件事，使我痛苦的是这件事，使我同你产生隔阂的也是这件事。另外，我还知道，同你厮守在一起是我最大的幸福，永远永远，永不中断，永无尽头地同你厮守在一起。我还梦到，这个世界上没有一块安静的地方是属于我们的爱情的，村里没有，别处也没有，因此我希望有一座坟墓，一座又深又窄的坟墓，我们在那里拥抱在一起，像两把钳子钳得紧紧的，我的脸藏在你的怀里，你的脸藏在我的怀里，没有人再看见我们。可是这里——看这两个助手，他们合着双手，不是在向你，而是在向我哀求。”“现在望着他们的不是我，”K说，“而是你。”“不错，是我，”弗丽达说，几乎有点生气了，“我说的一直都是这件事。这两个助手老跟着我，准有什么原因，尽管他们是克拉姆的特派员。”“克拉姆的特派员？”K说，虽然觉得这个名称是很自然的、无所谓的，但还是大吃一惊。“是克拉姆的特派员，我敢肯定。”弗丽达说，“尽管他们是特派员，但他们毕竟是幼稚的孩子呀，还得用鞭子来教育他们呢。这两个孩子多黑、多难看！他们的脸看起来像大人，几乎像大学生，他们的举止却是幼稚的，傻里傻气的。把他们的脸同他们的举止相对照，多让人觉得恶心！你以为我没有看到吗？我真为他们感到害臊。我老得看着他们。别人对他们大发雷霆的时候，我却禁不住要笑。别人要打他们的时候，我禁不住要摸摸他们的头发。夜里躺在你身边的时候，我睡不着，我的视线总要越过你的身子望过去，他们一个几乎把毯子全都裹在身上睡觉，另一个则跪在打开的炉门前生火。我总是朝前弓着身子，差点把你弄醒。吓到我的不是猫——嗯，猫我见得多啦，我在酒吧里睡觉老是受到吵闹声的打扰，这我也习惯了——而是我自己。不用说那么大的猫，一点很小的响声也会吓我一跳。有一回我怕你会醒来，那么一切都将结束。后来我又跳起来，点上蜡烛，好让你快些醒来，可以保护我。”“这些事我一无所知，”K说，“只有一点感觉，所以就把他们撵走了。现在他们走了，也许一切都会好起来的。”“是的，他们终于走了，”弗丽达说，她脸上露出痛苦的表情，心里并不快活，“只是我们不知道他们是什么人。我心里管他们叫克拉姆的特派员，那是开玩笑，不过也许他们真是。他们单纯、炯炯有神的眼睛不知为什么使我想起克拉姆的眼睛来，是的，这就是克拉姆的目光，他通过他们的眼睛凝视着我。因此，要是我说我为他们感到害臊，那是不对的。我只不过希望如此而已。虽然我知道，同样的举止要是发生在别的地方和别人身上，是愚蠢的、下流的，但发生在他们身上却并非如此。我怀着尊敬和钦佩的心情注视着他们干蠢事。假如他们是克拉姆的特派员，那谁能使我们摆脱他们呢？而且，摆脱了他们究竟好不好呢？如果说摆脱他们并没有好处，那你不是要赶紧把他们叫回来吗？假如他们还愿意回来，你不是会感到高兴吗？”“你是想要我再让他们进来？”K 问。“不是，不是，”弗丽达说，“我压根儿就没有要他们进来的意思。要是他们现在冲了进来，那么他们的目光，他们重新见到我的高兴劲儿，他们孩子似的蹦跳以及他们伸出的男子汉的双臂，这一切也许我根本就受不了。不过要是我考虑到，假如你仍对他们那么严厉，也许你自己就拒绝见克拉姆本人了，这种后果我要用一切办法来加以防止。那时候我就要你让他们进来。那时候你只管赶忙让他们进来好了。不要考虑我，我有什么关系！只要我能坚持，我就要自卫，不过如果你要我屈服，那我就屈服，但是我明白，我是为了你而屈服的。”“你使我更加坚信自己对这两个助手的判断是对的，”K 说，“我是决不会让他们两个人回来的。我把他们弄了出去，这就证明，在某种情况下，我们是能够控制他们的，而且进一步证明，他们同克拉姆并没有什么实质性的关系。昨天晚上我还收到克拉姆的一封信，从信里可以看出，克拉姆所得到的有关两个助手情况的消息是完全错误的，而从这件事中又可推测出，在他眼里这两个助手是无足轻重的，因为如果他们不是这样，他就一定能得到关于这两个人的详细消息。不过你说在他们身上看到了克拉姆，这并不能说明什么问题，因为你一直还受着老板娘的影响，所以到处都能看到克拉姆。你始终是克拉姆的情人，还远不是我的妻子。有时这使我感到忧郁，我觉得似乎失去了一切，但又觉得仿佛刚刚才来到村里，但又不像我前几天来到这里时那样充满希望，而且知道，等待我的只是不断的失望，我连它们最后的残渣也得一一吞下。不过这种感觉只是偶尔才有。”这时K看到，听了他的这番话，弗丽达显出一副垂头丧气的样子，所以他便笑着补充说：“可是从根本上说，我的这种感觉也证明了一件好事，那就是你对我是多么重要。如果你现在要我在你和两个助手之间做出选择，那么这两个助手就输了。在你和两个助手间做出选择，哪来的这种想法！好，现在我要彻底摆脱他们了，不去说，也不去想。再说，我们两个人都感到这么没劲，谁知道是不是我们现在还没有吃早饭的缘故呢？”“很可能。”弗丽达疲乏地笑着说，随后就去干活了。K也重新拿起了扫帚。

过了一会儿，有人在轻轻敲门。“巴纳巴斯！”K叫了起来，把扫帚一扔，几步就来到门边。弗丽达望着他，对于这个名字她比什么都害怕。K的两只手有点发抖，一时打不开这把旧锁。“就开了。”他连连重复这句话，也不问一问到底是谁在敲门。接着他看到，从打开的门里进来的不是巴纳巴斯，而是那个先前想同K说话的小男孩。K可没有兴趣去回忆这个孩子。“你到这儿来干什么？”他问道，“隔壁正在上课呢。”“我是从那儿来的。”

男孩睁着棕色的大眼睛平静地注视着 K，两手贴身垂放，以立正姿势回答说。“那么你想干什么？快说！”K 说，并稍稍俯着身子，因为男孩子说话声音很小。“我能给你帮点儿忙吗？”孩子问。“他想帮我们的忙。”K 对弗丽达说，接着又问孩子，“你叫什么名字？”“汉斯·布隆斯维克，”男孩说，“四年级学生，是马德莱纳胡同鞋匠师傅奥托·布隆斯维克的儿子。”“瞧，你叫布隆斯维克。”K 说，态度和气多了。现在他明白了，事情原来是这样：汉斯看见女教师用猫爪在 K 的手上抓出几道血印，心里非常气愤，马上决定支持 K。现在他冒着受到严厉处罚的危险，像逃兵似的擅自从隔壁教室里溜了出来。他的这个行动大概主要是出于他心里那些孩子气的想法。他那严肃的样子也与他的那些想法是一致的，他所做的一切也说明了这一点。开始他还有点不好意思，但一会儿就跟 K 和弗丽达搞熟了，后来叫他喝咖啡的时候，他就变得活泼、自在了。他迫不及待地提出问题，仿佛他想尽快了解事情的关键，以便独自为 K 和弗丽达做出决断似的。他也有种司令官的气质，同时夹杂着天真无邪的童心，因此他们就半认真、半开玩笑地表示乐意听他指挥。无论如何，他要把一切注意力都集中到自己身上，活儿都停下了，早饭时间也拉得很长。虽然他坐在课凳上，K 坐在讲台上，弗丽达坐在 K 身边的一把椅子上，但看起来仿佛汉斯倒是老师，正在考他们和评定他们的回答。他柔和的嘴唇上挂着的一丝微笑似乎说明，他自己也知道这不过是一场游戏。不过他越是认真，就越让人觉得浮现在他嘴上的并不是微笑，而是童年的幸福。奇怪的是谈了很久他才承认，自从K有次在拉塞曼家小憩以后，他就已经认识K了。K感到很高兴。“那次你正在那位夫人脚边玩吧？”K问道。“是的，”汉斯说，“那是我妈妈。”现在他不得不谈他母亲了，却吞吞吐吐，在对方一再要求下才说。现在弄明白了，他是个小男孩，但是有时，特别是从他提出的问题来看，也许只是由于K对前途的预感，也许只是由于听的人急于了解情况而产生的感官错觉，他说起话来像个坚毅、聪明、有远见的大人。可是一会儿他又突然是个学生了，好些问题他一点不懂，有的问题又解释错了，而且很孩子气，不知道考虑别人，说话声音很轻。虽然常常给他指出错误，但他像是出于逆反心理，连不少重要问题也完全不想回答了，而且毫无窘态。一个成人是不会这样的。在他看来，似乎只有他才有提问的权利，如果别人提问，就是破坏了某项规则，就是浪费时间。他会默不作声地坐上老半天，挺直身子，垂着脑袋，噘着嘴。弗丽达很喜欢他的这种样子，常常故意向他提出一些问题，希望他回答不出而显出那种神情。有几次她成功了，但是K却对此有些恼火。总的来说，他们了解的情况很少，只知道他母亲身体不太舒服，可是到底是什么病却不清楚。那天布隆斯维克夫人怀里抱的那个孩子是汉斯的妹妹，名叫弗丽达（汉斯对他妹妹与这位向他提问的夫人同名很不高兴），他们全家都住在村里，不是住在拉塞曼家，那天他们只是为了洗澡才去串门的，因为拉塞曼家有只大浴桶。除了汉斯，孩子们都喜欢在这只大浴桶里洗澡和嬉闹，觉得特别好玩。说起他父亲，他有时很尊敬，有时又很害怕，而且只有在没有同时讲到母亲的时候才说；同母亲相比，父亲显然不太重要。此外，关于他们家里的生活，无论这两个人想什么办法触及，他都不回答。关于汉斯父亲的营生，K 知道他拥有当地最大的鞋铺，没有人能与他匹敌。尽管不断问汉斯别的问题，但他总是翻来覆去地说，他父亲也分给其他鞋匠和巴纳巴斯的父亲一些活儿做。布隆斯维克大概只是出于特殊照顾才把一些活儿分给巴纳巴斯的父亲去做的，这一点至少从汉斯得意地把脑袋一扬这个动作中就可以看得出来。弗丽达见了这个动作，马上就从讲台上跳下来吻了他一下，问他到城堡里去过没有，问了好几遍，他才答了一声“没有”；问他母亲去过没有，他根本就不答。后来 K 觉得倦了，而且这些问题似乎对他并没有什么用处，在这一点上他认为这孩子是对的。再说，利用天真无邪的孩子拐弯抹角地打听人家的家庭秘密，这总有点丢人，而且折腾了半天也没有打听出什么来，这就更加丢人了。末了，K 问孩子，他打算给他们帮什么忙。汉斯说，他只想帮他们干点这儿的活，免得男教师和女老师再来责骂 K。听了这些话。K 也不再感到奇怪了。K 对汉斯说，那样的帮助并不需要，骂人大概是教师的本性，你活干得再好还是免不了要挨骂；这儿的活本身并不重，只是由于偶然情况，他和弗丽达今天的活还没做完；况且责骂对于 K 不像对学生那么有作用，他并不把它放在心上，几乎并不把它当回事儿，他希望能尽快离开这个教师。因为他们谈的只是关于汉斯帮助 K 对付教师的问题，所以 K 十分感激他，并说汉斯现在可以重新回去上课了，希望他不会受到处罚。K 说的不需要帮助只是指在对付教师这件事上，没有说其他方面也不需要帮助。虽然 K 并没有强调这一点，只不过是无意中提了一下，但汉斯却清楚地听出了话里所含的意思，便问 K 是否有其他事情需要帮忙，他很乐意助他一臂之力，要是自己帮不了忙，他还可以求母亲，事情肯定能办成。有时他父亲有了麻烦，也是请母亲帮忙的。他母亲也曾问起过 K。她自己几乎不出门，那次到拉塞曼家去只是个例外，但是汉斯则常常去那儿跟拉塞曼的孩子玩，所以有次母亲问他，土地测量员是不是又到那儿去过。因为母亲很虚弱，而且很疲乏，他不愿让她无谓地兴奋，所以他只是简单地说，他在那儿没有见过土地测量员，别的就没有多谈。现在他在这所学校里看见了 K，一定得跟 K 说话，回去以后就可以告诉母亲。要是母亲没有特别关照，别人就实现了她的心愿，这是她最喜欢的。K 稍加思索后便说，目前他不需要帮助，凡是需要的东西他都有，汉斯愿意帮助他，这是汉斯的一番盛情，他很感谢汉斯的美意，如果他将来有需要，那时再请他帮助，反正他有汉斯家的地址。而这次，他也许可以帮汉斯点小忙。汉斯的母亲病了，村里显然没有人会看病，他很担心。小病如不及时医治，耽误了往往会使病情恶化。而他有些医学知识，更重要的是他有看病的经验。有些病医生都束手无策，他却给治好了。因为他医术高明，在家乡大家都管他叫“草药”。总之，他很乐意替汉斯的母亲看一看，并同她谈谈，也许他能出个好点子。为了汉斯，他也乐意这样做。汉斯听了这番话，起初眼睛都亮了，使得 K 更显出迫不及待的样子，结果却不尽如人意，因为汉斯接着在回答其他问题时都没有显出歉意，只是说，陌生人是不许去看他母亲的，她需要好好休养。虽然上次 K 几乎没跟她说话，但后来她还是在床上躺了好几天，这种情况是常有的，可是父亲当时为了 K 还很生她的气，他是绝不会允许 K 去看汉斯的母亲的。他当时甚至想去找 K，由于他的举止而给他一点教训，好在被母亲拦住了。但主要是，在一般情况下母亲自己不愿意同别人说话。她是问起过 K，但这并不意味着要破例，相反，她在提到 K 的时候可能表示了要见他的愿望，但她并没有见他，这就清楚地表示了她的意思。她只是想听听关于 K 的情况，但并不是想同他说话。再说她也并不是得了什么病，她知道自己身体不好的原因，有时也说道：可能是她受不了这里的空气，但是为了丈夫和孩子，她又不愿离开这个地方，而她的身体已经比以前好多了。K 知道的，大概就是这些。为了保护母亲不受这个他所谓愿意给予帮助的 K 的骚扰，汉斯的思考能力显然提高了不少；还有，为了达到不让 K 去见他母亲这个善意的目的，在有些事情上他的话甚至同自己先前的说法自相矛盾，比如关于他母亲的病。即便如此，K 发现现在汉斯对他仍是一片好意，只不过一谈到母亲，他就把一切都忘了。只要谁把什么人同他母亲相比，谁马上就会受到冤枉，现在 K 就是这样，但是比方说，受到冤枉的也可能是他父亲。K 想试一试后一种情况，于是说，他父亲不让别人去打扰他母亲，这是很有道理的，要是他自己那天知道这种情况，是绝不会冒昧地跟她说话的，现在他还要请汉斯回家以后代自己向母亲表示歉意。另外，他又不十分明白，既然如汉斯所说，他母亲的病因很清楚，为什么他父亲不让她到别处去疗养？别人也许会说，她为了孩子和丈夫才没有出去，所以他父亲就把她留在家里了，可是她可以把孩子带去呀！她出去的时间又不会长，也不会到很远的地方去，城堡里山上的空气就和村里大不一样。这样出去一趟，费用问题汉斯的父亲不必担心，反正他是本地最大的鞋匠，他或汉斯的母亲在城堡里一定有亲戚或熟人，他们准会欢迎她去的。为什么他不让她去？他不能轻视那种病。K 只是匆匆见过汉斯的母亲，正因为见她的脸色非常苍白和虚弱，才忍不住去跟她说话。那时他就觉得奇怪，屋里大家都在洗澡和洗衣服，空气很不好，他父亲居然让生病的妻子待在那里，而且说话声音很响，毫无克制。他父亲大概不知道妻子的病因。即使最近她的病情有所好转吧，这种病也是会反复发作的，如果不去治，最后会发展得非常严重，到那时就没有办法了。要是 K 不能同汉斯的母亲谈一谈，那么去找他父亲谈谈，提醒他注意这些问题，或许也还是好的。

汉斯紧张地听着，大部分听懂了，强烈地感觉到没有听懂的那部分的威胁性。尽管这样，他还是说，K 不能跟他父亲去谈，他父亲对 K 很反感，可能会像教师那样对待他的。他说话的时候，每当提到 K，脸上就露出羞涩的微笑，每当提到父亲，则显出恼怒和难过，可是他又加了一句，说 K 也许可以去跟他母亲谈一谈，只要不让他父亲知道就行。就像一个想偷吃禁果的女人正在寻找吃了禁果又不致受罚的方法，这时汉斯目光呆呆地想了一会儿，然后说，后天也许有可能，他父亲晚上要到贵宾饭店去开会，他，汉斯，晚上来把 K 领去见他母亲，当然要先得到母亲的同意，这可一点把握都没有。特别是她做什么事都不违背父亲的意愿，在一切问题上都对他百依百顺，有些事情明明没有道理，连他，汉斯，都看出来了，可她还是听父亲的。实际上现在汉斯是在寻求 K 的帮助，去对付他父亲。这事仿佛是他自己搞错了似的，因为他曾以为，他想要帮 K 的忙，而实际上他是想试探一下这个突然出现的、母亲甚至还提起过的外乡人是否能够助他一臂之力。因为这个地方大家都很熟，所以谁也不能帮他的忙。这孩子做得像是无意的样子，不露声色，好阴险。直到现在，他们从他的表现和他的话里几乎看不出一点破绽，后来从他一本正经地补充的、有意无意透露出来的口风中才发现他的心计。他同 K 谈了老半天，考虑要克服哪些困难。K 觉得这些困难几乎是无论如何也克服不了的。他内心不安地眨巴着眼睛，不停地注视着 K，好像是心不在焉，却在寻求帮助。在父亲出去以前，他什么也不能对母亲说，否则父亲知道了，全部计划都会落空。但是考虑到母亲，就算在父亲出去以后，也不能突然提出来，而是要慢慢地，找到合适的时机再说。那时候他才能得到母亲的同意，那时候他才能来叫 K 去。可是那时候会不会太晚呢？父亲会不会已经回来了？不会，这不可能。然而 K 却认为这并非不可能。时间不够，这倒不必担心，一次简短的交谈、一次简短的会面就够了，而且汉斯不必来接他。K 可以先藏在汉斯家附近的一个地方等着，汉斯一给信号他就立即去。汉斯说不行，K 不能在他家附近等——由于他母亲很敏感，所以他放心不下。汉斯的母亲还不知道的时候，K 可不能自己动身前来。在对母亲保密、先斩后奏的问题上汉斯和 K 未能取得一致意见。他坚持要让母亲知道并允许以后，才来把 K 从学校里接去。K 说好吧，不过那确实是很危险的，很可能汉斯的父亲会在屋里当场把他抓住。即使这种情况没有发生，汉斯的母亲也会因为怕出现这种情况而不让 K 去。这样一来，事情就会因为他父亲而办砸了。这种意见又遭到了汉斯的反对。就这样，两个人争论不休。

K 早就把汉斯从凳子上叫到了讲台上，把他拉到自己两膝之间，有时还抚摩他，给予安慰。这种亲近的态度使他们取得了谅解，尽管汉斯有时还提出反对意见，但最后他们一致同意：汉斯先把全部实情告诉母亲，但是为了便于得到她的同意，还要说，K 也愿意跟布隆斯维克本人谈一谈，当然不是谈她，而是为他自己的事。这倒也是实情，在谈话过程中 K 想起，这个布隆斯维克就算是个危险而凶狠的人吧，但假如根据村长所说，他是曾经要求聘用土地测量员的那一派的领头人，而那些人也是出于政治原因，那么他就不会是他的敌人。因此，K 来到村里，布隆斯维克应该是欢迎的。要是那样，那么第一天他那令人气愤的态度以及汉斯说的他的反感就难以理解了。也许是因为 K 没有先去向他求助，布隆斯维克觉得这是瞧不起他。也许存在别的误会，那是几句话就可以解释清楚的。如果真是那样，那么 K 在反对教师，甚至反对村长的问题上很可能会得到布隆斯维克的支持，那么村长和教师利用职务要的整个阴谋，即不让他与城堡主管部门接触，逼使他接受校役的职务——这不是阴谋又是什么——就会被揭穿。假如布隆斯维克和村长之间因此又斗了起来，布隆斯维克准会把 K 拉到自己的一边，K 就会成为布隆斯维克家里的座上客，布隆斯维克就会给 K 提供权力斗争的资源。这样的话，还怕你村长不成！这样一来，他还有什么目的不能达到！无论如何，他都可以常常待在那位夫人身边——就这样，K 在戏弄这些美梦，美梦也在戏弄他。这时，一心只想着母亲的汉斯忧心忡忡地望着沉默不语的 K，就像注视着一位为了给重病之人寻找良方而在苦苦思索的医生一样。K 提出想同布隆斯维克谈谈土地测量员职位问题，汉斯对这个建议表示同意，当然只是因为这么做母亲就不会受到父亲的责备，再说这办法也只是在不得已的情况下才用，这种情况最好不会出现。只是他又问，K 这么晚才到他家里去，将如何向他父亲解释。K 说，无法忍受校役这个职务以及教师对他的那种令人气愤的态度，使他突然心灰意懒，就忘了考虑时间早晚的问题。听了 K 的这番话，汉斯脸上还有点阴郁，但最终还是同意了。

现在凡是可能出现的情况，K 都考虑到了，至少有了成功的可能性。这时汉斯也放下了思索的重负，开心多了，还孩子气地同 K 聊了一会儿，后来也和弗丽达聊了一会儿。弗丽达好长时间一直怔怔地坐在那里，像是在想别的事，现在才重新开始加入他们的谈话。在交谈中，她问汉斯将来想成为什么样的人，他稍加考虑就说，他想成为像 K 那样的人；接着问起他原因时，他当然答不上来。又问他将来想不想当校役，他很肯定地说不愿意。继续又问了他以后，她才知道，他是绕了一个好大的弯儿才产生这个心愿的。K 目前的处境既可悲又被人瞧不起，根本不值得羡慕，这一点汉斯也看得很清楚。他不用去观察别人就认清了K的处境，他自己真不想让母亲看见K，听到他说话。尽管这样，他还是到K这儿来了，并且求他帮助，K同意了，他非常高兴。他认为别人对K的看法也同他差不多，尤其是母亲，她也曾亲口提到过K。由于这种矛盾状态，他产生了一个信念：虽然现在K还很卑贱、潦倒，但在遥远的将来他定会出人头地。正是这个愚蠢的遥远的未来和可以通向未来的骄傲的春风得意的心情，使汉斯为之神往。为了达到这个目的，他连目前的K也认可了。他的这个愿望之所以显得特别幼稚，原因就在于汉斯是居高临下地像看弟弟那样看K的，而这个弟弟的前程——孩子的前程——要比他自己远大得多。这些事他是在弗丽达一再逼问下才说的，他说的时候态度是严肃的。后来K说，他知道汉斯羡慕他的是什么，是放在桌上的他的那根手杖，汉斯正一边心不在焉地说着话，一边玩着那根手杖。K还说，做这种手杖是他的拿手好戏，要是他们的计划成功了，他一定要做一根更加漂亮的手杖给汉斯。K的这番话才重新把汉斯逗开心。现在还不完全清楚，汉斯是不是真的只喜欢那根手杖，K的许诺使他高兴极了，于是欢欢喜喜地告辞，还紧握着K的手说："那么后天见！"

汉斯走得正是时候，因为不一会儿教师就推开了门。他看见K和弗丽达安闲地坐在桌边，便嚷道："对不起，打扰了！但是请告诉我，到底什么时候才能把这里收拾干净？那间教室里拥挤不堪，影响上课，你们倒是在这间大体操室里伸胳膊伸腿的，好舒服！你们为了自己住得宽敞，把两个助手也撵走了！现在给我起来，动手干活！”接着他又对K说：“现在你到桥头客店去把我上午的点心取来！”教师虽然怒气冲冲地叫嚷，但用词倒还算温和，K立即准备服从，但他还想向教师探听一下，所以说：“我可是被解雇了。”“无论解没解雇，都去给我把点心取来。”教师说。“解雇了，还是没有解雇，这我倒要知道。”K说。“说这些废话干吗？”教师说，“你又没有接受解雇。”“是不是说解雇无效？”K问。“我并不认为解雇无效，你可以相信我，”教师说，“可是村长认为无效，真是不可理解。现在快跑吧，要不你真要被解雇了。”K感到满意，这么说，这期间教师已经同村长谈过了，也可能根本没有谈，只是先编了个村长的意见，而这个意见对K是有利的。现在K想赶快去取点心了，但他刚到过道里，教师又把他叫了回去。似乎他只是想通过这道特殊的命令试一试K是否愿意为他当差，好据此来确定以后对K的态度。又似乎他产生了新的发号施令的兴趣，看到能颐指气使地把K当作跑堂的那样使来唤去心里就乐不可支。K呢，他知道，自己如果百依百顺，就会成为教师的奴隶和替罪羊，但是K想，在一定限度内还是先耐着性子顺着教师反复无常的脾气再说，因为虽然已经表明，教师不能依法将K解雇，但他却能变着法儿来折磨K，使K无法忍受，干不了这个职务。这个职务对K来说，现在要比过去重要得多。同汉斯谈过以后，他产生了新的希望，虽然他自己也承认，这希望是渺茫的，完全没有根据，他却无法忘怀，这些希望几乎将巴纳巴斯都遮住了。如果他要追求这些希望，那他就没有别的办法，必须为此集中全部精力，别的事都不去操心，把吃、住、村子当局，甚至弗丽达都撇在一边。而事情的关键就在于弗丽达，因为他关心的只是同弗丽达有关的事，所以他必须设法保住这个职位，使她有几分安定感。为了这个目的，教师对他的种种虐待，他过去是无法忍受的，现在却得忍受，而且他也不会后悔。这一切也并非使他痛苦不堪，它们是生活中不断出现的一些微不足道的烦恼，与K所追求的目标无法相比——他并不是为了过体面、舒适的生活才到这里来的。

刚才他本想立即到客店去的，这时命令又改了，他得马上重新准备把屋子收拾整齐，好让女教师重新把她的班带来上课。屋子得赶快收拾好，待会儿K还得去取点心，因为教师已经又饿又渴了。K保证，一切都照教师的意思办。教师在那儿看了一会儿，见K迅速撤掉铺位，放好体操器械，迅速打扫屋子，弗丽达则在洗擦讲台。教师对他们的干劲似乎很满意，又提醒他们，门口准备了一堆生火的木柴，再不许K到棚屋里去了。临走时他还威胁道，他马上还要再来检查。说完，他就回到那边教室去了。

默默地干了一阵活以后，弗丽达问，为什么K现在对教师那么唯命是从。这是个令人既同情又担心的问题。K这时正在思忖，弗丽达当初曾许诺要保护K，不让教师对K发号施令、专横粗暴，结果，这个许诺并没有做到，所以K只是简短地回答说，他既然当了校役，就得干校役的活。接着两个人都未说话。后来这简短的交谈使K想到刚才，尤其是同汉斯谈话的时候，弗丽达一直都在想心事，所以K往屋里搬来木柴的时候就坦率地问她心里到底在想什么。她慢慢抬起头望着K，回答说，也没有想什么具体的事，她只是在想老板娘和她所说的一些实话，但又多次不肯说，后来被 K 逼着，她才说得比较具体。她在回答的时候并没有放下手里的活，这倒不是她干活卖力——其实她的活一点没有进展——而是因为活一放下她就非得看着 K 不可。她说，K 同汉斯说话的时候，起先她是静静地听着的，后来她被 K 的几句话吓了一跳，于是就开始竭力去搞清楚这几句话的意思。从那时起她就不断从 K 的话里证实了老板娘对她的忠告，而以前她一直都认为这些忠告是没有道理的。K 对她这套常用的说法感到很生气，就连她那眼泪汪汪、如怨如慕的声调也没有使他感动，反而更使他怒火中烧。尤其让他生气的是老板娘又在插手他的生活了，至少是以弗丽达回忆的方式，因为她本人的直接插手直到现在还没有取得成功。一怒之下，K 就把双手抱的木柴猛地摔在地上，并往上面一坐，以严肃的口气要求弗丽达把话彻底说清楚。"从一开始，"弗丽达说，"老板娘就常常竭力唆使我怀疑你，她并不是说你在撒谎，相反，她说你坦率得有点孩子气，但你的本性跟我们完全不同，所以，即使你说得很坦率，我们也很难相信你。要不是一位好心的女友早早提醒我们，我们就得通过惨痛的经验才会相信。她算是很会识人的吧，但就连她也几乎上了你的当。但在桥头客店同你最后谈过以后——我只是重复她说的话——她才看穿你的诡计，现在即使你千方百计地把自己的用心掩盖起来，你也骗不了她了。但是你什么也不掩饰，这一点她一再强调：在任何场合都要集中精力好好听你说，不能马马虎虎听一听，而是要好好听。她自己所做的，也无非是仔细听而已。关于我，她说大致听出了以下这些：你对我‘阿谀奉承’——她用了这个难听的字眼——是因为我正巧碰上了你，而我对你又恰恰不反感，而且你误以为一个酒吧女是任何客人都唾手可得的猎物。此外，贵宾饭店的老板娘得知，你当时出于某些原因想在那里过夜，这个目的当然只有通过我才能达到，除此之外，你毫无别的办法。这一切就是那夜使你成为我的情人的原因，但是你从中想要得到，而且需要得到更多的东西，那就是克拉姆。老板娘没说她知道你想从克拉姆那里得到什么，她只是说，你在认识我之前同认识我之后一样迫切地想去见克拉姆，所不同的是，以前你毫无希望，而现在你以为在我身上找到了一个可靠的途径，可以马上真正，甚至带着优越感去见克拉姆了。你今天曾谈起，认识我以前你在这里走投无路。听了这话我真是大吃一惊——但只是一刹那，没做更深的思考。你的这些话也许同老板娘用的词句一样。她也说，你自从认识我以来才明确目标。原因是，你知道我是克拉姆的情人，以为占有了我就拥有了一件抵押品，对方只有出最高的价钱才能赎回去。你唯一的奋斗目标就是同他商谈他赎回这件抵押品的价钱。因为在你心目中我是无足轻重的，价钱才高于一切，所以在关系到我的问题上你做任何让步也在所不惜，而关于价钱问题则是寸步不让。因此，我丢掉了贵宾饭店的工作，不得不离开桥头客店，必须干繁重的校役的活儿，你都满不在乎，一点不放在心上。你毫无温存，连跟我在一起的时间都没有，你把我交给两个助手，从无醋意。对你来说，我唯一的价值就是我曾经是克拉姆的情人，你愚蠢地竭力不让我忘掉克拉姆，为的是在决定性时刻到来的时候我不至于激烈反抗。你又同老板娘反目，因为你看得出唯有她才能把我从你身边夺走，你把同她的争吵加以激化，这样就非得跟我一起离开桥头客店不可。如果凡事能由我说了算，那么在任何情况下我都属于你，对于这一点你也毫不怀疑。你把同克拉姆的谈话看作一笔交易，现金买卖。你估计了一切可能性，倘若你得到了你开的价钱，那你什么都能干得出。如果克拉姆要我，你就会把我给他；如果他要你留在我身边，你就会继续待在我身边；如果他要你把我撵走，你就会把我撵走。但是你也准备演一出喜剧，要是对你有利，你会做出一副爱我的样子；要是他对此抱着无所谓的态度，你就用这些办法来对付他：强调你是个无足轻重的人物，却把他的情人搞到了手，以此来让他出丑，或者把我确实曾对他做过的爱情表白转告他，求他重新接纳我，当然他得满足你开出的价钱。要是这些都无济于事，那么你将干脆以 K 夫妇的名义去向他乞求。老板娘推断，假如你发现，在所有事情上——你的设想、你的希望、你对克拉姆以及他同我的关系的看法——都打错了算盘，那么地狱之门就向我打开了，因为那时我才真正成了你仍能指望的唯一财富。但同时又证明这笔财富已经一文不值了，你将弃之如敝屣。因为你只把我视作财富，除了占有并无别的感情。”

K 紧紧闭着嘴，紧张地听着，屁股底下的那堆木柴也滚散了，他几乎滑到地板上了也不在乎。现在他才站起来，坐在讲台上，握着弗丽达的手，她无力地想把手抽出来，这时他说：“你说的这番话，有时我分不出哪些是你的意见，哪些是老板娘的意见。”“这只是老板娘的意见，”弗丽达说，“这些我全是听她说的，因为我敬重她，但是她的意见我一点没采纳，这还是我生平第一次。这一切我听起来是那么别扭，同我们两个人之间的情况相去甚远。我觉得她说的这些跟实际情况正好相反。我想到我们初夜之后的那个阴沉沉的早晨，你跪在我身边，你的目光流露出好像一切都完了。后来事情也果真如此，尽管我尽了最大努力，可非但帮不了你，反而在妨碍你。因为我，老板娘成了你的敌人，一个强大的敌人，到现在你还低估了她。你为我操碎了心，为了我，你才不得不争取一个职位，在村长面前处于不利地位，不得不俯首听命于教师，任凭两个助手摆布。但最糟糕的是，由于我，你也许冒犯了克拉姆。你现在还一直想接近克拉姆，这只不过是在无力地想争取同他和解而已。我心里想，老板娘对一切肯定了解得比我多，她悄悄对我说这些话，无非是不想让我过于自责而已。她虽是好意，却是多此一举。我对你的爱使我克服了一切困难，最终也会激励你勇往直前，即使不是在这个村子里，也会在别的地方。我的爱已经证明了它的力量，它已经把你从巴纳巴斯家里挽救出来了。”“这么说，你当时是持反对意见的，”K说，“打那以后有什么改变？”“我不知道，”弗丽达说，眼睛望着K的手，那只还一直将她握着的手，“也许没有改变。你现在紧紧地挨着我，而且这么平静地问我，那我觉得什么也没有改变。但实际上……”她从K的手里抽回自己的手，挺直身子和他面对面坐着，没有掩脸就哭了起来。她不遮不掩地朝K抬起流满泪水的脸，仿佛她的哭不是为了自己，所以用不着掩饰。她仿佛是为 K 的变心而哭的，如果他看到她的泪水而感到痛苦，那也是理所应当的。她接着说："但从我听了你同那个孩子的谈话以后，实际上一切都变了。开始时你多么天真无邪，打听他家的情况，问这问那；我当时觉得，那情景就像你刚进酒吧时，亲切、坦率，而且那么天真热情地捕捉我的目光，和那时一模一样。当时，我真希望老板娘也在这里，听着你说的话，然后仍旧坚持她的意见。但后来我突然注意到了——我不知道是怎么回事——你同这孩子谈话的真正意图。你用关怀的话语赢得了轻易得不到的信任，然后就毫无障碍地朝你的目标前进。你的目标我是逐渐识得的，就是那个女人。你表面上说担心她的身体，但你的言谈表明，你打的是自己的算盘，这是一目了然的。你还没有得到这女人，就在欺骗她了。从你的话里我不仅看到了自己的过去，也看到了自己的将来。我觉得，仿佛老板娘就坐在我身边，在向我解释这一切，我却竭尽全力想把她撵走，但我又清楚地看到，这样做是毫无用处的，其实被欺骗的并不是我——我连被欺骗的份儿也没有——而是那个陌生女人。后来我又振作精神，问汉斯将来想成为什么样的人。他说，他要成为像你那样的人，也就是说，他已经完全属于你了。那么，这个在这里被你利用的好孩子和当时在酒吧被你利用的我之间，难道还有什么大的区别吗？"

"这一切，"K 说，这时他已适应了这种谴责，又恢复了镇定，"你说的这一切，在某种意义上来说是对的，并不假，只是你的话都带着敌意。我感到宽慰的是，这些都是我的对头——那个老板娘的想法，尽管你以为是你自己的想法。这些想法很有教益，我还可以从老板娘那儿学一些东西。这些话她并没有对我本人说过，虽然她在其他方面对我是绝不手软的。显然，她把这个武器给了你，希望你在一个对我特别不利或决定性的时刻拿出来对付我。要是说我在利用你，那她不也同样在利用你？可是弗丽达，现在你想一想，即使这一切都像老板娘所说的那样，那也只有在一种情况下才是恶劣的，那就是你并不爱我。在那种情况下，也只有在那种情况下，那才真正是我成心用阴谋诡计把你搞到手，好以此来牟取暴利。在那种情况下，我当时同奥尔珈手挽手走到你面前，来诱发你的怜悯，这种做法说不定也是我计划的一部分呢，只是老板娘忘了把这件事也归到我的罪名上去。可是假如不是那种恶劣的情况，当时并不是一头狡猾的猛兽将你抓了去，而是你迎着我，我迎着你，我们两心相合，两个人都忘掉了自己，那么弗丽达，请告诉我，随后又是怎样了？这以后我办自己的事，也像是办你的事。这里没有什么区别，只有敌人才会从中找出不同来。这是任何地方都适用的，也适用于汉斯。再说，在看待我同汉斯的谈话问题上，你神经过敏地把事情大大地夸大，因为尽管汉斯的意图和我的意图不完全一致，那也没有到彼此对立的程度。此外，我们的分歧也瞒不住汉斯，如果你以为能瞒过他，那你就大大低估了这个小心谨慎的小家伙。而且即使把事情都对他隐瞒了，谁也不会因此而感到痛苦的呀，这是我所希望的。”

“要弄清楚是很难的，K。”弗丽达叹口气说，“我的确没有怀疑过你。如果我受了老板娘的影响，对你有所怀疑的话，我一定乐意把它扔掉，跪在你跟前求你原谅，就像我刚才一直在做的那样，尽管我说了些那么让人生气的事。不过你还有许多事瞒着我，这却是事实。你一会儿来，一会儿去，我不知道你从哪儿来，到哪儿去。汉斯敲门的时候，你竟喊了巴纳巴斯的名字。我不理解你那会儿是出于什么原因而喊出这个可恨的名字的，要是你也那么亲热地哪怕只叫我一次，那该多好。要是你不信任我，怎么能叫我不起疑心呢，这就等于把我完全交给了老板娘，你的态度似乎证明她说得很有道理。不是在所有事情上，我不愿硬说你在所有事情上都证明她是对的，你难道不是为了我而把两个助手赶走的吗？我多么希望在你的一言一行中，即使是使我痛苦的一言一行中，找到一点能给我以安慰的东西啊。你要是知道我这份心意就好了。”“弗丽达，”K说，“事实上我确实没有对你做丝毫隐瞒。你看，老板娘多么恨我，她竭力要把你从我身边夺走，她使用的手段是多么卑鄙，而你，弗丽达，却对她俯首帖耳、百依百顺！你说，我有什么事瞒着你了？我要见克拉姆，这你是知道的。你又帮不了我的忙，我只得靠自己去努力，你也知道，我到现在还没有成功。我的努力一点也没有用，已经让我受尽了屈辱，难道要我把这些再说一遍，让我受到加倍的屈辱吗？我在克拉姆的雪橇门口白白等了整整一个下午，冻得浑身发抖，难道要我拿这件事来自吹自擂吗？我高高兴兴跑到你身边，可以不必再去想那些烦心的事了，现在你又劈头盖脸地数落我一顿。你不是问巴纳巴斯吗？不错，我是在等他。他是克拉姆的信使，这不是我让他当信使的。”“又是巴纳巴斯！”弗丽达叫了起来，“我不相信他是个好信使。”“你也许说得对，”K说，“但他是上面给我派来的仅有的一个信使。”“这就更坏了，”弗丽达说，“你更得提防着他点。”“可惜到现在他还没有什么事让我觉得需要提防。”K笑着说，“他很少来，他带来的消息全是无关紧要的，只是因为这些消息是直接从克拉姆那里来的，所以很有价值。”“但是你瞧，”弗丽达说，“现在连克拉姆也不再是你的目标了，也许这是最使我心里不安的。你总是把我摆脱掉，往克拉姆那里闯，这很恶劣；现在好像要摆脱克拉姆了，这就更加恶劣了，这是连老板娘也未曾预见到的。照老板娘的看法，你终有一天会看到，你对克拉姆所抱的希望是水中捞月，而随着这一天的到来，我的幸福，那不可靠的可又是非常现实的幸福也就完了。可是现在你连那一天都等不及了。突然来了一个小男孩，你就开始同他争夺他母亲了，这样子就好像你在争夺救命空气似的。”“我同汉斯的谈话你理解得很正确，”K说，“还真是这样。但是，难道你忘了自己以前的全部生活（当然老板娘是不会一起被忘记的）吗？难道你不知道一个人，特别是一个来自底层的人，要出人头地，得经过多少奋斗吗？他如何来利用这一切，利用会带来某种希望的一切呢？那女人是从城堡里来的，这是我第一天走错路到拉塞曼家时她自己告诉我的。向她请教或者求她帮助，这是最简便的办法。老板娘只知道设置重重障碍，挡住我去克拉姆那里的路，那女人倒可能认识那条路，她自己就是从那条路上下山来的。”“通往克拉姆那里的路？”弗丽达问。“当然是通往克拉姆那儿去的，要不通往哪儿？”K说，接着他一跃而起，“现在该去拿点心了。”

弗丽达也不去管他要去取点心这件事了，便请他留下，仿佛只有他留下来才能证实他对她说的那些安慰的话是真的。但是 K 想到了教师，指指那扇随时可能被哐的一声打开的门，答应马上就回来，叫她连炉子都不用生，等他来生好了。最后，弗丽达默默地答应了。当 K 在外面的积雪中一步步往前迈的时候——路上的积雪早该铲掉了，工作进行得这么慢，真奇怪——他看见一个助手累得半死，但还紧紧抓住栏杆。只有一个，另一个在哪儿？这么说 K 至少使其中一个失去了耐心？留下的一个还怀着让他进屋的希望抓住栏杆。可以看出，他一看到 K 就来了精神，立即更加使劲地伸出胳膊，热切地翻着眼睛。“他那不屈不挠的意志倒堪称表率，”K 思忖着，但不禁又想，“可再如此下去，他会冻死在栏杆上的。”不过他表面上对这个助手没有任何表示，只是伸出拳头，不让他靠近。这倒好，助手还往后退了一大截。弗丽达刚好打开一扇窗户，好在生炉子之前先让屋里的冷空气通一通，这是和 K 商量过的。这个助手立即就不望着 K 了，仿佛不可抗拒地被吸引着，蹑手蹑脚地朝窗户走去。弗丽达脸上对助手露出亲切的神情，又向 K 做出一筹莫展的恳求的样子，从窗口略微挥了挥手——弄不清是拒绝还是招呼——助手并没有因此而受影响，还是慢慢地往前走。这时，弗丽达赶忙关上外面的窗户，但仍在窗户后面站着，手握窗把，脑袋侧垂，睁大眼睛，脸上现出僵硬的笑容。难道她不知道，她这样做非但不会把那个助手吓跑，反而会更加吸引他吗？但是 K 不再回头看了，只想尽量加快速度，马上就赶回来。

第十四章

将近黄昏时分，天色已黑。这时K终于把校园里的那条路清扫出来了。把雪高高地堆在路的两侧，拍得结结实实，一天的工作也就干完了。他孤零零一个人站在寂静无人的校园门口。几个小时以前他已把留下的那个助手赶跑了，而且把他撵了好长一段路；后来这家伙在那些花园和屋舍之间的什么地方躲了起来，找不到了，从这以后再也没有露面。弗丽达在屋里，不是已经开始洗衣服，就是还在给吉莎的猫洗澡。吉莎把这件事交给弗丽达，从吉莎方面来说，是对她极其信任的表示。当然这是一份又肮脏又不合适的工作，要不是K看到自己耽误了不少工作，明智的做法是利用一切机会为吉莎干点事以博得她的好感，他是绝不会容忍弗丽达接受这件差事的。吉莎满意地看着K从阁楼上把孩子用的小澡盆拿了来，烧了热水，然后小心翼翼地把猫放进澡盆里。后来吉莎甚至把猫完全交给了弗丽达。因为施华茨，就是K第一个晚上认识的那个施华茨来了，他怀着由于那天晚上的事而感到不好意思的心情，同时又掺杂着对一个校役过分蔑视的神态向K

打了招呼，然后就同吉莎到另一间教室里去了。他们两个人还一直在那里。K 在桥头客店时曾听人说，施华茨确是城堡守卫的儿子，因为爱上了吉莎，所以在村里住了很长时间，而且凭着他的关系，他已被村里任命为代课教师，并利用这个职务一堂不落地去听吉莎的课，不是坐在学生中间，就是坐在讲台边挨着吉莎的脚。他去听课已经不再引起任何骚动，孩子们对此早已习惯。这一切之所以如此容易，也许是施华茨既不喜欢也不理解孩子的缘故吧。他几乎不跟孩子们说话，只代吉莎上体育课，此外，能生活在吉莎的身边，同吉莎共同呼吸，分享她的温暖，他就感到满足了。他最大的乐趣就是坐在吉莎身边批改学生作业。今天他们还在一起批改作业来着。施华茨抱来一大堆作业本，男教师老是把该由自己改的作业本也给他们。只要天还亮，K 就看到他们坐在临窗的一张桌子边工作，头靠着头，一动不动，而现在只能看到那儿有两支蜡烛的光在闪动。把这两个人连接在一起的爱情是严肃而沉默的。这个基调正是吉莎定的，她性格迟钝，只有狂热起来以后才会冲破一切界限，可是类似的这些界限要是在别的时间放在别人身上，那是谁也无法忍受的。所以，活跃的施华茨也只得顺从，慢慢走路，慢慢说话，经常沉默不语。然而，不难看出，他所做的一切是有丰厚回报的，那就是吉莎的朴实和沉静的陪伴。吉莎也许完全不喜欢他。反正她那圆圆、灰灰、从不眨巴、好像更喜欢在瞳孔后面转动的眼睛是不会回答这些问题的。别人看到的，只是施华茨毫无异议地容忍了她，但是她肯定不懂得去珍惜被城堡守卫的儿子所爱的荣誉。不论施华茨的目光是否注视着她，她那结实而丰满的身体总是毫无变化，非常平静。相反，施华茨却以一直住在村里为代价为她做出了牺牲。他父亲常派人来接他，他总是怒气冲冲地把他们打发走，仿佛他们的来到使他略微想起了城堡和做儿子的义务，这对他的幸福像一次敏感的、无法弥补的破坏似的。实际上他的空余时间很多，因为他一般只有在上课时间和改作业的时候才能见到吉莎，这当然并不是她出于自私的考虑，而是因为她对舒适和一人独处的喜欢超过了一切，她喜欢在家里完全无拘无束地躺在沙发上，伸展四肢，旁边放着那只不会打扰她的猫，因为它几乎不能动了。这也许就是她最幸福的时候。所以施华茨一天的大部分时间都是在无所事事地闲逛，但是这样他也很喜欢，因为他常常可以利用机会到吉莎住的狮子街去一趟，爬上她的小阁楼，在她总是反锁着的门口倾听一会儿，在确定屋里毫无例外地只有一片不可理喻的绝对的寂静之后，便迅速走开。他的这种生活方式有时——但吉莎一次也没在场——也引起了一些后果，在有些瞬间他很可笑地对自己的职务又感到很骄傲，而这种骄傲又恰恰是与他目前的地位极不相称的。事情的结果当然多半不太好，如同K也曾经领教过的那样。

唯一令人惊奇的是，施华茨的有些事情与其说值得尊敬，还不如说是十分可笑，但是至少在桥头客店，大家谈起他来总是带着几分尊敬的口气，连吉莎也受到了大家的尊敬。但是如果施华茨以为他当个代课教师就比K高出了许多，那就不对了，因为这种优越性根本就不存在。校役对于教师，尤其是对于施华茨那样的教师来说是个重要人物，是不可对他藐视的，如出于等级观念不能不藐视他，那至少也得做出适当的客气姿态，不致过于刺激他。K 时不时地就想起施华茨的傲慢态度来，另外施华茨第一个晚上对 K 的态度就是有过错的，虽然以后几天他对 K 的接待还过得去，但也没有能够使他的过错有所减少，K 还一直耿耿于怀。因为不能忘记，那次接待也许决定了后来种种事态的发展。由于施华茨的缘故，从 K 到村里的第一刻起，当局的注意力就莫名其妙地全都集中在他身上了，而那时他对村里还完全是陌生的，没有落脚处，没有熟人，由于长途跋涉而精疲力竭，躺在草包上，只好任凭当局的摆布。本来只要过了一夜，情况也许就会发生变化，事情可以悄悄地、不事张扬地进行。无论如何不会有人知道他的情况，大家不会对他有什么怀疑，别人也许会把他当作流浪青年收留一天；别人也许会看到他的能耐和可靠，并在邻里间传扬，他很可能很快就会在什么地方当上雇工，找到一个安身之所。当然，事情肯定会被当局知道的。但那时的情况就根本不同了，那时中央办公厅或者某个接电话的人就不会因为他而在半夜三更被这个上面可能不太喜欢的施华茨吵醒——他表面上虽然低声下气，但实际上毫不留情、死皮赖脸地要求上面当即做出决定。K 也有可能第二天在办公时间去敲村长的门，照例向村长报告，说自己是流浪青年，已在村里某人那里找到了住处，可能明天就要走，除非出现完全不可能的情况，那就是他在这里找到了工作，当然也只是干一两天，因为他绝不想在这里久待。要是没有施华茨，就会是这种情况或者类似的情况。当局也许要进一步调查这件事，不过会不急不慢地通过官方渠道来进行，而不受办事人员急不可耐的态度的干扰；对于办事人员的这种态度，当局可能是最恨的。那么，K在一切事情上都没有过错，过错是施华茨的，但施华茨是一个城堡守卫的儿子，况且他表面上又做得毫无差池，所以上面就只能拿K来出气了。后来的一切情况不全是这个可笑的原因引起的吗？也许是那天吉莎的脾气不好，弄得施华茨夜里睡不着，出来到处游荡，正好把他的苦恼发泄在K的身上。当然从另一方面也可以说，对于施华茨的态度K倒应该大大感激的，因为这么一来，K单独做不到，也不敢去做，而且当局也不允许做的事居然出现了，那就是他从一开始就不用耍什么手腕，便在官方能够允许的范围内，公开面对面地同官方打上了交道。但这是施华茨给他的一份很糟糕的礼物，这样，K固然可以用不着说谎和做一些偷偷摸摸的事，却使他几乎失去自卫能力，总之使他在斗争中处于不利地位。要不是他有自知之明，知道当局和他自己之间的实力悬殊，他即使施展出自己所有的计谋，也根本无法改变这种差距，使局面变得对自己有利，那么他面对自己的处境可能只有灰心丧气的份儿了。但这不过是K聊以自慰的一个想法而已，无论如何，施华茨总是欠了他一笔债，当时危害了K，也许他下次可以帮K一把，下一步K在一些最小的事情上，在要求得到最起码的条件方面也需要帮助——因为看来巴纳巴斯也不行了。

因为弗丽达，K一整天都没有到巴纳巴斯家去打听消息。为了免得当着弗丽达的面接待巴纳巴斯，他现在就在外面干活，干完活他还待在那里等巴纳巴斯，但是巴纳巴斯没有来。现在他没有别的办法了，只有到巴纳巴斯的姐妹那儿去，只去一会儿，只在门口问一问，马上就回来。他把铲子往雪里一插，赶忙跑去。他上气不接下气地跑到巴纳巴斯家门口，在门上敲了几下就把门推开，连屋里的情况都没有看清，就问道："巴纳巴斯一直没有回来？"这时他才发现奥尔珈不在，两位老人还是迷迷糊糊地坐在老远的桌子边上，还没弄清门口是怎么回事，才慢慢转过脸来。阿玛丽娅盖着毯子躺在火炉边的长凳上，K的出现吓得她坐了起来，一手按着额头，使自己镇静下来。要是奥尔珈在的话，她会马上回答的，那么K就可以回去了。现在他只好朝阿玛丽娅走几步，向她伸出手去，她默默地握了他的手。K请她让两位受惊的老人不用走过来，她几句话就把老人劝住了。K得知，奥尔珈正在院子里劈柴，阿玛丽娅累极了——她也没有说是什么原因——所以她不得不躺下。巴纳巴斯还没有回来，但他一定很快就会回来的，因为他从不在城堡里过夜。K感谢她谈了这些情况，他本可以回去了，但阿玛丽娅问他是不是再等奥尔珈一会儿，他说可惜没有时间了。接着，阿玛丽娅又问他今天是否已经同奥尔珈说过话了，他惊诧地说没有这回事，并且问是不是奥尔珈有什么特别的事要告诉他。阿玛丽娅噘起嘴巴有点生气的样子，默默地向K点点头，这明显是告别的意思，然后重新躺了下去。她躺着用眼睛打量着他，见他还在那儿，感到很奇怪。她的目光是冷冰冰的、明澈的，像往常一样一动不动。她的眼睛不是直接盯着她观察的东西，而是目光稍稍偏离了一点，虽然不大看得出来，但确实是有点偏离，看来这并不是此事所引起的软弱、尴尬和虚假，而是对寂寞的一种固执的、压倒任何其他感情的渴求，也许只有以这种方式她自己才会意识到。K 记起来了，这目光他在第一个晚上就牢牢记住了，甚至他对这一家立刻就产生的厌恶印象也是因为这目光，其实这目光本身并不讨厌，它是矜持的，在深沉中含着正直。“你总是这么忧伤，阿玛丽娅，”K 说，“有什么心事吗？能不能告诉我？像你这样的乡下姑娘我还没有见到过。我只是今天，现在才发现。你是这个村里的人吗？你是在这里出生的？”阿玛丽娅说是的，仿佛 K 只提了最后这个问题，随后她说：“那么，你确是在等奥尔珈了？”“我不知道，你干吗老问这问题？”K 说，“我不能再等了，我未婚妻在家里等着呢。”

阿玛丽娅用胳膊肘支着身子，她不知道他有未婚妻。K 说了弗丽达的名字。阿玛丽娅不认识她。她问，奥尔珈知不知道他们已经订婚的事。K 觉得她大概是知道的，因为奥尔珈见到过他跟弗丽达在一起，而且这样的消息在村里传得很快。但是阿玛丽娅对他说，奥尔珈肯定不知道，而且这消息会使她非常伤心的，因为她似乎爱上了 K。她没有直接说过，因为她很拘谨，但是爱情是会不由自主地流露出来的。K 认为，阿玛丽娅一定是搞错了。阿玛丽娅微微一笑，这一笑虽是忧伤的，却使她忧郁的、绷着的脸豁然开朗了，使她由沉默不语变得善于言谈，使她由生疏变得亲切。这一笑泄露了一个秘密，她放弃了一份至今一直守护着的财富，虽然还可以重新夺回来，但永远不可能全部得到了。阿玛丽娅说，她确实没有弄错。她说，她甚至还知道得更多，知道 K

也爱慕奥尔珈，K几次来这儿，表面上是打听巴纳巴斯带来了什么消息，实际上只是为奥尔珈而来的。可是现在既然阿玛丽娅一切都知道，他也就没有必要再那么拘谨，可以常来了。她要告诉他的就是这些。K摇摇头，并且提醒她，他已订婚。对于他的婚约，阿玛丽娅似乎没有去多加考虑，现在站在她面前的是K独自一人，对她来说，对于K的直接印象是最关键的，所以她只是问，K到村里才不过几天，他到底是什么时候认识那位姑娘的。K告诉她就是在贵宾饭店那个晚上，阿玛丽娅听了只是简短地说，当初她就竭力反对把他带到贵宾饭店去。为此她还要叫奥尔珈来做证。这时奥尔珈正抱着一堆木柴进来，外面的冷空气把她的脸冻得红红的，显得清新、活泼和健壮，同平时待在屋里无所事事的样子相比，简直像是变了个人。她扔下木柴，大大方方地向K打招呼，而且马上就问弗丽达的情况。K向阿玛丽娅使了个眼色，但是她似乎并没有反对的意思。K由于受到一些激励，便比平时更为详细地谈了弗丽达的情况，说弗丽达在那么困难的情况下还在操持家务。因为他想马上回家，所以讲得很匆忙，居然一时忘形，在同姐妹俩告别时竟邀请她俩上他家里去玩。阿玛丽娅不让他有再说一个字的时间，马上就接受了邀请，弄得他吓了一跳，结结巴巴地说不出话来。这样，奥尔珈也只好表示，她也要去看他们。可是K仍一心惦记着必须赶快告别，在阿玛丽娅的目光下他感到忐忑不安，于是便不再迟疑，毫不拐弯抹角地承认他的邀请完全欠考虑，只是他个人一时的感情冲动，可惜不能实现，因为弗丽达和巴纳巴斯家之间存在极大的，当然他完全不能理解的敌对情绪。“这不是敌对情绪。”阿玛丽娅说着从凳子上站了起来，把毯子往后面一扔，“这倒不是什么大事，她不过是人云亦云，重复一下别人的意见而已。现在走吧，到你未婚妻那里去，看把你急得。也不用害怕我们会上你那儿去，我刚才是开玩笑，一个恶意的玩笑。但是你可以常到我们这儿来，这大概没有什么困难吧，反正你每次都可以说是来向巴纳巴斯打听消息的，拿这个理由作为挡箭牌。我再告诉你，即使巴纳巴斯从城堡里为你带来了消息，他也可以不再到学校去向你报告，这样你就可以更加放心大胆地上这儿来了。他不能整天跑来跑去，这可怜的年轻人，他干这份差事把精力都耗尽了，以后你得自己来这儿打听消息了。”K 还没有听到过阿玛丽娅一口气说了这么多话，这番话听起来和她平时说的话也大不一样，里面含着一种威严，不仅 K 感觉到了，就连熟悉妹妹脾气的奥尔珈也显然感觉到了。她略微朝一边站着，双手抱在胸前，叉开双腿，稍稍弯着身子，又恢复了她平时所习惯的姿势。她的眼睛盯着阿玛丽娅，而阿玛丽娅只凝视着 K。“你误会了，”K 说，“如果你以为我不是一本正经地在等巴纳巴斯，那是个极大的误会。同主管部门解决好我的事情是我最大的也是唯一的愿望。巴纳巴斯要帮助我办好这件事，我的希望大半寄托在他身上。他虽然曾使我大失所望，但在这件事上我自己的责任比他的责任更大。事情就是因我刚到这里最初几个小时的混乱引起的。我当时以为晚上同巴纳巴斯一起散个步就什么事情都可以解决，后来证明办不到的事情就是办不到，这时我就怪罪于他。这事甚至还影响了我对你们家、对你们两个人的看法。事情已经过去了，我觉得现在更了解你们了，你们甚至……”K 想找个恰当的词句，一下子又找不到，所以只好凑合着说，“就我至今对你们的了解来说，你们也许比村里任何人的心眼都好。不过，阿玛丽娅，你即使没有贬低你哥哥的差事，也贬低了他对我的重要性，这倒又把我给搞糊涂了。也许你并不了解巴纳巴斯的事情，那好，这倒没有什么关系，但是如果你了解他的事情——我有这个印象——那就糟了，因为这就说明你的哥哥在骗我。”“不要急，”阿玛丽娅说，“我不了解他的事。什么都不会影响我的，使我去了解那些事。什么都不会影响我的，就连对你的体谅也不会影响我，使我去了解他的事。不过我也许可以为你做些事，因为你说的，我们心眼儿好。但是我哥哥的事情是他自己的事，关于他的事，除了违背我的本意有时偶尔听到一点外，我一无所知。相反，奥尔珈倒可以把详细情况告诉你，因为她是他信得过的人。”说完，阿玛丽娅就避开了，先是到父母那儿悄悄说了些话，接着就进了厨房。她是没跟 K 告别就走的，仿佛她知道他还会待很久，所以不需要同他道别。

第十五章

K脸上略现惊异的神色，留了下来；奥尔珈笑他，把他拉到炉子边那张长凳上坐下，看来她真的为现在能同他单独坐在这里而感到幸福，这是一种祥和的幸福，没有嫉妒心的幸福。正因为没有嫉妒心，所以也就没有任何生硬和拘谨，这使K感到很高兴，他很愿意望着她的蓝眼睛，这双眼睛既不撩人，也不傲慢，它是腼腆的，却又很自持。对于这里的一切，似乎弗丽达和老板娘的警告对他并没有什么影响，却使他更加注意和更加机灵了。奥尔珈感到奇怪，他为什么恰恰说阿玛丽娅心眼儿好，因为阿玛丽娅虽说长处很多，但心眼儿好却说不上。奥尔珈说到这里，K同她一起笑了起来。对于这个问题，K解释说，这句赞美的话自然是指她——奥尔珈——而言的，但是阿玛丽娅非常傲慢，她不仅把别人在她面前说的话都放在了自己身上，而且让别人说的时候当然也要把她算进去。"这是真的，"奥尔珈变得严肃起来了，说道，"比你想的还真实。阿玛丽娅比我小，也比巴纳巴斯小，可是家里的事，不论是好是坏，都是她说了算。当然，无论好事坏事，她负的责任也比别人多。”K觉得，这种说法有点夸大，比如刚才阿玛丽娅还说，哥哥的事她不管，而奥尔珈对弟弟的事却什么都知道。“叫我怎么解释呢？”奥尔珈说，“阿玛丽娅确实不关心巴纳巴斯，也不关心我，实际上除了父母亲她谁也不关心。她白天黑夜地照顾老人，刚才她又问他们要些什么，现在到厨房里去为他们煮吃的东西了。为了他们，她身体不舒服还在支撑着，从中午起她就病了，一直躺在这张长凳上。虽然她不过问我们的事，但我们还是依赖她，好像她是大姐似的，要是她给我们的事出什么主意，我们一定会听从的。但是她不这么做，我们在她眼里很生疏。你接触过很多人，又是从外地来的，你不也觉得她特别聪明吗？”“我倒觉得她特别郁郁寡欢。”K说，“你说，你们都尊敬她，但是就拿巴纳巴斯来说吧，阿玛丽娅明明不同意，甚至瞧不起信使这差事，他不还是当了信使，这怎么能和你的说法对得起来呢？”“对于信使这份差事，他自己也不满意，要是他知道不当信使他该干什么，那他就会立即辞掉这份差事的。”“他不是熟练的鞋匠吗？”K问道。“那当然，”奥尔珈说，“他附带着也给布隆斯维克干活，如果他愿意，他的活白天晚上都干不完，还可以挣很多钱。”“这么说，他还是可以干别的事来代替当信使。”K说。“代替当信使？”奥尔珈诧异地问，“难道他是为了钱才接受信使的差事的吗？”“也许是吧，”K说，“你曾提到他不满意这份差事。”“他是不满意，那有种种原因，”奥尔珈说，“但这总是城堡的差事，怎么说也算是给城堡当差呀，至少别人会这么认为的。”“怎么，”K说，“连你们也怀疑？”“我们倒不怀疑。”奥尔珈说，“巴纳巴斯常到各个办事处去，同那里的当差的来往，远远地看到一些官员，有些比较重要的信件交给他递送，甚至还让他转达口信，这就相当不错了。他那么年轻就做出了这样的成绩，我们可以为此感到骄傲。”K点点头，现在他不去想回家的事了。“他也有自己的公服吧？”他问道。“你是说那外套？”奥尔珈说，“他没有公服，那件外套还是他当信使以前阿玛丽娅替他做的。你可碰到他的痛处了。他早该得到一套衣服了，但不是公服——因为城堡里没有公服——而是该得到一套外衣。主管部门本来也答应要给他的，但是在这方面城堡里办事慢得很，糟糕的是你永远弄不清慢的原因在哪里，可能是事情正在办理中，也可能根本还没有开始办理，比如说巴纳巴斯一直还在试用期，还可能事情已经办完了，由于什么原因又撤回了原来的许诺，巴纳巴斯也就永远得不到公服了。关于这件事的具体情况你根本不会知道，或者要过很久才能知道。这里有这么一句话，也许你也知道：官方的决定总是羞羞答答的，像年轻姑娘一样。”“这个比喻很妙，”K说，他对这事看得比奥尔珈还认真，“这个比喻很妙，官方的决定可能还有其他一些也和年轻姑娘一样的特点。”“也许是吧，”奥尔珈说，“我当然不知道你指的是什么。也许你是赞扬的意思吧。但是就这套公服来说，它却是巴纳巴斯的一大苦恼，因为我们有苦同当，所以它也是我的苦恼。为什么他得不到公服，我们也说不出原因来。不过整个事情并不那么简单。比如官员们似乎都没有公服。就我们在这里所知道的和巴纳巴斯所说的来看，官员们来来去去穿的都是普通衣服，当然是很漂亮的。再说，你曾见过克拉姆。当然，巴纳巴斯不是官员，连最低级的官员也不是，他也不妄想当官员。可是据巴纳巴斯说，连高级侍从也没有公服，当然在村里也根本见不着他们。别人从一开始就可以认为，这事多少是个安慰，可是这种安慰是欺骗性的，难道巴纳巴斯也算是高级侍从吗？不是，不管你怎么向着他，也不能说他是；单是他到村里来，甚至还住在这里这一点，就足以证明他不是高级侍从。高级侍从比官员还要深居简出，或许这是有道理的，也许他们的地位比某些官员还高。有些事情可以证明这一点：他们很少干活，据巴纳巴斯说，望着这些精心挑选的高大壮实的人物慢慢穿过回廊真是赏心悦目，巴纳巴斯总是在他们旁边蹑手蹑脚地走来走去。总之，说巴纳巴斯是高级侍从，那是无稽之谈。那么，他可能是个低级跟班，可是跟班都是有公服的，至少他们到村里来的时候是穿公服的。其实他们穿的也不是制服。衣服的式样也很多，但从他们的衣着上马上就可以认出他们是从城堡里来的跟班，这样的人你在贵宾饭店见过。这种衣服最显著的特点是，大多腰身很瘦，农民或手艺人是没法穿的。巴纳巴斯可没有这种衣服，这不仅是丢脸的或者侮辱人格的事——这倒还可以禁得住——而且会使我们，巴纳巴斯和我，特别是在情绪沮丧的时候——我们常常会有这样的时候——对一切都会产生怀疑。我们不禁要问，巴纳巴斯干的真是城堡里的差事吗？是的，他常到各个办事处去，但是这些部门就是城堡吗？即使有些办事处属于城堡，它们是否正好就是允许巴纳巴斯去的那些办事处呢？他进了一些办事处，但那也只是办事处的一部分，这些办事处里又有挡板，挡板后面又是别的办事处。他们倒并不禁止他往里走，但要是碰到了上司，他就不能再往里走了，他们把他的事情一办，就打发他走。此外，他在那儿随时受到监视，至少他认为是受到了监视。而且，他要是没有公事就往里闯，即使进去了，又有什么用处？他也不应该把这些挡板想象成一条确定的界线。这一点巴纳巴斯曾一再对我说过。就连他进去的那些办事处里也有挡板。也有一些挡板他是经过的，但这些挡板同那些他未曾经过的挡板看起来一模一样，因此也不能以为，他未曾去过的挡板后面的办事处跟他已经去过的那些办事处有什么大的不同。只有在心情不好的时候才会那样去想。不过我们的怀疑并没有到此为止，这简直无法抗拒。巴纳巴斯同官员说了话，也得到了要传递的信息。但那是些什么官员，是什么信息？他说，他是指定给克拉姆当信使的，接受克拉姆本人交给的任务。这可真是了不得，就连高级侍从也没有这么大的面子，这几乎难以相信，可这是最使他焦虑不安的。直接派给克拉姆，面对面地同他说话，你只要想一想，就会感到不寒而栗。但是果真是这样吗？如果真是这样，那么巴纳巴斯为什么怀疑那位自称是克拉姆的官员是否真是克拉姆？”“奥尔珈，”K说，“你可不要开玩笑，怎么对克拉姆的面貌也产生怀疑了，他的模样大家都是熟悉的，我自己也见过他呢。”“当然不是开玩笑，K，”奥尔珈说，“这不是玩笑，而是我最严肃的担忧。我告诉你这件事，并不是为了减轻我的心理负担，加重你的心理负担，而是因为你在问巴纳巴斯，所以阿玛丽娅就叫我跟你说一说，也是因为我想，了解了这些具体情况，对你也是有用的。我这样做也是为了巴纳巴斯，让你别对他寄予过多的希望，免得他使你失望，也免得他因为你的失望而感到痛苦。他很敏感。比如说昨天晚上，因为你对他不满，所以他就一夜没有睡着。他说，你说过，你只有巴纳巴斯这么个信使，这对你来说是非常糟糕的。你这几句话使他一夜没有睡着。你大概没怎么注意到他有多难受，而城堡信使是必须善于控制自己的。他的日子过得并不轻松，连你也不好应付。在你看来，你对他的要求并不高，对于信使的差事你脑袋里有一定的想法，你是根据这些想法来衡量你的要求的。但在城堡里他们对信使有另外的看法，他们的看法是无法与你的看法统一起来的，即使巴纳巴斯全力投入他的工作——可惜看来他有时候只是准备这么做——那也难以办到。假如不存在巴纳巴斯干的是否真是信使的差事这个问题，那么也只得顺应上面那种情况，不好提出异议了。在你面前他当然不好表示对这个问题的怀疑，假如他表示了自己的怀疑，那就等于葬送了自己的前程，就是触犯了他自己还以为一直在恪守的法律。即使对我，他也不会痛痛快快地说出来。我得给他戴高帽，吻他，才能哄他把他的怀疑说出来，而且即使说出来了，他也不承认自己说的那些就是怀疑。他的性格有点像阿玛丽娅。虽然我是他唯一的知己，但他也没有把什么都告诉我。不过我们有时倒谈起克拉姆，我还没有见过克拉姆——你知道，弗丽达不太喜欢我，从不让我看到克拉姆。不过他的模样村里的人都是熟悉的，有的还见过他，人人都听说过他，人们根据亲眼所见，或是根据传闻以及某些偏见和误解勾勒出一个克拉姆的形象，其基本特征大概差不到哪儿去，但也只是基本特征而已。至于其他方面，那就众说纷纭、莫衷一是了，但是比起克拉姆变化多端的真正模样来，也许还是望尘莫及的。据说他的样子变幻莫测，到村里来的时候是一副样子，离开村子的时候又是一副样子；喝啤酒之前是一副样子，喝了之后又是一副样子；醒的时候是一副样子，睡的时候又是一副样子；单独一人的时候是一副样子，跟人说话的时候又是一副样子；而在上面城堡里又几乎彻底变了一副模样，这当然是可以理解的。甚至在村里，大家对他的描述也大不相同，关于他的个子、举止、胖瘦、胡子等各有各的说法，幸好对他的衣服大家的说法是一致的：他总是穿着同一件黑色长摆外套。所有这些变化当然不是变的魔术，这是很容易理解的，这些变化是由于观看者片刻间的情绪、激动的程度、各个不同的希望或失望而产生的，而且大多数人看到克拉姆的时候也只有一瞬间。我把巴纳巴斯常常跟我说的这些又都告诉了你，对于那些没有亲自经历的人来说，知道这些大体上也就差不多了。但对我们来说，仅仅知道这些是不行的。对巴纳巴斯来说，同他说话的是否真的就是克拉姆，这是一个生死攸关的问题。”

“对我来说也是。”K说，这时他们在炉子旁边的长凳上挨得更近了些。

奥尔珈讲的这些让人扫兴的情况虽然使K感到沮丧，但是他发现这里有些人，他们的境遇，至少在外表上也同他自己十分相似，他可以同他们联合起来，在很多问题上同他们有共同语言，不像跟弗丽达那样，只在某些问题上可以谈得来，这个发现在很大程度上抵消了他的沮丧情绪。虽然他已经渐渐失去了对于通过巴纳巴斯传递的信息可能使他获得成功的希望，但是巴纳巴斯在城堡里的处境越糟糕，他在城堡下面同他的关系就会越紧密。他从来没有想过，村里的其他人也会为了搞清克拉姆的真相而付出那么多毫无成效的精力，就像巴纳巴斯和他的姐妹们所做的那样。当然，情况还远远没有解释清楚，到头来还可能得出相反的结果。我们不能由于奥尔珈那种纯洁无邪的天性就得出错误的印象，对巴纳巴斯的真诚也深信不疑了。“有关克拉姆模样的种种说法，巴纳巴斯都了解得很清楚。”奥尔珈继续说，“他收集了许多材料，进行比较，也许收集得太多了，有次他自己在村里透过车窗看到了克拉姆，或者说他以为看到了克拉姆，所以他做了充分准备要好好认认他，可是后来他去城堡里的一个办事处，别人指着几位官员中的一个对他说，那是克拉姆，而巴纳巴斯却不认识他。过了很久以后，他对那个据说是克拉姆的人还不习惯。这事你又如何解释呢？假如你问巴纳巴斯，那人同人们一般所想象的克拉姆到底有什么不同，他答不上来，他回答并描述的主要还是城堡里的那个克拉姆，可他的描述又跟我们所知道的对克拉姆的描述完全相符。‘巴纳巴斯，’我说，‘那么你为什么要怀疑，为什么要自寻烦恼？’于是他便开始列举城堡里那位官员的种种特点，说的时候显然很困窘，但他所列举的那些特点好像主要是想象出来的，而不是客观存在的，而且他说的净是些鸡毛蒜皮的事，比如一种特别的点头姿势或是背心没有扣扣子等，根本不可信。我觉得更重要的还是克拉姆同巴纳巴斯打交道的方式。这是巴纳巴斯常讲给我听的，甚至还画给我看。通常巴纳巴斯被领进办事处的一间大屋子，但那不是克拉姆的办公室，甚至也不是别人的办公室。根据房间的长度，有一张供人站着工作用的斜面桌子把屋子隔成两个房间，桌子的两端紧挨两边的墙。其中一间很窄，只容得下一个人进出，这是官员们的房间；另一间很宽，那是当事人、观看的人、侍从和信使的房间。长桌子上放了许多打开的大部头书，一本挨一本，官员会站在那里翻阅。他们不总是看同一本书，但是他们并不交换看的书，而是交换站的位置。最让巴纳巴斯感到惊讶的是，因为地方太狭窄，交换位置的时候要互相挤来挤去。紧挨着斜面桌，前面放着一张张矮桌子，这是文书用的，官员们需要时，文书就根据他们的口授记下来。巴纳巴斯对那种口授笔录的方式始终感到很奇怪。官员们并不用特别下达笔录的命令，口授的声音也不高，你几乎不觉得是在口授，更好像官员们还跟先前那样在看书，只是看书的时候口中还在轻声低语，文书却听得真切。有时官员口授的声音实在太小，文书坐着根本听不见，那他就得跳起来，抓住口授的内容，又赶快坐下去记下来，然后又跳起来听，坐下去记，循环往复。这是多么奇怪！真是无法理解。当然，巴纳巴斯来看这种表演的时间有的是，因为在克拉姆的目光落到他身上之前，他往往要在那间大房间里站上几小时，有时甚至要站几天。即使克拉姆已经看见了他，他也向克拉姆做了立正的姿势，但还是没有什么用处，因为克拉姆又把视线从他身上移到了书上，而把他忘在了九霄云外，这样的情况是常常发生的。对于一个无足轻重的信使来说，他有什么办法呢？要是巴纳巴斯一大早告诉我，他要到城堡里去，我就感到很伤心。他这一趟可能完全是徒劳无益的，这一天可能白白浪费掉了，他的希望也许又成了泡影。干这事到底是为了什么？家里堆满了要做的鞋子，活儿没人干，而布隆斯维克又催着交活儿。”“那好吧，”K说，“巴纳巴斯得等很久，才能得到一项任务。这是可以理解的，看来那儿人浮于事的现象很严重，并不是每个职员每天都能分配到任务，对此你们倒不必抱怨，大概每个人都是如此。但是巴纳巴斯终归是会得到任务的，他就曾经给我带来了两封信。”“很可能我们的抱怨是没有道理的，”奥尔珈说，“尤其是我，这些事都是道听途说，我一个姑娘家也不可能像巴纳巴斯那样了解得清楚，而他一定还有些事没有说。现在你听一听关于这些信，比如说关于给你的两封信的情况吧。那两封信他并不是直接从克拉姆手里拿到的，而是文书交给他的。说不上是哪一天，也说不上是什么时候——这差事看来很轻松，实际上很累人，因为巴纳巴斯必须随时察言观色——文书想起了他，就向他招一下手。看来这并不是克拉姆吩咐的，他还在安安静静地看他的书。有时候巴纳巴斯去了，克拉姆正在擦他的夹鼻镜——他老是在擦眼镜——也许会看他一眼，当然这是假设他不戴眼镜也能看得见，反正巴纳巴斯对此表示怀疑。克拉姆随即几乎闭上了眼睛，他好像在睡觉，只是在梦里擦他的夹鼻镜。这期间，文书就在他桌子下面的大量档案和信函中乱翻一阵，找出一封给你的信来，也就是说，这并不是他刚写好的那封信，从信封来看，是一封已经在那儿放了很久的信。但是，如果是一封旧信，为什么要让巴纳巴斯等那么长的时间？为什么要让你等那么长的时间？再说，又是这么一封现在也许已经失去了时效的信。这样一来，巴纳巴斯作为信使落了个又差又慢的名声。对文书来说，这当然无所谓，他把信给巴纳巴斯，说：‘是克拉姆给K的。’说完就把巴纳巴斯打发走了。于是巴纳巴斯便把这封好不容易才得来的信藏在贴身的衣袋里，上气不接下气地跑回家来。接着我们就像现在这样坐在这张长凳上，他把经过讲给我听。接着我们就研究每个细节，并对他所办成的事做出评估，最后发现，他办的这件事收效甚微——就连这一丁点收效也大可怀疑。这样，巴纳巴斯便把信搁在一边，也没有兴趣给你送去了，但是又不想去睡觉，于是拿起鞋，坐在小凳子上干了个通宵。事情就是这样，K，这就是我的秘密。阿玛丽娅为什么对这些事已经不抱希望，现在你大概不会再感到奇怪了吧。”“那封信呢？”K问道。“信？”奥尔珈说，“信嘛，过了些时候，我紧盯着催，这中间可能过了几天或几星期吧，巴纳巴斯又拿起那封信去送了。在这些小事情上，他倒很听我的话。我这个人，听他讲了以后得到的第一个印象是什么也办不成，但是只要消除了这个印象，我就又会振作起精神来的。巴纳巴斯却不行，因为他知道得更多。所以我总可以对他说这样的话：‘你到底想干什么，巴纳巴斯？你梦想什么前程，有什么目的？你想爬得高高的，把我，把我们都抛弃吗？难道这就是你的目的？要是我不相信，那么为什么你对已经办成的事情那么不满意？这不是不好理解了吗？你看一看周围，我们的邻居中有谁混到了你这份儿上？当然，他们的情况和我们不一样，他们没有任何理由怀有改变目前营生、往高处爬的奢望，可是不用比较就可以看出，你混得不错。疑虑、失望，这些是障碍，但是这只意味着，你所取得的一切都不是什么恩赐，每一件小事情你都得经过奋斗，这些我们先前都是知道的，这就更有理由骄傲，而不是垂头丧气。而且你这不也是在为我们而奋斗吗？你难道觉得一点意义都没有吗？这不会给你以新的力量吗？我为有你这样一个弟弟而感到幸福，甚至骄傲，这难道不会使你感到信心十足吗？真的，使我失望的不是你在城堡里做出的成绩，而是你所做的事情太少。你可以进入城堡，可以经常到各个办事处去，整天跟克拉姆待在同一个房间里，当上官方认可的信使，有权要求得到一套公服，传递官方交给你的重要信件。你取得了这些成绩，已经很不简单了。可是你从城堡下来，不是跟我拥抱在一起流下幸福的热泪，而是一见到我，反而好像丧失了任何勇气。你对什么都怀疑，吸引你的就只有绱鞋的活，那封信才是我们前途的保证，你却把它搁在一边。’这些话我不厌其烦地天天对他说，几天以后他叹了口气，终于拿起那封信走了。但是这也许根本就不是我的话起了作用，促使他去送信的，而是他还要到城堡去，因为他不把信送出去，是不敢踏进城堡的。”“不过，你对他说的话句句都在理呀。”K说，“你把这一切总结得那么正确，真让人惊叹。你的思路真是清楚极了！”“不，”奥尔珈说，“我的这些话把你骗了，或许也把他骗了。难道他果真办成了什么事？他是可以到办事处去，但是那儿好像并不是什么办事处，更像是办事处的接待室，也许连接待室也不是，只是一间屋子，所有不许进入办事处的人都要在那里止步。他同克拉姆谈话，但那真是克拉姆吗？会不会是某个有点像克拉姆的人呢？也许是个秘书，生气的时候有几分像克拉姆，于是他便竭力装得更像，进而摆起架子，装出克拉姆那种睡眼惺忪、神情恍惚的样子。克拉姆这方面的性格是最容易模仿的，也有不少人在学，这些人很有点自知之明，对于克拉姆其他方面的特性当然就不去做拙劣的效仿了。像克拉姆这样一个大家常常渴望见到而又难得见到的人，很容易在人们的想象中形成种种不同的形象。比如说，克拉姆在这里有个名叫莫摩斯的村秘书。怎么？你认识他？他也是个深居简出的人，但我倒见过他几次。是位年轻、结实的先生，是不是？他大概根本不像克拉姆，可是村里竟有这样的人，他们信誓旦旦地说，莫摩斯不是别人，就是克拉姆。这些人就这样糊里糊涂，以讹传讹。城堡里的情况就会是另一个样？有人对巴纳巴斯说，那位官员是克拉姆，这两个人果然很像，但巴纳巴斯对这种相像始终很怀疑，而且每件事都说明他的怀疑是有道理的。克拉姆会在那里的一般房间里，同其他官员在一起，耳朵上夹着支铅笔？这根本不可能。有时——那是他信心十足的时候——巴纳巴斯总是有点孩子气地说，这位官员看起来很像克拉姆，要是他坐在一间自己的办公室里，坐在自己的办公桌前，门上写着他的名字，那么我就不会怀疑了。他的话很有点孩子气，却是很明智的。要是巴纳巴斯在城堡里的时候马上就向别人打听一下事情的真相，那当然就更明智了。据他说，当时屋子里还站着好些人。尽管这些人的说法并不见得比那个主动把克拉姆指给他看的人可靠，但至少可以在这些说法中找出一些可以互相印证的线索来。这倒不是我想到的，而是巴纳巴斯自己想到的，但是他不敢把他的想法付诸行动，他生怕无意中触犯某些他所不知道的规章而失掉自己的职位，所以不敢去跟别人谈。他感到一点把握都没有。他这种可怜的犹疑不决的心态，比他所有的描述使他更清楚地看到了他的地位。他一定觉得那儿的一切都靠不住，都很可怕，弄得他连开口问一个无关紧要的问题都不敢。每当我想到这一点，我就责备自己，怎么让他独自到那些情况不明的房间里去。那儿的气氛，连他这么个胆子不小的人大概也会被吓得发抖。”

“我想，这里你触及了问题的关键，”K说，“正是这样。根据你讲的这些，我想问题已经很清楚了。巴纳巴斯太年轻了，还不足以理解这个任务。他所讲的这些事，没有一件我们可以毫无顾虑地加以认真对待。他在上面城堡里早已吓得六神无主了，哪里还会对那儿的情况进行观察，而你又逼着他把那儿的情况讲出来，你听到的当然就只能是信口雌黄的童话了。对这点我倒不觉得奇怪。你们这里的人，生来就对当局心怀敬畏，又有人在你们的一生中以各种形式、从各个方面继续对你们施加影响，加上你们自己还竭力推波助澜。可是，对当局怀有敬畏心理，从根本上说，我并不反对。假如当局是好的，为什么不对它表示敬畏？只是不该把一个像巴纳巴斯那样连村子外面都没有去过的、毫无经验的年轻人突然派到城堡里去，然后要求他讲出真实的情况，把他的每句话像启示录一样拿来进行研究，并把自己的幸福寄托在对这些话的解释上。没有比这种做法更错误的了。当然，我和你也没有什么不同，我也上过他的当，既把希望寄托在他身上，又由于他而遭到失望，这两者都是因为信了他的话，可以说都是没有根据的。”奥尔珈没有说话。“要动摇你对你弟弟的信任，对我来说并不是件容易的事，”K说，“因为我看到，你是多么爱他，对他的期望有多大。但是，为了你对他的爱和期望，我也得让你不要相信他。因为你看，总是有什么东西在影响着你——我不知道是什么，使你不能充分认识到巴纳巴斯并没有做出什么成绩来，那些是人家给他的恩赐。他可以到各个办事处去。如果你愿意说是接待室，那好，就说是接待室吧，但接待室又有通到里面房间去的门，要是运气好，还可以通过那些隔板。比如我，就完全不可能到接待室去，至少暂时不能去。巴纳巴斯在那里跟谁说话，这我不知道，也许是仆人中最低级的文书吧，但即使是最低级的文书，他也会见到上司的；就算他见不到上司，他至少也可以说出上司的名字；假如他这也说不出，那他至少可以举出一个能够说出上司名字的人来。那个所谓的克拉姆，跟真的克拉姆也许毫无共同之处，那种所谓的相像也许只有在巴纳巴斯因为激动而昏花的眼里才有。他也许是一个最低级的官员，也许连官员也不是，但他站在长桌前，可能有某项任务。他在那本大书里找什么材料，在低声对文书说些什么，要是他的目光长时间落在巴纳巴斯身上，那他准是在考虑什么事情。即使这一切都不是真的，他和他的动作都毫无意义，那也总是有人把他安置在那儿的，而且一定是有什么用意的。综合这一切，我要说，那儿还是有些事的，还是有些要交给巴纳巴斯去做的事的，至少是有些事的。要是他除了怀疑、害怕和失望，别的事什么也没有办成的话，那只是巴纳巴斯自己的过错。这些，我都还是从最不利的情况来说的，事实上这种可能性非常小。因为我们手里有两封信，对于这些信我虽然不能太相信，但总比巴纳巴斯的话更重要吧。这是毫无价值的旧信，是从一大堆同样也是毫无价值的信里随手抽出来的，并不比集市上用来给人算命的金丝雀从一大堆字条中随便叼出来的字条更有理智，即使是这样，这两封信至少同我的工作确实有着某种关系。这两封信显然是写给我的，尽管也许并没有想要让我得到什么好处。据村长夫妇证实，它们是克拉姆的亲笔信；同样根据村长的说法，它们虽然只是私人的、模棱两可的信件，却意义重大。”“村长是这么说的？”奥尔珈问道。“是的，他是这么说的。”K 回答说。“我一定要讲给巴纳巴斯听，”奥尔珈急忙说，“这对他是个很大的鼓励。”“但是他并不需要鼓励。”K 说，“你鼓励他，就等于对他说，他做得对，他只要照老样子做下去就好了，可是照老样子做下去，他绝做不出什么成绩来。这就等于一个人蒙上了眼睛，任你怎么鼓励他，让他透过眼睛上蒙着的布往外看，他也绝不会看到什么东西的。只有把蒙着他眼睛的布拿掉，他才能看见。巴纳巴斯需要的是帮助，不是鼓励。你只要想一想，山上城堡当局的机构是多么庞大，而且关系错综复杂，像一团解不开的乱麻——我到这里来以前，自以为对城堡当局已经了解得很详细了，这种想法多么幼稚呀。巴纳巴斯面对的就是这个城堡当局，只有他，没有别人，只有他可怜巴巴的一个人。如果他不是一辈子卑躬屈膝地待在这些办事处的一个黑暗的角落里，那肯定是一种荣耀。”“K，你不要以为我们把巴纳巴斯所担负的任务的艰巨性估计得过低，”奥尔珈说，“我们对当局也怀有敬畏，这你自己说过。”“但是他的敬畏是错误的，”K说，“用得不是地方，这种敬畏是对敬畏对象的侮辱。巴纳巴斯滥用了让他进入那间屋子的恩赐，进去以后无所事事，在那儿待着，下来以后还要怀疑和贬低那些自己刚才还在他们面前发抖的人，或者灰心丧气、疲惫不堪，不马上把信送出去，也不把托付给他的信立即转达给人家。难道这也叫敬畏吗？这已经不是敬畏了。我的责怪还多着呢，也要责怪你，奥尔珈，我不能放过你。虽然你觉得对当局怀着敬畏，但你却把这么年轻、懦弱的巴纳巴斯孤零零的一个人派到城堡里去，至少是没有阻止他去。”

“你对我的责备，”奥尔珈说，“也是我一直对自己的责备。当然不是我把巴纳巴斯送到城堡去的，他是自己去的，但是我该想方设法，用强制的办法，用计谋或者用说服的办法把他挡住，我没有这样做，这是应该自我责备的。我本该阻止他去的，但是假如今天要像那时那样做出决定，我也像今天这样感到巴纳巴斯的困境和我们全家的困境的话，假如巴纳巴斯明知他的责任和危险，却又笑嘻嘻地、温顺地离开我到城堡去的话，那么，尽管这中间已经有了种种经验，我也是不会阻止他的。我想，你要是我，也会这样做的。你不了解我们的困境，因此你对我们，尤其是对巴纳巴斯的责备是没有道理的。那时我们所抱的希望比今天大，不过我们当时的希望也并不大，大的只是我们的困难，现在依然如此。难道弗丽达没有对你谈过我们的情况？”“只是提到，”K说，“没有具体谈，但是一提到你们的名字她就很生气。”“老板娘也没有谈？”“没有，没谈过。”“别人也没有谈过？”“没人谈过。”“当然，别人怎么会谈这些事。关于我们的情况，人人都知道一些，有的人了解的是实情，有的人是道听途说的，多半是他们自己捏造的。每个人都对我们有很多猜测，这是毫无必要的，但是又没有人直截了当地说出来，他们不好意思把这些事情说出口。他们这样做是对的。这些事是很难说出来的，甚至在你面前，K。你要是听了，可能也会走开，再也不会理我们，即使这些事似乎与你关系不大。这样，我们就失去了你。我承认，对我来说，你几乎比巴纳巴斯一直在城堡里干的差事还重要。可是又必须让你知道，这个矛盾整个晚上都在折磨我，否则你对我们的情况就不会全面了解，你还会继续不公正地对待巴纳巴斯，这是我特别感到痛苦的。我们必须有完全一致的看法，否则，你既不能帮我们的忙，也不会接受我们特殊的帮助。可是现在还有一个问题：你是否真的想知道？”“你为什么问这个问题？”K说，“如果有必要，我是愿意知道的。但是你干吗这样问我？”“那是出于迷信，”奥尔珈说，“你是纯真的，差不多跟巴纳巴斯一样，但是你却将会卷进我们的事情里来。”“快说吧，”K说，“我不怕。你这婆婆妈妈、胆小怕事的样子会把事情搞得更糟的。”

阿玛丽娅的秘密

“你自己判断吧，”奥尔珈说，“事情听起来很简单，你不会马上就了解它怎么会有那么大的意义。城堡里有个大官，名叫索蒂尼。”“我听说过他的名字，”K说，“聘用我的事他也知道。”“这我可不信，”奥尔珈说，“索蒂尼几乎从来不公开露面，你是不是同索迪尼搞混了，名字中间那个字不是‘蒂’而是‘迪’吧？”“你说得对，”K说，“我说的是索迪尼。”“是呀，”奥尔珈说，“索迪尼是很出名的，他是个最肯卖力的官员，大家常谈起他。可是索蒂尼却是个深居简出的人，很多人都不知道他。我第一次，也是最后一次见到他，是在三年多以前。那是七月三日[1]在消防协会的一次庆祝会上，城堡也参加了那次庆祝会，并且还捐赠了一台新的灭火器。据说索蒂尼也分管消防工作（也许他也只是替别人管这事的，这些官员通常都互相替代工作，因此很难知道某个官员究竟主管什么工作），参加了灭火器的捐赠仪式。当然城堡里还来了一些其他的人，比如官员啦，当差的啦，而索蒂尼则坐在最后，这很符合他的个性。他是位矮小虚弱、爱动脑子的老爷。凡是注意到他的人，对他额头上的皱纹都有很深的印象；虽然他肯定还不到四十岁，但皱纹却不少，从额头一直到鼻根，呈扇形，我还从来没有见过这样的皱纹。这就是那次庆

1 这一天也是卡夫卡的生日。

祝会。我们，阿玛丽娅和我，几个星期以来就一直兴高采烈地盼着这次庆祝会。我们的节日服装有一部分是新做的，阿玛丽娅的衣裳尤其漂亮，白衬衣胸前鼓着一道道花边，妈妈把她所有的花边都镶上了，我羡慕极了，庆祝会前夕哭了半宿。第二天早晨桥头客店的老板娘来看我们的时候……”“桥头客店的老板娘？”K问道。“是呀，”奥尔珈说，“她同我们关系很好。她来了，她也不得不承认，阿玛丽娅是占了便宜。为了安慰我，老板娘就把她自己的波希米亚红宝石项链借给了我。当我们打扮停当准备动身时，阿玛丽娅站在我面前，我们大家都一齐夸赞她，父亲说：‘你们都记住我的话，今天阿玛丽娅会找到一位未婚夫的。’这时我也不知道为什么，就把使我感到骄傲的项链取了下来，戴在阿玛丽娅的脖子上，一点也不妒忌了。我对她的胜利屈服了，我觉得，人人都得拜倒在她面前。当时使我们感到惊奇的，也许是她的风度与往常不一样。因为她本来并不算漂亮，可是她用那忧郁的眼神盯着我们——打那以后她一直是这种眼神——她对我们不屑一顾，我们几乎真的不由自主地要拜倒在她面前了。大家都注意到了这一点，连来接我们的拉塞曼夫妇也感觉到了。”“拉塞曼？”K问道。“是的，拉塞曼。”奥尔珈说，“我们的确很受大家尊敬，比如说，我们不去，庆祝会就不好开始，因为我父亲是消防演习的第三位领导。”“你父亲的精力还这么充沛？”K问道。“我父亲？”奥尔珈问道，仿佛她没有完全听懂似的，“三年前他在某种程度上还是个年轻人呢，比如说，有次贵宾饭店失火，他就跑步把加拉特这个身体很沉的官员背了出来。当时我也在场，那次失火虽然没有危险，只是炉边的木头在冒烟，但是加拉特却吓坏了，朝窗户外面呼救。消防队来了，虽然火已经灭了，但我父亲还得把他背出来。加拉特是个行动迟缓的人，在那种情况下得格外小心。我只是因为父亲才讲这些的。从那时到现在才三年，现在你看他坐在那儿的样子。”现在K才看见，阿玛丽娅已经又在屋里了，但是她离得很远，在父母的桌边，给母亲喂吃的。母亲得了风湿病，两只胳膊不能动，阿玛丽娅一边喂母亲，一边劝父亲再耐心等一会儿，她马上就来给他喂饭。可是她的劝说没有用，因为父亲馋极了，已经在喝汤了。他不顾虚弱的身体，一会儿想用匙子舀起来咂着喝，一会儿又想端起碗来把汤喝下去，可是两种办法都不成，匙子没到嘴边，里面早已空了，他的嘴始终够不着汤，每次都是垂挂下来的大髭胡子先浸在汤里，弄得汤向四处滴洒，就是进不了嘴里，气得他嗷嗷直叫。“三年时间就使他变成了这样？”K问道，但他对这两位老人以及那张桌子那儿的整个角落始终没有同情心，只有厌恶。“三年，”奥尔珈慢慢地说，“确切地说，庆祝会上的几个钟头就使他变成这样了。庆祝会是在村前溪边的草地上举行的，我们到达时，那儿已经拥挤不堪了，邻近的村子里也来了许多人，到处都是乱哄哄的一片嘈杂声。父亲当然先领我们去看灭火器，他一见，就乐得哈哈大笑，这个新灭火器使他高兴极了，他立即开始摸摸这儿摸摸那儿，并给我们讲解，不容许别人反对或持保留意见。灭火器底下如有什么可参观的东西，我们大家就得哈着腰，几乎要趴到底下去看。巴纳巴斯当时不愿趴下去看，因此还挨了一顿打。

只有阿玛丽娅没去理会这个灭火器，她身穿漂亮的衣服，笔直地站在那儿，谁都不敢说她一句，有时我跑到她那里，抓着她的手臂，可是她一句话也不说。有件事我今天还说不清：我们在灭火器前站了那么久，怎么会在后来父亲离开灭火器时，我们才发现索蒂尼，显然他整个时间一直都是靠在灭火器后面的一根操纵杆上的。当然，当时的声音非常嘈杂，这不像往常的节日那样，因为城堡还给消防协会送了几只喇叭，这种特殊的乐器只要轻轻一吹——小孩子也能吹——就会发出震耳欲聋的声响。谁要听到这种声音，准以为是土耳其人[1]来了，人们不习惯这种喇叭声，每听到一声就会吓一大跳。因为喇叭是新的，谁都想试一试，又因为这是一个群众节日，所以谁都可以去吹。我们身边就围了好几个吹喇叭的，也许是被阿玛丽娅吸引过来的。在这种情况下是很难凝神专注的，即使我们按照父亲的吩咐，把注意力集中在灭火器上，这已经是我们能做到的最大限度了，因此我们很久都没有发现索蒂尼，再说我们事先也不认识他。‘那是索蒂尼。’拉塞曼后来悄悄对父亲说，当时我正站在父亲旁边。父亲向他深深鞠了一躬，并激动地给我们打了个手势，让我们也鞠躬。父亲以前虽然没有见过索蒂尼，但一直认为他是消防专家，很崇拜他，常在家里说起他，现在居然能够真的见到索蒂尼了，因此，这对我们来说也是件意想不到的、了不起的大事。但是索蒂尼并没有理会我们——这倒并不是索蒂尼特殊，大多数官员在公开场合都是

1 奥斯曼帝国在历史上曾进攻过欧洲许多国家，并多次兵围维也纳。因此，“土耳其人”有时成为敌人军队的代名词。

不理不睬、无动于衷的，况且他也累了，只是因为公务在身才待在那儿的。那些对这类抛头露面的任务感到特别厌烦的，还不算是最坏的官员；另一些官员和侍从因为已经到村里来过，所以便混在老百姓中间，但是他却一直待在灭火器那儿，有些人想去求他个什么事或者想去恭维一番，见他一声不吭的神态，都走开了。因此，我们发现他的时候他还没有发现我们。直到我们毕恭毕敬地向他鞠躬，父亲为我们向他表示歉意的时候，他才打量着我们，神情疲惫地把我们挨个打量过去。他叹了口气，似乎觉得这样一个又一个地看下去，没完似的，直到他的目光落在阿玛丽娅身上，他才不得不仰起头来看，因为她的个儿比他高得多。这时他愣住了，一下跳过灭火器的车辕，朝阿玛丽娅走去。起先我们理解错了，父亲想领着我们向他迎去，但是他举起手来叫我们停下，又挥挥手叫我们走开。情况就是这样。后来我们都取笑阿玛丽娅，说她真的找到了一位未婚夫；我们愚昧无知地高兴了一个下午，但是阿玛丽娅却比往常更加寡言少语了。‘她可一门心思地爱上了索蒂尼。’布隆斯维克说，他是个粗人，根本不了解像阿玛丽娅那样的性格，可是这次我们都觉得他说得不错。这一天我们都乐得疯疯癫癫的，半夜回家的时候，连阿玛丽娅在内，大家都因为喝了城堡里的佳酿而晕晕乎乎的。”“那么索蒂尼呢？”K问道。“索蒂尼嘛，”奥尔珈说，“庆祝会进行过程中，我走过去的时候还常看见他，他坐在车辕上，双臂在胸前交叉着，一直待到城堡的车来接他。他根本没去看消防演习，而父亲当时对这次演习抱着很大希望，以为索蒂尼会去看的，他要好好露一手，以证明他在同龄人中是出类拔萃的。”“你们后来再没有听到过他的消息吗？”K 问道，“你好像很崇拜索蒂尼似的。”“是啊，很崇拜，”奥尔珈说，“他的情况我们当然也还听到过。第二天早晨，阿玛丽娅的一声叫喊把我们从酒后的酣睡中惊醒了。别人马上又睡着了，可我完全醒了，就跑到阿玛丽娅那儿。她正站在窗户边，手里拿着一封信，这是一个人刚从窗户外递给她的，此人还在外面等着答复呢。信很短，阿玛丽娅已经看过了，拿在那软弱无力地垂着的手里。看到她这么疲倦，我是多么爱她啊。我跪在她身边，读了这封信。我刚读完，阿玛丽娅就匆匆扫了我一眼，又拿起信，但已经没有勇气再看一遍，便把信撕掉，并把碎片扔在外面那个人的脸上，关上了窗户。这就是那个决定性的早晨。我说这个早晨是决定性的，其实前一天下午的每一刻同样也是决定性的。”“信里说了些什么？”K 问。“对，这我还没有说呢，”奥尔珈说，“信是索蒂尼写的，是给那位戴红宝石项链的姑娘的。信的内容我不好复述。信里要求阿玛丽娅到贵宾饭店他的住处那儿去，而且马上就去，因为半小时后索蒂尼就必须离开了。信里的话极其下流，我还从来没有听到过，只能从上下文联系中猜出其一半含义。不认识阿玛丽娅的人只要读了这封信，看到有人竟敢给姑娘写这样的信，一定会以为她是个不要脸的下流女人，尽管她碰都不让别人碰一下。这不是情书，信里没有一句恭维话。索蒂尼一见阿玛丽娅就心猿意马，工作也分了心，为此他感到颇为恼火。后来我们分析，索蒂尼本来可能当天晚上就要回城堡去的，只是因为阿玛丽娅才留在村里，一整夜都没能把阿玛丽娅忘掉，因此大发雷霆，早晨就写了这封信。任何一个姑娘，即使是感情最冷淡的姑娘看到这封信，最初都一定会怒不可遏；要是换了别人，不是阿玛丽娅，再一想，也许会被信里那种恶狠狠的威胁性语调所吓倒，可是阿玛丽娅感到的只是愤怒，她从来不知道什么是害怕，她不为自己，也不为别人害怕。后来我重新爬上床去睡觉，心里重复着最后那句没有说完的'那么，你要么马上就来，要么……'时，阿玛丽娅还一直在窗台上坐着，望着外面，仿佛在等待着再有送信来的人，准备像对付第一个送信的那样一个个对付他们。""这就是当官的，"K犹豫地说，"官员中这样的人有的是。这事你父亲是怎么处理的呢？我希望他到有关部门去狠狠地告索蒂尼，如果他不愿走贵宾饭店这条又短又较稳妥的路的话。在这件事情上，最丑恶的倒并不是对阿玛丽娅的侮辱，这是很容易弥补的。我不懂，你为什么把它看得那么重？为什么索蒂尼的这封信就要永远叫阿玛丽娅丢脸出丑？照你的说法，别人可能会相信这件事，但是恰恰这一点，那是绝不可能的，阿玛丽娅是很容易得到补偿的，几天以后就把事情忘掉了。索蒂尼并没有使阿玛丽娅出丑，而是使他自己出了丑。我怕索蒂尼，怕的是居然有这种滥用权力的可能性。这次他是失败了，因为他把意图清清楚楚、直截了当地写了出来，一眼就可以被看穿，而且碰到了阿玛丽娅这么个毫不买账的强大对手。但是这样的事情只要稍微做得收敛一点，就是再有一千件也完全会成功的，而且可以做得神不知鬼不觉，甚至连受害者自己都觉察不到。"

"别说话，"奥尔珈说，"阿玛丽娅在往这边看呢。"阿玛丽娅已经给父母喂好了饭，现在正给母亲脱衣服，她刚把母亲的裙子解开，让母亲的胳膊搂着她的脖子，把母亲抬高一点，扯下她的裙子，然后再把她轻轻放下。父亲对于女儿先去侍候母亲一直不满意，其实阿玛丽娅先去照顾母亲，显然只是因为母亲的身体比父亲更差。这时父亲试着自己脱衣服，或许也是为了对女儿表示责备吧，因为他臆想中女儿磨磨蹭蹭的，动作太慢。尽管他是从最容易、最无关紧要的事开始的，也就是脱他那双松松地套在脚上的特大拖鞋，可是他怎么也无法把拖鞋脱下来，反倒弄得自己沙着嗓子呼噜呼噜直喘粗气，一会儿就不得不放弃自己的努力，重新直僵僵地靠在椅子上。

“关键问题你还不知道，”奥尔珈说，“你说的这些也许有道理，但关键问题是阿玛丽娅没有到贵宾饭店去。她对送信人的态度可能就算了，不去计较了，但是她没有到饭店去，这下可好，惩罚就降临到我们全家了，现在阿玛丽娅对待送信人的态度当然也是不可饶恕的事了，甚至成了公开提出的主要责难。”“什么？！”K 叫道，马上又压低了声音，因为奥尔珈举起了手，在向他恳求，“你是她的姐姐，难道你也认为阿玛丽娅应该顺从索蒂尼，跑到贵宾饭店去吗？”“不，”奥尔珈说，“但愿老天保佑，可不要这样怀疑我，你怎么会这样想呢？我知道，没有一个人能像阿玛丽娅那样，把她所做的事做得那么正确、合理。假如她去了贵宾饭店，我当然同样认为她做得对，但是她没有去，很有英雄气概。换作我，我向你坦率承认，要是我得到这么一封信，我是会去的，因为我对将会来临的厄运充满恐惧，我受不了，而只有阿玛丽娅能置之不理。应付这样的事有几种办法，比如要是换了另一位姑娘，也许会打扮得漂漂亮亮的，故意磨蹭一会儿才到贵宾饭店去，到那里以后得知，索蒂尼已经走了。也许他把人派去送信以后马上就坐马车走了，这是非常有可能的，因为这些老爷的脾气是变幻莫测的。可是阿玛丽娅没那么做，也没有采取其他类似的办法，她受到的侮辱太深了，因此毫不含糊地坚决拒绝了。假如她哪怕只是表现出某种顺从的样子，在适当的时候恰好踏进贵宾饭店，那么我们可能就会避开厄运了。我们这里有许多聪明的律师，只要你想要，白的他们也可以说成黑的，可是在这件事情上，他们非但没有为阿玛丽娅辩白，反而说她作践了索蒂尼的信，还侮辱了信使。”“可究竟是什么厄运？是些什么律师？”K说，“总不会因为索蒂尼的犯罪行为而使阿玛丽娅受到控告和惩罚吧？”“会的，”奥尔珈说，“他们会这么做的。当然不是进行正常的诉讼，也不是直接对她进行惩罚，而是用别的方式来惩罚她和我们全家，至于这次惩罚有多重，你接下来就会知道。你觉得这件事是不公正的，是非常严重的，可是全村只有你一人持这种意见。这种意见对我们是非常有利的，也是对我们的安慰。如果这种意见的出发点显然不是错误的话，那倒真是个安慰。这点我很容易给你证明，要是我谈到弗丽达，那就请你原谅。且不说最后结果如何，弗丽达和克拉姆之间的情况同阿玛丽娅和索蒂尼之间的情况差不多。尽管你开始听了一定会大吃一惊，但现在你会觉得这是对的。这不是习惯问题——如果是个简单的判断问题，习惯并不会使我们如此麻木不仁。你后来之所以会改变看法，仅仅是因为你摆脱了谬误。”“不，奥尔珈，”K说，“我不明白，你为什么要把弗丽达扯进来，弗丽达的情况和这完全不一样，你不要把两件根本不同的事搅和在一起。请你继续讲下去。”“要是我仍坚持进行比较的话，请你不要生我的气。”奥尔珈说，“如果你认为非得要为弗丽达辩护，不让别人拿她来做比较，这就说明你在弗丽达的问题上还残留着一些谬误的看法。她根本不用辩护，而应受到赞扬。我拿这两件事来进行比较，并不是说，这两件事是完全一样的，这两者之间的关系就同白和黑一样，而弗丽达就是白。别人对待弗丽达，最坏的情况就是嘲笑她，就像我那次在酒吧间很没修养地做的那样，后来我为这件事很懊悔。即使别人嘲笑她，无论是出于恶意还是嫉妒，总还是有可嘲笑的吧。要是同阿玛丽娅没有血缘关系，别人对她就只能是鄙视。因此，正如你所说，这两件事根本不同，可又是相似的。”“它们也不相似。”K说，并且不乐意地摇摇头，“把弗丽达搁在一边吧，弗丽达并没有接到过类似索蒂尼给阿玛丽娅的那样卑鄙的信，弗丽达曾经真正爱过克拉姆，谁要是怀疑，可以去问她，今天她还爱着他。”“这是什么大的区别吗？”奥尔珈问道，“你以为，克拉姆不会给弗丽达写那样的信吗？这些老爷从办公桌前站起来的时候，觉得在这个世界上很不适应，于是他们就在惘然若失的状态中说出了最粗鲁的话。虽说不是所有老爷，但确有很多老爷是这样。给阿玛丽娅的信可能是一时心血来潮，完全没有注意到往纸上写了些什么。这些老爷脑袋里在想些什么，我们怎么知道呢？你自己没有听到过或者听人说过，克拉姆是用什么语调同弗丽达说话的吧？克拉姆是以粗野出名的，据说他可以几小时不说一句话，然后突然冒出一句粗野透顶的话来，听了让你浑身直起鸡皮疙瘩。在这一方面索蒂尼并不出名，他这个人就很不出名。本来人家只知道，他的名字和索迪尼的名字差不多，要不是这两个名字相似，大家可能根本就不会知道他。就拿消防专家这点来说吧，别人也把他同索迪尼搞混了，其实索迪尼才是真正的专家，他利用名字的相似，把好多事，特别是抛头露面的事都推给了索蒂尼，自己好安安静静地工作。现在，像索蒂尼这样一个不善交际的人突然迷恋上了一位村姑，那么他所采取的形式当然和隔壁热恋中的木匠的徒弟大不相同。我们还必须考虑到，在一位官员和一位鞋匠的女儿之间有一条很大的鸿沟，总得想什么办法来加以沟通，索蒂尼用的是这种方式，另一个人的做法可能又是一个样子。虽然说我们大家都隶属于城堡，彼此之间没有鸿沟，没有什么需要沟通，对于一般情况来说，这也许不错，但是我们有机会看到，正是在这个问题上，这种说法是不对的。无论如何，知道了这些，你对索蒂尼的行为就会比较了解了，也不觉得那么可怕了。同克拉姆的行为相比，索蒂尼的行为确实比较好理解，甚至对那些直接受其行为影响的人来说，也比较容易忍受。要是克拉姆写了一封缠绵的信，那会比索蒂尼所写的最粗野的信还让人难堪。请正确理解我的意思，我可不敢来评价克拉姆，我只是在进行比较，因为你是反对做比较的。克拉姆像是凌驾于女人之上的指挥官，一会儿命令这个、一会儿命令那个到他那儿去，没有一个搞得长的，玩腻了就命令她们走，就像命令她们去一样。哦，克拉姆根本不愿费劲，先去写一封信。而那个深居简出的索蒂尼，他与女人的关系至少大家还不知道，他居然坐下来，用漂亮的官员的字迹写一封信，当然是封很恶心的信。相比之下，还能说这可怕吗？如果索蒂尼的做法同克拉姆的恩宠没有区别的话，那么弗丽达的爱情该对克拉姆有所影响啦？女人跟官员的关系，请相信我说的，是很难，也可以说是很容易判断的。他们之间总是会有爱情的。官员的爱情没有失意的时候。就这一点而言，我们说一个姑娘——我这里说的远远不只是一个弗丽达——只是因为爱上了一个官员，所以才对他委身，这并不是对她的赞扬。她爱他，就委身于他，仅此而已，这里没有什么可赞扬的。可是阿玛丽娅不爱索蒂尼，你一定会提出异议。是的，她不爱他，但也许她是爱他的，谁说得清呢？连她自己也说不清。她在斩钉截铁地拒绝他的时候——还从来没有官员遭到过拒绝——她怎么会以为不曾爱过他呢？巴纳巴斯说，她现在有时候还气得发抖，三年以前她就是在盛怒之下关上窗户的。这也是真的，因此不好去问她。她断绝了同索蒂尼的关系，她知道的也不外乎这些，至于她爱不爱他，她自己也不知道。但是我们知道，官员们一旦对女人垂青，她们除了去爱他们，毫无别的办法；她们甚至早已爱上官员了，尽管她们想竭力否认。索蒂尼见到阿玛丽娅时，不仅朝她转过身来，而且还跳过了车辕，用在办公桌前坐僵了的两条腿跳过了车辕。你一定会说，阿玛丽娅是个例外。是的，她是例外，她拒绝到索蒂尼那儿去就证明了这一点，这已经够例外的了。但是，除此之外还要她不爱索蒂尼，那对例外的要求就过于苛刻，这就不好理解了。那天下午我们一定是失去了判断力，但是当时我们透过层层迷雾也发现了阿玛丽娅坠入情网的一些迹象，这说明我们并没有完全失去理智。假如我们把这一切都联系起来，那么弗丽达和阿玛丽娅之间还有什么区别呢？唯一的区别是，弗丽达做了阿玛丽娅所拒绝的事。”“可能是吧，”K 说，“但是对我来说主要区别在于，弗丽达是我的未婚妻，而我之所以关心阿玛丽娅，基本上仅仅是因为她是城堡信使巴纳巴斯的妹妹，她的命运也许同巴纳巴斯的差事交织在一起了。假如根据你所说的，我起先得到的印象是，一个官员对阿玛丽娅极其无理，那我是很关心这事的。但我之所以关心，也是因为这是一桩社会事件，而不只是阿玛丽娅个人的痛苦。不过你讲的这些已经改变了我的看法，虽然我还不是很明白，但既然是你说的，而且又讲得非常令人信服，那么我也就完全不去管这件事了。我又不是消防员，索蒂尼关我什么事。可是弗丽达跟我有关，我觉得很奇怪，像你这么个我完全信赖而且愿意永远信赖的人，在谈阿玛丽娅的时候居然绕着弯不断地攻击起弗丽达来了，而且想使我对她产生怀疑。我并不认为你这样做是有意的，更不是怀有恶意，要不我早就走了。你不是有意的，而是为环境所惑。由于你爱阿玛丽娅，所以你把她抬得比所有女人都高；你要抬高她，但在她本人身上又找不到那么多值得赞扬的东西，所以你就采取贬低别的女人的办法。阿玛丽娅的所作所为引人注目，不过你说得越多，就越是确定不了她的行为是伟大的还是渺小的，是聪明的还是愚蠢的，是英勇的还是怯懦的。阿玛丽娅将她的行为动机藏在自己心里，谁也无法将它掏出来。可是弗丽达并没有做出什么令人惊异的事，她只是按照自己的心意行事，对每个善意理解她的行为的人来说，这是一清二楚的，每个人都可以对此加以检验，别人没有说三道四的余地。我既不想贬低阿玛丽娅，也不想为弗丽达辩护，我只想让你明白我同弗丽达的关系，让你明白，任何对弗丽达的攻击同时也就是对我本人的攻击。我是出于自己的意愿到这里来的，我在这儿待下去，也是出于自己的意愿，但是我来了以后所发生的一切，尤其是我的前途——无论目前怎么黯淡，希望总是存在的——这一切都多亏了弗丽达，这是抹杀不了的。我在这里虽然被聘为土地测量员，但那只是表面上的，人家在耍弄我，每一家都在撵我，至今他们还在耍弄我，可是无论情况多么复杂，我已经取得了一定的胜利，这是相当重要的。我取得的胜利虽然微不足道，但我总算有了个家，有了职务和实际工作，有了未婚妻，要是我有别的事情要办，她就会分担我该做的工作，我将同她结婚，成为本村的成员。我同克拉姆除了公事关系外，还有一种至今尚未利用的私人关系。这大概不算少了吧？我到你们家里来，你们欢迎的是谁？你把你们家的事讲给谁听的？你指望谁会给你帮点忙，尽管只是帮点很小的忙？大概不会指望我这个一星期前还被拉塞曼和布隆斯维克强行从家里撵出来的土地测量员吧？你指望的是我这个已经拥有某些权力手段的人。这全要归功于弗丽达，而弗丽达又十分谦虚，你即使想要问她那样的事，她对其也一无所知。根据种种情况，看来天真无邪的弗丽达所做的事情要比傲慢的阿玛丽娅所做的事情多，因为我有这么个印象，觉得你在为阿玛丽娅寻求援助。寻求谁的援助？除了弗丽达，难道还会有别人吗？”“我真的把弗丽达说得很难听吗？”奥尔珈说，“我确实没有那个意思，我也不相信自己说了难听的话。很可能是因为我们的处境很不好，我们的整个世界都倾塌了，所以我们只要一抱怨起来，就收不住了，自己并不知道，有些话过了头。你说得对，现在我们同弗丽达之间有很大差别，强调一下这个差别是好的。三年前我们是平民姑娘，弗丽达是孤儿，是桥头客店的女仆，我们走过她身边时，连看都不看她一眼，我们是太傲慢了，可是我们从小就接受这样的教育呀。那天晚上在贵宾饭店，你大概看出我们现在的地位了吧：弗丽达手里拿着鞭子，我却混在一帮跟班中间。但是比这更糟的情况还有呢。弗丽达可能瞧不起我们，处在她的地位上，实际情况使她不得不这么做。又有谁瞧得起我们！谁要是决心轻视我们，就会找到一大批志同道合的人。你认识接替弗丽达的那位姑娘吗？她叫佩琵。我前天晚上才认识她，以前她是收拾房间的女仆。她比弗丽达还瞧不起我。她从窗户里看见我去买啤酒，就跑去把门锁了，我不得不求她半天，并答应把系头发的缎带给她，她这才给我开门。可是等我把带子给了她，她竟把它往角落里一扔。好吧，就让她瞧不起我吧，我多少得指靠着她的好感呢，因为她是贵宾饭店的酒吧女。当然，她只是暂时的，这肯定不是她的本性，她要长期当酒吧女，就必须采取这种态度。你只要听一听老板对佩琵说话的态度，并同老板跟弗丽达说话的态度比较一下就明白了。但是这并不影响她也不把阿玛丽娅放在眼里，其实阿玛丽娅只要瞟一眼，就足以把这个小个子佩琵吓得甩着打蝴蝶结的辫子飞快地逃出屋子。要不把佩琵吓着，她那两条胖腿是怎么也不会跑得那么快的。昨天我又听到她在说阿玛丽娅的闲话了，气得我火冒三丈，直到后来客人都来帮我说话，她才罢休。至于客人是用什么方式帮我的，这你曾经见到过。”“你这人胆子真小，”K说，“我只是把弗丽达摆到她应得的位置上，并不像你现在所理解的那样，存心要贬低你们。你们一家跟我有着特殊的关系，这点我从来没有否认，但是这种特殊关系怎么会成为别人鄙视你们的理由呢，这点我不明白。”“呵，K，”奥尔珈说，“我担心，你也会明白的。阿玛丽娅对索蒂尼的态度是我们受到鄙视的第一个原因，你连这一点也不明白？”“这就太奇怪了，”K说，“别人对阿玛丽娅可以表示钦佩或者谴责，可是怎么会瞧不起她呢？而且即使别人出于某种我无法理解的原因真的瞧不起阿玛丽娅，为什么会连你们也被人瞧不起呢？连你们清白无辜的一家都被瞧不起？比如说佩琵鄙视你，这是粗鲁的行为，我再去贵宾饭店的时候，要好好治治她。”“假如你想改变所有反对我们的人的看法，”奥尔珈说，“那可是项艰巨的工作，因为这一切都是城堡的意思。我还清楚地记得，那天早晨阿玛丽娅赶走了索蒂尼派来送信的人，然后布隆斯维克跟往常一样到我家来了。那时他是我们的助手，父亲把要做的活分给了他，他就回家了，然后我们就坐下来吃早饭，包括阿玛丽娅和我在内，大家情绪都很高。父亲一个劲儿地谈着庆祝会的事，关于消防问题他还有种种计划。城堡也有自己的消防队，那天也派了一个代表团来参加庆祝会，父亲他们同这个代表团讨论了一些问题，从城堡来的老爷们观看了我们的消防表演，给予了很高的评价，并同城堡消防队的成绩进行了比较，结果对我们有利，还说起要改组城堡消防队，需要吸收村里的消防教练，有几个人在考虑之列，父亲抱着很大希望，认为他一定会选上的。他谈着这些事，像平时那副可爱的样子，两只胳膊伏在桌上，展得很开，把半张桌子都占了。他抬头从打开的窗户里望着外面的天空，他的脸显得那么年轻，洋溢着希望的欢乐，后来我再也没有见他这么高兴过。这时，阿玛丽娅以一副我们从未见过的优越感说，对老爷们的这些话不能太相信，他们在这种场合常常说些动听的话，这些话并没有多大意义，或者说没有一点意义，刚一出口，就被永远忘掉了，当然下次人们又会上他们的当。母亲不许她说这样的话。父亲只是觉得她这副老气横秋、深谙世故的样子好笑，但是他随即吃惊地愣住了，好像要找他现在才发觉丢失了的东西。不过，他并没有丢失什么。他说，布隆斯维克刚才讲到一个信使和撕掉一封信的事，他问我们知不知道，这事跟谁有关，到底是怎么回事。我们大家都没吭声，那时巴纳巴斯还很年轻，像只小羔羊，他说了些特别蠢或特别放肆的话，这就改变了话题，父亲也就把这件事忘了。”

阿玛丽娅受到的惩罚

“可是没过多久，四面八方的人纷纷都来问我们关于那封信的事，无论是朋友还是对头，认识的还是不认识的人，都不断找上门来，但是他们待的时间都不长，最好的朋友走得最快。拉塞曼平时一贯慢条斯理、体体面面的，这回进屋来仿佛只是来看看房间大小似的，目光扫了一圈就走了，就像是在玩一种恐怖的小孩儿游戏似的，匆匆逃去。父亲推开身边的人，赶忙追了出去，一直追到大门口也没追上。布隆斯维克跑来了，非常诚恳地对父亲说，他要独立开业了——他脑袋很聪明，善于抓住时机。顾客也都来了，纷纷到父亲的储藏室里去找出他们拿来修理的皮靴。起先父亲还竭力劝他们改变主意——我们也全力帮父亲说话，后来他就放弃了这种希望，默默地去帮他们寻找，在登记本上把收活登记一行行划掉，把他们放在我们家的皮革都一一退还。欠我们账的人也如数把钱还给了我们，这一切都进行得很顺利，没有发生一点争吵，大家都很满意。这些人只要能够尽快同我们彻底断绝联系，即使受点损失也不在乎。末了，正如预见的那样，消防协会会长西曼来了，至今我眼前还浮现着那一幕：西曼个子高大、结实，但背有点驼，患有肺病。他总是很严肃，不苟言笑。他对父亲一向很佩服，曾私下告诉父亲，说有希望把父亲提拔为消防协会的副会长。现在他站在父亲面前，通知他，协会要让他卸职了，并要他交还证书。那些正巧在我们家里的人，这时都停下自己的事，一起围着这两个人。西曼说不出话来，只是不停地拍着我父亲的肩膀，仿佛要把他自己该说而又找不到的话从我父亲嘴里拍出来似的。他不停地哈哈大笑，想以此来稍稍安定一下自己和大家的情绪。可是因为他不会笑，从来没有人听见他笑过，所以谁都不相信这真的是笑。父亲帮别人找鞋忙了一天，已经累坏了，也绝望了。是的，看来他太累了，累得连想一想问题在哪儿都不行了。我们大家也都垂头丧气，可是我们因为年轻，还不相信我们就这样彻底垮了，总希望在那么多来的人当中会有那么一个人出来阻止这一切，让一切重新倒转回去。我们极其无知，觉得西曼就是这么个非常合适的人。我们都紧张地等待西曼笑过之后明确地说出那句话来。现在到底为什么笑呢？只是笑降临在我们头上的那愚蠢的不公正吧。会长先生，西曼先生，您告诉大家吧。我们这样想着，并且挤到他身边，但他只是奇怪地把身子转了几下。后来，他终于开口说话了，当然不是为了满足我们隐秘的愿望，而是为了顺应人们兴奋的或者气愤的叫喊声。我们仍一直怀着希望。他开始把父亲大大赞扬了一番，说他为消防协会增添了光彩，称他是后辈不可企及的典范，是协会不可或缺的成员，他要是退了职，协会几乎就要垮了。这些都说得很漂亮，他要是说到这里就打住的话，那就好了！但是他还在往下说。他说，尽管如此，协会还是决定要我父亲卸职，当然这是权宜之计，大家都知道协会不得不这样做的重要原因。在昨天的庆祝会上父亲的表现要不是如此光彩夺目的话，也许事情还不至于到这一步，但是正因为他表现卓越，才引起了官方的特别注意。现在协会名声大振，引人注目，因此必须比过去更多地考虑它的纯洁性了。这时正好发生了侮辱信使的事件，消防协会没有别的办法了，他，西曼，就担负起向上面报告这项艰难的任务。他希望父亲在这件事情上不要再给他增加困难。西曼说了这番话，心里感到非常高兴，他信心十足，根本没有去考虑自己夸大其词的说法；他指着挂在墙上的那张证书，并以手指示意。父亲点点头，就走过去取证书，但是他的手抖得厉害，没法从挂钩上把证书取下来，我就爬到一张椅子上去帮他取。从此刻起，一切全完了，他甚至没有把证书从镜框里取出来，就把它整个儿交给了西曼。随后他就坐到一个角落里，一动不动，跟谁都不说话，在屋里的人只好由我们去好好招呼。”“在这件事情上你怎么看出是受了城堡的影响呢？”K 问道，“看起来城堡好像暂时还没有插手。你刚才所讲的这些，只不过是人们下意识的恐惧心理，对他人的幸灾乐祸，不可靠的友谊，这样的事哪儿都有，而你父亲这方面呢，胸襟也太狭窄了一点——至少在我看是这样。那张证书算什么？它只是证明他的技能罢了，技能在他身上，谁也抢不走，要是消防协会的人觉得非他不可，缺他不行，那就更好。他要是不等会长讲第二句话，就把证书扔在他面前，那样才会使会长真的感到难堪呢。可是我觉得特别令人注意的是你根本没有提到阿玛丽娅。这一切全是阿玛丽娅的责任呀，这时她也许静静地站在后面，注视着家里在遭殃。”“不，”奥尔珈说，“谁也不能责备，谁也没有别的法子，这一切都是由于城堡的影响。”“城堡的影响。”阿玛丽娅重复了一句，她已经从院子里进屋来了，谁都没有发觉。父母早已上床睡觉了。“在说城堡的事吗？你们还一直坐在这儿？你不是说马上就要走的吗？K，现在已经快十点了。难道你真为这些事情操心吗？这里有的人就是靠飞短流长过活的，他们坐在一起，就像你们两个人这样，互相讲述那样的故事取乐。

我觉得你并不是那样的人。”“不对，”K说，“我正是属于那类人。相反，那些对这类事情漠不关心，却容忍别人去关心的人，对我并不会产生什么印象。”“的确，”阿玛丽娅说，“但是人们的兴趣是各不相同的，有回我听说有个年轻人，他白天黑夜想的只是城堡，别的事什么都不管，别人都担心他还有没有正常的理智，因为他的心思全都放在城堡上了。后来人家才搞清楚，原来他想的并不是城堡，而是办事处里一个洗餐具的女工的女儿。后来他娶了那位姑娘，一切也就恢复了正常。”“我想，我倒是很喜欢这个年轻人。”K说。“你说你喜欢这个人？”阿玛丽娅说，“对此我表示怀疑，你喜欢的也许是他的老婆吧。好了，不打搅你们了，我去睡了，但是为了两位老人，我得把灯关掉。虽然他们马上就睡着了，但一小时以后就睡不着了，一丁点光线都会打搅他们的。晚安。”果然，屋里马上就黑了，阿玛丽娅大概在她父母的床边铺了一个床铺。“她说的那个年轻人是谁？”K问道。“我不知道，”奥尔珈说，“也许是布隆斯维克吧，但又不完全像他，也许是另外一个人。要真正听懂她的话很不容易，因为你往往不知道她是在挖苦你还是认真的。她的话大多是认真的，不过听起来有点挖苦的味道。”“不用去解释了！”K说，“那么你怎么会那么依赖她呢？是在那次不幸的大事之前就这样了，还是在事后？你从来不想摆脱对她的依赖，自己做主吗？你们对她的依赖难道有什么合情合理的原因吗？她年纪最小，理应听话才是。无论她有没有责任，反正她已经给全家带来了不幸。她非但没有为此天天请求你们的宽恕，反而把头抬得比谁都高，除了大发慈悲，照顾两个老人外，对别的事情一概漠不关心。她自己说，她什么事都不想知道，要是她什么时候同你们说话了，那么说的话大多是认真的，但听起来有点挖苦的味道。你有时候提到她很漂亮，她这样颐指气使会不会是长得漂亮的缘故？嗯，你们三人长得很像，但是阿玛丽娅和你们两个有不同的地方，不同的是她那冷漠而无情的目光。我第一次见她的时候，就被她的目光吓了一跳。她虽然年纪最小，但外表上一点也看不出来，就像是那些没有年龄的女人，她们几乎不会老，也从来没有年轻过。你天天见她，所以看不出她脸上那副严酷的样子。认真想一想，我认为索蒂尼对她的爱慕并不是很认真的，也许他只是用这封信来惩罚她，而不是叫她去。”“我不想谈索蒂尼，”奥尔珈说，“城堡里的老爷们什么事都做得出来，哪管你是最漂亮的还是最丑的姑娘。不了解这一点，你对阿玛丽娅的看法就会全搞错的。看，我确实没有理由特别要为阿玛丽娅来争取你，如果我想为她争取你的话，那也只是为了你。无论怎么说，阿玛丽娅是造成我们不幸的根源，这是肯定的。在这次倒霉的事件中，父亲所受的打击最为严重，而且他嘴上又从不饶人，尤其是在家里，可是就连父亲在最艰难的时刻也没有对阿玛丽娅说过一句责备的话。这并不是因为他赞成阿玛丽娅的行为。他是索蒂尼的崇拜者，怎么会赞同她的行为呢。虽然事情过去很久了，但他对阿玛丽娅的行为还是不能理解。为了索蒂尼，他愿意牺牲自己和他拥有的一切，当然不是像现在实际发生的那样，这可能是索蒂尼发火才引起的。我说‘可能是’，那是因为我们再也没有听到过索蒂尼的消息。如果说这以前他一向深居简出的话，那么从此以后就仿佛没有这个人了。你真该看看那时的阿玛丽娅。我们大家知道，我们不会受到明确的惩罚。只是人家不理我们了，村里的人和城堡里的人对我们都是这样。当我们发现村里人都回避我们的时候，却没有发现城堡有什么动作。以前我们也没有发现城堡关心过我们，现在怎么可能发现城堡的态度变了呢！不动声色，那是最可怕的，比村里人回避我们还要可怕。村里人不理我们，并不是因为他们有什么看法，也许他们并没有什么大不了的事情要反对我们。那时他们还没有像今天这样鄙视我们，那时他们那样做，只是因为害怕，现在他们都在观望，事情将如何进一步发展。那时我们也不用担心生活上会有什么困难，因为欠我们账的都把钱还给我们了，而且结账时对我们都较优厚。我们没有粮食，亲戚们就私下里给我们送来，日子过得挺舒服。那时正值收获季节，当然我们没有田地，大家又不让我们下地干活，我们注定人生第一次要过一种几乎是无所事事的日子。我们大家都在屋里坐着，在七八月的酷暑中也把窗户关得紧紧的。什么事也没有发生。没有传讯，没有消息，没有来客，什么也没有。”“这么说，”K说，“既然没有什么事发生，又不会受到明确的惩罚，那么你们怕什么呢？真有你们的！”“我该怎么给你解释呢？”奥尔珈说，“我们不怕未来会发生的事情，眼下我们已经遭受了折磨，我们已经在受惩罚了。村里的人在等着我们上他们那儿去，等着父亲的作坊重新开张，等着阿玛丽娅——她会做非常漂亮的衣服，当然只为正派人做——重新接受人家来定做衣服，大家对他们自己所干的事感到很抱歉。

村里一个受人尊敬的家庭突然被隔断了同大家的联系，其结果是每个人都会有某种损失。他们认为，断绝同我们的来往，只不过是履行他们的义务，要是我们处在他们的位置上，也得这样做。他们并不知道具体是怎么回事，只知道送信的人手里抓了一把碎纸片回到了贵宾饭店。弗丽达是看见他出去，后来又见他回来的，还同他说了几句话，并且马上就把她所知道的事情传开了，但是这也并不是出于对我们的敌意，而是简单地出于一种责任。在同样的情况下任何人都有这种责任。我已经说过，这件事如果得到愉快的解决，那大家是最欢迎的。要是我们突然宣布消息，说一切都已解决，这只是个误会，这期间已经解释清楚了，或者说，这虽是一种违法行为，但是已经通过行动来做了补救——对老百姓来说，这样讲就已经足够了，或者说，我们通过同城堡的关系已经把这件事压下去了，大家准会张开双臂重新欢迎我们的，会同我们亲吻、拥抱，还要庆祝。这样的情况别人有过，我已经经历过几次了。甚至连那样的消息也不需要，我们只要走出家门，公开露面，重新恢复原有的联系，关于那封信的事一句都不提，这就够了，大家都会乐意不去谈这件事的。人们同我们隔开，除了害怕外，主要是由于这件事很棘手，所以干脆就不想知道这件事，不谈这件事，不想这件事，更不能受它的牵连。弗丽达泄露了这件事，并不是幸灾乐祸，而是为了使自己和大家不至于受到它的影响，使村里人都注意到，这里出事了，大家要小心谨慎，不要沾上它。要追究的不是我们家，而是这件事，我们只是因为卷进了这件事才被追究的。假如我们重新出现在村里，不提过去的事，用我们的举止来表明，这件事已经结束了——至于是用什么方式结束的，那根本就无所谓——那么大家就会确信，不论这件事情是什么性质，将来也不会再提了，这样一切便都圆满解决了，我们也就会像以前一样得到大家的帮助。即使我们自己还没有完全忘掉这件事，大家也是会谅解的，并且会帮助我们把它彻底忘掉。但是我们没有这样做，我们只是坐在家里。我不明白，我们在等什么，大概是在等阿玛丽娅做决定吧。就在那天早晨，她夺得了家里的领导权，至今她还牢牢掌握着。没有特别的活动，没有命令，也没有请求，她几乎是用沉默来领导的。我们其他人自然都在积极商量，从早到晚不断在悄悄议论，有时父亲会突然惊慌起来，就把我叫到他那里，我就在他的床边待上半宿。有时我和巴纳巴斯蹲在一起，关于这件事巴纳巴斯只知道一点儿，因此总是热切地要我讲给他听，讲来讲去就这点事。他大概知道，跟他一般年龄的小伙子所期待的那种无忧无虑的年月，他是再也得不到了，所以我们就坐在一起——K，就像我们两个人现在这样——不停地谈，谈得忘了已经过了一宿，现在又是早晨了。我们家里，母亲的身体最弱，这大概是因为她不仅要承受全家共同的痛苦，还要分担我们每个人的痛苦，所以，我们发现她变了那么多，都大吃一惊。我们预感到，我们全家也将面临这样的变化。她最喜欢坐在一张长沙发的角上。如今，那张长沙发早就没有了，它在布隆斯维克家的大客厅里放着。那时她坐在长沙发的一角，不是打瞌睡就是长时间地自言自语，我们这是根据她的嘴唇翕动做出的判断——我们也不知道这是怎么回事。我们老是在谈那封信，反反复复从各个方面研究各种已经掌握的具体内容以及所有还不能确定的可能性，我们还开展竞赛，看谁能想出圆满解决这件事的办法来。我们这样做是很自然的，也是不可避免的，但并不好，因为这样一来，我们就在原本想要摆脱的思绪中越陷越深了。那些挖空心思想出来的主意，无论有多棒，又有什么用处呢？没有阿玛丽娅参加，什么办法都行不通，所有的办法都只是试验性的，试验的结果没有告诉阿玛丽娅，因此毫无意义。即使把这些办法告诉了阿玛丽娅，遇到的也只是沉默。幸好我今天对阿玛丽娅的了解比那时多多了。她的负担比我们大家都大，很难理解她是怎么忍受下来的，还在我们家里一直活到今天。母亲也许承受了我们大家的痛苦，因为这些痛苦全都落到了她身上。她承受的时间不长，我们不能说她今天还承受着这些痛苦，因为那时她的神志就不清了。阿玛丽娅不但承受了痛苦，而且具有看透这些痛苦的理解力；我们只看到事情的后果，她却能了解事情的原委；我们希望能想出些小办法来，她却知道这一切都是已经决定了的；我们非得悄悄商量不可，她却只是沉默不语。她那时同现在一样，面对事实挺立着，活着，承受着这种生活。我们所受的痛苦比她要少得多。我们当然得离开我们的房子，布隆斯维克搬了进去，人家给我们安排了这所茅屋，我们用一辆小车分几次把东西搬了过来，巴纳巴斯和我在前面拉，父亲和阿玛丽娅帮着在后面推。开始搬家的时候我们就先把母亲送了过来，我们推东西来的时候，她在迎着我们，坐在一只箱子上，不住地轻声抽泣。我记得，我们搬家也是很丢脸的，因为路上我们常常遇见收庄稼的马车，赶车人见了我们一个个都像哑巴一样，还把眼睛转向一边。我还记得，就算在非常辛苦地来回搬东西的路上，我和巴纳巴斯也在讨论我们的麻烦和计划，有时说着说着就停了下来，听到父亲‘喂’的一声，我们才想起，我们还拉着搬东西的车呢。但是我们商量的种种办法在搬家以后也未能改变我们的生活，现在我们慢慢也尝到贫困的滋味了。我们的亲戚不再给我们补贴了，我们的钱几乎全部花完了，而且恰恰在那个时候，人家对我们的鄙视也开始加剧了，这是你所看到的。人们发现，我们没有力量来摆脱这个书信事件，他们为此很生我们的气。虽然他们不了解这件事的详细情况，他们并没有低估我们处境的艰难，知道自己也可能不会比我们更好地经受住这次考验，但是这更加使他们感到，必须彻底同我们断绝往来。如果我们渡过了难关，他们就会相应地非常尊敬我们，但是假如我们失败了，他们就会把至今所采取的权宜之计变成他们最终的态度：把我们从各种圈子里排除出去。于是，人家谈到我们的时候就不再像在谈人了，也不再提起我们的姓了。他们要是不得不同我们说话，就管我们叫巴纳巴斯家的人，因为他是我们当中罪名最轻的，连我们这所茅屋也变得声名狼藉了。你只要反省一下，就会承认，你第一次踏进这屋子的时候，一定会觉得瞧不起我们是理所当然的。后来，人家再上我们家里来的时候，就会对那些无关紧要的东西嗤之以鼻，比如说挂在桌子上的那盏空的小油灯。这盏灯不挂在桌子上面，那该挂在哪儿？但是到我们屋里来的人看了就受不了。即使我们把灯挂在了别处，他们的厌恶情绪也不会改变。无论我们干什么，有什么东西，人家统统都瞧不起。”

恳求宽恕

“这期间，我们干了哪些事呢？我们干了能够干得出来的最糟糕的事，为了这件事我们真该让人瞧不起，比起因为书信事件而遭人家鄙视更加咎由自取、合情合理。我们背叛了阿玛丽娅，摆脱了她的无声命令。我们不能再这样生活下去了，没有一线希望我们是活不下去的，于是我们开始以各自的方式向城堡恳求或者死缠着城堡，希望城堡能够宽恕我们。我们知道，这种做法无济于事，也知道我们同城堡之间唯一有希望的联系就是通过索蒂尼，对我们的父亲印象颇好的那位官员，正因为那次事件，我们同这个渠道的联系已经断了，但我们还是全力以赴地在办这件事。父亲行动起来了，他开始毫无意义地向村长、秘书、律师和文书们求情，大多数情况下人家见都不见他，要是他施了什么巧计或者碰巧受到了接见——我们听到这样的消息简直感到欢欣鼓舞，拍手庆贺——也很快就遭到了拒绝，而且人家永远不再接见他。要打发他走那太容易了，对城堡来说易如反掌。他究竟想干什么？他出了什么事？他为什么事请求宽恕？他在什么时候，被城堡里的什么人哪怕用手指头碰过一下吗？是的，他是变穷了，丢掉了顾客等，但这是日常生活现象，是手艺行业和市场问题，难道城堡一切都得管？实际上城堡对一切事情都是关心的，但是它不能什么别的目的都没有，只是单单为了某人的个人利益就去对那类事情进行粗暴干涉。难道城堡该派出官员去跟在父亲的顾客后面，强行让他们再回到他那儿去吗？可是，如果父亲提出异议——所有这些问题，在接见前和接见后我们在家里都讨论过，为了避开阿玛丽娅，我们是挤在一个角落里谈的，其实，这一切她都知道，只是未加干涉而已——如果父亲提出异议，他并不是因为穷而抱怨的，他在这里失去的一切，是很容易再取得的，他只要得到宽恕，那么其他一切事情都是次要的。别人问他：'究竟是什么事要人家宽恕你？'到目前为止还没有人告发他，至少在备忘录里还没有记载，反正可以对律师公开的备忘录里没有告发他的材料。就目前了解的情况来说，既没有人控告过他，也没有人准备控告他。也许他能举出一个针对他颁布的官方法令来？这，父亲可举不出。或者有某个官方机构侵犯了他？对此父亲也不知道。他什么也不知道，而且什么事也没有发生，那么他要干什么？有什么可以宽恕他的？他现在这样毫无目的地纠缠官方的部门，这恰恰是不可宽恕的。父亲还不死心，那时他身体还一直很强壮，而且他被逼得无事可做，因此有的是时间。'我一定要恢复阿玛丽娅的名誉，时间不会太长了。'他一天要对巴纳巴斯和我说上好几遍，但说的时候声音很轻，以免阿玛丽娅听见。说是这么说，其实这话只是说给阿玛丽娅听的，因为实际上他想的并不是什么恢复名誉，而只是希望求得宽恕。可是，要获得宽恕，他首先得确定罪行，但所有的机关又都说他没有罪。他突然想出了一个主意——这表明他的神经已经不健全了，认为人家之所以隐瞒他的罪行，不告诉他，那是因为他钱交得不够。直到那时他一直是按规定交的，至少就我们的情况来说，我们所交的款项已经够高的了。但是他现在认为，他必须交得多一些，这当然是不对的。在我们的机关中，虽然有人为了图省事，以免多费唇舌，也会接受贿赂，可是行贿的人到头来什么目的也达不到。既然这是父亲的希望，我们也不愿阻止他。我们把仅有的一点东西全卖了——这些东西几乎全是必不可少的，好凑了钱给父亲去找门路。很长一段时间，每天早晨看到父亲出门的时候，口袋里总有几枚钱币在叮当作响，我们心里就感到欣慰。我们当然只好成天饿肚子，我们搞到的这点钱唯一真正起到的作用，就是父亲拿到以后心里充满了希望的欢乐。可是这并没有什么好处。他天天奔走，不久就劳累过度，而没有钱就不会有一个应有的结局，所以这就拖了很长的时间。事实上多出了钱，人家并不会特别为你办什么事，但有时某个文书起码表面上表示要为他想想办法，答应去查一查，并暗示他们已找到了某些线索，而追查这些线索是他们对父亲的美意，并不是他们的职责。父亲呢，他非但不怀疑，反而越来越相信。他常常带着那种显然毫无意义的许诺回到家里，仿佛他又把好运带到家里来了。他老是在阿玛丽娅的背后，强颜欢笑，睁大眼睛，指着阿玛丽娅，要让我们知道，由于他的努力，对阿玛丽娅的拯救已经指日可待了，这一下阿玛丽娅一定会比谁都惊讶，但是这一切还是秘密，我们要严格保守——父亲这副样子真让人心痛。要不是我们终于到了完全不能再给父亲提供钱的地步，这种情形一定会持续很长时间的。这期间，经过无数次的恳求，布隆斯维克终于把巴纳巴斯收为了助手，当然只是采取这样的方式：天黑了去领活，第二天天黑以后再把活送回去。应该承认，布隆斯维克为了我们在生意上是要承担一定风险的，可是他付给巴纳巴斯的工资也是很少的，而巴纳巴斯做的活是无可挑剔的，幸亏有这点工钱才勉强使我们不至于饿死。经过许多准备，我们怀着极大的爱怜心情告诉父亲，我们要停止给他钱了，他很平静地接受了。他已经不能理智地看到他的奔走是毫无希望的，连续不断的失望已经把他搞得精疲力竭。他说——他现在说话不像以前那么清楚了，他以前说话的声音是非常洪亮和清晰的——他要是再有一点钱，那么明天，甚至今天就可以把一切都搞清楚，可是现在没有钱，什么都完了，这一切都前功尽弃了。不过他说话的语调表明，他自己也不相信这些了。这时他马上又突然提出了新的计划。他既然没有能够证明自己有罪，那么继续通过官方途径也不会查出什么结果的，所以他只好转而完全指望恳求，只好亲自去向官员们恳求了。官员中肯定会有富于同情心的好人的，他们对于公事虽然不会只凭同情心去处理，但在公事之外，只要在合适的时间找到他们，他们大概是会大发慈悲的。”

K一直全神贯注地在听奥尔珈讲述，听到这里他打断了她的话，问道：“你认为他的想法对吗？”虽然奥尔珈继续讲下去他这个问题就会有答案的，但是他马上就想知道。

“不，”奥尔珈说，“根本就谈不上同情心这类问题。我们年轻，阅历不深，这一点连我们都知道，父亲自然也明白，但是他忘记了这一点。他把什么都忘了。他想出的计划是：站在城堡附近官员们马车经过的马路上，用某种方式恳求官员们给予他宽恕。说实话，即使这种不可能的事情真的发生了，某位官员真的听到了他的恳求，这个计划也是异想天开的，没有一点理智。个别官员能给他宽恕吗？要宽恕，这是整个执政当局的事，而就算是执政当局，大概也不能给他宽恕，只会给他定罪。即使有位官员下了车，愿意过问这事，听了这位可怜的、疲惫不堪的老人向他咕哝咕哝地陈说，他能对这件事得到一个清楚的印象吗？官员们都是受过很好教育的，但是他们只是各当一面，在自己的业务范围内，听了一句话，马上就看透了你的全部想法，但是另一个部门的事情，你给他们解释几个小时，他们也许会客气地点点头，实际上一句也听不懂。这一切都是很自然的。即使是跟一个人有关的一件公务上的小事，一个官员耸耸肩膀就可以解决的小事，要是你想刨根问底把它彻底搞清楚，就算花上一生的时间，也得不出个所以然来。假如父亲赶巧碰上一位主管这些事的官员，没有前期案卷他也无从办理，尤其不能在马路上来办理，他也不能给你宽恕，只有公事公办，为此又只好通过官方渠道批转给有关部门处理，通过官方途径来解决问题。父亲曾经试过，但是已经彻底失败了。父亲想以这个新计划来取得成功，为此他已经走了很远了！如果这样做也存在一丝成功的可能的活，那么那条马路上一定早就站满去恳求的人了。正因为这是不可能的，这一点连小学生都知道，所以马路上才空荡荡的，一个人也没有。

也许这也增强了他的希望，他善于从各处找到充实他希望的根据。在这里，这也是十分需要的。头脑健康的人是不会有那么多奇思异想的，草草一眼就会清楚地认识到这是不可能的。官员们到村里来或者回城堡去，这并不是观光游览，村里和城堡里都有工作在等着他们，因此他们坐的马车都以最快的速度飞驰。他们也不会想到从车窗探出脑袋来看一看，找一找外面有事要申诉的人，因为车里装满了官员们要研究的文件。”

“可是我到官员的雪橇里面去看过，”K说，“那里并没有文件。”奥尔珈讲的这些给他打开了一个如此巨大、几乎无法相信的世界，所以他忍不住把他自己微小的经历说给她听，好更清楚地证实她所经历的和他自己所经历的事情。

“这很可能，”奥尔珈说，“这种情况就更糟糕了，这说明这位官员有非常重要的事要办，说明文件太珍贵或者太多，不好随身带着，这些官员的马车一定得跑得飞快。总而言之，他们是不会有时间来过问父亲的事的。此外，进入城堡的路有好几条，有时候大家喜欢走这一条路，于是多数马车都往这儿驶，有时候又喜欢走另一条路，于是马车又都往那儿挤。他们行车路线的变化是根据什么规律，这一点谁也弄不清。有时候早晨八点马车都走第一条路，半小时以后走第二条路，十分钟以后又走第三条路，再过半小时也许又回到第一条路上去了，随后一整天都从那条路上走，但随时都有改变路线的可能。当然，条条通道都在村子附近交会，但到了那里，所有的马车都风驰电掣一般，而到了城堡附近又都放慢了速度，都是中速行驶。正如走车路线的规定无规律可循，也猜不透一样，车辆的数目也弄不清楚。往往有些日子路上一辆车也看不见，有些日子路上的马车又像一条长龙。面对这种情况，你再想一想我们的父亲穿上最好的衣服——不久，这就是他仅有的一套衣服了——每天早上都带着我们的祝愿从家里出去。他把那枚非法保留的消防协会的小徽章带在身上，出了村就把它别在衣服上，在村里他不敢戴，怕让人看见。虽然徽章小得很，隔了两步就看不见了，但父亲却认为戴着它很合适，可以引起过往官员对他的注意。离城堡入口处不远的地方有一个菜园，是贝图赫的，他的菜专门供应给城堡。父亲就在菜园栅栏的石基座上选了个地方坐下。贝图赫未加反对，因为以前他同父亲关系很好，而且是父亲最忠实的一个主顾，他一只脚畸形，认为只有父亲给他做的靴子才合脚。父亲日复一日地坐在那里，那是一个阴沉、多雨的秋天，但是父亲完全不把天气放在心上。早晨到了一定的时间，他便一只手按着门把手，挥着另一只手同我们告别，晚上回来全身都湿透了，一到家里就倒在屋子的角落里，他的身子一天比一天佝偻。起先他还给我们讲讲他碰到的小事情，比如说贝图赫出于同情和往日的交情往篱栅上扔条毯子啦，他认出了一辆驶过的马车里坐着这个或那个官员啦，有时候某个马车夫认出了他，并且用马鞭碰他一下开开玩笑啦，等等。后来他就不讲这些事了，显然他对待在那里会有什么结果已经不抱希望了，把天天到那儿去、在那儿打发日子仅仅当作他的责任，当作一件索然无味的工作而已。那时，他的风湿痛开始了，冬天一天天临近，雪下得很早，我们这里冬天说来就来。现在他在那儿，有时坐在湿漉漉的石头上，有时坐在雪地里。夜里关节痛得他直哼哼，早上他有时拿不定主意，到底去还是不去，可他还是克服了困难，照样去了。母亲对他放心不下，不想让他去。父亲由于手脚不再听使唤了，大概也有些担心，所以便答应让母亲跟他一起去，就这样，母亲也得了风湿痛。我们常到他们那儿去，给他们送吃的，或者只是去看看，或者想说服他们回家。我们常常看到他们蜷缩在一起，相依在狭窄的座位上，缩在一条几乎盖不住全身的薄毯子下，周围除了一片灰白的雪和雾之外，没有任何东西，远近一整天不见人影和车辆。想一想这幅景象，K，想一想这幅景象！等到后来，一天早晨，父亲的腿僵硬得不能下床了，心情沮丧而绝望。他发着烧，在轻度昏迷中，他觉得自己看见贝图赫家门前停了一辆马车，车上下来一位官员，沿着篱栅在找父亲，随后他摇摇头，气冲冲地重新回到马车里。这时父亲大声喊了起来，仿佛他是要让那位官员知道，并向他解释，他没有去那儿是不得已的，并不是他的责任。此后，他一直没有去那儿，根本没有再到那儿去过，在床上躺了好几个星期。阿玛丽娅担负起了照看、护理、治疗等全部工作，中间除了几次间歇外，一直负责到今天。她认得镇痛的草药，几乎不需要睡眠，从不惊慌失措，什么都不怕，从来不急躁，始终承担着照顾父母的全部工作。我们看到插不上手，急得团团转的时候，她仍旧镇定自若。后来，父亲的病最严重的时候已经过去了，被左右支撑着能够小心翼翼地下床了。阿玛丽娅马上就把他交给了我们，自己又不过问了。”

奥尔珈的计划

“现在需要再给父亲找点他力所能及的事情来做，随便找件什么事给他，至少可以使他相信，他做的事能开脱全家的罪责。找这样的事并不难，一般来说什么事都比坐在贝图赫的菜园子前面强，不过我找到的事，我对它还真抱了几分希望呢。官员、文书或是别的什么人在谈起我们的罪行的时候，每次总是只说我们侮辱了索蒂尼的信使，别的事情就不敢说了。我思忖着，既然公众舆论——尽管只是表面上的——只知道侮辱信使的事，那么要是我们能同信使和解，事情就可以得到补救了——尽管也只是表面上的。人家说，这件事没有人告发，也没有哪个部门受理，所以信使有权宽恕侮辱他的人，这并不涉及其他问题。这样做当然没有什么决定性的意义，仅仅是表面文章，而且这样做了情况也不会有什么改变，却会让父亲高兴，也许可以使那许多出馊主意的、折磨他的人稍稍感到有点困窘，而父亲自己对这件事的结果又很满意。当然，我们首先得找到那个信使。我把这个计划告诉了父亲，他很生气。他已经变得非常固执己见，另外，他在生病期间产生了一种看法，认为我们老是在他快要成功的时候拆他的台：先是不给他钱，现在是逼他躺在床上。再一个原因是他根本不能采纳任何新的意见了。我还没有说完，就被他拒绝了。他认为，他应该继续到贝图赫的菜园前去等着，但他自己又肯定不能天天到那里去了，所以就要我们用手推车把他推去。这回我没有让步，而且他也渐渐迁就了我的想法，他唯一不称心的是，办这件事他得完全依靠我，因为那时只有我见过那位信使，他自己并不认识他。由于这些跟班都很像，所以我也没有十足的把握，能再认出那个信使来。于是，我们就开始到贵宾饭店去，在跟班中间寻找。那个信使当时是索蒂尼的跟班，索蒂尼又没有再到村里来。不过这些老爷是常常更换跟班的，我们很可能会在另一位老爷的跟班中找到那个信使。即使找不到他，我们也许可以从其他跟班那里得到有关他的消息。为了这个目的，我们当然每天晚上都得待在贵宾饭店。那时我们在哪儿都不受欢迎，更不用说在这样的地方了，我们又不是作为花钱的客人去那儿的。不过我们发现，那儿还是用得着我们的。你大概知道，对弗丽达来说，这帮跟班简直是个祸害。其实他们多半原本都是安安静静的人，因为他们的差事太轻松，所以一个个变得娇生惯养、呆头呆脑的了。'祝你生活过得像跟班那样舒心'，这是官员们的一句祝词。从生活过得舒心来说，这些跟班实际上是城堡里的真正主人，他们也很欣赏这种生活。在城堡里他们的行动由于受到法规的限制，所以他们都很安静、庄重，别人已经多次向我证实了这一点。在这贵宾饭店里，在这些跟班中，也可以发现这种特征的一点迹象，不过仅仅是一点迹象。除此之外，由于城堡的法规并不完全适用于他们在村里的情况，因此他们好像整个变了样，变成了一帮言行粗野、恣意妄为的家伙，他们的行为不受法规的约束，而是被自己的本能欲望所驱使。他们简直无耻到了极点，不过他们只有奉命才可以离开贵宾饭店。这是村里的运气，可是在贵宾饭店里总得设法应付他们吧。弗丽达觉得这很难办，所以她很乐意用我去安抚这帮跟班，两年多来我每星期起码要同这帮跟班在马厩里消磨两个晚上。以前，父亲也跟我一起去贵宾饭店，夜里他就在酒吧间找个地方睡一睡，等着我一早去告诉他消息。可是消息很少，要找的那个信使，我们至今尚未找到。索蒂尼很器重他，他可能仍一直在给索蒂尼当跟班，索蒂尼隐退到更偏僻的办事处去的时候，那个信使大概也跟他去了。这些跟班多半同我们一样，也很久没有见他了，即使某人说这期间曾经见过他，那大概也是搞错了。这样，我的计划就失败了，但还没有完全失败。我们没有找到那个信使，而到贵宾饭店去并在那儿过夜，也许还有对我的同情——只要他还能够这样做——把父亲的健康全毁了，两年来他一直都处于你所看到的这种状况。而他的情况或许比母亲还好一些，她天天都可能离我们而去，多亏阿玛丽娅超常的看护，才使她的生命得到了延续。不过我在贵宾饭店却取得了一些成果，那就是同城堡有了一定的联系。要是我说，我对自己所做的一切并不感到后悔，请不要鄙视我。你一定会想，同城堡会有什么大不了的联系呢？这种想法是对的，跟城堡确实没有大不了的联系。我现在认识了许多跟班，这两年到村里来的那些老爷的跟班我差不多全都认识，要是什么时候允许我进城堡的话，我在那里就不会陌生了。当然，这些人只是在村里的时候才是跟班，在城堡里就大不一样了，在那里他们或许就谁也不认识了，尤其不会认识我这个在村里同他们有过交往的人——尽管他们在马厩里曾发过一百次誓，说他们很高兴在城堡里再见到我。再说，我也已经知道，他们的这类许诺是一文不值的。但是重要的不是这个。我不仅仅是通过跟班同城堡建立联系，我还希望，现在还抱着这样的希望：也许城堡里有人在观察我及我所做的事情——对数量众多的随从人员的管理当然是执政当局工作的一个重要且很烦人的组成部分——随后会对我格外开恩。他也许会看得出，我虽然那么可怜，可是我在为我全家奋斗，继续做着父亲为求得宽恕而进行的种种努力。要是他这样来看，那么他或许也就会原谅我收了跟班的钱，用这些钱来维持全家的生活。我还取得了一些别的成果，这一点恐怕你也会怪罪于我的。我从侍从那儿打听到了如何绕过困难的、往往需要好几年的正式录用程序而直接得到城堡差事的办法，这样，虽然你不是正式雇员，只是私下里得到半允许，既无权利也无义务，而最糟糕的是没有义务，但有一个好处，那就是你就在官员身边，你可以看准有利的机会，并加以利用。你虽然不是雇员，但碰巧也会遇上某项工作，比如说这时恰好某个雇员不在，听到一声招呼，你就赶快跑去，这样，一分钟以前你还不是雇员，现在却已经变成雇员了。当然，问题就在于什么时候能碰上这样的机会。有时候你刚进去，还没来得及四处看一看，机会就来了。但是新去的人，不是人人都那么沉着，一下子就会抓住这个机会的，而错过这次机会，你要再弄到一项工作又得等好几年，这时间比正式录用程序还要长，而且这种半正式的人员根本不可能再被录用为合法的正式雇员。所以，这方面的顾虑是很多的。不过正式录用要求极其严格，一个人要是家庭名声有什么不好的，那他一开始就会被刷掉。想到这些，走半正式人员那条路的种种顾虑也就算不得什么了。一个人想被正式录用，经过那么多手续，还得长年累月为最终结果而提心吊胆，从第一天起大家就会吃惊地问他，怎么敢去做那种没有希望的事，可是他却希望能够成功，要不他怎么能活下去呢。也许多年以后，也许到他成了白发老人的时候，他才知道，他被拒绝了，才知道他失去了一切，他虚度了此生。当然，这里也有例外，因此有的人就很容易受到诱惑。也会出现这样的情况：恰恰是有些名声不好的人反倒被录用了。有些官员完全一反他们的意愿，同那样的人趣味相投，在招考的时候这里嗅嗅、那里闻闻，撇着嘴巴，翻着眼睛，那样的人似乎特别对他们的胃口，他们得严格遵守法规条文，才能顶住这种人的诱惑。有时候参加考试的人并不能被录用，而是要经过无穷无尽的录用程序，只有到他一命呜呼以后才算完结。所以，无论是合法地求职，还是通过其他途径来求职，都会碰到或明或暗的重重困难。因此，一个人在决定求职之前，最好是把方方面面的情况仔细权衡一番。这一方面巴纳巴斯和我两个人可没少商量，我每次从贵宾饭店回家，我们就坐在一起，我把得到的最新情况告诉他，我们一商量就是好几天，这样巴纳巴斯手里的活也就搁得比平时所需要的时间长。照你看来，对这事也许我有一份责任。我也知道，跟班所讲的情况并不太可信。我也知道，他们从不乐意跟我讲城堡里的情况，一谈到城堡，他们就岔到别的话题上去，每一句话都得恳求老半天。当然，他们的话匣子一打开，就滔滔不绝，胡说八道，大吹大擂，一个比一个说得天花乱坠、信口雌黄。一个滔滔不绝，还没说完，另一个就大声嚷嚷插了进来，叽叽喳喳，没完没了。显然，在这个黑洞洞的马厩里，从他们的话里顶多能听出一点儿真情。但是，我可把所听到的一切都一丝不落、原原本本地讲给巴纳巴斯听了。他虽然还没有辨别真伪的本领，但是由于家庭的处境，他如饥似渴地想知道这些事情，把这一切都吞了进去，并且迫不及待地想了解更多的情况。事实上，我的新计划是落在巴纳巴斯身上的。从这些跟班那儿再也打听不到别的情况了。索蒂尼的信使找不到了，似乎永远都找不到了。索蒂尼以及他的信使似乎远远地隐退了，连他们的模样和名字也都被遗忘了。我往往要描述老半天，跟班们要搜肠刮肚才能记起他们来。除此以外，对于他们的情况，跟班们就一无所知了。至于我同跟班们的交往，别人是怎么看的，我当然无法施加影响，我只希望人家能据我所做的事情来加以判断，以此来稍稍减轻我家的罪行，可是我并没有得到这种公开的表示。但是我仍坚持这样做，因为除此之外，我没有别的办法来使城堡为我们家解决一些问题。不过在巴纳巴斯身上，我却看到了解决我们家问题的一种可能性。从跟班们所谈的情况中，我得出这么一个结论——如果我乐意得出这个结论的话，而我却一心希望是这样的：谁要是被录用在城堡里当差，那对他的家庭是大有好处的。可是，他们说的这些又有几分可信？这是无法确证的，可信的程度很小，这一点倒是清楚的。因为比方说，某个跟班，某个我再也不会见到的跟班，或者我即使再见到，也不会认出来的跟班，一本正经地答应帮我弟弟在城堡里弄份差事，或者巴纳巴斯要到城堡去的话，他至少可以支持他，比方说给他一些鼓励。因为据跟班们所说，那些求职的人因为等待时间过长而晕倒或精神错乱的事是常有的，如果没有朋友照顾，那就完了。他们告诉我诸如此类的事，或许是对我们的警告。这种警告不无道理，至于他们对我所许的诺言，那当然全是空的。巴纳巴斯可不这么认为，我虽然警告他，别相信他们，可我却把他们说的告诉他，这就充分说明，我要他接受我的计划。至于我自己所提出的种种考虑，对他并没有什么影响，对他起作用的，主要是那些跟班的话。这样，我便只好完全靠自己了。同父母，除了阿玛丽娅，谁也说不通，而我越是想用自己的方式来实现父亲原先的计划，阿玛丽娅就越不理我。在你和别人的面前，她还跟我说上几句，我们单独在一起的时候，她就再也不跟我说话了。在贵宾饭店那些跟班的眼里，我只是个玩物，他们发起火来可以把我捏个粉碎。在那两年时间里，我从未跟他们中的任何人说过一句知心话，他们同我说的尽是些阴险恶毒、欺骗狡诈或是愚蠢的废话，所以同我谈得来的就只有巴纳巴斯一个人了，而巴纳巴斯那时年纪还太小。我把听到的事情告诉他的时候，看到他眼里闪闪发亮，此后他的眼睛里一直保持着这种光亮。见到他那双闪光的眼睛，我吓了一跳，可是我并没有放弃，因为此事关系重大。当然，我没有像我父亲那样伟大却空洞的计划，也没有男子汉那种果断，我只坚持要弥补我们对那位信使的侮辱，甚至希望他们把我所做的这点不值一提的小事算作我的功劳。但凡是我未能做到的事，现在我要通过巴纳巴斯以另一种方式很有把握地来实现。我们侮辱了一位信使，并把他从第一线办事处里吓跑了，比较好的办法是，我们把巴纳巴斯送去当新的信使，由巴纳巴斯去干那个被侮辱的信使的工作，让原来那个信使安安静静地在远处待着，爱待多久就待多久。他要多长时间才能忘掉那次侮辱，就让他待多长时间。我清楚地发现，我的计划虽然微不足道，却显得傲慢，会给人一种印象：好像我们要对当局发号施令，插手他们的人事安排似的；或者我们在怀疑当局单独妥善安排这件事的能力；甚至我们会认为，在我们想到这里可能有些事情要做之前，早就已经安排好了。可是我又觉得，当局对我不致如此误解，如果真是那样的话，那么他们准是蓄意的，也就是说，对我所做的一切，他们未做进一步调查，就先加以摒弃了。因此，我绝不退让，而巴纳巴斯的虚荣心，也使得他不愿就此罢休。在这段准备时间里，巴纳巴斯变得目空一切，居然觉得鞋匠的活计对他这个未来的办事处职员来说实在太脏了。阿玛丽娅虽然很少同他说话，但他敢顶撞她，把她的意见一一加以反驳。我容他享受一下这短暂的欢乐，因为只要他第一天进入城堡，欢乐和傲气就会消失，这是不难预料的。于是他开始了这份表面上的差事，这我已对你说过。令人奇怪的是，巴纳巴斯第一次没费多少周折就进了城堡，确切地说，进了那个可以说成了他的工作室的办事处。他的成功当时真把我乐坏了，他晚上回家悄悄把经过告诉了我，我就马上跑到阿玛丽娅那儿，抓着她，把她摁在一个角落里，给了她一阵狂吻，吻得她又痛又怕，哭了起来。我激动得话都说不出，反正我们已经很久没有说话了，我就想干脆过两天再告诉她。可是过了几天，就再也没有可说的了。

一下子取得成功以后也就那么回事。这两年里巴纳巴斯一直过着这种单调而揪心的生活。那些跟班一点忙也不帮，我写了封短信给巴纳巴斯带着，请跟班们对他多加关照，同时提醒他们对我的承诺。巴纳巴斯一见到跟班，就把信拿出来让他们看，尽管他有时碰到的跟班根本不认识我。即使那些认识我的跟班，也对巴纳巴斯一声不吭地让他们看信的那种态度很生气。因为巴纳巴斯在城堡里是不敢说话的，所以谁也不帮他的忙，这使他大为丢脸。后来有个跟班，也许是巴纳巴斯好几次硬让他看了这封信，所以就把信揉成一团，扔进了纸篓。这倒是一个解决办法，其实我们自己早就可以这样做了。我觉得，这位跟班仿佛在说：'你们自己也常常是以这种态度对待信件的。'尽管这段时间里毫无成效，但对巴纳巴斯却起了好的作用。说是起了好的作用，那是说他提前变得老成持重了，提前成了一个男子汉，在有些方面甚至比大人更严肃、更明智。我看着他，想到他两年以前还是个孩子，心里常常感到非常难过。作为男子汉，他也许可以给我一些安慰和支持，可是我却没有得到。没有我，他几乎进不了城堡，但是他进入城堡以后，就不再依靠我了。我是他唯一的知己，可是他却只告诉我一星半点心里话。他对我讲了许多城堡里的事，但是从他所讲的事情中，从他所谈的那些细枝末节中，你根本不会理解，他怎么会变成现在这个样子的。我特别不能理解的是，为什么他少年时代所具有的那种令我们为之担忧的胆量，现在却消失殆尽了呢。当然，日复一日、没完没了地白白地在那里站着、等着，看不到一星半点改变的希望，消磨了他的意志，最后弄得他什么都干不了，只会绝望地在那儿站着。那么，早先他为什么不做反抗呢？特别是他不久就认识到，我的看法是对的，在那里实现不了他的虚荣心，可是对于改善我们家的处境也许有些好处。因为在那里，且不说侍从们的脾气，一切都进行得井井有条，虚荣心只有在工作中去寻求满足，而工作本身又是压倒一切的，所以虚荣心也就消失殆尽了，那些幼稚的愿望在那里根本没有存在的余地。根据巴纳巴斯对我说的情况来看，他大概认为，就连那些是真是假还有待确认的官员，允许进其屋子的那些官员的权势和学问也都非常之大。他们非常迅速地口授指示，半闭着眼睛，做着简短的手势。对于那些嘟嘟囔囔的侍从，他们只要伸出一个指头，不用说一句话，就把他们制服了，这时侍从们吓得气都不敢喘，还喜滋滋地满脸堆笑。或者一个官员在书里发现一处重要的地方，就往书上一拍，这时其他的官员也纷纷跑过来，只要这狭小的地方挤得下，便都伸长脖子去看。诸如此类的事情使巴纳巴斯觉得这些人物真是了不起，他觉得，要是他能引起他们的注意，进而不是以陌生人的身份，而是以办事处同事的身份，同他们谈上几句——当然是做出一副低三下四的样子，那么这对我们家将会具有不可估量的意义。可是他还未能做到这一点，他也没有胆量去做可以使他接近这个目标的事。他心里十分清楚，虽然他年纪尚小，但家里遭受的种种不幸已经把他推上了肩负重大责任的家长的地位。还有最后一件事我得坦白：你是一星期前来的。我在贵宾饭店听人提起过这件事，但是我并没有在意，来了一位土地测量员，我连土地测量员是干什么的都不知道。平常我总是在固定的时间到路上去接巴纳巴斯回家的，可是第二天他却比平时早回家。他见阿玛丽娅在屋里，就把我拉到街上，并把头伏在我肩上，哭了好一阵子。他又变成了以前那副孩子样。他准是碰上了什么他胜任不了的事。仿佛突然之间在他面前展现了一个新的世界，他简直承受不了这个新的情况给他带来的喜悦和忧虑。其实他碰到的并不是什么别的事，只不过是他们叫他送一封信给你。但这却是他所接受的第一件工作。”

说到这里，奥尔珈停住了。周围非常之静，只有两位老人沉重的、有些呼噜呼噜的呼吸声。像是对奥尔珈刚才所讲的进行补充，K 漫不经心地说道：“你们在愚弄我。巴纳巴斯给我送那封信的时候，完全像个干练的老信使，而你同阿玛丽娅一样——她准同你们统一了口径——你们却做出一副样子，似乎信使的差事和这些信件都只是些无关紧要的小事。”“你得把我们区分开来。”奥尔珈说，“巴纳巴斯送了这两封信后确实又变成了一个快乐的孩子，尽管他对自己能否胜任这个工作有着种种怀疑。他的这些怀疑只有他自己和我知道，但是在你面前他却要在工作中寻找自己的荣誉，表现得像一个真正的信使，他想象中的真正的信使。举个例子来说，虽然他现在一心希望得到一套公服，但是我却不得不在两小时内把他的裤子改成像公服那样的紧身裤，他穿着这条裤子在你面前一站，你当然就更以为他是一位老练的信使了。这是巴纳巴斯。阿玛丽娅呢，她真是瞧不起信使的差事，现在她在巴纳巴斯和我身上，以及从我们坐在一起窃窃私语的样子中，很容易看出巴纳巴斯好像取得了一些成功，因而她比以前更加瞧不起这种差事了。所以她说的是真话，你对我们说的心存怀疑，她是让你不要受骗。至于我，K，如果我有时贬低信使的差事，那倒并不是存心欺骗你，而是因为我害怕。巴纳巴斯经手的这两封信是三年来对我们家给予宽宥的第一个标志，当然这个宽宥还得打上个问号。这个变化——如果这是一个变化，而不是骗局的话，因为骗局比变化更多——是跟你的到来联系在一起的，我们的命运在某种程度上要取决于你。也许这两封信只是个开始，巴纳巴斯的工作将超出与你有关的信使的差事，而扩展到其他方面——只要我们有这种希望，我们就要一直抱住不放，可是眼下一切仅仅落在了你身上。在上面城堡里，我们得对分配给我们的工作表示满意，但是在这村子里，我们自己也许可以做点事，那就是要让你对我们产生好感，或者至少不让你讨厌我们，最重要的是尽我们的力量和经验来保护你，不使你同城堡的联系中断，我们自己也许可以靠这种联系活下去。如何更好地去实现这个目标呢？那就要在我们接近你的时候，你别对我们产生怀疑，因为你是外来的，对各方面都满腹狐疑，而这种怀疑是有道理的。此外，大家都看不起我们。你一定会受到舆论的影响，特别是受你未婚妻的影响。那么，我们如何既同你接近，又不致得罪你的未婚妻——尽管我们并不想存心得罪她——而使你受委屈呢？那两封信，你收到以前我已经仔细看过，巴纳巴斯自己没有看，信使是不允许看自己传递的信件的。乍一看，这两封信并不重要，而且时间已经过了很久，但是就信里要你去找村长这一点来说，这两封信又具有极为重要的意义。在这种情况下我们如何对待你呢？强调这两封信的重要性吧，我们就会受到怀疑，他们认为我们显然是夸大了没有多大价值的事情的重要性，认为我们是作为信件的传递人在向你吹嘘，我们这样做不是为你着想，而是为了追求我们自己的目的，这样一来我们就会贬低这些信息的价值，从而使你产生错误的印象，这是与我们的本意相悖的。说这两封信没有多大意义吧，我们同样会受到怀疑，因为既然这些信件无足轻重，我们干吗要给你送来？为什么我们的言行自相矛盾？为什么我们不仅仅在欺骗你这个收信人，而且也在欺骗发信人？他把这些信件交给我们，并不是要我们去向收信人说明这些信是没有价值的。在两种夸张之间持中立态度，就是说对信件做出正确估计，这也是不可能的，因为信件本身在不断改变其价值，这些信件所引起的思考是没有穷尽的，从信里考虑到什么问题，这仅仅是偶然的，所以得出的看法也纯属偶然。倘若这中间还掺杂着对你的害怕，那么一切就都乱了套，你对我的话不必看得太认真。比如说，曾经发生过这么一件事：有次巴纳巴斯告诉我，你对他的工作不满意，起初他吓坏了，他也有着信使的敏感，便贸然提出了辞职。为了弥补这个过失，于是我就弄虚作假，撒谎、欺骗。只要对我们有利，我什么坏事都干。但是这一切我都是为了你，也是为了我们自己才做的，至少当时我是这样想的。”

有人在敲门。奥尔伽跑去开了门。从遮光灯里透出的一道灯光照进了黑暗的屋子里。这位夜间来客悄悄提出几个问题，奥尔伽也悄悄给予了回答，但是他并不肯就此罢休，还想闯进屋里来。奥尔伽大概挡不住了，所以便喊阿玛丽娅，显然希望阿玛丽娅竭尽全力将这位不速之客拒于门外，以免惊醒父母。阿玛丽娅果然跑了过来，推开奥尔珈，并走到街上，反手关上了大门。这一切只有一会儿时间，她立刻又回来了。奥尔珈办不到的事，她转瞬间就办妥了。

接着 K 听奥尔珈说，刚才那个人是来找他的。那是 K 的一个助手，是弗丽达让他来找 K 的。奥尔珈的意思是不让那个助手见到 K，事后 K 要是愿意向弗丽达承认到这里来串门的事，他可以去说，但绝对不能让助手发现。K 对奥尔珈的想法表示同意。奥尔珈又提出，让 K 在这儿过夜，等巴纳巴斯回来，但是 K 拒绝了这个建议。就他自己来说，他也许会接受这个建议的，因为夜已经很深了。他觉得，无论自己愿不愿意，现在他已经同这家人拴在一起了，出于其他原因，考虑到同这家人拴在了一起的关系，在这里过夜又使他感到难堪。尽管这里是村子里最合适的地方，他还是拒绝了。刚才助手来找他，使他大吃一惊，他感到不解的是，弗丽达是知道他的意图的，两个助手也已经怕了他了，他们怎么还会串通一气，弗丽达居然敢派一个助手，仅仅派一个助手来找他，而把另一个留在身边。他问奥尔珈有没有鞭子，她说鞭子没有，倒是有根很好的柳条。K 拿起柳条，又问屋里还有没有门可以出去。奥尔珈说，穿过院子还有个门可以出去，不过得翻过隔壁花园的篱笆，再穿过花园，才能到街上。K 愿意从这条路出去。奥尔珈领着 K 穿过院子来到篱笆跟前，K 发现她心里在犯愁，便马上安慰她，并告诉她，对她讲的这些小花招他一点也不生气，他很理解她，还感谢她对他的信任，感谢她讲了那么多推心置腹的话，并嘱咐她，等巴纳巴斯一回来，即使是夜里，也要叫他马上到学校去。如果巴纳巴斯带来的信息并不是他希望听到的，那他的情况就很不妙了，不过他绝不想放弃这些信息，他要紧紧把握这些信息。他也不会忘记奥尔珈，因为他觉得，奥尔珈这个人，她的勇敢、谨慎、智慧，她为全家所做的牺牲比那些信息更为重要。如果要他在奥尔珈和阿玛丽娅之间做出抉择的话，那他无须多加考虑就可以做出抉择。他亲切地握了握她的手，就跳上了隔壁花园的篱笆墙。

第十六章

K来到街上，在黑夜中隐约看到那个助手还一直在巴纳巴斯家门口走来走去，有时停住脚步，想从拉上窗帘的窗户朝屋里看个究竟。K朝他喊了一声，他并没有露出吃惊的样子，但也不再窥视屋里的动静了，便朝K走来。“你找谁？”K问道，同时在自己腿上试了试柳条的韧度。“找你。”助手边走边说。“你究竟是谁？”K突然问道，因为此人似乎并不是他的助手。他看起来年纪要大一些，疲惫些，脸上的皱纹要多些，却丰满些。他的步履也不一样，助手的步子矫健、轻快，关节里像通了电似的，而此人走起路来很慢，有点跛，有点病态。“你不认识我？”那人问。“我是耶雷米阿斯，你的老助手。”“噢，”K一边说，一边把藏在背后的柳条又稍稍抽出一点来，“可是你的样子完全变了。”“那是我一个人的缘故，”耶雷米阿斯说，“我单独一个人的时候，快乐的青春也就消失了。”“那么阿图尔在哪儿？”K问道。“阿图尔？”耶雷米阿斯反问道，“那个小宝贝？他不干了。你对我们太粗暴和严厉。他那么个温柔的人是受不了的。他回城堡告你去了。”“那么你呢？”K问道。“我可以留下来，”耶雷米阿斯说，“阿图尔也在为我告状呢。”“你们告什么呢？”K问。“告你不懂得开玩笑。”耶雷米阿斯说，“我们干了些什么？只不过开了点玩笑，哈哈笑了笑，同你的未婚妻打趣而已。其余的一切都是按照我们的任务去做的。加拉特派我们到你这儿来的时候……”“加拉特？”K问道。“对，是加拉特，”耶雷米阿斯说，“那时他恰好代理克拉姆的职务。他派我们到你这儿来的时候——他的话我记得一清二楚，因为我们是照他的话行事的——说：‘把你们派去当土地测量员的助手。’我们说：‘我们对土地测量工作可一窍不通啊。’他接着说：‘这并不重要，如果需要，他会教你们的。重要的是，你们要让他高兴一点。我得到的报告说，他对什么事都很认真。他现在已经到了村里，他马上会觉得这是件大事，实际上这根本算不了什么事。这一点你们要让他明白。’”“这么说，”K说，“加拉特说对了？你们执行了他的任务？”“这我不知道，”耶雷米阿斯说，“在那么短的时间里也是不可能的。我只知道，你很粗暴，这一点我们很有意见。我不懂，你不过是个职员，而且还不是城堡职员，居然看不出这种工作是非常艰苦的。像你这样肆意地、几乎是幼稚地加重工人的劳动是毫无道理的。你肆无忌惮地让我们在栏杆上挨冻。像阿图尔这么个挨了句骂就会痛苦好几天的人，你几乎一拳把他打死在垫子上。再说对我吧，你赶着我在雪地里乱跑，后来我用了一个小时才恢复过来。我的年纪可不小了！”“亲爱的耶雷米阿斯，”K说，“你说的这些全对，只不过你要去说给加拉特听，是他自作主张把你们派来的，我并没有求他派你们来。我没有要求你们来，也可以重新把你们送回去，这事最好和平地解决，不要用暴力，可是不用暴力你们显然不肯走。再说，你们到我这里来的时候，为什么不立即就像现在这样开诚布公地告诉我呢？”“因为那时我有公干，”耶雷米阿斯说，“这是不言而喻的。”“你现在不再有公干了？”K问道。“现在不再有公干了，”耶雷米阿斯说，“阿图尔已向城堡提出辞职了，至少已经在办理使我们彻底摆脱这件差事的手续了。”“可是你还像在当差似的在找我呀。”K说。“不是，”耶雷米阿斯说，“我只是为了让弗丽达放心才来找你的。你为了巴纳巴斯家的姑娘抛弃了她，她伤心透了，这倒并不是因为失去了你，主要是因为你忘恩负义。当然，这事她早就看出来了，所以非常痛苦。我刚才又到学校去了，在窗户上张望了一阵，想看看你是不是理智一些了。但是你没在那儿，只有弗丽达一个人坐在凳子上哭。于是我就走到她身边，我们已经商量好了，我在贵宾饭店当了客房招待，至少在城堡里解决我的事情以前先在那儿干着，弗丽达则又到酒吧工作去了。这对弗丽达来说就好多了。她准备嫁给你，在这件事上她是缺少理智的。她愿意为你做出牺牲，可是你并不懂得珍惜。这位善良的姑娘有时候还在想，是不是错怪了你，你也许并没在巴纳巴斯家的姑娘那儿。虽然你在什么地方，这没有疑问，但我还是来了，好一下子把事情弄个水落石出，因为经过这一阵烦恼，生了那么多的气，总该让弗丽达安安静静地睡一觉了，我当然也该好好睡一觉啦。这么着我就来了，不仅找到了你，还顺带看到这两位姑娘跟你形影不离，尤其是那位黑姑娘，真是只野猫，在拼命维护你。是啊，各有所好嘛。总之，你无论如何没有必要绕个大弯，从隔壁的花园里出来，我知道那条路。”

现在，这事终于发生了，虽然预见到了，但未能加以防止。弗丽达离开了他，这事大概还有挽回的余地，情况还不至于这么糟吧。弗丽达是可以重新争取过来的，她很容易受外人的影响，连这两个自认为弗丽达的地位同他们差不多的助手都能影响她，现在他们辞职不干了，这就促使她离开了他。K 大概只要走到她面前，让她记起过去对他说的话，她就会后悔，就会重新成为他的人。要是他能以某个由于这两位姑娘的缘故才取得的成果来为他到她们家去串门而辩解，那就更有把握了。尽管他想以这种种考虑来宽慰自己，不要为弗丽达的事担心，但他还是不放心。刚才他还对奥尔珈称赞过弗丽达，说弗丽达是他唯一的支撑，现在这个支撑并不坚固。要把弗丽达从 K 的身边抢走，根本不用某个有权势的人插手，单是这个令人厌恶的助手，这个有时给人的印象似乎不是活人的无赖，就够了。

耶雷米阿斯准备走了，K 又把他叫了回来。“耶雷米阿斯，”K 说，“我想坦率地跟你谈一谈，你也老老实实地回答我一个问题。我们现在已不再是主仆关系了，对此，不仅是你，而且我也感到高兴，那么我们就没有理由互相欺骗了。现在我当着你的面把这根柳条折断。这根柳条本来是用来对付你的，我选择从花园里的路出来并不是怕你，而是想吓你一下，用柳条在你身上抽上几下。请你不要生气，一切都过去了。过去你要不是官方强加给我的仆人，而是一个一般的熟人，那我们一定会相处得很好的，尽管有时候我对你的那副模样感到不那么舒服。我们之间过去失去的友好关系，现在还可以加以弥补。”“你以为能做到吗？”助手打着哈欠，边说边闭上倦怠的眼睛，“我可以向你详细解释一下。可是我没有时间，我得到弗丽达那儿去，小宝贝正等着我呢。她还没有开始工作，在我的劝说下，老板还给了她一个短期休息时间——她自己也许想马上投入工作，以忘记过去的事情——这段时间我们至少可以待在一起。至于说你的建议，我也没有必要欺骗你，也没有什么事情要向你吐露。我的情况跟你不同。过去我们是主仆关系，对我来说你当然是个极为重要的人物，这倒并不是因为你有什么长处，而是因为职务关系，我应该为你做你要求的任何事情，可是你现在对我来说已经无足轻重了。你把柳条折断了我也不会感动，这只能让我想起我曾经有过一个粗暴的主人，它并不会使我对你产生好感。”“你以这种态度同我说话，”K说，“好像你已经蛮有把握，永远不会怕我了。可是事情并不是这样。你现在大概还没有解除给我当差的任务，这里办事不会那么快的。”“有时还更快呢。”耶雷米阿斯插了一句。“有时是这样，”K说，“但这并不说明这次就是这样，至少你和我都没有拿到书面材料。手续才刚刚开始办，我还没有通过我的关系来进行干涉呢，但是我会采取措施的。倘若事情的结果对你不利，那么你就会发现，你并没有事先做好工作，使主人对你产生好感，甚至把柳条折断也许还是多余的呢。你不要以为拐走了弗丽达就可以趾高气扬了。尽管对你这个人我是尊重的，即使你已经不再尊重我了，但是我只要对弗丽达说上几句话，就足以揭穿你用来蒙骗她的谎言了。这一点我是清楚的。你是靠谎言离间弗丽达同我的关系的。”“这些恐吓吓不倒我。”耶雷米阿斯说，“你根本不想要我当你的助手，你很怕我这个助手，你压根儿就怕助手，只是出于害怕才把善良的阿图尔打了一顿。”“也许是吧，”K 说，“难道因此就不怎么痛了？也许我要更多地用这种方式表示我对你的恐惧呢。倘若我看到你不乐意干助手的工作，我就偏要你干，这倒可以使我克服恐惧，得到无穷的乐趣。这回我倒打算不留阿图尔，只要你一个，这样我就可以对你多加留神了。”“你以为，”耶雷米阿斯说，“我对这一套还会有一丝害怕吗？”“我相信，你肯定有点怕，”K 说，“要是你聪明的话，你会感到更怕。要不然你为什么不到弗丽达身边去？你说，你真的爱她吗？”“爱她？”耶雷米阿斯说，“她是个聪明的好姑娘，曾经是克拉姆的情妇，总之是值得尊敬的。她不断恳求我，把她从你手里解脱出来，我为什么不该帮她的忙呢？尤其是我这样又不会给你造成痛苦，你已经在巴纳巴斯家的两个该死的妞儿那儿得到了安慰。”“现在我看出了你的害怕，一种可怜兮兮的害怕，”K 说，“你在想方设法用谎话来蒙骗我。弗丽达求的只有一件事，那就是让她摆脱你们这两个野狗似的助手，可惜以前我没有时间来完全满足她的要求，我这一耽误，现在后果就显出来了。”

“土地测量员先生，土地测量员先生！”有人在小巷里喊。那是巴纳巴斯，他上气不接下气地跑来了，可并没有忘记向 K 鞠躬。“我办成了。”他说。“什么办成了？”K 问道，“你把我的请求交给了克拉姆?”“这倒没有,”巴纳巴斯说,“我虽然多方努力,但是还不行。我一直挤到前面,站了一整天也没人理睬我。我站的地方离办公桌很近,以至于有一回文书把我推开了,因为我挡住了他的光线。克拉姆一抬头,我就举手向他报到——这种做法是被禁止的。我在办事处待的时间最长,后来那里只剩下我一个人和侍从,我再次有幸看到克拉姆又回来了,但是他回来可不是因为我,而只是在书里匆匆查了点什么东西马上就走了。我还一直一动不动地站在那里,后来一个侍从几乎要用扫帚把将我赶出门去了。我说这些,以免你对我做的事情又不满意。”“巴纳巴斯,你这么辛辛苦苦又没有一点成效,”K 说,“对我有什么用呢?”“是有成效的。”巴纳巴斯说,“我从我的办事处出来的时候——我管它叫我的办事处——看见一位老爷正从很深的走廊里朝我慢慢走来。这时已经很晚了,走廊里已经空了。我便决定等着他,这是一个继续待在那儿的好机会。我真想一直待在那儿,免得把坏消息带给你。再说,等着这位老爷也是值得的,他就是艾朗格[1]。你不认识他?他是克拉姆的一等秘书之一。这位老爷身体虚弱,个子矮小,走路有点跛。他一眼就认出我来了,他是以记性好、会认人而出名的。任何人,他只要眉毛一皱就认出来了,往往连那些他从未见过、只听到过或在什么地方读到过的人他也能认出来。比如说我吧,他恐怕从来就没有见过。虽然他一眼就能认出任何一个人来,但他总是先问你,好像没有把握似

1 原文为 Erlanger,在德语中与 erlangen(达到,获得)相近。

的。‘你不是巴纳巴斯吗？’他对我说。接着他便问：‘你认识土地测量员，不是吗？’然后他又说：‘你赶巧了，我现在正要坐车到贵宾饭店去。他们是让土地测量员在那儿见我的。我住在 15 号房间。现在他大概马上就到了。在那儿只有几个人来找我谈，明天早晨五点钟我就起来。你告诉他，这次同他谈话，我是很重视的。’”

耶雷米阿斯突然拔腿就跑。巴纳巴斯由于情绪激动，几乎一直没有注意他，这时才问道：“耶雷米阿斯要干吗？”“他想抢在我前面去见艾朗格。”K 说着便去追耶雷米阿斯。追上以后，K 便抓住他的肩膀说：“你是不是突然想弗丽达了？我也很想她，那我们就一起走吧。”

第十七章

在黑乎乎的贵宾饭店前面，有一群人站着，两三个人手里提着灯，所以可以看出有些人的脸。K只发现一个熟人：马车夫格斯泰克。格斯泰克向他打了招呼，并问道：“你还一直在村里啊？”“是啊，”K说，“我来这儿是要长期待下去的。”“这不关我的事。”格斯泰克说，他剧烈地咳了一阵之后就转身去同别人说话了。

原来这些人都在等艾朗格。艾朗格已经来了，但是他在接见这些申诉人以前还在同莫摩斯磋商。大家谈的都是关于不让他们到屋里去等，非得要他们站在外面的雪地里等这件事。天气虽不是很冷，但是让大家深夜里在饭店门口等上几个小时，这也太不像话了。这当然不是艾朗格的过错，他是很随和的。这事他不知道，要是向他报告了，他肯定会很生气的。这事是饭店老板娘的过错，她讲究风雅都到了病态的程度，受不了许多人一下子进入饭店。“如果没有别的办法，他们非进来不可，”她常常这么说，“那么老天保佑，只能一个跟一个地进来。”她还规定，进去的人先在走廊里等，后来的就在楼梯上等，然后在前厅里等，再然后在酒吧里等，末了就被推到街上去了。即使这样，她还不罢休，用她的话来说，就是她无法忍受常常“被包围”在自己的饭店里。她闹不明白，那些人等在那儿干什么。有一次，一位官员在回答她的这个问题时说：“为了踩脏饭店门口的台阶。”这位官员说的可能是气话，可是她却觉得这话很说明问题，于是便常常把它挂在嘴上。她竭力主张在贵宾饭店对面盖一座楼，来申诉的人可以在那里等候，这一点倒是同大伙儿的心愿不谋而合。对她来说，要是同申诉人谈话以及对他们的询查都在贵宾饭店之外进行，那是最好不过的，但是这个主张遭到了官员们的反对。官员们严肃地一反对，老板娘就碰了钉子，可是在一些次要问题上，由于她会磨，加上又会施展女性温柔的手腕，倒是可以颐指气使的。末了老板娘也不得不让谈话和询查继续在贵宾饭店进行，因为城堡来的老爷们到村里来办理公务是不肯离开贵宾饭店的。老爷们总是来去匆匆，他们极不愿意到村里来，除非迫不得已。他们没有一点兴趣在这里多做逗留，所以他们不同意只考虑贵宾饭店的清静而带着他们的文件临时搬到另一所房子里去，白白浪费时间。官员们最喜欢在酒吧或他们的房间里处理公务，只要有可能，就在进餐的时候，或是在床上处理——入睡前或者早上过于疲倦、懒得起床、还想再躺一会儿的时候处理。至于再造一幢候见楼，看起来似乎可以使问题得到很好的解决，但是对于老板娘来说可是一个沉重的打击，因为有了候见楼，就必须进行无数次接见，这样一来，贵宾饭店的过道里熙熙攘攘，就不会有清闲的时候了，所以对于盖个候见楼的想法，大家觉得未免太好笑了。

等候的人低声谈论着诸如此类的问题，K注意到，虽然大家颇为不满，但谁也不反对艾朗格在深夜接见他们。他就此事询问他们，得到的回答是，他们为此很感激，因为艾朗格到村里来这件事本身就纯粹是他的好意，是他对自己职务的高度负责。只要他愿意，他完全可以派个下级秘书来，然后让他写一份汇报，而且这样做，也许更符合规章制度。但是他往往不这么做，而是要亲自来看一看，听一听，为此他就得牺牲许多晚上的时间，因为他的办公计划中并没有安排来村里的时间。K却不同意这种说法，他说克拉姆白天也来村里，而且在这里一住就是好几天。艾朗格不过是个秘书，难道上面城堡里离不开他？听了K的话，有几个人善意地笑了，其他的人则感到愕然，都一声不吭，而且默不作声的人占绝大多数，所以谁也没有回答K的问题。只有一个人犹犹豫豫地说，城堡里和村里都离不开的当然是克拉姆啰。

这时饭店的大门打开了，莫摩斯出现在两个提着灯的侍从中间。“先进去见秘书艾朗格先生的是：格斯泰克和K。”他说，“这两个人在这儿吗？”他们两个人都答应了，可是他们还没有进去，耶雷米阿斯说了句“我是这里客房部的招待”，莫摩斯笑嘻嘻地在他肩上拍了一下，耶雷米阿斯就溜进饭店去了。K暗自对自己说，可得多提防着点耶雷米阿斯。他心里明白，比起那个到城堡里去告他的阿图尔来，耶雷米阿斯可能更不好对付。他觉得，更聪明的做法也许还是让他们当助手，虽然要受他们的折磨，但总比现在这样让他们自由自在地到处乱闯、大要阴谋诡计要好，看来这两个家伙对于耍阴谋倒是具有一种特殊天赋。

K从莫摩斯身边走过去的时候，莫摩斯做出一副现在才知道他是土地测量员的样子。“噢，土地测量员先生，”他说，“原先那么不愿意被审查，现在却要抢着接受审查了。当时要是让我审查了，这倒省事了。当然，要挑选出合适的人来审查是很难的。”K听了他的话，便想停下来，但莫摩斯说：“您走吧！走吧！那会儿我需要您的回答，但现在不需要了。”K对莫摩斯的态度感到恼怒，所以说：“你们想的只是你们自己。单单是为了例行公事，我是不会回答的，那时不会，今天也不会。”莫摩斯说：“那我们该想着谁？这里还有谁呢？您走吧！”在前厅里，一名侍从接待了他们，领着他们走上那条K已经认识的路，穿过院子，进了一扇门，然后进入一条低矮的、有点往下倾斜的过道。上面几层显然是高级官员住的，秘书们就住在过道两边的房间里，艾朗格在秘书中的地位虽然比较高，但也住在这里。侍从吹灭了手里的灯，因为这里的电灯照得通明。这里的一切都显得小巧玲珑，空间得到了充分利用。过道的高度刚好够一个人立着身子走路。两边的房门几乎一扇挨着一扇。过道两边的墙并没有砌到顶，也许这是考虑到通风的缘故，因为在这条深深的、地窖似的过道里，那些小房间里大概都没有窗户。两边的墙没有砌到顶封闭起来，其缺点是过道里声音比较嘈杂，房间里也必然是这样。许多房间好像都住了人，多数房间里的人还没有睡，听得见有人在说话，有人在锤东西，有人在碰杯，可是给人的印象却不是特别欢快。说话的声音很低沉，几乎一句话都听不清楚，也不像是在谈话，也许只是有人在口授或者念什么东西，恰恰是那些传出杯碟声来的房间里听不到一句话，而锤击声又使K想起，不知什么时候有人对他说起过，有些官员因为连续用脑过度，偶尔也做做木工、精密机械之类的活，以消除疲劳。过道里没有人，只有一个脸色苍白、又瘦又高的老爷坐在一个房间的门前，他穿了件裘皮大衣，露出一点里面的睡衣。可能是他觉得房间里太闷，所以就到外面来坐着，看看报，但并不专心，常常放下报纸来打哈欠，朝前俯着身子，望着过道。也许他在等一个约来谈话的人，而这人还没有到。当K和格斯泰克从他身边走过的时候，侍从对格斯泰克说："这是普林茨高尔！"格斯泰克点点头。"他已经很久没有下到村里来了，"他说，"也不算太久。"侍从证实了格斯泰克的话。

后来他们到了一间屋子的门前，这扇门同其他房门也没有什么不同，但是侍从告诉他们，里面住的是艾朗格。侍从让K把他举到肩膀上，他从门上的缝隙里朝里面张望了一阵。"他躺在床上了，"侍从从K肩膀上下来时说，"但还穿着衣服，我想他刚睡着。到了村里，因为生活方式改变了，有时他就会觉得疲惫不堪。我们只好等着。他一醒就会摇铃的。当然也有过这样的情况，他在村里逗留期间，完全睡着了，等他醒来又立即要赶回城堡去了。反正这里的工作他是自愿来做的。""要是他现在一直睡下去，倒还好些，"格斯泰克说，"因为要是他醒了以后还有一点工作时间，那他一定不满意自己睡过了头，就想匆匆忙忙把事情处理完，我们就不能充分表达自己的意见了。""您不是为了盖房子需用材料的承包任务而来的吗？”侍从问道。格斯泰克点点头，并把侍从拉到一边，低声向他说着什么，但是侍从根本没有听，目光越过高出他一头的格斯泰克望着别处，一本正经地慢慢理着自己的头发。

第十八章

正当K漫无目的地东张西望的时候，他在过道远处拐角的地方看到了弗丽达，她装出好像不认识他的样子，只是呆呆地望着他，手里端着装着空碗碟的盘子。他对侍从说，他马上就回来，说着便朝弗丽达跑去。侍从呢，他压根儿就没注意K——K越是同他说话，他越是显出心不在焉的样子。到了她跟前，K紧紧抓住她的肩膀，简直就像又从她那里夺回了自己的财富似的。他一面向她提出一些无关紧要的问题，一面打量着她的眼睛。可是她丝毫没有改变僵硬的态度，并且心不在焉地把盘子里的几只碗碟重新摆好，然后说："你想从我这里得到什么？到那两个……那里去吧，反正你知道她们的名字。你是刚从她们那儿来，这我看得出。"K立即转变话题。绝不能突然就来为自己辩解，不能一开始就谈这个对他不利的棘手问题。"我以为你在酒吧里呢。"他说。弗丽达惊奇地望着他，并用那只空着的手温柔地摸摸他的额头和脸颊，仿佛她已经忘记了他的模样，想重新记起来似的，她的眼睛里也显出在竭力回忆的迷惘的神色。"又让我到酒吧去工作了，”随后她慢慢地说，仿佛她说的是无关紧要的事，但是这表明她还有话要同K说，而这才是更重要的，“这不是我的工作，谁都能干。每个姑娘，只要会铺床叠被，会做出一副笑脸，不在乎客人动手动脚，甚至还去挑逗他们，她就可以当客房侍女。但是在酒吧工作，那就完全不同了。虽然我离开酒吧的时候不是很光彩，但是我现在又马上被安排到酒吧去了，当然有人帮我说了话。有人替我说话，老板倒很高兴，因为这样他再接受我就很容易了。他们甚至还催我接受这个职位呢。你要是想到，酒吧间会使我想起什么来，那你就了解了。最后我就接受了这个职位。我只是来这里帮忙的。佩琵恳求我们不要马上让她离开酒吧，这样她就不会太丢脸，因为她确实干得很卖力，尽其所能地把一切都干得不错，所以我们就给了她二十四小时的期限。”“一切都安排得很好，”K说，“只不过你当时是因为我而离开酒吧的，现在我们快要结婚了，你还回到酒吧去？”“不会结婚了。”弗丽达说。“是因为我对你不忠实？”K问道。弗丽达点点头。“你看，弗丽达，”K说，“关于这个所谓的不忠实问题我们已经谈过多次了，每次末了你都不得不承认，你的怀疑是毫无道理的。打那以后，我这方面没有任何变化，我做的任何事情都是清清白白的，和过去一样，将来也不会改变。不过你这方面倒是有些变了，定是受了别人的挑唆或是别的什么。总之，你冤枉了我。你听一听，我同那两位姑娘是个什么关系。那位皮肤较黑的姑娘，我可能比你更厌烦她——那么具体地为自己辩解，我都感到不好意思，但是你却逼我这么做。只要能离她远点，我就离她远远的。

她倒并不在意，她比谁都稳重。”“是啊。”弗丽达说道，这句话仿佛是违心地说的。K看到把话题岔开了，心里感到很高兴，但是她却把话都倒了出来：“你也许认为她稳重，你说这个天下最不要脸的人很稳重，真是难以置信，但是你说出了心里话，没有装模作样，这我知道。桥头客店的老板娘是这样说你的：‘他真让人无法忍受，但我又不能抛开他不管。我们看到一个小孩，路还不大会走就想跑得老远时，也不会听之任之的，我们得插手管一管。’”“这回你就接受她的教诲吧，”K笑着说，“但是那位姑娘，管她是稳重还是不要脸，我们把她搁在一边吧，我可不愿谈她。”“但是你为什么说她很稳重呢？”弗丽达还是固执地问道。K觉得她对这事关心倒是一个对他有利的迹象。“这是你自己证实的还是想以此来贬低别人？”“都不是，”K说，“我这样说她，是出于感激，因为我不理她，她一点儿也不在乎。要是她常同我说话，那我就再也不愿去那儿了，这对我来说会是一个很大的损失，因为你知道，为了我们共同的前途，我不得不去。因此，我也得同另一位姑娘说话，她能干、谨慎、无私，所以我敬重她。这位姑娘，没有人会说她勾引人。”“跟班们的看法却与你不同。”弗丽达说。“在这个问题以及其他许多事情上，他们的看法都跟我不一致，”K说，“你愿意根据跟班的看法就得出我对你不忠实的结论吗？”弗丽达不作声了，并且任凭K把她手里的盘子拿去放在地上，挽着她的手臂，同她一起在狭小的过道里走来走去。“你不懂什么叫忠实，”她说，同时不让他挨得太近，“你同这两位姑娘是什么关系，这倒不是最重要的。你上她们家去，衣服上沾了她们家的气味回来，这对我来说就已经是一个无法忍受的奇耻大辱了。你说都不说一声就从学校里跑了出去，在她们那儿一待就是半夜。我让人去找你，你又让她们否认，矢口否认你在那儿，特别是那个稳重透顶的妞儿。你还从一条秘密小道悄悄溜出屋子，也许是为了维护那两位姑娘的名声吧！算了，我们不谈这些了！”“不谈这些，”K说，“谈点别的吧，弗丽达。这事也没有什么好说的啦。我为什么要去那儿，这你知道。我心里并不好受，但是我克制了自己。现在事情已经够棘手的了，你就不要再来给我增加麻烦了。今天我本来只想到那儿去一会儿，问问巴纳巴斯到底回来没有，他早该把一个重要消息给我送来了。他没有回来，但是她们很有把握地对我说，他很快就要回来了，这也是很可信的。我不愿让他回头到学校里来找我，以免你见到他心里感到厌烦。几个小时过去了，可惜他还没有回来。这时那个我最恨的人倒是来了。我不乐意让他打听到我在那儿，所以就从隔壁花园里出来了，可是我也并不是想躲着他，到了街上就坦然朝他走去。我承认，我手里拿了根非常柔韧的柳条。这就是事情的真相，其他再也没有什么可说的了。好吧，我们来谈谈别的事情吧。两个助手的表现怎么样？提到这两个家伙，我就感到恶心，正像你提到那一家子一样。你可以把你与他们的关系同我与那一家的关系来做个比较。我理解你对那一家的厌恶，我也有同感，只是为了我的事，我才到他们那儿去的。有时候我觉得，我在利用这一家，这是很不正当的。再来说你和助手。你从未否认，他们在跟踪你，你也承认，你对他们很迷恋。我并没有因此而生你的气，我看出来了，这里有几股势力在较量，你可不是这些力量的对手，但你至少还在进行斗争。对于这一点我很高兴，我也在保护你。只因为我疏忽了几个小时，那是由于我相信你的忠诚，而且屋子肯定已经锁上了，两个助手也终于被我打跑了——我老是低估他们，希望不会有什么问题了，谁知道我只疏忽了几个小时，那个耶雷米阿斯——仔细观察，这小子并不是很健康，而且有点衰老了——居然厚颜无耻地走到窗户跟前，这样一来，我就失去了你。弗丽达，刚见面就听到你说出了'不结婚了'这样的话。至于说责备，该去责备别人的本该是我，但是我还一直没有责备过别人。"说到这里，K 觉得又该分散一下弗丽达的注意力了，于是就求她给弄点东西吃，因为自中午到现在他还没有吃过东西呢。弗丽达听到 K 请她去拿点东西来吃，心里感到如释重负，就点点头，跑去拿东西了。K 以为厨房在过道的那头，但是弗丽达没有往前去，而是从旁边往下走了几个台阶。不一会儿，她便拿来一碟切好的肉和一瓶酒，但是这大概是人家吃剩的东西：把肉匆匆忙忙地重新摆了一下，免得给人看出是剩下的，可是忘了把碟子里的香肠皮扔掉，那瓶酒也已经喝掉四分之三了。K 对此并没有说什么，就津津有味地吃了起来。"你刚才到厨房去了？"他问道。"没有，到自己房里去了，"她说，"我在这里下边有个房间。""你刚才带我去多好，"K 说，"我想到你下面的房间里去，这样就可以坐着吃了。""我去给你拿把椅子来。"弗丽达说着就要去拿。"谢谢，"K 说，并把她拉住，"我不到下面去，也不要椅子。"弗丽达很不情愿地让他拉着，低着头，咬着嘴唇。

“那好吧，他在我房间里呢，”她说，“这事你没想到吧？他正躺在我的床上，他在外面着了凉，正在打哆嗦，他还没有吃东西。说起来，这都是你的错，要是你不把这两个助手撵走，不去追求那种人，现在我们就可以和和睦睦地坐在学校里。我们的幸福就是被你破坏的。你想，要是耶雷米阿斯还在给我们当差，他敢勾引我吗？你要是以为他在当差期间敢勾引我的话，那你就完全弄错了我们这里的制度。以前他想得到我，为此他煞费苦心，一直在窥伺机会，但是这不过是游戏而已，就像一只饿狗在玩游戏，却不敢跳上桌子。我的情形也是这样。他对我很有吸引力，小时候他总同我一起玩，我们一起在城堡的山坡上戏耍，那真是美好时光。对我过去的情况你还从来没有问过呢。但是只要耶雷米阿斯受着差事的约束，这一切就不会起到决定性作用，因为我知道，做你的未婚妻是我的职责。可是后来你把助手撵走了，还自鸣得意，以为为我做了什么大好事似的，现在看来，这在某种意义上来说也是真的。在阿图尔身上，你的目的达到了，当然只是暂时的，他很脆弱，没有耶雷米阿斯那种不怕任何困难的劲头。那天夜里你一拳差点把他打个粉碎——这一拳也是朝着我们的幸福打的，他逃到城堡里告状去了，即使他不久还要回来，现在也总算是走了。可是耶雷米阿斯却留下了。当差的时期主人眉毛一皱他就会吓得要死，可是不当差他就什么都不怕了。他来要了我，你抛弃了我，他——我的老朋友占有了我，我可把持不住。我没有打开学校的门，他砸碎窗户，将我拉了出来。我们逃到这里，旅店老板很尊敬他，对客人来说，有这么个招待员，当然是很欢迎的，这样，我们就被录用了。他现在没有同我住在一起，但是我们有一个共同的房间。”“尽管这样，”K说，“我并不为撵走了这两个助手而感到遗憾。如果事情果真像你所说的那样，你的忠实只是取决于这两个助手是否受着差事的约束，那好吧，一切就此了结。处于两头只有用鞭子才能使之屈服的猛兽间的婚姻，那是没有多大幸福可言的。这样的话，我还得感谢那一家，他们在无意中却促成了我们的分手。”两个人都不说话，又并肩走来走去，也分不清这回是谁先开始踱步的。弗丽达挨着K，对于K这回没有再挽她的胳膊似乎有点生气。“这样，一切都解决了，”K接着说，“我们可以道别了，你到你的耶雷米阿斯先生那儿去，他可能是在校园里着凉的，要是这样，那你让他独自一人待得太久了。我嘛，我一个人到学校去，或者到有人收留我的地方去，反正你不在，学校里也无事可做。如果我还有点犹豫不决的话，那是因为我有充分的理由怀疑你对我说的那些事。我对耶雷米阿斯的印象正好同你相反。他在当差期间，老是跟在你屁股后面，我不相信差事会永远约束他不对你进攻。但是，自从他认为已经解除了差役关系以后，情况就不同了。请原谅，我要这样来解释这件事，打从你不再是他主人的未婚妻之后，你对他就不再具有以前那样的诱惑力了。他这个人，可以说我是经过今天晚上简短的谈话才了解的，你可能是他儿时的朋友，但是他却并不珍惜这种感情。我不明白，你怎么会觉得他的性格很热情。我倒觉得他考虑问题特别冷静。他从加拉特那里接受了一项有关我的任务，可能对我不怎么有利的任务，于是他便以一种当差的热情——我承认，这种热情在这里并不少见——竭力执行这个任务，其中包括破坏我们的关系。他也许试过了好几种方法，其中之一就是设法用他色眯眯的眼神来勾引你。他的另一个办法得到了老板娘的帮助，说我这个人在感情上朝三暮四，他这一手得逞了，也许萦绕在他心头的对克拉姆的某种回忆也帮了他的忙。他虽然丢掉了职务，不过也许恰好是在他不再需要这个职务的时候丢掉的，现在他在收获他的这番苦心结出的果实了，把你从学校的窗户里拉了出来，这样他的任务也就完成了，他那当差的热情也消失了，他已经精疲力竭，这时他倒宁愿同阿图尔换个位置。阿图尔根本没有告状，他得到赏识，接受了新的任务，但是总得有人留下来，好关注事态的进一步发展。对他来说，照顾你是个有点麻烦的责任。至于对你的爱，那是一点儿也没有的。他曾经公开向我承认，你是克拉姆的情妇，他对你当然是尊敬的，在你房间里筑个巢，体会一下当个小克拉姆的滋味，他当然乐意，不过也就仅此而已，在他心中你已经没有什么价值了，把你安排在这里只不过是对他主要任务的一个补充而已。为了让你放心，他自己也待在这里，不过是暂时的。只要他没有得到城堡的新消息，他对你的那种冷淡态度也就不会治好。”“你竟如此诽谤他？！”弗丽达把两个小拳头对敲着说。“诽谤？”K说，“不是，我并不想诽谤他。我也许是冤枉了他，这当然是可能的。我所说的关于他的情况，也不都在表面，可以一目了然。关于他的情况也可以做出别的解释。可是诽谤？诽谤只有一个目的，那就是反对你对他的爱。倘若有必要，倘若诽谤是个恰当的手段，我就会毫不犹豫地诽谤他。谁也不能因此而谴责我。他背后有人支持，所以处在比我有利的地位，我完全是孤军奋战，稍稍诽谤他一下也未尝不可。这也许是一种没有多大罪过的、到头来也是软弱无力的自卫手段。那么，就让你的拳头歇息吧。”说着，K握住了弗丽达的手，弗丽达想把手抽出来，可是她脸露笑容，并没有使多大劲。“但是我不必去诽谤，”K说，“因为你并不爱他，你只是以为你爱他，要是我让你摆脱这种错觉，你定会对我感激不尽的。看吧，假如有人想不用暴力，只靠周密的盘算就从我手里把你抢去，那他只有通过这两个助手才办得到。表面上，这两个小伙子很善良，孩子气，很快乐，不负责任，是上面下来的，是被风从城堡里吹来的，身上还带着一些童年的回忆，这一切确实妙不可言，尤其是我大概是这一切的对立面，老是做那些你并不完全理解且惹你生气的事情，这些事情把我同那些你所恨的人带到一起去了，而你多少也把这种恨意转移到我身上了，尽管我是清白无辜的。这件事只不过是恶意地，当然是很聪明地利用了我们关系中的弱点。任何关系都是有弱点的，何况我们的关系呢。我们两个人是从完全不同的世界走到一起的，自从我们相识以后，我们每个人的生活都走上了一条全新的道路，我们觉得还不太稳当，毕竟生活太新了。我不是说我自己，我自己不那么重要，自从你第一次把目光投向我以来，我总是不断受到赐予。习惯于这种赐予，对一个人来说并非难事。可是你呢，别的且不说，你是我从克拉姆手里夺过来的，这件事的意义我无法估量，但是我慢慢地感觉到，你飘飘然了，不知天高地厚了，即使我准备永远都要你，我又不能时时守在你身边，就算我在你身边的时候，你也往往被一些梦幻的东西或者像老板娘那样活生生的人所迷惑。总而言之，有时候你的心没有放在我身上，你在注视着某个地方半明半暗、模糊不清的东西。可怜的孩子，只要在这种时候，在你的视线之内出现了合适的人，你就会对他们倾心，成为错觉的牺牲品，这些错觉实际上只不过是些转瞬即逝的东西，是鬼怪，是过去的回忆，可以说是不断消逝的昔日的生活，而这些又是你今天的现实生活。这是一个错误，弗丽达，也不过是我们最终结合前的最后一个，确切地来看，是一个不值一提的困难。清醒过来，振作起来吧，即使你以为这两个助手是克拉姆派来的——其实不对，他们是加拉特派来的，他们利用这种错觉迷惑了你，使你以为在他们肮脏下流的行径中可以找到克拉姆的痕迹。这就像有人以为在粪堆里发现了一块从前丢失的宝石，而实际上即使那儿真有宝石，他也根本找不着。他们不过是像马厩里的仆役那类人罢了，只不过他们的健康不及仆役，稍微呼吸点新鲜空气就会生病，就去躺在床上，而这张床他们当然是以奴仆的机灵精心挑选的。”弗丽达把头倚在K的肩上，两个人胳膊挽着胳膊，默默地走来走去。“要是我们，”弗丽达慢慢地、平静地、几乎是愉快地说，仿佛她知道，她只有很短的时间可以静静地倚在K的肩头，因此她要尽情地享受，“那天夜里马上跑出去，我们就可以找到一个安全的地方，就会永远在一起，我可以握着你永远在我身边的手，我是多么需要你在我的身边呀！我认识你以后，你不在我身边，我就觉得六神无主。相信我，我做的唯一的梦就是待在你身边，没有做过别的梦。”这时旁边的过道里有人在喊了，那是耶雷米阿斯，他正站在过道最底下的一级台阶上，只穿了件衬衣，但是围了一条弗丽达的披肩大头巾。他站在那里，头发蓬乱，稀疏的胡须耷拉着，吃力地睁着的两眼露出乞求而又责备的神情，凹陷的脸颊涨得红红的，但面部肌肉却过于松弛，光着的大腿冻得直发抖，使得围在身上的头巾上的穗子也颤动起来了。他活像个从医院里逃出来的病人，别人见到他，除了马上再把他送到床上去，不会有别的想法。弗丽达也是这么想的，她从 K 的身边走开，马上跑下去到了耶雷米阿斯的身边。她挨着他，关切地给他把围巾围紧，急着要让他回房间去，这一切似乎给了他一丝力量，他好像现在才认出 K 来。“哦，土地测量员先生，”他说，弗丽达不想让他再说下去，他便劝慰地摸摸她的脸颊，“请原谅，打扰您了。我觉得不舒服，这总可以原谅吧。我想，我在发烧，我得要杯茶，喝了出出汗。校园里那该死的围栏，我至今还忘不了，我已经受凉了。方才我还在外面跑来跑去。我为那些真是毫无价值的事牺牲了自己的健康，而且没有马上觉察到。可是您，土地测量员先生，别让我打搅了，您到我们房间里来吧，您可以探望一下病人，同时还可以把要说的话讲给弗丽达听。两个人在一起惯了，现在要分手，在这最后一刻自然有很多话要说，这些话第三者是无法理解的，更何况他还躺在床上等着送茶来呢。您只管进来好了，我一定一声不吭。”“行啦，行啦，”弗丽达攥着他的手臂说，“他在发烧，不知道自己说了些什么。但是你，K，别到这里来，我求你啦。这是我和耶雷米阿斯的房间，确切地说只是我的房间，我不许你跟进来。你再跟着我……啊，K，你为什么要跟着我？我永远永远不会回到你那里去了，我一想到这种可能性，心里便会不寒而栗。你还是到那两个妞儿那儿去吧。别人对我说，她们只穿了件衬衣，坐在炉子边的凳子上，在你左右两边各坐一个，要是有人来叫你，她们就对他破口大骂。既然那儿那么吸引你，那儿大概就是你的家。我总不让你到那儿去，但没有什么用，可我还不断阻拦你，这已经过去了，现在你自由了。美好的生活展现在你面前，为了其中的一个，你也许得同那些侍从做一番争夺，至于另一个嘛，你要了她，天底下谁也不会妒忌你的。这是天赐良缘。你不要否认，当然，你会赖得一干二净的，但到头来还是什么都赖不掉的。想一想，耶雷米阿斯，他已经把什么都赖掉了！”他们两个人点点头，现出会心的微笑。“但是，就算他把什么都赖掉了，”弗丽达继续说，“这又有什么用，关我什么事呢？在她们那儿发生的事，这完全是她们的事，是他的事，又不是我的事。我的事是把你服侍好，等你恢复健康，恢复到K还没有为了我而折磨你时那样的健康。”“那么您真的不来了，土地测量员先生？”耶雷米阿斯问道。这时弗丽达都没有转过来看K一眼，就把他拉走了。台阶下面有扇门，比这里过道两边的门还要矮，不仅耶雷米阿斯，就连弗丽达进去的时候都得猫着腰。屋里似乎很亮，还可以稍稍听到里面的窃窃私语声，也许是弗丽达用甜言蜜语在哄耶雷米阿斯上床，随后门就关上了。现在K才发现，过道里已经变得那么寂静了，不仅是过道的这一部分，这个他和弗丽达一起待过的、看来是属于后勤房间一部分的地方，就连这条很长的过道，它两边的房间里原先是很热闹的，现在也静得没一点声音。这么说，那些老爷终于睡着了。K 也已经精疲力竭了，也许正因为他疲惫不堪，所以才没有像他本该要做的那样狠狠地给耶雷米阿斯以迎头痛击。学耶雷米阿斯的样子也许更聪明些，他显然把他的着凉夸大了——他这副可怜相并不是因为着凉，而是天生的，什么保健茶都治不好，所以 K 倒不如完全学耶雷米阿斯，把自己确实疲惫不堪的样子表现出来，倒在这条过道里——这本身大概就是很惬意的——睡一会儿，这样也许会有人来服侍他呢。只不过这种做法的结果不会有耶雷米阿斯那么好，在这场争取同情的斗争中，以及其他所有斗争中，耶雷米阿斯都得胜了，这也许是理所当然的。K 累极了，以至于想，有些房间一定是空的，他能不能走进一间房里去，在舒适的床上美美地睡上一觉。在他看来，这是对他吃了许多亏的一种补偿。他还准备喝上一杯睡前酒，弗丽达放在地上的餐具盘上还有一小瓶朗姆酒，K 又走回去，把瓶里的酒喝光。

现在他至少感到有精神去见艾朗格了。他到处寻找艾朗格的房门，但是因为侍从和格斯泰克都看不到了，而所有的门又都是一样的，所以他找不到艾朗格的房门。可是他自信地记得门大概在过道的什么地方，并决定推开一扇门看看，他想，说不定这正是他要找的那个房间呢。试一试不会有太大的危险，如果是艾朗格的房间，那他就会受到接待；要是别人的房间，那么他可以道个歉再出来；倘若客人睡着了，这种可能性最大，那么他闯了进去根本就不会被发现；如果房间是空的，那就糟了，因为那样他准是挡不住躺上床去睡个大觉的诱惑。他又向过道的两边瞧了瞧，说不定正好有人来，可以给自己一些指点，使自己不必去冒险，但是长长的过道里寂静无声，空空如也。于是K就到门口去听听，这里也没有人。他敲敲门，声音轻得绝不会吵醒睡着的人，这时还是没有什么动静，于是他便极其小心地打开房门。可是他却听到一声轻轻的叫喊。

这房间很小，一张大床就占了一半多，床头柜上电灯还亮着，旁边有只手提包。床上的人全身都蒙在被窝里，身子动呀动的显得很不安，透过被窝和床单之间的一条缝低声地问："是谁？"这下K就不能一走了之了，他不满地打量着这张铺得厚厚的但可惜已睡了人的床，这才想起人家问他的话，就报了自己的姓名。这一下似乎取得了好的效果，床上的那个人稍稍掀掉一点盖在脸上的被子，但又怯生生地准备着，万一外面情况不妙，就马上重新把头全部蒙上。但是随后他却毫无顾虑地掀掉被子，坐了起来。此人绝不是艾朗格。这是位小个子老爷，相貌不俗，但是脸上有点不大协调：脸颊圆鼓鼓的像娃娃，眼睛很快活，显得孩子气，但是高额头、尖鼻子、窄嘴巴、合不拢的嘴唇以及几乎像是没有长出来的下巴可全没有一点孩子气，倒是显得非常善于思考。也许他对这点很满意，对自己很满意，这才使他保留了几分明显的健康的稚气。"您认识弗里德里希吗？"他问道。K说不认识。"他可认识您。"这位老爷笑着说。K点点头，认识他的人倒不少，这甚至成了他路上的主要障碍之一。"我是他的秘书，"

老爷说，“我叫毕格尔[1]。”“对不起，”K 说，并伸手去抓门把手，“很遗憾我把您的房门同另一扇房门搞混了。我是来见艾朗格秘书的。”“多可惜，”毕格尔说，“我可惜的不是您要去见什么人，而是您把房门搞混了。我这个人睡觉，一被吵醒，肯定就再也睡不着了。不过，这事您也不用太放在心上，这是我自己倒霉。为什么这里的房门都不能锁，不是吗？这当然是有其原因的。因为有句古老的谚语说，秘书的房门应该永远开着。当然这倒不必单从字面上去理解。”毕格尔快乐地注视着 K，同他的抱怨相反，他看起来休息得相当不错，大概还从来没有像 K 现在那样疲倦过。“那么现在您想到哪儿去？”毕格尔问道，“现在四点钟了。无论您去找谁，您都得把他吵醒，并不是每个人都像我这样不在乎打扰的，并不是每个人都会如此宽宏大量的，当秘书的都有点神经质。您就在这里待一会儿吧。近五点的时候，这里的人就开始起床了，您最好那个时候去找约您谈话的人。那么，现在请您放开门把手，随便找个地方坐下吧，当然这里地方窄了点，您要是坐在这儿的床沿上，那就最好不过了。您一定奇怪，我这里怎么连桌椅也没有。是这样的，我可以挑一个设施齐全，但床很窄的房间，也可以挑这张大床，但房间里除了盥洗台就没有别的设施了。我选了这张大床，卧室里床可是最重要的东西！嗯，谁要是想伸展开四肢，美美地睡上一觉，那么这张床对一个爱睡觉的人来说一定妙不可言。我这个人不睡觉就老是困倦不堪。我觉得

1 原文为 Bürgel，在德语中与 Bürge（担保人）相近。

这张床很舒服，我一天的时间大部分是在床上度过的，我在床上处理所有的信件，询问来申诉的人。一切都进行得很顺利。来申诉的人当然没有坐的地方，他们也不在意，更何况他们站着，记录员也感到舒心，这总比他们自己舒舒服服地坐着让记录员臭骂一顿要好得多。所以我能够提供的就只有床沿上的这个座位，不过这并不是正式座位，是专门为夜里聊天准备的。您怎么不说话，土地测量员先生？”“我累极了。”K说，他一听到让他坐在床沿上，便立即毛里毛糙地、毫不客气地坐到床上，往床柱上一靠。“当然，”毕格尔笑着说，“这里人人都很累。比如说，我昨天以及今天所办的事，没有一件是小事。现在我根本睡不着，但是在发生了这件最不可思议的事情之后，您在这儿的时候，如果还要叫我睡一觉的话，那么就请您保持安静，并且不要把门打开。可也不用怕，我肯定睡不着，顶多也只会睡着几分钟。我的情况是这样的：有人在的时候，我总是最容易睡着，这大概是因为我非常习惯于同申诉人打交道吧。”“您睡吧，秘书先生。”听到这番介绍K感到很高兴，说，“要是您允许，我也要睡一会儿了。”“不，不，”毕格尔又笑了，“可惜我不是那种请我睡就睡得着的人，只有在谈话过程中我才会有睡着的可能，所以谈话最容易催我入睡。是的，干我们这一行，神经可受罪呢。比如说我吧，我是联络秘书。您不知道联络秘书是干什么的吧？这么说吧，我是弗里德里希和村子之间最重要的联系人，”说到这里他不由自主地乐得急忙搓搓手，“我是他的城堡秘书和村里秘书之间的联系人，我多半都在村里，但也不是常住，我每一刻都要做好坐车上城堡去的准备。您看这旅行包，生活很不安定，这并不是对每个人都适合的。另外，这样说也不错，我确实再也离不开这种工作了，所有其他工作我都觉得很乏味。那么，土地测量工作怎么样？”“我现在没干这工作，我不会当土地测量员了。”K说，他的心思没有放在这上面，他只是巴不得毕格尔快点睡着，其实他这样想纯粹是出于一种对自己的责任感。他心里知道，此刻离毕格尔睡着的时间还相差十万八千里呢。“这就令人奇怪了，”毕格尔一甩脑袋说道，并从被窝里抽出一个记事本，好把事情记下来，“您是土地测量员，又没有做土地测量工作。”K机械地点点头，他已经将左臂伸出来搁在了床柱上，把脑袋枕在左臂上。他已试过多种姿势，想坐得舒服些，可是只有这个姿势才最舒服，而且这样还可以较好地留意毕格尔说的话。“我准备进一步了解这件事。”毕格尔接着说，“放着专业人才不用，这种事在我们这里是绝对不会有的。这事也一定使您很委屈，您不感到痛苦吗？”“我感到很痛苦。”K慢慢地说，心里暗自好笑，因为现在他恰恰一丝痛苦也没有，毕格尔的这番美意也没有让他产生什么印象，他说的完全是外行话。K是在什么情况下被聘用的，在村里和城堡里碰到哪些困难，他在此逗留期间已经出现和将会出现哪些错综复杂的情况，对这一切他毫不了解，也没有表示出他对此事至少已经有所知晓——按理说秘书都会毫不考虑地装出无所不知的样子的，他居然想靠他那个小本子，在床上就一下子把问题解决。“看来您已经有过几次失望了。”毕格尔说，这话再次证明他对人还是有些了解的。其实K一踏进这个房间，就不时提醒自己，不要小看毕格尔，但是在目前的情况下，除了自己的疲倦，他很难对别的事情做出合理的判断。“不，”毕格尔说，仿佛他在回答 K 的一种想法，而且体贴入微，省得 K 说出来。“您不要让失望吓退。看来，这里有些事情的安排专门是为了吓人的，新来这里的人觉得这些障碍无法克服。这一切到底是怎么回事，这我不想寻根究底，也许现象真是和实际相符的，处在我的地位上，要弄清这件事，就得拉开到一个合适的距离，但是请您注意，有时候又确实有这样的情况，有些事情几乎同全局很不合拍，碰到这样的事情，通过一句话、一个眼神、一个信任的手势，反而比辛辛苦苦奋斗一辈子所得到的还要多。肯定，情况就是这样。如果说这些机会从未被利用，那么在这种情况下这些事情又是同全局相一致的。可是这些机会为什么不利用呢？我一再这样问。”K 不知道。虽然他意识到，毕格尔的话很可能是指他而言的，但是他现在对一切涉及他的事都极其反感，所以他便把脑袋稍稍往一边挪了挪，仿佛给毕格尔的问题让出了路，他就不会碰上这些问题了。“秘书们，”毕格尔接下去说，同时伸了伸懒腰，打着哈欠，这副神态同他严肃认真的言谈显得很不协调，真把人弄糊涂了，“秘书们常常抱怨，说村里大部分询查工作，他们不得不在夜里进行。他们为什么对此抱怨呢？是他们觉得太辛苦了吗？是他们宁肯在夜里睡觉吗？不是，对这些他们绝不会抱怨。同别处一样，秘书当中自然有的勤奋些、有的差些，但是再大的劳累，他们当中也没有人会抱怨，更不用说公开表示出来了。很简单，这不是我们的作风。在这方面，平常时间和工作时间对我们来说并没有什么区别。把这两种时间区分开来，对我们来说是格格不入的。那么究竟是什么才使秘书们反对夜间询查呢？难道是为申诉人着想吗？不是，不是，这也不是。对于来申诉的人，他们是很严格的，当然并不比对自己严格，而是完全一样的。其实，这种严格不外乎是恪尽职守，这种一丝不苟的严格是申诉人求之不得的。归根结底，这也是完全得到肯定的，一个轻率潦草的人当然看不到这一点。比如深受申诉人欢迎的夜间询查恰好就是这种情况，原则上并没有人反对这样做。那么秘书们为什么反感呢？”这个问题K也不知道，他知道得太少了，毕格尔是要听他的回答还是仅仅表面上问问，连这一点他也分辨不清。他想，要是你让我躺在你的床上，那我就于明天中午或者最好是晚上回答你所有的问题。可是毕格尔好像没有注意他，正一门心思地扑在给自己提出的问题上。“据我所知，就我自己的体会来说，秘书们对于夜间询查问题有以下顾虑：夜间之所以不太适合同申诉人磋商，是因为夜间很难或者简直就不可能充分保持磋商的官方性质。其原因并不在于表面的东西，当然夜里也可以同白天一样严格，这随你的便。所以，原因不在这里，但是夜里官方的判断难免会受到影响。在夜间，大家总是不由自主地喜欢更多地从个人的角度来判断事物，申诉人的陈述受到的重视会比其应该受到的重视更大，在判断的时候难免掺进种种与所谈之事毫不相干的东西，如考虑申诉人的其他情况，他们的痛苦和担心等。申诉人和官员之间那种必要的界限，即使表面上仍完美无缺地存在，现在也开始被打破了。本来在一般情况下只允许一问一答地进行，但是夜里有时候竟会出现主客易位这种完全不合适的怪事。至少秘书们是这么说的，当然，由于职业关系，他们对于这种事情是极其敏感的。但即使是他们，在夜间询查时也不大注意到那种不利影响，这一点在我们圈子里已经谈过多次了；相反，他们从一开始就想竭力消除这类影响，最后还以为已经取得了特别好的成果。但是事后读一读记录，你往往会对他们那些一目了然的缺点感到吃惊。这些都是漏洞，是使申诉人不断得到不太正当的好处的漏洞，这些好处至少按照我们的条规通过普通捷径是捞不到的。这些漏洞有朝一日肯定还会由某个监督部门来加以填补，但是这样做只是于法制有利，是不会再影响到那些申诉人的。在这种情况下，秘书们的抱怨不是很有道理的吗？”处于半醒半睡状态之中已经有好一会儿的K，现在又被惊醒了。他问自己：这是为什么？这是为什么？他耷拉着眼皮，并没有把毕格尔视为一个同他讨论困难问题的官员，而只是将其看作妨碍他睡觉的某种东西，至于其他用意，他也搞不清楚。但是毕格尔却完全沉浸在自己的思想活动中，他笑笑，仿佛他刚刚成功地把K搞得有点稀里糊涂似的。不过他准备马上把K重新领到正确的道路上。“这么说来，”他说，“又不能笼统地说这些抱怨是有理的。关于夜间询查没有明文规定，因此如果想避免夜间询查，那也没有违反规定，可是这种种情况，超量的工作，城堡官员的工作方式，他们难以脱身的状况，以及关于对申诉人的询查必须在其他调查完全结束以后才开始，但又得立即进行的规定，这一切，还有其他许多原因，就使得夜间询查非搞不可。如果像我所说的，夜间询查已经非进行不可了，那么这是规章造成的结果，至少也是间接造成的结果，要对夜间询查挑三拣四，几乎就等于是对规章制度挑三拣四。当然，我说得有点夸张，正因为夸张，我才可以这么说。另外，不妨告诉秘书，他们尽可以在规章制度范围内反对夜间询查，反对夜间询查所造成的也许只是表面上的弊端。秘书们也这样做了，而且是以最大的规模来做的。他们安排的商谈对象从哪一方面来说都是最不用担心的，商谈之前先仔细检查，如果检查的结果需要，在最后一刻也可以取消一切询查；他们在真正处理申诉人的问题以前，往往先用传唤申诉人十次的办法，以壮声势；他们喜欢让同事来代表自己，这些同事因为不负责此案，所以处理起来便不费吹灰之力；他们把磋商时间定在黑夜开始时或者结束时，避免安排在中间那段时间。类似的措施还有很多，秘书们很不好对付，他们既顽强又脆弱。”K 睡着了，但并不是真正地睡了，毕格尔的话，他也许比原先醒着但困得要死的时候听得更清楚，每个字都传进他的耳朵里，但是他那累赘的意识消失了，他感到自由自在，现在毕格尔已经抓不住他了，只是他有时还摸索到毕格尔那里。他还睡得不熟，但是已经沉入梦乡。谁也不该再把他的睡眠夺走了。他觉得，他似乎是取得了一个大胜利，那儿已经有许多人在欢庆胜利了，为了庆祝胜利，是他或者是别人举起了香槟酒杯。为了让大家知道庆祝的是什么胜利，所以就把斗争和胜利重演了一遍，或者也许根本就不是重演，而是现在才进行，不过已经提前庆祝了，庆祝也一直没有停止，因为最后的结局已是十拿九稳的了。一位秘书赤条条的，活像一尊希腊神像，在搏斗中被K逼得陷入了困境。这事很可笑，那位秘书在K的进攻下大惊失色，放弃了傲慢的姿态，赶忙举起胳膊，握紧拳头来挡住头上的暴露部位，可是还是慢了，所以K在梦里轻轻地笑了。这场搏斗的时间并不长，K步步进逼，迈出的每一步都很大。这是一场搏斗吗？K并没有遇到什么严重的障碍，只有秘书不时发出的尖叫声。这位希腊神叫起来活像一个被人挠着痒痒的姑娘。后来他走了，K独自一人在大房间里，他做好搏斗准备，转过身来寻找他的对手，但是那里已经没有人了，与会者都散了，那只香槟酒杯摔在地上，碎了。K把破杯子踩得粉碎，但是碎玻璃扎了他，他吓了一跳，就又惊醒了，像一个被叫醒的孩子，心里极不高兴。尽管这样，他一见毕格尔袒露的胸脯，梦中的情景仍掠过他的心头：你的希腊神在这里！把他拖下床去！“可是，尽管采取了各种防范措施，”毕格尔说，并若有所思地仰面望着房顶，仿佛想在记忆中搜寻例子，可又找不着，“尽管采取了各种防范措施，申诉人还是可以钻空子，利用秘书们在夜间的弱点——假如这是弱点的话。当然，这种可能性是很小的。确切地说，几乎从来未曾有过。只有在半夜三更，申诉人未经通报就擅自闯进房间的情况下，才存在这种可能性。您也许会奇怪，看起来这么容易的事，怎么会很少发生呢？是啊，您还不熟悉我们的情况。可是您大概也注意到完美无缺的官方机构了吧。正因为机构是完美无缺的，所以才会发生这样的情况：任何人，凡是他有所请求或是出于其他原因必须向他调查某件事，往往在他本人把事情考虑好之前或者他本人了解这件事情之前，就立即毫不迟疑地受到传唤。他这次并没有受到查问——往往还没有受到查问，是因为事情还不那么成熟——但是他已收到了传唤通知，因此，不经通报他是不会来的，他顶多是没在指定时间来，于是就会叫他注意传唤的日期和时间。如果下回他准时到了，通常会叫他走的，这并不会造成什么困扰。申诉人手里的传唤单和卷宗里的记载，这就是秘书们的防御武器，虽然并非多么完备，却是强大的。这当然只是对于恰好负责这件事的秘书而言，申诉人还可以在夜里出其不意地造访别的秘书。但是这种事几乎没人干，因为这是毫无意义的。首先，这样做就会大大激怒主管秘书。我们秘书在工作问题上虽然不会互相妒忌，每个人肩负的工作担子太重，任何小事都压不上来了，但是在对待申诉人的问题上我们绝不允许他们来破坏我们的责权范围。有人就失败了，因为他觉得在主管部门那儿没有进展，所以就试图向非主管部门溜过去。另外，这样的打算之所以必然会失败，那也是因为一个非主管秘书，即使夜里别人出其不意地找上了他，而他也出于好意，愿助一臂之力，但此事不在他的主管范围内，所以他也和任何一个律师一样无法插手，其实还不如律师。尽管他比律师更熟悉法律上的秘密途径，所以本可以有所作为的，可是对于不是他主管的事情，他缺少时间，抽不出一点时间去管这件闲事。这条路的前景既然如此，谁还会把他夜里的时间用在非主管秘书身上？就申诉人来说，他们也忙得不可开交，除了日常工作，还要听从主管部门的传唤，根据其脸色行事。‘忙得不可开交’当然是从申诉人的角度而言，它同秘书们的‘忙得不可开交’并非一回事，两者是不能同日而语的。”K笑着点点头，现在他觉得一切都了解得很清楚了，这倒不是因为这事使他感到忧虑，而是因为现在他确信一会儿他便会完全睡着，这次可不会做梦，不会被打扰了。一边是主管秘书，另一边是非主管秘书，面前是一样忙得不可开交的申诉人，他就要在他们的包围中沉沉入睡，用这个方法把一切事情摆脱干净。对于毕格尔那轻微、自满、显然毫无成效地催促他自己入睡的声音，K现在已经习惯了，这声音非但不打扰他，反而能催他入眠。你就咯吱咯吱地磨你的牙吧，你磨吧，他想，他只是为了我而咯吱咯吱地磨的。“那么，”毕格尔说，两根手指头抚摩着下嘴唇，眼睛睁得大大的，脖子伸得老长，就像经过一番艰辛的跋涉到了一个迷人的观景点似的，“那么，刚才提到的那个稀有的、几乎从未出现的可能性又在哪儿？秘密就在关于主管权限的规章里。其实，并不是说每件事情只有一位秘书主管，规章中并没有这样规定，在一个巨大的、生气勃勃的机构里也没有这种情况。事实只是这样：一位秘书握有主要管辖权，但是许多其他秘书在某些部分也有权，尽管是比较小的主管权。就算是最有才能的秘书，又有谁能独自把一个事件，即使是一个最小的事件的各种材料都收集到他的办公桌上来呢？即使我刚才说的主要管辖权，也是言过其实的。在最小的权限里不也已经包含着整个权限吗？这里起决定作用的不是处理事情的热情吗？这热情难道不是始终如一、始终极为强烈的吗？在任何事情上，秘书们都是有差别的，这种差别多得不可胜数，但热情却没有差别：任何一个秘书，如果要求他办一个案子，又只赋予他很小的权限，即使这样，他也不会抑制自己的热情。对外当然必须建立一套井井有条的商谈秩序，所以对每个申诉人的问题都会有一位以官方身份出现的秘书来处理。不过，这位秘书大概不会是对此案拥有最大权限的那位，这要由机构及其眼下的特殊需要来决定。已经向您描述过，一般来说尽管困难重重，但申诉人由于某些情况仍然可以在半夜里出其不意地找到一位对该案拥有某些权限的秘书那儿。土地测量员先生，请您考虑一下这种可能性。您大概还没有想过吧？这我相信。其实也不需要去想那种可能性，因为它几乎从来没有出现过。要想从这面美妙绝伦的筛子中漏过去，这申诉人恐怕一定是个形状奇怪、构造特别、小巧灵活的颗粒吧？您觉得这样的事根本不会出现？您说得对，这种事根本不会出现。可是谁会对什么事都打包票？一天夜里那样的事居然发生了。当然在我认识的人中，谁也没有碰到过这种事，但这说明不了什么问题，因为比起这里可以考虑进去的人数来，我认识的人很少。另外，一个秘书遇上了这种事肯不肯承认，这也很难说，因为这总是个让人以及在某种程度上使官方丢脸的事。无论如何，我自己的经验也许可以证明，这种事是非常少的，其实大家只是风闻，根本未经证实，所以说对这种事怕得不得了，那是言过其实的。即使真有这种事发生，我们也轻而易举就可以证明，这个世界上没有它的位置了，可以相信，这样我们便可使它不致造成有害的影响。假如我们出于对这种事的恐惧而躲在被子里，看都不敢往外看一眼，那么无论怎么说，这是一种病态。即使说这完全不可能的事突然成了真的，难道一切都完了？说一切都完了，这种说法比最不可能的事情更加不可能。当然，如果申诉人到了房间里，这就非常糟糕了。这事憋得人透不过气来。‘你能抵挡多久？’人们这样问自己。可是根本不会有什么抵抗，这一点大家明白。您得把情况好好想一想。从未见过，一直在等待，望眼欲穿，而且凭理智一直认为不可能来的申诉人正坐在这里。单凭他默默地往这儿一坐，我们就想进一步了解他的生活，像欣赏自己的财富一样欣赏他的生活，并分担他们因毫无希望的要求而造成的痛苦。在寂静的夜里，这种诱惑真让人陶醉。面对这种诱惑，我们毫无防御能力，这时候我们其实已经停止了公务人员的身份。在这种情况下，就不可能马上拒绝他的恳求。确切地说，我们已经豁出去了，更确切地说，我们非常高兴。说是豁出去了，那是因为我们坐在这里毫无防卫能力，等待申诉人说出他的恳求，并且知道，他一旦说出了这个恳求，即使它会彻底破坏官方机构——最起码也是我们自己没有看出来——也一定会实现的。这大概是一个人在实际工作中所碰到的最令人恼火的事。尤其是因为——撇开其他事情不谈——我们误以为这是一次异乎寻常的升迁，就在这一刻我们还硬为自己提出升迁的要求呢。按照我们的职位，我们根本无权答应我们这里所说的那种恳求，但是由于接触了夜间来的申诉人，于是我们觉得，在某种程度上我们的权力也增加了，对于一些我们职务范围之外的事，我们也给人家许了愿，还要去加以实施。像强盗在树林里，申诉人在夜里强逼我们做出平时绝对不会做出的牺牲。嗯，好了，现在就是这种情形，申诉人还在这里，在给我们打气，强迫我们，激励我们，而这一切还都是在我们半醒半睡的情况下进行的。事情过去后，申诉人心满意足、满不在乎地离开了我们，只剩下我们自己，面对滥用职权的指控毫无还手之力。这时情况会是怎么样的呢？真是不堪设想！尽管有这些情况，我们还是很快乐。这是自杀性的快乐！是的，我们可以竭力对申诉人隐瞒事实真相。申诉人绝不会看出什么名堂来的。他以为可能是由于某些无关紧要的偶然原因，比如极度疲乏啦，失望啦，以及由于过度疲乏和失望而引起的无所顾忌和满不在乎啦，居然走错了房间，他木然地坐在那里，脑子里在想自己的差错或者是自己的疲倦——如果他是在想的话。不能让他离开吗？不会的。你一高兴就会唠唠叨叨，把什么事都给他解释清楚，而且会毫无保留地向他详细说明所发生的事，是什么原因发生的，这个机会是多么罕见，又是多么重要。还一定会告诉他，申诉人是在一筹莫展的情况下碰上这个机会的，这是千载难逢的，除了他，谁还能有这种机会。现在，只要他愿意，土地测量员先生，只要以任何方式提出自己的请求，那么什么目的他都可能会达到，人家已准备满足他的请求了，他要实现自己的愿望只是举手之劳的事了，这一切都一定会告诉他的。对官员们来说，这是一个严峻的时刻。不过，做了这些事情之后，土地测量员先生，一切不可或缺的事情就都已办好，就可以安心等待了。”

K 睡着了，对发生的事情一无所知。他的脑袋起先是枕在搁在床柱上的左臂上的，睡着后滑下来了，现在挂在空中，正在慢慢地往下沉。床柱上的左臂支撑不住了，K 下意识地将右手顶住被子，又做了个新支撑，这样他无意中恰好抓住被窝里毕格尔跷起的脚。毕格尔瞧了瞧，虽然脚让他抓着很不好受，但还是由他去了。

这时一边墙上有人重重地敲了几下。K惊醒了，注视着墙上。“土地测量员是不是在你那儿？”有人问。“是的。”毕格尔说，从K手里抽出了脚，突然像个孩子似的故意放肆地伸开四肢躺着。“那就叫他过来吧。”隔壁又说，话里根本没把毕格尔放在眼里，也不管他还需不需要K。“这是艾朗格，”毕格尔悄声说，看样子艾朗格在隔壁屋里，这事并没有使他感到意外，“您马上到他那儿去，他在发火了，您想办法消消他的气。他睡觉睡得很死，但是我们刚才确实聊得声音太大了。一个人在谈到某些事情的时候，是无法控制自己和自己的声音的。好了，您走吧，看样子您还没有完全醒过来。您走吧，还待在这儿干吗？不必，您不必为昏昏欲睡的样子道歉，干吗要道歉？体力只能到达一定的限度，谁能说，这个限度平时也是非常重要的呢？不，谁也不能保证。世界就是这样自己校正其航程而保持平衡的。虽然在其他方面不尽如人意，但这却是个绝妙的、怎么也想不到的安排。好了，您走吧。我不明白，您干吗这么看着我？您再犹豫下去，艾朗格就要和我过不去了。这种麻烦我是要避免的。您走吧，谁知道您在那边的运气怎样，这里的一切都充满各种机会。当然有的机会实在太大，大得没法利用，有的事情落空了，原因不是别的，就在于自身。是的，这是令人惊异的。至于别的嘛，我现在希望稍微睡一会儿。当然，现在已经五点钟了，马上就会有嘈杂声了。您至少可以走了吧！”

K在沉睡中突然被叫醒，有点晕头转向，还是困得不得了，因姿势不舒服，所以全身哪儿都疼，很久都不能下决心站起来，他用手支着额头，眼睛望着怀里。虽然毕格尔在不断下逐客令，但还是不能把他弄走。这时他觉得再在这屋子里待下去就毫无意义了，这才决定离开。他觉得这间屋子有说不出的单调乏味。他不知道这房间是现在变成这样的，还是一直就是这样。在这里他再也睡不着了，这个想法甚至起到了决定性作用。他对此微微一笑，站起身来，只要有可扶的东西，如床啦，墙啦，门啦，他就扶住，连招呼都不打就走了，仿佛他早就同毕格尔道别了似的。

第十九章

要不是艾朗格开了房门，站在门口，用食指向K打个简短而优雅的手势，他恐怕也会同样漫不经心地从艾朗格的房门前走过去的。艾朗格已经完全做好了离开的准备，他穿了一件黑裘皮大衣，扣子紧紧地一直扣到领子上。侍从正把手套递给他，手里还拿着皮帽子。“您早就该来了。”艾朗格说。K想向他道歉，艾朗格疲倦地把眼睛一闭，表示让他免了。“有这么件事，”他说，“酒吧里以前有个叫弗丽达的在当差，我只知道她的名字，并不认识她本人，她不关我的事。有时克拉姆来喝啤酒，就由这个弗丽达伺候。现在那儿好像换了位姑娘。当然，换个人那是小事一桩，也许对每个人都是这样，更不用说对克拉姆了。一个人的职位越高——克拉姆的职位当然最高——对外界的应变能力就越小，所以，一些微不足道的小事有了什么微不足道的小变化也会引起严重的干扰。办公桌上最细微的变化，如擦掉了桌上早就沾上的污迹，这些也和酒吧里新来个女招待一样会引起干扰。当然，这一切，即使对每个人、对任何工作都会有干扰，对克拉姆也毫无影响，而且是不值一提的。尽管这样，我们还是有责任保证克拉姆生活过得舒适，连那些并不干扰他的事——对他来说也许根本就不存在打扰——也消除掉，如果我们觉得那可能会打扰他的话。我们消除这些干扰，并不是为了他，也不是为了他的工作，而是为了我们自己，为了我们的良心和自己的安静。因此得让那个弗丽达立即再回酒吧，也许她回来反而会引起干扰，要是那样，我们就再把她打发走，但暂时她得回来。有人告诉我，您和她同居了，因此请您立即让她回来。在这件事情上不能考虑个人感情，这是不言而喻的，因此我对这件事情也不再做任何进一步的说明了。倘若我说，您在这件小事上要是表现得好，这对您的将来或许不无裨益，倘若我提到这一点，这就已经比该说的话有用多了。这就是我要对您说的。”他点了下头让 K 走，戴上侍从递过来的皮帽，由侍从跟着，略有点跛地迅速下了过道。

有时候这里下的命令非常容易完成，但是 K 并不喜欢这种轻而易举的事，不仅因为这道命令涉及弗丽达。虽然是作为命令下达的，但是 K 听起来却像是嘲笑，尤其是因为这道命令一下，K 的全部努力就要化为乌有。所有的命令，无论是不利的还是有利的命令，全不把他放在眼里，即使是有利的命令，其实质也是不利的，反正都不把他放在眼里。他的地位太低，对这些命令既无法干预，也无法使其作废，让人听取他的意见。要是艾朗格示意不让你说，你怎么办？要是他并没有示意不让你说，那你又对他说些什么？ K 知道，今天问题就出在他的困倦上，这比一切不利的情况更对他不利。当时他怎么会相信自己的身体呢？要不然他当初也不会到这儿来了。为什么他几夜没睡好，一夜没睡就挺不住了呢？在这儿谁都不困，或者确切地说，人人都困，接连不断地困，可是非但不影响工作，看来反而促进了工作。他为什么偏偏在这个地方困得把持不住呢？由此可以看出，他们的困和K的困完全不是一个性质。这里的困大概是在快乐的工作中出现的。从外表来看它像困，实际上它却是破坏不了的平静，破坏不了的安宁。我们中午有点困，那是白昼快乐而自然的进程。对这儿的老爷来说，整天永远是中午，K在心里对自己说。

果然不错，现在是五点，过道两边的房间里，大家纷纷起床了。房间里传出的嘈杂声显得极其欢乐，有时候听起来像是准备跟着一起出去郊游的孩子发出的欢呼声，有时候又像鸡圈里的鸡因为对天亮感到高兴而发出的鸣叫声。不知哪个房间里，有位老爷还真的在学公鸡叫呢。过道里虽然还是空的，但是各个房间的门已经动起来了，不断有人把房门打开一点，很快又将其关上。过道上到处是开门关门的声音，从没有砌到顶的墙壁的空隙中，K不时看到有脑袋出现，头发乱蓬蓬的，但马上就又不见了。远处，一个侍从正慢慢地推着一辆装着案卷的小车过来。另一个侍从走在车旁，他手里拿着一份名单，显然在根据名单把房间号码同案卷号码加以核对。小车在大多数房门前都要停下来，通常房门也就打开了，属于该房间的案卷就递了进去，有时候只是一页纸。碰到这种情况，房间里的人总有几句话对过道里的侍从说，很可能是侍从挨了顿骂。要是房间的门是关着的，侍从就小心地把案卷堆放在门槛上。碰到这种情况，K觉得附近那些房间的案卷虽然已经分好了，但是房门开关的次数非但没有减少，反而更多了。也许别人都在贪婪地窥视着门槛上的案卷，这些案卷现在还在那里放着，没有拿进屋去，真是不可思议。他们无法理解，房里的人只要开一下门就可以拿到他的案卷，可偏偏不拿。这些没有拿进去的案卷可能后来会分给其他老爷，所以他们现在就常常要瞧一瞧，卷宗是否还在门槛上，他们还有没有希望得到。再说，那些放着未取的案卷通常都是一捆一捆的，特别大。K 认为，可能有人是为了炫耀，出于恶作剧，或是出于正当的自豪感，让同僚高兴一下，所以暂时让案卷在那儿放着。有时候，通常是他正好没有盯着看的空当，那个已经展示了很久的案卷突然飞快地被拖进了屋，门又像原先一样一动不动地关着。附近这些房门也随即没有声响了，看到这个一直令人垂涎的东西终于被拿掉了，也许感到失望，也许感到满意，可是后来这些房门又逐渐开呀关呀地动了起来。这一事实更使他觉得自己的想法是对的。

K 注视着这一切，不仅怀着好奇心，而且也带着参与感。他觉得自己也置身于这个繁忙的活动之中，他这儿望望，那儿看看，跟在侍从后面，看他们分发案卷。他虽然离这两个侍从有相当距离，但这两个低着头、噘着嘴唇的侍从仍以严厉的目光常常回过头来瞪着他。分发工作还在进行，但是越分越不顺利，不是名单不大对头，就是侍从推来的案卷不太好辨别，再不就是老爷们由于其他原因而提出异议。总而言之，常出现这种情况：分了的案卷又不算数，因此又把车子推回来，通过门缝商谈收回案卷的事。这种磋商本身的难度就很大，更何况一谈到收回案卷的事，那些原先开关非常频繁的房门现在都纷纷无情地关上了，好像压根儿就不想知道这件事似的。到这时，真正的困难才开始显示出来。那些自认为有权拿到这些案卷的人极不耐烦，在房间里大声嚷嚷，又拍手又跺脚，透过门缝，冲着过道不断叫喊某个案卷的号码。这时候小车子往往就被扔在一边，无人过问。一个侍从正在忙着让那沉不住气的老爷息怒，另一个则在关着的门前坚持收回案卷。两个人的任务都不容易。那老爷往往越劝越不耐烦，侍从的话他一句也听不进去，他要的不是安慰，他要的是案卷。有个这种类型的老爷有回从墙上留出的宽缝里往一个侍从身上泼了一脸盆水。另一个职位显然较高的侍从困难更大。要是某个老爷同意进行商谈，那么就要讨论具体问题，这时侍从根据名单定要索回，老爷则引证他记下的案卷目录，而且引证的恰恰是要让他交出来的那些案卷，他暂时还把它们紧紧捏在手里，以致侍从那贪婪的眼睛连案卷的角都看不到。为了去拿新的证据，侍从又不得不往小车那儿跑，因为过道有点倾斜，所以小车已自动滑了一段路；要不然就只好到那位索要这些案卷的老爷那儿，向他报告现在持有这些案卷的老爷对要他退还案卷所表示的异议，再听取这位老爷提出的反异议。这样的谈判拖的时间很长，有时也会达成协议，大体上是老爷交出一部分案卷，或是作为补偿再给他一些别的案卷，因为搞错的就只有这一次。也有这种情况：有的人，无论是因为被侍从提出的证据逼得没有退路，还是因为对没完没了的讨价还价感到疲倦了，干脆就放弃了那些要他交回的案卷，但是他并不交给侍从，而是突然把案卷远远地扔到过道里，摔断了捆案卷的绳子，弄得材料四处乱飞，两个侍从着实费了一番周折才重新把材料归置好。但是这一切还算比较简单的呢，有时侍从请求人家交回案卷，根本就得不到答复，于是他只好站在关闭的门口恳求、央告、念名单、引证规章，但这一切都无济于事，房间里一点声响也没有，而未经许可就擅自闯入，侍从显然没有这个权利。那时候，这个出色的侍从也会失去自我控制力，跑到小车跟前，坐在案卷上，抹掉额头上的汗水，一时间什么事情都不干，只是无可奈何地晃动着两只脚。周围的人对这件事的兴趣很大，他们都在交头接耳地窃窃私语，几乎没有一个房间是安静的。在上面墙栏之上，有些奇怪的用布几乎全蒙着的脸，他们待在那里，没有片刻安静，都在注视着事态的发展。在这阵骚动中，K 发现毕格尔的房间的门一直关着，侍从已经走过了过道的这一段，但并没有给毕格尔发案卷。也许他还在睡觉，在这片喧哗声中他还能睡得着，说明他这一觉睡得很香，可是他为什么没有得到案卷呢？只有很少几个房间没给分案卷，这些房间很可能没有住人。相反，艾朗格的房间里却来了一位特不安静的新客人，艾朗格简直就是被他赶走的，这不符合艾朗格那种冷静苛刻的性格，但是他不得不在门口等 K，这件事说明他的房间里已住进了别人。

K 把分散的注意力收了回来，不久又重新集中在那个侍从身上。K 过去听别人谈起过侍从的一般情况，说他们无所事事，生活很舒服，态度傲慢，可是这些真的与这个侍从的情况不符。侍从中大概也有例外吧，或者更有可能的是，侍从中分成好几类，因为K注意到这里存在许多界限，这是他迄今为止从未见过的。他特别欣赏这位侍从的那种百折不挠的精神。在同那些顽固的小房间的斗争中——K常常觉得那是同房间的斗争，因为他未曾见到房间里住的人——这位侍从毫不屈服。虽然他也有疲乏的时候——又有谁能不疲乏呢？——但他马上又打起精神，从小车上下来，挺直身子，咬紧牙关，重新朝那扇必须攻克的房门走去。有时候他连吃好几次闭门羹，当然被击退的方式极其简单，只是由于那该死的沉默，然而他并没有战败。他看到，公开进攻毫无所获，就采用别的办法，比方说，要是K理解得没错的话，就用计谋。于是他假装放弃那扇门，在某种程度上让它继续一声不吭，自己则去对付其他的门，过了一会儿他又重新回过来，故意引人注目地大声喊另一个侍从，并开始往紧闭的房门的门槛上堆案卷，好像他已经改变了主意，按理不该从这位老爷这里拿走什么案卷，而是要给他多分发好些似的。随后他就继续往前走，可是眼睛始终盯着那扇门，等后来那位老爷小心翼翼地打开房门把案卷拖到自己房间里去的时候——通常都是这样，这位侍从三两步就跳了过来，一只脚插在门和门柱之间，这样就逼得那位老爷起码也得同他当面交涉了，这种办法通常都会取得相当满意的效果。要是这一手不成，或者他觉得这对某一扇门来说不是合适的办法，他就另想别的招数。比如说，他便转而在那位索要案卷的老爷身上打主意。于是他就把另一个侍从推开——那个侍从只会机械地干活，是个没有多大用处的手下——亲自出马去劝说这位老爷，说起话来低声细语，神秘兮兮，把脑袋伸到屋里，很可能在向老爷许愿，保证在下回分案卷的时候给另一位老爷以相应的惩罚——至少他常常指着对手的门，只要还没有累得趴下去，就会放声大笑。但是也有一两次他把各种招数都放弃了，不过 K 认为这只是假装放弃，或者至少也是出于正当理由才放弃的，因为他心情平静地往前走着，也不东张西望，让那位吃了亏的老爷大吵大闹，只有他间或把眼睛闭上好一会儿，这才表明这种吵闹声使他很难受。后来这位老爷也渐渐平静下来了，就像孩子的哭声渐渐变小，变成一声声抽噎，他的叫嚷也是这样。但就算完全平静之后，有时也还听到一声叫嚷或者那扇门匆匆的开关声。总之，这表明侍从对待这间屋子的做法恐怕是完全正确的。最后只有一位老爷还不肯安静下来，他半天没有出声，但只是为了积蓄精力，随后他又吵开了，声音并不比先前弱。他为什么要如此吵闹和抱怨？原因不太清楚，也许根本不是因为分发案卷的事。这期间侍从已经结束了自己的工作，只有一份案卷，其实只是一张纸，记事册上撕下来的一张字条，由于助手的疏忽还留在车上，不知该分给谁。这很可能是我的材料呢，K 的脑子里闪过这个念头。村长曾经多次说起过这种细小的情况。K 自己也觉得他的假设未免过于荒唐和可笑，但他想设法挨近那个正在一面看字条一面沉思的侍从。这可不太容易，因为他对 K 的好意并未给予好报，在工作最繁重的时候他总还要抽出时间来恶狠狠地或者不耐烦地朝 K 看上几眼，脑袋还神经质地颤动着。现在案卷分完了，看来他有点儿把 K 忘了，就像他对别的事情也变得有些漫不经心一样。这是可以理解的，因为他累极了，对那张字条也没有去多花精力，也许压根儿就没有看，只是做出在看的样子而已。虽然在过道里，无论他把字条分给哪个房间，人家都会很高兴的，但是他做出的决定却是另一个样子：分送案卷已经使他腻烦了，他用食指戳着嘴唇，向助手做了个手势，让他别吭声，就把字条撕得粉碎，塞进口袋——这时 K 离他还远着呢。这大概是 K 在这里的管理工作中所看到的第一件行为不端的事，当然可能他把这件事也理解错了。即使是一件行为不端的事，那也是可以原谅的，这里的情况如此，侍从的工作不可能没有差错，他总得把积聚的恼怒和焦躁发泄出来吧，如果只是表现在撕碎一张小字条上，那就算够好的了。用什么办法都不能使那位老爷安静下来，他的吵闹声现在仍响彻在过道里。那些同僚在其他方面的态度虽然不太友好，但在吵闹问题上好像意见是完全一致的。事情渐渐变成了这样，仿佛这位老爷担负起了为大家吵嚷的任务，而其他的人只是用喝彩和点头的方式来鼓励他继续闹下去。但是现在侍从根本不去加以理睬了，他的工作做完了，他指着小车的车把，叫助手来扶把，于是他们像来的时候那样走了，只是更加满意了，走得很快，以至于小车在他们前面一路晃悠着。只有一次他们吓了一跳，并且回过头来看个究竟。这时原来一直不停吵嚷的老爷发现，一味叫嚷并不是办法，或许他发现了电铃的按钮，心里欣喜不已，这下不用叫喊，可以不断按铃了，真是如释重负。K 这时正在老爷门前徘徊，他很想搞清楚，这位老爷究竟想要什么。听到电铃响，各个房间里立即响起一阵喃喃的细语声，似乎都在表示赞同。看来，这位老爷做了大家早就想做，只是由于不明的原因不得不罢手的事。老爷按铃是要叫招待，叫弗丽达来。他这就得按半天。弗丽达这时正在忙着用湿被单把耶雷米阿斯裹起来，就算他身体好了，她也没有时间，因为这么着她就躺在他的怀里了。不过铃声立即产生了效果，贵宾饭店的老板已经亲自从远处跑来了，像往常一样穿一身黑衣服，纽扣扣得严严实实，但是他那奔跑的样子似乎是忘了自己的尊严：他将双臂半张，仿佛是出了什么大祸才把他叫来的，他要来抓住“灾祸”，并立即将其扼死在胸前。只要铃声稍有一点不规则，他就好像一蹦老高，脚步也加快了。在他后面一大截，他老婆也出现了，她也伸着手臂在跑，但是她的步子较小，而且扭捏作态。K 想，她来得太晚了，等她到这里，老板早就把该做的事都做了。为了给一路跑来的老板让路，K 就贴墙站着。但是老板正好跑到 K 身边就停住了，仿佛 K 就是他的目标，一会儿老板娘也到了，两个人劈头盖脸地将他一顿臭骂。此事来得突然，K 始料未及，所以对责备他的话一句也没听清，尤其是因为中间还夹杂着老爷的按铃声。甚至其他房间的电铃也响了起来，现在按铃倒不是有什么急事，只是乐过了头，按铃玩玩而已。K 一心想要弄清楚自己究竟有什么过错，所以同意让老板架着胳膊，跟他一起离开这喧哗之处。这时吵闹声越来越响了，因为他们身后的房门都打开了，过道里活跃起来了，来往的人也多了，就像在一条热闹的窄小的胡同里一样。K 并没有回头看，因为老板，更何况另一边还有老板娘在开导他呢。他们前面的那些房门显然都在不耐烦地等着 K 走过去，K 一过去，就可以把老爷们从屋里放出来了。这时大家都在不停地按电钮，铃声响彻整个过道，像在庆祝胜利似的。老板他们已经到了静静的白雪覆盖的院子里，有几辆雪橇在那儿等着，这时K才渐渐知道到底是怎么回事了。无论是老板还是老板娘，他们都不理解，K怎么胆敢做出这种事来。“我究竟干了什么？”K一再提出这个问题，但是很久都没有问出个结果来，因为在老板夫妇看来，K的罪行是明摆着的，所以压根儿就没有去想他居然还会安什么好心。只不过K花了很长时间才弄清这一点。原来，他待在过道里是不正当的，一般来说，他顶多只能到酒吧，可这也只有得到恩准才行，而且这种特许随时可以撤销。如果某位老爷传他，他当然必须到达传唤地点，但是他必须时时意识到，他待的地方其实是他不该去的，只是有位老爷因公事需要，万般无奈，勉强传他，他才到那儿去。这点普通常识他总该有的吧？所以听到传唤他得很快就去，接受询查，随后就应该尽快离开。难道他一点没有感觉到，在过道上待着是有失体统的吗？要是他有这种感觉，他怎么会像牧场上的牲畜一样在那儿到处乱跑呢？难道他没有被唤去接受夜间询查？不知道为什么要进行夜间询查吗？夜间询查的目的是听取申诉人的陈述，因为这帮老爷白天见到这些申诉人受不了，所以夜里在灯光下很快地进行，有可能询查以后马上就能进入梦乡，忘掉他们的种种丑态。说到这里，K才得到一个关于夜间询查的新的解释。可是K的行为却嘲弄了所有这些防范措施。天快亮时，连鬼怪都销声匿迹了，可是K却待在那儿，两只手插在口袋里，好像他是在等过道里所有房间的老爷都走光似的。要是有某种可能的话，这事肯定也会发生，这一点他很有把握，因为老爷们对人的体贴是无微不至的。谁也不会来把 K 撵走，也不会说他到了该走的时候这句最普通的话，他们谁也不会这样去做，虽说他们见到 K 在那儿会气得浑身发抖，而且早晨这个他们最喜爱的时刻也要因此而断送。他们非但不会对 K 采取任何行动，而且宁愿自己受罪，同时他们当然也希望 K 最终会渐渐认识到这个痛苦的事实，看到自己在众目睽睽之下站在过道里是如此不伦不类，这种行径，正如使老爷们感到难受一样，他自己也会痛苦得受不了的。但这是徒劳的。他们不知道，或是因为他们的友善和宽容而不愿承认，有的人的心是麻木不仁、奇硬无比的，不会被任何崇敬的感情感化。就连飞蛾这种可怜的昆虫，天一亮不是也要找个僻静的角落藏匿起来，巴不得自己消失不见，并为自己无法做到而难过吗？而 K 却站在最显眼的地方。倘若这样做能阻止白天的到来，那他也定会去做的。他不能阻止白天的到来，却能延缓白天的到来，给它增加麻烦。他不是看见分送案卷了吗？这事除了直接参与分送工作的人之外，是不允许任何人看的，就连本饭店的老板和老板娘也不允许看。关于这事，他们只是听到别人，比如说今天听到侍从提了一下而已。他难道没有看到分送案卷的工作是在多么困难的情况下进行的吗？这事本身就难以理解，因为每位老爷都只考虑工作，从来不想自己的个人利益，因此人人都竭尽全力，力争分送案卷这件重要的基本工作既快又轻松、毫无差错地进行。分送案卷几乎是在所有的房门都关着的情况下进行的，老爷们之间不可能直接交往，否则他们彼此转瞬之间就会取得谅解的，而他们之间通过侍从来沟通，几乎要拖上几个小时，而且从来都不会使每个人满意，没有怨言。对老爷和侍从来说，长期以来这都是一件痛苦的事情，而且对于日后的工作或许还会产生有害的影响。这就是困难的主要原因，难道K从远处观察时真的没有想过这个问题吗？老爷们为什么不能彼此交往？K难道一直不明白？类似这样的事，据说老板娘还从来没有碰到过，老板以人格担保也证实了这一点，何况这对夫妇还说曾经同各种各样难缠的人打过交道呢。有些事情人家不敢说出来，就得坦率地告诉他，否则他连最要紧的事都不明白。那么，现在不得不说了：因为他，完全只是因为他，老爷们才不能从房间里出来。因为他们在一大早，刚睡醒起来就置于陌生人的目光之下，未免太敏感，太不好意思。虽然他们已经整整齐齐地穿好了衣服，但还是感到太裸露了，不好见人。他们为什么害臊？这很难说，这帮白天黑夜永远在工作的人，也许只是因为自己睡了觉而感到害臊。但是见到陌生人，也许比他们自己抛头露面更让他们感到害臊。他们见到申诉人就觉得难以忍受，好在这个难题用夜间询查的办法解决了，他们当然不愿一大早在毫无准备的情况下就让人看到自己的真面目。这样的事正是他们应付不了的。不把这事放在眼里的，会是什么样的人！准是像K那样的人。这种人以麻木不仁、满不在乎的态度，以昏昏欲睡的神态，置法律和最普通的人性等一切于不顾。他根本不考虑自己把分送案卷的工作弄得几乎无法进行，并且损害了饭店的声誉，还惹出一件前所未有的事，逼得那些走投无路的老爷只好起来自卫，做了常人难以想象的自我克制，才按铃求救，来把这个别的方式对他毫无效果的K撵走！老爷们纷纷呼救！老板和老板娘以及全体职工，如果未经招呼便一大早就出现在老爷面前，哪怕是来帮忙的，事情一完马上就走，那么他们岂不早就跑来了？他们被K气得浑身发抖，因自己的软弱无能而灰溜溜的，他们真该在这里过道的头上等着的，现在铃声响了，真是未曾想到，这对他们来说是一种解救。好了，最棘手的事情已经过去了！现在这帮终于摆脱了K的老爷多么愉快地活动着，老板他们要是能够看见，哪怕只看上一眼，那该多好！对K来说，事情当然还没有过去，他在这里造成的麻烦，肯定将由他来承担责任。

这时，他们已经来到了酒吧间。老板虽然愤怒至极，但是为什么仍把K带到这里来？这事也不是很清楚，也许他终于看出来了，K困倦成这样是无法离开饭店的。没有等人家叫他坐下，K便立即跌坐在一只酒桶上了。在那个暗处他感到很适意。在这间很大的屋子里，现在只有一盏光线微弱的电灯照着啤酒龙头。外面仍然漆黑，好像在下雪。K在这里很暖和，真是感激不尽，但得采取预防措施，不要被人家撵出去才好。老板和老板娘还一直站在他面前，这似乎说明，他仍是个危险，仿佛他这种人一点也不可靠，所以完全不能排除他会突然起来，试图再闯进过道里去的可能性。他们受了夜里的这场惊吓，又因为早起，也累了，尤其是老板娘。她穿了件宽摆、束带、纽扣钉得不太整齐的棕色连衣绸裙，走起路来沙沙作响，不知她匆忙中从哪里拿出来的。她把脑袋颓丧地靠在丈夫肩上，用一条精致的手帕擦着眼睛，并不时天真地朝K投去几瞥恶狠狠的目光。为了让这对夫妇放心，K

说，他们现在对他讲的这些，他过去从未听说过，尽管对这些事情一无所知，但他本来也不想在过道里待那么久的，他在那里确实没有什么事要做，也不想让任何人烦恼。之所以发生了这一切，是因为他过于困倦。他感谢他们结束了这狼狈的一幕，倘若要他承担责任的话，也是很欢迎的，因为只有这样大家才不致对他的行为产生误解。要对这件事负责的只是困倦，不是别的。产生困倦的原因，是他还不习惯这种紧张的询查。他说，他来这儿的时间还不长。要是他有了些经验，类似的事情就不会再发生了。也许他把询查看得太认真了，不过这本身并没有什么不好呀。他接连接受了两次询查，第一次在毕格尔那里，第二次在艾朗格那里，特别是第一次询查搞得他精疲力竭，第二次当然没有持续多长时间，艾朗格只不过请他帮个忙，但是两次加在一起就超出了他一下子能够承受的范围，如果换作别人，比如说换了老板，恐怕也是受不了的。第二次询查结束后出来，他走起路来已经踉踉跄跄了，就像喝醉了酒一样。这两位老爷他都是第一次见，第一次听到他们说话，况且他还得回答他们的问题。就他所知，这一切都进行得很顺利，但是后来却发生了这件倒霉的事，可是根据先前的情况，这件事的责任大概不能算在他头上吧。可惜只有艾朗格和毕格尔两个人知道他的情况，他们本来一定会关心他的，那么其他种种事情也就不会发生了，可是艾朗格在询查之后立即就要离开，显然是要坐马车到城堡去，而毕格尔呢，他大概被那个询查搞得精疲力竭，所以就睡着了，在分送案卷那段时间里一直没有醒。毕格尔都这样了，怎能要求 K 精力充沛地挺过来呢？倘若K有这样的机会，他一定会愉快地加以利用的，禁止看的东西他绝对一眼都不看，这是轻而易举的事。实际上他什么也看不到，因此最敏感的老爷看到他也不会害臊。

K提到的两次询查，尤其是那次接受艾朗格的询查，以及K谈到这两位老爷时所流露的敬意，使老板对他产生了好感。看样子他已经准备满足K的请求，在酒桶上搭一块木板，这样他至少可以睡到黎明。但是老板娘明确表示反对，她一面一个劲儿地摇着脑袋，一面毫无用处地在连衣裙上东拉拉、西扯扯，现在她才发觉自己衣冠不整。一场显然早就有过的、涉及饭店整洁问题的争论又快要爆发了。对于困乏不堪的K来说，这对夫妇的谈话具有特别重大的意义。在他看来，从这里被撵走，是他迄今为止所碰到的最倒霉的事。哪怕老板和老板娘联合起来对付他，他也绝对不能让他们撵出去。他蜷缩在酒桶上，警觉地望着这两个人，后来极其敏感的老板娘——K早已注意到了这点——突然往旁边一站，或许她已经在同老板讨论别的事了，大声喊道："瞧他看我的那副样子！快把他弄走！"K把握十足，甚至到了满不在乎的程度，确信自己会留下来的，这时他抓住机会说："我没有看你，只是看你的连衣裙。""为什么看我的连衣裙？"老板娘激动地问。K耸耸肩膀。

"来！"老板娘对丈夫说，"他喝醉了，这流氓。让他在这儿睡一觉醒醒酒吧！"她还叫佩琶随便扔个枕头给K。听到老板娘的叫唤，头发蓬松、满脸倦容的佩琶，手里懒洋洋地拿了把扫帚，便从黑暗处出来了。

第二十章

K一醒来，以为自己根本没有睡过。屋里还是那样空空的，很暖和，一片漆黑，啤酒龙头上的那盏电灯已经熄灭，窗外仍是一片夜色。他伸了伸胳膊和腿，枕头掉了下来，铺板和酒桶吱吱作响，佩琵马上就来了，这时他才知道，现在已经是晚上了，他睡了十二个小时以上。白天，老板曾几次问过他的情况，格斯泰克这期间也曾来看过他。早晨他同老板娘说话的时候，格斯泰克就在这儿，在黑暗处边喝啤酒边等着，但后来没敢再打扰他。此外，据说弗丽达也来过，并在他身边站了一会儿，不过她并不是为他而来，而是在这里有些事情要准备，因为晚上她又要开始干她的老行当了。“她大概不喜欢你了吧？”佩琵端着咖啡、蛋糕问道。但是她问的时候不像以前那样带有恶意，而是有几分伤心，仿佛这期间她体会了人间的凶狠，一加对照，她自己的那点子凶狠就显得相形见绌、毫无意义了，她跟K说起话来就像同是天涯沦落人似的。K尝咖啡的时候，她看出他嫌咖啡不够甜，就跑去给他拿了满满一罐糖来。虽然她今天伤心，但这并没有影响她打扮自己，也许还比上次打扮得更漂亮。她在头发上编了许多蝴蝶结和丝带，额头上和两鬓的头发都细心地烫过，脖子上戴了一条细项链，一直垂到领口开得很低的衬衣里。K想到自己终于美美地睡足了觉，而且可以喝到优质咖啡，心里感到非常满意，不由得偷偷伸手抓住一个蝴蝶结，想把它解开，这时佩琶疲倦地说："别动我。"随后就挨着他坐在一只酒桶上。不用K去问她的痛苦，她自己马上就开始讲了起来。她的眼睛呆呆地盯着K的咖啡壶，似乎她在讲话的时候，也需要分散一下注意力，哪怕她在诉说自己的痛苦，好像也不能完全沉浸于其中，因为这不是她的力量所能及的。K首先得知，佩琶的不幸其实是他的责任，不过她对此事并不耿耿于怀罢了。她一面讲，一面连连点头，免得K提出异议。起先他将弗丽达从酒吧间带走，这才使佩琶有了提升的机会，否则她根本想不出有什么事情能使弗丽达放弃她的职位。她坐在酒吧间，犹如蜘蛛守在网里，四面八方都拉上了只有她才知道的网丝。她本人不愿意却硬要把她从这个位置上弄走，那是完全不可能的，只有她爱上一个卑贱的人，就是说这种爱情是同她的地位不相般配的，才能将她从这个位置上赶走。那么佩琶呢？她何曾想过要为自己获得这个职位？她是客房侍女，职位低微，也没有什么前程。她也像每个姑娘一样，梦想有个远大前程。她不能禁止自己做梦，但是她并没有认真想要升迁，能够保住已经获得的职位，她就心满意足了。后来弗丽达突然从酒吧间消失了，这事来得那么突然，老板一下子找不出一个合适的人来替代她，于是就四处找，他的目光落到了佩琶身上，她当然也充分地表现了自己。那时候她爱上了K，在那之前她还从来没有爱过别人呢。以前她在下面她那间很暗的小房间里待了好几个月，并准备在那儿度过几年，要是情况不利，就默默无闻地在那儿过一辈子。现在K突然出现了，他是英雄，是她的救星，为她打通了平步青云的道路。他当然对她毫无所知，他所做的事并不是为了她，但是这并没有影响她对他的感激之情。在她被聘任的前夜——聘任还没有敲定，但是已经极有可能了——她用好几个小时来同他聊天，悄悄向他表达她的感激之情。而且他背负的恰恰又是弗丽达这个包袱，所以在她眼里他的行为就越发显得高尚。为了让佩琵脱颖而出，他让弗丽达做了自己的情妇，在他的行为里一定有一种不可思议的无私精神。弗丽达是什么人？她并不漂亮，人很瘦，又显得老，头发又短又稀，再加上她又诡计多端，心里老怀着某些秘密，这大概同她的外貌不无关系。她的面貌和身材都很难看，而且她还怀有另一些谁也无法查明的秘密，比如说她同克拉姆的关系。佩琵那时甚至还产生过这些想法：如果K真有可能爱上弗丽达，那么他不是在欺骗自己，也许仅仅是为了欺骗弗丽达，这一切的唯一成果也许就是佩琵被提升，那么K就会发现这个错误，或是不愿再掩盖这个错误，他也就不愿再看见弗丽达，只想见到佩琵。这倒不是佩琵在异想天开，因为佩琵是很想同弗丽达较量一番的，而且两个人一定旗鼓相当、势均力敌，这一点是没有人会否认的。再说，一时间把K弄得神魂颠倒的，主要是弗丽达的地位，以及她善于给自己的地位涂上一层光辉。佩琵曾经梦想过，要是她得到了这个职位，K就会来向她恳求，那时她就可以进行选择，要么答应K，丢掉职位；要么拒绝他，继续往上爬。她心里已经想好了，她要放弃一切荣华富贵，向他降格俯就，并教他懂得真正的爱情，他在弗丽达那儿永远得不到的爱情，不受世上荣誉地位影响的爱情。但是事情的结果却是另一个样子。这该怪谁呢？首先得怪K，其次当然得怪弗丽达的狡诈。因为他想要什么，他是怎么个奇怪的人？他在追求什么，是些什么重要的事情使他忙得不可开交，使他把最亲、最好、最美的东西都抛在了脑后？佩琵是牺牲品，一切都蠢不可言，一切都已失去；谁有力气放火把整个贵宾饭店烧掉，彻底烧掉，烧得毫无痕迹，像在炉子里烧掉一张纸一样，谁就是今天佩琵选中的人。是的，四天前，快吃午饭时，佩琵来到了酒吧间。这里的工作并不轻松，简直要把人累死，但是能够捞到的好处却也不少。佩琵以前的日子也不是过得无忧无虑的，尽管从来没敢妄想自己把这个职位弄到手，却仔细观察过，知道这个职位很重要，所以接受这个职位时已经胸有成竹。没有准备是根本不能接受这个职位的，否则不消几个钟头就会把它丢掉。在这里要是照客房侍女的方式行事，那就更糟了！客房侍女渐渐都会有一种虚度光阴或者被人遗忘了的感觉，在那儿就像在矿里干活一样，至少在秘书们住的那条过道里是这样，在那里几天只见到几个申诉人，他们来来去去一闪而过，连抬头看一眼都不敢。那儿除了两三个侍女，没有一个人，而这些侍女也都非常郁闷。早晨根本不准走出房间，那时候秘书们愿意自己待着，饭由跟班从厨房里给他们拿来，所以侍女们一般都没有什么事干。吃饭时间内侍女也不许到过道里去，只有老爷们办公时，侍女才可以去收拾房间，当然不能到有人的房间，只能到这时正好空着的房间去收拾，干活的时候要非常轻声，以免打扰老爷们的工作。可是老爷们在房间里一住就是好几天，再加上跟班那帮邋遢货在里头瞎折腾，等到终于让侍女去收拾的时候，里面脏得连洪水都冲不干净了，清扫那样的房间怎能轻声！不错，他们是高贵的老爷，可是他们走后侍女要去打扫房间，就得使劲克服对他们的厌恶。侍女的工作虽说并不太多，但都很棘手。她们从来听不到一句好话，听到的只是责骂，尤其是这句最让人难过却又成了家常便饭的责备：清理房间的时候文件丢了。其实什么也没有丢失，连张小纸片都是交给老板的。当然，文件确有丢失的，但并不是侍女弄丢的。接着调查委员会就一批批来了，侍女都得离开她们的房间，她们的床铺被翻了个遍，侍女本来就没有什么财物，仅有的一点儿东西背筐里就全放下了，可是调查委员会一搜就是几个小时。他们当然什么也没有找到，文件怎么会到那儿去呢？侍女们要文件干什么？可是结果是什么呢？大失所望的调查委员会谩骂和恐吓侍女，当然这又是由老板转达的。从来都没有安静的时刻，白天没有，夜里也没有，吵闹声一直持续到半夜，天还没亮又开始了。要是不在那儿住，总会好些吧。但是又必须在那儿住，因为在这段时间里老爷要什么小吃，就得到厨房去拿，这可是侍女的事，尤其在夜里。侍女的房门常常突然被拳头敲得嘭嘭响，接着便报出所要的东西，侍女就跑到楼下的厨房里，把熟睡的厨房小伙子弄醒，将盛着所订东西的盘子端出去放在门口，再由跟班到那儿去取。这一切多惨啊！但这还不是最糟糕的。确切地说，最糟糕的是没有人来要东西的时候，又是深更半夜，本该人人都睡了，实际上大部分人也都睡了，有人在侍女的房门口蹑手蹑脚地活动。于是姑娘们纷纷从床上下来——床是三层铺，因为那儿的房间都很小，实际上侍女的整个房间不外乎是一个大三屉柜罢了——到门边去听听，跪在地上，吓得互相搂抱在一起。那个悄悄溜过来的家伙，还一直在门口走来走去。倘若他进屋里来，她们大家倒高兴了，但是什么事都没有发生，也没有人进屋来。对于这件事，你也只好对自己说，这里不一定会有什么危险，也许只不过是有人在门口走来走去，是在考虑要不要订一份夜宵，后来还是没有拿定主意罢了。也许就是这件事，但也许完全是别的事。其实这些老爷大家都不认识，也从来没有见过。不管怎么说，房间里的几位姑娘都快吓晕了，等到后来外边终于没有声音了，她们都靠在墙上，连重新爬上床的力气都没有了。这种生活现在又在等待佩琵了，今天晚上她就又得搬回侍女房间去了。为什么？都是因为 K 和弗丽达。她又要回去过那种生活了，那是她刚刚逃脱的生活，是她虽然得到了 K 的帮助，但也是以自己最大努力才逃脱的生活呀！因为干那种工作，姑娘们都不修边幅，连本来最讲究打扮的姑娘也一样。她们打扮给谁看？谁也看不见她们，能见到她们的，顶多是伙房人员。谁要是心安理得地给他们看，那她就去打扮好了。除此之外，她们活动的地方始终只在自己的小房间里或者老爷的房间里，要是穿着干净的衣服踏进老爷们的房间，那可真是糟蹋衣服了。一年到头见不到阳光，老是待在有霉味的空气里——任何时候都生着暖气——人也就没有不累的时候。每星期一个下午的休息时间，最好到厨房里去找个储物间，安安静静、放心大胆地在里面睡一觉。干吗要打扮？是的，连衣服都穿得很少。现在佩琵突然调到酒吧间来了，在那里要想保住自己的职位，该做的事情恰好同当侍女时相反。在酒吧间，别人的眼睛老盯着你，这些人中不乏爱挑剔的、观察细致的老爷，所以你的模样时时都要尽量让人看了觉得漂亮、舒服。好吧，这是一个转折。佩琵可以对自己说，这一切她都做到了。事情将来会怎么样，佩琵对此并不担心。这个位子所需要的能力，她是具备的，这一点她知道，而且很有把握，到现在她还有这份自信，谁也无法将它抢去，即使在今天，她失败的日子，别人也抢不走。只不过，一开始她要经受这个考验，那是很困难的，因为她是个穷招待，既没有衣服，也没有首饰，老爷们可没有耐心看着她慢慢添置起来，他们希望立刻就有一个合格的酒吧女招待，中间没有过渡，否则他们会转身就走的。有人可能会想，既然连弗丽达都能使他们满意，那他们的要求一定不会太高。但是这种想法并不对。佩琵也常常思考这个问题，还常常跟弗丽达在一起，有段时候还同她睡在一起。要发现弗丽达的诀窍是不容易的，稍不留意，马上就会被她迷惑。那么又有哪些老爷会处处留神呢？弗丽达自己比谁都清楚，她有多难看，比如说，谁要是第一次见她把头发松开，就一定会因同情她而双手合十的。按理说，这样的姑娘连当个侍女都不配。她自己也知道，好几个夜晚她都曾为此而痛哭，并且伏在佩琵身上，把佩琵的头发盘在自己头上。但是她只要一当班，一切疑虑就统统消失了，她认为自己是最美的，而且善于把别人的目光引到她的身上来。她会识人，这便是她的看家本领。她撒谎骗人的话可以脱口而出，使得别人没有时间来仔细看她。当然，这样下去总是不行的，人人都长着眼睛，迟早会明白的。但是，她在发现这种危险的一刻，就已经准备好了另一手，比如最近她同克拉姆的关系。你要是不相信，可以去调查，去问克拉姆。好狡猾！好狡猾！你大概不敢到克拉姆那儿去问这个问题，也许你有比这不知重要多少的事情要问他，可他也不会让你去，对你来说克拉姆是根本见不到的——只有你和你这样的人才觉得克拉姆是见不到的，而弗丽达，她想什么时候见他，就什么时候蹦到他那儿去。如果真是这样，你还是可以对这事进行调查的，你只要等着就好了！克拉姆一定不会长时间忍受这种流言蜚语的，人家在酒吧里、在客房里说了他些什么，他一定非常急于知道，这一切对他来说事关重大，要是讲得不对，他一定马上就会出来加以澄清的。

但是他如果没有出来澄清，就是说没有什么可澄清的，人家说的都是实情。人家看见的只不过是弗丽达把啤酒端进克拉姆的房间，再拿着克拉姆付的钱出来，但是人家没有看见的，弗丽达却自己讲了，人家只好相信她。她根本没有讲这件事，她是不会把那种秘密泄露出来的，不会的。在她周围，秘密是自己泄露出来的，而秘密一经泄露，她当然也就不再避而不谈了，但她适可而止，对什么事都不予肯定，谈的都是人人皆知的事。她并不是什么都说，比如说自从她到酒吧间以后，克拉姆喝的啤酒比以前少了，没有少很多，但确实是明显地少了——关于这件事她就没说。克拉姆喝啤酒喝得少了这件事也会有各种原因的，可能这段时间里克拉姆不怎么喜欢喝啤酒，或者是他把心思都放在了弗丽达身上，忘了喝啤酒。总而言之，无论多么奇怪，反正弗丽达成了克拉姆的情妇。连克拉姆都中意的东西，别人怎会不对其大加赞赏呢！于是转眼间弗丽达就成了个大美人，成了一位天生就适合在酒吧间工作的姑娘。是啊，简直太漂亮、太有魅力了，酒吧间已经搁不下她了。事实上，大家都觉得奇怪，她怎么还一直在酒吧里呢。当个酒吧女招待是很了不起的，由此看来，她同克拉姆的关系是很可信的。但是，如果酒吧女真是克拉姆的情妇，他为什么让她待在酒吧间，而且待那么长的时间？为什么不提拔她？人家可以对大家说一千遍，说这里并没有矛盾，克拉姆这样做一定有他的理由，或者说，弗丽达突然在什么时候，也许就在最近，就会得到提升的，凡此种种说法都没有多大效果，大家已经有了一定的想法，时间长了，无论别人要什么花招，他们也不会改变自己的看法。已经没有人再怀疑弗丽达是克拉姆的情妇了，就连那些对情况显然比较了解的人，也没有劲儿去怀疑了。当克拉姆的情妇去吧，这些人想，不过如果你真是的话，我们倒想从你的升迁上看出来。可是别人什么也没有看出来，而弗丽达也同现在一样仍旧留在酒吧间，而且她看到一切都照旧，暗地里还非常高兴。不过在别人心目中她已失去了威望，这事她自然不会不注意到，其实她是颇有先见之明的。一个真正漂亮、可爱的姑娘，一旦习惯了酒吧间的生活，是用不着施展什么手段的。只要她的美貌犹在，酒吧招待就一直会当下去，除非有什么特别不幸的事情发生。但是像弗丽达那样的姑娘大概时时刻刻都在为她的职位而担心，当然她很聪明，非但不露声色，反而常常在抱怨和咒骂这个职位，不过暗地里她在不断观察别人的情绪，这样她就发现大家满不在乎了，对于她的露面人家觉得抬一下眼睛都不值得了，就连跟班都不理她，而是聪明地去巴结奥尔珈之流的姑娘。从老板的举止上她也觉察到，她越来越失宠了，关于克拉姆的新故事也并非老是编得出来的，凡事都有个限度，因此弗丽达决定采用新花招了。要是有人能够立即看穿她的花样就好了！佩琵对此有所感觉，可惜并没有将其看透。弗丽达决心搞件轰动的事情出来：她，克拉姆的情妇，随便就委身于一个人，尽可能是个最卑贱的人。这事定会引起轰动，大家会谈论很久，最后又会想起当克拉姆的情妇是何等荣耀，因迷恋新欢而丢掉这份荣耀又是多么可惜。只不过要找到一个能玩这场聪明游戏的合适的人，也着实不容易。弗丽达的熟人不行，某个跟班也不行，他说不定会目瞪口呆地望望她就走掉的，尤其是他恐怕不会一直很认真，纵有鼓簧之舌，也不可能去散布这样的奇闻：弗丽达遭到他的袭击，无法反抗，在失去知觉的时刻被他强暴了。虽说要找的人得是个最卑贱的，可这个人又要能够让人相信，他虽然迟钝、粗俗，但是他渴望得到的不是别人，恰恰是弗丽达，他除了想娶弗丽达，并没有什么更高的奢望——我的天呀！虽说要找的人得是个老百姓，但是如有可能，这个人最好比跟班还要低下很多，又不是被每个姑娘都嘲笑的人，也许另一位有判断力的姑娘还会在他身上发现什么有吸引力的东西呢。可是到哪儿去找这么个人？别的姑娘兴许一辈子也找不到这样的人。弗丽达的运气真好，大概恰好在她第一次想出这个计划的当晚，土地测量员就到她的酒吧间来了。土地测量员！是啊，那么K在想什么呢？他心里有什么特别的事情呢？他能达到什么特殊目的吗？一个好职位？得到嘉奖？他想得到这些吗？若是那样，那么他一开始就不该这么干。他是个无足轻重的人，看看他的处境，真叫人伤心。他是土地测量员，这也许有那么点资本，就是说他学了点本事，可是如果他毫无用武之地，这还不等于零。到了这个份儿上，他又没有靠山，却还提出要求，虽然不是直截了当地提出来的，可是人家注意到他正在提出某些要求，这是很令人气愤的。他知不知道，就连个侍女，要是同他多说了会儿话，也是有失体面的。他脑袋里装着这些特殊要求，第一天晚上就扑通一声掉进了这个明摆着的陷阱。难道他不觉得害臊吗？弗丽达身上有什么东西使他如此神魂颠倒？现在他总可以承认了吧。难道他真的喜欢这干瘦干瘦、脸色发黄的妞儿？没有，他看都没有看她，她只是告诉他，她是克拉姆的情妇，在他听来这还是个新闻呢，这下他可完了！她不得不搬出去了，现在贵宾饭店里当然没有她的位置了。佩琵还是在她搬出去的那天早上见到她的，饭店的人都跑来，个个都好奇地要看上一眼。她的威力还那么大，大家竟都为她惋惜，所有的人，连她的对头也在内，都在为她惋惜。一开始就证明了她的估计丝毫不差，一朵鲜花插在了牛粪堆上，大家都觉得不可理解，这是她的劫数。厨房里的那帮小姑娘，她们当然对每个酒吧招待都很佩服，所以更是伤心到极点。就连佩琵也受到感动，即使把注意力放在别的事情上，也还忘不了这件事。她发现，其实弗丽达自己倒并不怎么伤心。本来她碰上的是个极大的不幸，她也做出一副很不幸的样子，但是还装得不够，这点把戏骗不了佩琵。她怎么会挺得住的？是这次新的爱情的欢乐？哦，这种考虑已经排除。可是除此之外还有什么原因呢？甚至对于佩琵，她都还像往常一样保持着不太热的友情，而这时佩琵已经定为接替她的人了，她哪儿来的这份力量？当时佩琵没有时间去琢磨这个问题，她要为这个新的职位做种种准备，忙得不可开交。几个小时以后她就要上岗了，可是她还没有做头发，没有像样的衣服，没有漂亮的内衣，没有穿得出去的鞋。这些都得在几个小时内准备好，要是配不齐这些东西，还不如干脆放弃这个职位好，否则不出半小时肯定也会把它丢掉的。好在她办成了一部分。做头发她是一把好手，有回老板娘还让她去帮她做头发呢。佩琵的手天生就特别灵巧，她这一头秀发，在自己手里爱做什么样子就可以做成什么样子。衣服嘛，也有人帮她的忙。她的两位同事对她真是实心实意，再说从她们这一批中出了一个酒吧招待，大家也都跟着脸上沾光呀，何况佩琵将来掌了权，她们还可以得点好处呢。一位姑娘手里有块贵重料子，已经留了很久，那是她的宝贝，她常把料子拿出来让别的姑娘欣赏，梦想有朝一日用来做身衣服好好风光一番，而眼下佩琵需要，她就割爱了，这事她真是做得太漂亮了。两位姑娘还热心地帮她做衣服，而且比为她们自己做还要卖力。她们觉得这活干起来非常轻松愉快，两个人都坐在自己的床铺上，一个上铺，一个下铺，边缝边唱，把缝好的部分和零件互相递上递下。佩琵一想到这种情景，再看看眼下，这一切都是白费力气，自己又要两手空空地回到这两个朋友那儿去了，想到这些，心情非常沉重。多倒霉呀，这主要是K的轻率造成的！当时大家多喜欢这件衣服，它好像是成功的保证，要是再补做一条腰带，对成功就毫无怀疑了。这件衣服不是真的很漂亮吗？佩琵没有衣服替换，白天黑夜都得穿着它，所以它现在已经有点皱了，上面还弄了几个斑点，但大家还是觉得这件衣服很漂亮，就连巴纳巴斯家那个该死的小妞也做不出一件更好的来。这件衣服还可随意收紧和松开，上下都行，衣服虽然只有一件，但式样却可以变来变去——这是个特殊的优点，其实是她自己的发明。当然，给她做衣服也不难，这一点佩琵可不是吹牛的，年轻、健壮的姑娘穿什么都合适。要弄到内衣和鞋，那可难得多了，实际上失败就是从这里开始的。这件事情她的两位女友也竭尽全力帮过忙，但是力不从心。她们凑来凑去、缝缝补补，只是弄到一些粗布内衣，没有高跟靴，就只好穿便鞋，这样的鞋穿出来还不如藏起来好。她们安慰佩琵说，弗丽达也穿得不大漂亮，有时候她邋里邋遢地东跑西晃，客人见了宁肯让管酒窖的小厮来侍候呢。这倒是真的，但是弗丽达可以这么做，因为她已经得宠，有了威望。假如一位贵妇人偶尔有一次在人前穿得脏兮兮的，马马虎虎，反倒更有魅力，但是像佩琵这样的新手这么做，结果又会怎样呢？再说弗丽达根本就穿不出像样的衣服来，她这个人一点审美观都没有。倘若有人生来就是黄皮肤，当然就只好随它去了，大可不必像弗丽达那样还去配上件领口开得很低的奶油色短衫，免得映入别人眼帘的全是一片黄色。就算不是这个原因，她也太小气，舍不得穿好的，把挣的钱全都积攒起来，谁也不知道她要干什么用。她在酒吧间工作，一个子儿也不用花，靠撒个谎、耍点花招捞到的钱就够用了。佩琵可不愿意，也不能学弗丽达的样，所以她打扮得漂漂亮亮的，以便一开始就给人一个好印象，这也是合情合理的。倘若她这样做的时候手段更厉害一些，那么，任凭弗丽达有多狡猾，也不管K有多愚蠢，胜利者一定依然是她。开始倒还顺利。在酒吧间工作所需要的那点操作技术和知识她事先已经知道了。她一到酒吧间，马上就适应了那里的工作。弗丽达不在这儿干活，谁也没有记挂她。第二天才有几位客人打听弗丽达到底哪儿去了。佩琵一点差错也没有，老板很满意。头一天他不放心，所以老在酒吧间待着，后来还不时地来看看，最后他把一切都交给了佩琵——因为账目一点不差，平均收入甚至比弗丽达在这儿的时候还略多一些。她还对酒吧间的工作进行了一些革新。弗丽达那时对跟班都要加以监视，至少有时候是这样，特别是有人看着的时候，这倒不是因为她工作勤奋，而是出于贪心、出于支配欲，唯恐别人削弱她的权利。同她的做法相反，佩琵却把这项工作派给了管酒窖的小厮，他们做起来反而更合适。这样她就腾出了更多时间来照管老爷们住的房间，客人要啤酒她很快就给送去。尽管这样，她还能同每个人都说上几句话，不像弗丽达。据称，弗丽达把自己整个儿包给了克拉姆，同别人说了话或者接近了，她都将其看作对克拉姆的侮辱。这当然也是聪明的做法，因为倘若有朝一日她让某人亲近，对那个人来说，这简直是天大的恩宠了。但是佩琵却痛恨这些伎俩，再说一开始就要这些手段也没有用。佩琵对每个人都很客气，每个人对她也抱以和蔼亲切的态度。由此看得出，大家对这个变化感到很高兴。老爷们被工作累得精疲力竭，终于可以坐下来喝杯啤酒的时候，她说一句话，通过一个眼神或者耸一下肩膀，就能把他们的情绪调动起来。所以大家都抢着摸佩琵的鬈发，弄得她一天得梳上十来遍头发，谁也抵挡不住这些鬈发和蝴蝶结的诱惑，就连平时心不在焉的 K 也不例外。就这样，几个兴奋、忙碌但很有成果的日子过去了。要是日子不过得那么快，要是再多几天这样的日子，那该有多好！即使她拼了命地干，四天的时间还是太少了，要是有第五天就好了。在短短的四天时间里，佩琵就已经遇到了不少热心肠的人，获得了不少朋友。她信赖大家的目光，每次端着大啤酒杯走来的时候，都沉浸在友情的海洋里。一位名叫巴特梅厄的文书迷恋上了她，给她馈赠了条鸡心项链，鸡心里还放了自己的照片，这事说明，这位文书的脸皮是很厚的。固然发生了这样或那样的事，但是总共只有四天，在这四天里，要是佩琵使出浑身解数，全力以赴的话，弗丽达就几乎会被忘掉，但还不会被彻底忘掉。要不是她早做准备，搞了个大桃色事件，被大家挂在嘴上的话，恐怕她真的被忘掉了，也许忘得还要更早。由于这个桃色事件，她在别人心目中变成了新人，人家很想再看到她，纯粹是出于好奇心。本来大家对她已经感到乏味，甚至感到讨厌了，但由于这位平素心不在焉的 K 的功劳，她对大家又产生了魅力。当然，只要佩琵还在这里，并且产生影响，大家就不会为了弗丽达而把佩琵放弃，但是这些人大都是年纪较大的老爷，在他们对酒吧新招待习惯以前，他们原有的习惯还将持续几天。即使这次换酒吧女招待好处很多，他们原来的习惯也将违背他们的意愿而持续几天，也许只是五天，但四天是不够的。无论佩琵获得了哪些成功，她还一直被看作临时酒吧招待。接着她碰上了这件也许是最倒霉的事：在这四天里克拉姆没有下楼到大厅里来，虽然头两天他就已经在村里了。要是他到大厅里来了，对佩琵来说，这将是一次决定命运的考验。对于这次考验她一点也不怕，而且还很欢迎呢。她绝不会成为克拉姆的情妇——这种事当然最好不要用语言去触及——也不会谎称是克拉姆的情妇来抬高自己，但是她至少会像弗丽达那么可爱，把啤酒杯放在桌上；她也不会像弗丽达那样去缠磨挑逗，但会好好地请安和道别的。倘若克拉姆想在姑娘眼睛里寻找什么东西的话，那他一定可以在佩琵的眼睛里心满意足地找到的。可是他为什么不来呢？是纯属偶然吗？佩琵当时也是这么想的。那两天她时刻都在等他，夜里也在盼他。现在克拉姆要来了，她不断地这样想，并且跑来跑去，没有别的原因，只是心里等得着急，她还希望克拉姆进来时第一眼就能看见她。不断的失望使她疲惫不堪，也许正是出于这个原因，许多本来可以办到的事，她都没有办到。只要有点时间，她就悄悄溜到楼上那条严禁闲人进去的走廊里，蜷缩在走廊上一个壁龛里等着。她想，要是现在克拉姆再过来，要是她能把他从房间里弄出来，用双手把他抱进楼下的大厅，那该多好。无论他有多重，这点分量是压不垮她的。但是他没有来。楼上的这条走廊里是那么静，如果你没有身临其境，是绝对想象不到的。那里静得让人待不了多久，那种寂静会把你赶跑的。但是佩琵还是一次又一次地跑上楼去，被寂静赶走十次，她又第十一次上去。当然，那是毫无意义的。克拉姆要是来，那就来了；要是不来，佩琵哪怕在壁龛里待得快被憋死，也不会把他引诱出来。这毫无意义，但要是他不来，那么几乎什么事都没有意义了。他没有来。今天佩琵知道克拉姆没有来的原因了。要是弗丽达看见佩琵躲在楼上走廊上的一个壁龛里，双手按着胸口，她一定会觉得非常好玩。克拉姆没有下楼，是因为弗丽达不许他下来。克拉姆没下楼并不是弗丽达请求的结果，她的请求到不了克拉姆那里，但是这只蜘蛛精，她的关系多得不得了，谁也搞不清楚。佩琵跟客人说话总是公开的，隔着一张桌子都听得见，弗丽达可一句话也不说，把啤酒放在桌上就走了，只有她那条绸裙子，她唯一花钱买的那条绸裙子发出窸窸窣窣的声音。但若是她有什么话要说，从不公开说，总是弯下身子悄悄地对客人说，弄得邻桌的人都竖起了耳朵。她所说的事情，大概都是无关紧要的，这样她便可以拉上关系。她还善于利用一个关系去拉另一个关系，虽说不是每回都成。虽然她的关系大都失败了——谁愿意老是去为弗丽达操这份心——但她总可以不时地紧紧抓住一两个关系。现在她开始利用这些关系了。K 就给了她这种机会，他非但不跟她守在一起，看住她，反而几乎不待在家里，整天东转西转，这里谈谈、那里说说，对什么事都注意，就是没有注意弗丽达。后来为了让她更加自由，他竟从桥头客店搬进了那所空着没住人的学校。这一切就是他们美妙的蜜月的开始。现在佩琵准是最后一个责备K没有耐着性子守在弗丽达身边的人。他是没法守在她身边，但是他为什么又不彻底跟她一刀两断？他为什么还一再回到她身边去？为什么他到处奔走给人造成这么个印象，好像他在为她奋斗呢？看起来他似乎通过同弗丽达的接触才发现自己真是微不足道，希望能配得上弗丽达，但愿自己能飞黄腾达，因此而暂时放弃跟弗丽达厮守在一起，以便日后可以给这种匮乏的生活不断加以补偿。这期间弗丽达可没有浪费时间，她坐在学校里——当初K恐怕就是在她的操纵下搬进学校去的——观察贵宾饭店和K。她手下有出色的信使，可以随时差遣：K的助手。他居然把两个助手完全交给她去支配，真让人无法理解。即使了解K的人，对此也无法理解。她派他们到她那些老朋友那儿去，让他们记着她，向他们诉说，她被K那样的人拘禁了，唆使他们跟佩琵作对，说她马上就回去了，请他们给予帮助，并发誓不向克拉姆透露，还做出好像必须照顾克拉姆，所以绝对不能让他下楼到酒吧间来的样子。她在别人面前装出一副爱护克拉姆的样子，在老板面前则又成功地利用这件事，让老板注意到，克拉姆果真没有再下来过。她说，楼下只有佩琵一个人在接待客人，克拉姆怎么会来呢？让佩琵到酒吧间来干活，这事老板没有错。到现在为止佩琵是能找到的最佳替代的人，只不过这个替代的人还不合格，只干几天也不行。对于弗丽达的这些活动，K一无所知，他不出去奔波的时候，就躺在她的脚边，被蒙在鼓里，而弗丽达却在扳着手指计算还要几个小时她才能回到酒吧间去。这两个助手不单单为她跑腿，传递信息，还搞得他醋意大发，神魂颠倒。弗丽达从小就认识这两个助手，他们之间肯定没有什么秘密可保守，为了给K增加点面子，他们开始相互渴慕了，而对K来说，他们相互间的渴慕有变为伟大的爱情的危险。K呢？他所做的任何事情，连这最矛盾的事，也都是为了博得弗丽达的欢心：一方面他被这两个助手弄得醋意大发，另一方面他在独自出去转悠的时候，却又允许他们三个人待在一起。看起来他好像是弗丽达的第三个助手似的。弗丽达根据她观察的结果，现在决心采取重大行动了：她决定回去。现在确是最好的时机，弗丽达这只狐狸精居然看到并且利用了这一点，这真令人钦佩。这种观察力和决断力是弗丽达的本事，别人是无法模仿的。要是佩琶有这个本领，她的生活将会是另一种样子。倘若弗丽达在学校里多待一两天，佩琶就不会被赶走，她最终就会当定酒吧招待，大家都喜欢她、爱护她，她可以挣到足够的钱，添置看了令人眼花的衣服装备。再有一两天，无论弗丽达耍什么阴谋诡计，也阻止不了克拉姆到大厅里来，他会来这里喝酒，感到如鱼得水，要是他真的发现弗丽达不在，反而会对这个变化感到非常满意的。再过一两天，大家就会把弗丽达以及她的桃色新闻、她的各种关系、两个助手，以及一切的一切统统抛到九霄云外，她永远不会再出来抛头露面了。这样一来，她也许会更紧地依靠K，而且，假如她能够去爱的话，说不定会真的爱上K。不会，这不会。因为K用不着一天的时间就会对她感到厌倦，就会认识到她是如何无耻地以她的所谓美貌、所谓忠诚，尤其是所谓同克拉姆的爱情等来欺骗他的。他不用太多时间，只要再有一天，就可以把她以及她同助手搞的肮脏勾当一股脑儿逐出屋子。想一想，K 也用不了更多时间，只要一天就够了。弗丽达身处这两个危险之间，眼看要遭灭顶之灾了，这时她忽然脱身了，头脑单纯的 K 还给她留了最后一条生路。这事违背常理，谁也没有料到。突然间她反而把还一直爱着她、始终追求她的 K 撵走了，加上在她的朋友和两个助手施加的压力下，在老板眼里，她竟成了饭店的救命恩人，凭着她的桃色丑闻，她比以前更有诱惑力了，无论下等人还是上等人，个个对她垂涎欲滴，这是有据可查的。那个卑贱的人，她只迷恋了一阵子，马上就一脚把他踢开了，她又像以前一样，他和别的人都无法挨近她，无法把她弄到手了。不过以前大家对这一切只是怀疑罢了，现在大家已经相信了。她就这样回来了，老板睨视了佩琵一眼，心里犹豫不决，佩琵干得那么出色，该牺牲她吗？可是他不久就被说服了，为弗丽达说话的人真多，主要是说，她一定会重新把克拉姆争取到大厅里来的。现在已是傍晚，我们的谈话就此打住。佩琵可不会等着弗丽达神气活现地来接收这个职位的。账目她早已交给了老板娘，她可以走了。侍女房间里那个下铺已经为她准备好了，她就要过去，受到两位眼泪汪汪的同屋女友的欢迎，脱下身上的连衣裙，扯下头发上的丝带，塞在一个角落，藏得严严实实，以免不必要地触物生情，想起那些本该忘却的时光。随后她将提起大桶，拿起扫帚，咬紧牙关，开始干活。但是眼下她还必须把这一切都讲给 K 听，要是不告诉他，他就一直弄不清楚这件事。她要让K看清楚，他对佩琵的做法有多可恨，把她害得好苦。当然，在这件事情上他也不过是被人利用而已。

佩琵讲完了。她深深吸了一口气，擦掉眼睛里和脸颊上的几滴眼泪，望着K点点头，仿佛想说：其实这事也并不是只让她倒霉了，她承受得住。她不需要别人，尤其不需要K的帮助和安慰。她虽然年轻，却体验了人生，她的不幸只不过证实了她的人生体验而已，但是这事关系到K，她要让他明白事情的真相，即使在她全部希望破灭之后，她也必须这样做。“这是你的胡思乱想，佩琵。”K说，“你说，这些情况你现在才发现，这不对。这无非是你在你那间又暗又窄的侍女房间里所做的梦而已，这些梦只有在那里才适得其所，但是在这宽敞的酒吧间里就显得奇怪了。抱着这些想法，你就不可能保住这儿的职位，这是不言而喻的。就连你那么夸耀的连衣裙和发式，也只是在你们房间的黑暗里和床上所产生的怪胎，在那儿当然很漂亮，但是在这里谁见了都会在明里或暗里哈哈大笑的。你还说了些什么？说我被利用、被欺骗了，是吗？没有，亲爱的佩琵，我跟你一样，并没有被利用、被欺骗。不错，弗丽达眼下是离开了我，或者如你所说，跟一个助手私奔了，你是看到了一点儿真相。你说她还将成为我的妻子，这确实是非常难以想象的；至于说我讨厌她了，甚至第二天就要把她撵走，或者就像有的妻子也许会欺骗丈夫一样，她也把我骗了，凡此种种完全都不是真的。你们侍女习惯在钥匙孔里偷看，并由此形成你们的思想方法：从你们确实看到的一件小事就对全局做出卓越但是错误的结论。其结果是，比如在这种情况下，我知道的要比你少得多。我远不能像你那样详尽地解释弗丽达离开我的原因。照我看，其原因很可能就是你曾提到过的，但没有充分论证的那个：我没有把她放在心上。这是真的，我没有把她放在心上，但这是有特殊原因的，这些并不需要在这里讨论。若是她回到我身边来，我是很高兴的，但是我马上又会不把她放在心上。事情就是这样。她在我身边时，我就像你所嘲笑的那样不停地四处奔走，现在她走了，我却无所事事，我累了，一心想着永远什么事都不用干。你不给我出点主意吗，佩琵？”“好啊，”佩琵说着，突然变得活跃起来了，并抓住K的肩膀，“我们两个人都被骗了，我们就待在一起吧。来，跟我到底下侍女那儿去吧！”“只要你还抱怨受骗了什么的，”K说，“我就无法同你取得一致意见。你总爱说自己受骗了，因为这话投你所好，又可以使你大为感动。可事实是，你不适合这个职位。这种不适合是一目了然的，就连我这个你认为最不了解情况的人都看出来了。你是个好姑娘，佩琵，可是要认识到这一点并不容易。比如说我吧，我起初以为你心狠气傲，其实你不是这样的，使你失态的只是职位，因为它对你而言不合适。我不愿说，这个职位对你来说太高了，这并不是什么特殊的位子，仔细看看，它也许比你以前的工作体面些，但大体上差别并不大，两者十分相似，很容易搞混。几乎可以肯定地说，当酒吧女招待还不如当客房侍女，因为客房侍女总是同秘书打交道，而当酒吧招待呢，虽然也要为客房里秘书的上司服务，但也得跟下等人，比如说跟我这样的人交往。按照法律，我除了这里的酒吧间，哪儿都不可以待，能够同我打交道难道是非常体面的事吗？你觉得是的，也许你自有道理。但正是由于这个原因，你才不合适。这个岗位也和别的岗位一样，但是你认为这个岗位就是天堂了，所以干什么事都拿出过分的热情，并且拼命打扮——你认为要打扮得像天使一样，实际上天使不是这个样子的——整天担心会丢掉这份工作，总感到经常被人盯梢，想以极其热情亲切的态度来拉拢所有你认为能为你撑腰的人，可是这种做法反而打扰了他们，让他们反感，因为他们来这儿是图个清静的，不愿在他们自己的烦恼上再加上酒吧女招待的烦恼。弗丽达离开以后，这些高贵的客人本来谁也没有注意这件事，这倒是有可能的，可是今天他们知道了，确实都在盼着弗丽达呢，因为弗丽达办起事来确实大不一样。不论她平时怎么样，也不论她多么看重这个职位，她在当班的时候很有经验，也很冷静和镇定。这些你自己也强调了，但你并没有学到人家的长处。你有没有注意过她的目光？那已经不再是酒吧女招待的目光了，而几乎是老板娘的目光。她一览无余，同时每个人又都在她眼里，她对某个人一瞥，其威力之大，足以使此人折服。她也许瘦了点，有些显老，她的头还可以梳得干净利索一些，但这些又有什么关系呢？要是同她真正具有的长处来比，这全是些细枝末节，谁若对这些小缺点抓住不放，这只表明他缺乏抓大事的意识。我想谁也不会因这件事而去责怪克拉姆。你不相信克拉姆爱弗丽达，只是因为你这位年轻而没有经验的姑娘看问题的角度错了。在你看来克拉姆高不可攀——这是有道理的——因此你以为弗丽达不可能接近他。你错了。在这个问题上我虽然拿不出确凿的证据，但我还是只相信弗丽达的话。无论你觉得这件事多么难以相信，无论这件事同你对世界、仕途、高雅的风度以及女性美的效果等的种种看法多么格格不入，它都确实是真的。就像现在我俩并肩坐在这里，我把你的手攥在我的手里，大概克拉姆和弗丽达也是并肩而坐，仿佛这是世界上最理所当然的事似的。他是自动下楼的，甚至是跑下来的，没有人埋伏在走廊里，而耽误自己的工作。克拉姆一定是自己设法下来的，就连曾经令你十分吃惊的弗丽达衣着方面的缺陷，克拉姆也没有觉得不顺眼。可你却不相信她！你不知道，你这样做正好暴露了自己，正好说明你没有经验！即使有人对她同克拉姆的关系全然不知，他也一定会从她的气质上看出来，这是有人加以训练过的；此人比你我以及全村老百姓都高明，也一定会看出来，他们的谈话已经超出了客人和招待之间常有的那种打情骂俏，而这种打情骂俏却是你的生活目的。我这是在冤枉你吧？你自己非常了解弗丽达的长处，知道她的观察才能、她的决断力、她对人的影响，只不过你对这一切都做了错误的解释，认为她自私自利，只是把这些用来捞取好处，用来干坏事，甚至拿来作为对付你的武器。不，佩琵，就算她有那样的箭，那么近的距离她也无法把箭射出去。自私自利吗？我宁肯说她牺牲了已有的和可以得到的东西，为我们两个人创造了高升的机会，但是我们两个人却使她很失望，简直逼得她非重新回到这儿来不可。我不知道是不是这样。另外，我对自己的过错一点都不明白，只有我把自己同你相比的时候，我心里才会出现这样的想法：仿佛我们两个人太过死心眼，太过吵闹，太过幼稚，太没有经验，拼命想得到某些东西。要是我们像弗丽达那样平静，那样实事求是，这些东西就可以轻而易举地、神不知鬼不觉地获得，可是我们却要瞎折腾：哭啊，扯啊，拖啊——就像小孩扯着桌布，结果非但什么都没有得到，反而把一桌绝好的东西统统扯到了地上，弄得自己再也得不到了。我不知道是不是这么回事，但这比你讲的那些要更为真实，这我知道。”“是呀，”佩琵说，“你爱上了弗丽达，因为她从你身边跑掉了。她走掉了，爱上她并不难。就算这样吧，你爱怎么说就怎么说，就算你什么都对，连丑化我也对，那么你现在要干什么呢？弗丽达已经把你甩了，无论是照我的说法还是照你的说法，你都没有希望让她再回到你的身边来了。就算她要回来，你也必须先找个地方安身。天气很冷，你既没有工作，也没有床，到我们那儿去吧。你会喜欢我的两位女友的，我们会让你过得舒舒服服的。你呢，就帮我们干活，这种活单让我们女孩子来干确实太重了，以后我们就不必事事亲自动手了，夜里也不会再害怕了。到我们那儿去吧！我的两位女友也认识弗丽达，我们将会把她的故事讲给你听，直到你听腻为止。来吧！我们还有弗丽达的照片，都会给你看的。那时候弗丽达比今天还简朴，你一定认不出她来，最多从她那双当时就在窥视别人的眼睛中能认出她来。你到底来不来？”“这会被允许吗？昨天我在你们那条过道上被抓住，掀起了一场轩然大波。”“那是因为你被抓住了，但要是你待在我们那儿，你就不会被抓住。谁都不会知道你，只有我们三个。那才好玩呢。我已经觉得那间屋子里的生活比早先要好受多了。虽然我不得不从这儿离开，但我因此而失去的东西一点也不多。你呀，我们三个人在一起倒也不会觉得无聊，我们得把艰辛的生活搞得甜甜的。我们在年轻时就尝到了生活的艰辛，现在，我们三个人同舟共济，在那儿，日子能过得多美，我们就过得多美。你尤其会喜欢亨丽爱蒂的，但爱米莉你也会喜欢的，我已经跟她们讲过你的事了，这类故事她们在那儿听起来总是难以相信，仿佛房间外面本来是出不了什么事的。屋里又暖和又狭窄，我们彼此还可以挤得紧一些。我们虽然相依为命，但是我们彼此之间并不感到厌倦。相反，当我想起我的两位女友，我就对于重新回到那里感到很高兴。我的境遇为什么要比她们好呢？当初我们三个人之所以同心协力，那是因为我们的前途都同样被封死了，可是我毕竟冲破了障碍，才和她们分开了。当然，我并没有忘记她们，我怎么能为她们做点事、帮个忙呢？这是最让我发愁的事。我自己的位子还不稳固呢——究竟是怎么个不稳固呢？我一点都不知道。我已经同老板谈过亨丽爱蒂和爱米莉的事了。对于亨丽爱蒂，老板倒不是没有通融的余地。爱米莉的年龄比我们大得多，大约同弗丽达一般大。关于爱米莉，老板可没有给我一点希望。你想一想，她们根本不愿意走，她们知道，她们在那里过的是苦日子，但是她们已经适应了。这两个好人，我想，分别时她们之所以流了眼泪，多半是由于她们心里难过，因为她们看到我不得不离开那间我们共同生活的房间，走到外面的严寒里去——我们觉得，房间外面的一切都是冰冷的，而且不得不在那些陌生的大屋子里同陌生的大人物周旋，这一切又没有什么目的，只不过是为了混碗饭吃罢了。迄今为止我们三个人一起生活，日子不也过得好好的吗？我现在回去，她们大概一点也不会吃惊，为了安慰我，她们定会略微哭一哭，为我的命运抱怨一番。随后她们将会看见你，并且会发现，我走了这一阵子，倒很不错。现在有个男人来帮助我们、保护我们了，她们一定会非常高兴的。她们知道，这个秘密必须严守，而且有了这个秘密，我们的心会比以前连得更紧，这将更使她们欣喜若狂。来吧，求你了，到我们这儿来吧！你又不用承担什么义务，也不用像我们这样永远待在我们的房间里。等春天来了，你在别处又找了个安身之所，而且不喜欢待在我们这里了，那时你就可以走。当然，那时你也得继续保守这个秘密，不得出卖我们，要不然我们在贵宾饭店就无法再待下去了。要是你跟我们在一起，自然也应当小心谨慎，绝不能在那些我们认为并不安全的地方露面，你还得听从我们的劝告。约束你的，就只有这件事，你同我们一样，得把这件事放在心上，除此之外，你是完全自由的，我们分给你的工作并不重，这你不用担心。怎么样，你来吗？”“到明年春天还有多久？”K问。“到明年春天？”佩琵重复了一遍，“我们这儿的冬天很长，既长又单调。但是我们住在底下对冬天倒并不抱怨，我们过冬的防寒措施搞得很好。是的，春天总是会来的，还有夏天，夏天也会来的，但是我记得，好像春天和夏天都特别短，仿佛总共也超不过两天似的，即使在这几天里，有时大晴天还下雪呢。”

这时门开了，佩琵吓了一跳，她的思想像脱缰的野马，已经跑得离酒吧间很远了，不过进来的不是弗丽达，而是老板娘。她装出惊奇的样子，仿佛没料到居然还在这里碰到K。K为自己找了个台阶，说他一直在等老板娘，同时又感谢饭店允许他在这儿过夜。老板娘可不明白K为什么等她。K说，他觉得老板娘还要跟他谈一谈的，还说，如果这是误解，就请她原谅，此外他表示，现在他得走了，因为他是校役，他离开学校的时间太久了，这一切都是昨天的传唤造成的，在这些事情上他的经验还太少，像昨天那样把老板娘搞得很不愉快的事，以后肯定不会再发生了。他鞠了一躬，打算走了。老板娘望着他，那眼神好像在做梦一般。这目光倒把K多留了一会儿。她还略微笑了笑，只是看到K脸上那惊讶的神色，她才清醒了几分。好像她在等待K对她的微笑加以回报似的，可是K没有回以微笑，她这才醒过来。“我认为，你昨天竟狂妄地议论过我的衣服。”K已经记不起来了。“你想不起来了？胡言乱语之后又畏首畏尾，胆小如鼠。”K请她原谅，说昨天他困倦至极，很可能瞎说过什么，现在他怎么也想不起来了。他怎么会去议论老板娘的衣服呢？她的衣服那么漂亮，他还从来没有见过呢。至少他还没有见过哪个老板娘干活时还穿着那样的衣服。“别说这些！”老板娘很快地说，“我再也不愿听你说一句关于衣服的话了。不许你来关心我的衣服。我永远禁止你说我的衣服。”K再次鞠了一躬，便朝门口走去。“你说，你还没有见过哪个老板娘干活时还穿着那样的衣服，”老板娘冲他背后嚷道，“这是什么意思？你说这些毫无意义的话干什么？真是一派胡言。你说这些话是什么意思？”K转过身来，请老板娘不要发火。他说，那种话当然是胡说八道，再说他对衣服又一窍不通。就他的境况来说，他觉得每件没有补过的干净衣服都很值钱。他说，昨天夜里他看到走廊里的那些男人几乎都光着身子，老板娘却穿了漂亮的晚礼服，他只是为此感到惊讶而已，没有别的意思。"这么说，"老板娘说，"你到底还是想起昨天说的话来了。你竟继续胡说八道，把昨天的话磨得天衣无缝。你对衣服一窍不通，这没有错。既然不懂，就别去妄加评论，别说什么衣服值钱、晚礼服不合适诸如此类的话，这件事我要很严肃地跟你说……还有，"说到这里，她好像身上打了一阵冷战，"我的衣服不用你来操心，听见了吗？"K 又打算默默地转身走开，这时她又问："你对衣服的知识是从哪儿得来的？"K 耸耸肩膀说，他对衣服一无所知。"你既然一无所知，"老板娘说，"那就别摆出一副行家的样子。来，跟我到那边办公室去，我要让你看点东西，但愿你从此永远改掉胡言乱语的毛病。"她走在前头出了门。佩琵借口要 K 付账，一下跳到 K 的身边，两个人很快就取得了一致意见。其实这是很容易的，因为 K 熟悉这个院子，出了院门就是一条胡同，院门旁边还有扇小门，大约一小时以后佩琵就站在小门后面，听到门上连敲三下，她就开门。

老板娘的私人办公室在酒吧间对面，只要横穿走廊就到了。办公室里的灯已亮了，老板娘已经进去，正不耐烦地朝 K 望着。可是这时又有人来打扰了。格斯泰克已在走廊里等着，想同 K 说话。要把他摆脱掉并不容易，老板娘也在帮 K 的忙，而且指责格斯泰克来这儿纠缠。"到哪儿去？到哪儿去？"门已经关上了，还听见格斯泰克在叫嚷，这喊声中还混杂着叹息和咳嗽，好不难听。

办公室是一个小房间，炉火烧得太热，横里，两边挨墙放着一张斜面桌和一个铁柜；纵里，两边靠墙有一个衣柜和一张长沙发凳。衣柜占了房间的大部分地方，不仅放满了一面纵墙，而且柜子前后很深，因而使房间显得很窄。衣柜上装了三扇拉门，这样才能把柜子完全打开。老板娘指着长沙发凳，让K坐下，她自己则坐在斜面桌前的转椅上。“你是不是学过缝纫？”老板娘问。“没有，从来没有。”K说。“那你到底是干什么的？”“土地测量员。”“那是干什么的？”K对土地测量员的工作做了一番解释，她听得直打哈欠。“你说的不是真话。你为什么不讲真话？”“你也没有讲真话呀。”“我？你大概又要开始胡言乱语了！就算我没讲真话，难道我必须向你解释清楚不成？我究竟哪儿没说真话？”“你绝不像你所装的那样，仅仅是老板娘。”“那你就看看吧！你的发现倒还真多！我不仅仅是老板娘，那我还是什么？你的胡言乱语可真是变本加厉了。”“我不知道你还是什么。我只看到你是老板娘，另外还看到你穿着不合老板娘身份的衣服，就我所知，这样的衣服这儿村里也没有第二个人穿。”“好，现在谈到正题了。你是心里有话憋不住，也许你并不是胡言乱语，只不过像个孩子，知道了什么蠢事，用什么办法都不能让他不说。那么，你就说吧！这些衣服有什么特别的？”“我说了，你会生气的。”“不，我会笑的，因为那准是小孩子在胡说八道。那么这些衣服怎么样？”“你一定想知道，那我就说吧。衣服的料子很好，价钱很贵，但是衣服的式样过时了，装饰过于繁缛，应该重新改过，是旧衣服，就你的年龄、身材和地位来说都不合适。大约在一星期前，我在这儿走廊里第一次看见你，马上就注意到你的衣服了。”“这下你总算说出来了！衣服过时了，装饰过于繁缛，还有什么来着？这些你是从哪儿知道的呢？”“这是我看见的，这可不用专门训练。”“这些你轻而易举就看出来了。你不必到别处去打听，马上就知道现在流行什么式样。这下我可不能缺少你啦。因为我的毛病是爱穿漂亮衣服。这个柜子里全是衣服，对此不知你有什么话要说？”她把推拉门推到一边，只见衣服一件挨一件，把整个柜子都放得满满的，衣服大多是深色的——灰色、棕色和黑色，全都摊开，挂得整整齐齐。“这是我的衣服，正如你说的，都过时了，装饰太繁缛。可是这还只是我楼上房间里放不下的衣服，楼上我还有满满两柜子衣服，两个柜子，每个差不多都有这个这么大。你吃惊了？”

“没有，我已经料到了，我说过，你不仅仅是老板娘，你还另有目标呢。”

“我的目标只是穿得漂亮。你呢，你不是傻瓜就是小孩，要不就是个可恶的危险人物。走吧，现在你走吧！”

K到了走廊里，格斯泰克又紧紧抓住他的衣袖，这时老板娘还在朝他喊道：“明天我有件新衣服，说不定我要让人把你叫来呢。”

卡夫卡年表

> 对我来说不存在高空和远方。……我是灰色的，像灰烬。
>
> 一只渴望在石头之间藏身的寒鸦。
>
> ——卡夫卡

1883 年

7 月 3 日，出生于奥匈帝国治下的布拉格，是家中长子。父亲赫尔曼·卡夫卡（1854—1931）是一位成功的犹太商人，母亲是尤丽叶·卡夫卡（1856—1934）。

1885 年

弟弟格奥尔格出生，后在十五个月大时因麻疹而夭折。

1887 年

弟弟海因里希出生，后在六个月大时因脑脊膜炎而夭折。

1889 年

9 月，入布拉格德意志人民小学读书。妹妹加布丽埃勒出生（又称埃莉，1941 年去世）。

1890 年

妹妹瓦莱莉出生（又称瓦莉，1942 年去世）。

1892 年

妹妹奥蒂莉出生（又称奥特拉，1943 年去世）。

1893 年

9 月，入布拉格旧城德语国立九年制高级中学。因入学成绩优异而跳级。

1896 年

6 月，在吉卜赛人犹太教会堂举行了成年礼。

1897 年

捷克民族主义者发起的反德意志活动很快波及犹太人的商业活动，不过卡夫卡家的男用饰品店幸免于难。

1901 年

7 月，顺利通过高中毕业考试后，首次出远门旅行，到达德国北海之上的诺德奈岛与赫尔果兰岛。

10 月，入查理德语大学读书。起初学习化学，两周后改学法律；就读期间，常去听哲学、心理学、德语文学、艺术史、拉丁语及希腊语的讲座和课程。

1902 年

10 月，在一次学生协会的活动上结识马克斯·布罗德（1884—1968）。布罗德是一位多产作家，后来成为卡夫卡亲密的朋友和其去世后出版作品的编者。

1906 年

获博士学位。按照当时规定，开始在布拉格法院进行为期一年的实习。

1907 年

10 月，进入意大利忠利保险公司布拉格分公司就职。

1908 年

因工作压力大、时间长而从忠利保险公司辞职，进入国家劳工工伤保险公司就职。在弗朗茨・布莱主编的《许培里昂》杂志上发表散文作品八篇。

1909 年

9 月，与马克斯・布罗德及布罗德的弟弟奥托到意大利北部加尔达湖畔的里瓦度假。回程中，在布雷西亚观看航空展，这次经历成为短篇作品《布雷西亚的飞机》的主题。

1910 年

10 月，与马克斯・布罗德和奥托・布罗德前往巴黎旅行，后来因为背上长有疖子而独自提前返回布拉格。

1911 年

8—9 月，与马克斯・布罗德前往瑞士、意大利北部和巴黎旅行。

10 月，在布拉格萨沃伊咖啡馆观看一个意第绪语剧团演出，与演员伊兹查克・勒维结为朋友，并从后者处了解到许多关于意第绪语戏剧、犹太礼节的知识。

1912 年

6—7 月，与马克斯・布罗德经莱比锡前往魏玛旅行。在莱比锡期间，拜访了布罗德的出版商库尔特·沃尔夫，双方就出版一部短篇小说集达成一致意见。旅行结束时，独自前往哈尔茨山的容博恩疗养院做了三周的自然疗法疗养。

8月13日，在布罗德家遇见菲丽丝·鲍尔（1887—1960）。鲍尔在柏林工作，是布罗德的远亲。

9月，寄出第一封给鲍尔的信。两天后，仅用一晚创作出被公认为其突破之作的短篇小说《判决》。开始着手创作首部长篇小说《美国》（亦称《失踪者》）。

11—12月，创作《变形记》。

12月，首部作品集《观察》由库尔特·沃尔夫在莱比锡出版，印数八百册。

1913年

三次前往柏林见菲丽丝·鲍尔。

5月，《美国》第一章以《司炉》为标题单独出版。

1914年

6月1日，在柏林与菲丽丝·鲍尔正式订婚。

7月12日，鲍尔在与卡夫卡就他写给她的朋友格蕾特·布洛赫的密信当面对质后，解除了两人的婚约。

8月，第一次世界大战爆发。卡夫卡开始创作第二部长篇小说《审判》（亦称《诉讼》）。

10月，利用业余时间集中精力创作《审判》，最后却写出了《在流刑营》。

1915年

1月，放弃《审判》的写作；自分手后首次见到菲丽丝·鲍尔，为她朗读《审判》中守门人的故事。

12月，《变形记》由库尔特·沃尔夫出版。剧作家卡尔·施特恩海姆获冯塔纳文学奖，但把奖金转赠给了卡夫卡。

1916年

与菲丽丝·鲍尔和解。

7月，与鲍尔在波希米亚度假胜地马里恩巴德共同度过十天。《判决》由沃尔夫出版。

11月—次年4月，以妹妹奥蒂莉在城堡区租的一栋房子为写作基地，创作出多部短篇小说，后结集为《乡村医生》。

1917年

7月，与鲍尔前往布达佩斯拜访鲍尔的姐姐，两人再次订婚。

8月，两次夜间咯血，当时被诊断为结核病。

9月，搬去波希米亚村庄曲劳，与妹妹奥蒂莉一起生活。

12月，鲍尔前来探视，卡夫卡因对健康悲观而提出解除婚约。

1918年

5月，返回布拉格，重新开始工作。

10月，患上西班牙流感。

11月，奥匈帝国覆亡，捷克共和国成立。回公司上班四天后再次获准休假，前往谢莱森疗养。

1919年

1月，在谢莱森结识同在那里疗养、家境贫寒的尤丽叶·沃里泽克（1891—1944）。

4月，返回布拉格工作，得知菲丽丝·鲍尔已经结婚。

9 月，与尤丽叶·沃里泽克订婚，遭到父母极力反对。

10 月，《在流刑营》由沃尔夫出版。

1920 年

年初，职务升迁，权限扩大。

2—3 月，开始与已婚的记者、翻译米莱娜·耶森斯卡（1896—1944）密集通信。

5 月，《乡村医生》由沃尔夫出版。

7 月，解除与尤丽叶·沃里泽克的婚约。

12 月，再次因病休假，在塔特拉山中的一座疗养院待至次年 8 月。

1921 年

1 月，结束与米莱娜·耶森斯卡的通信。

9 月，返回公司工作，但 10 月起又请了三个月病假。

1922 年

1 月，病假延至 4 月。住在塔特拉山中的一家旅馆，撰写最后一部长篇小说《城堡》。

7 月 1 日，公司因卡夫卡健康问题而批准其提前退休。

1923 年

7 月，在波罗的海海滨的米里茨度假，与多拉·迪亚曼特（1898—1952）相识。

9 月，搬至柏林，与迪亚曼特一起生活；由于通货膨胀，两人的经济状况非常窘迫。

1924 年

3 月，由于健康状况持续恶化，返回布拉格；创作最后一篇短篇小说《约瑟芬，女歌手或者老鼠的民族》。

4 月，经诊断，结核病已经蔓延至喉部。在迪亚曼特陪伴下，前往维也纳一家喉科诊所治疗，后来又至维也纳北部克洛斯特诺伊堡的一家小疗养院疗养。

6 月 3 日，去世，身边有迪亚曼特陪伴。

8 月，作品集《饥饿艺术家》由锻造出版社出版。

1925 年

经马克斯・布罗德编辑的《审判》由锻造出版社出版。

1926 年

经布罗德编辑的《城堡》由沃尔夫出版。

1927 年

经布罗德编辑的《美国》由沃尔夫出版。

1939 年

马克斯・布罗德在德国入侵前乘最后一班火车离开布拉格，前往巴勒斯坦，随身带着卡夫卡的手稿。